DESTELLOS DE OSCURIDAD

CIUDAD FORTUNA III:
DESTELLOS DE OSCURIDAD

DAVID F. CAÑAVERAL

© 2018 David Fernández-Cañaveral Rodríguez
Primera edición: noviembre 2018
ISBN: 978-84-09-05060-4

Imágenes y diseño de la cubierta: Pilar Lahuerta

Impresión bajo demanda mediante Kindle Direct Publishing.
www.davidfcanaveral.es

Este es para Teresa,
que habita las calles del barrio de Saberes.

Llámese naturaleza, destino, fortuna; son todos nombres de un único y mismo Dios.
Séneca (4 a. C. - 65 d. C.)
Filósofo y político romano

No importa lo rápido que viaje la luz, siempre se encuentra con que la oscuridad ha llegado antes y la está esperando.
Terry Pratchett (1948 - 2015)
Escritor británico

Estimado lector:

Has vuelto a la ciudad.

¿Recuerdas a Alexander? ¿Recuerdas su maldición? ¿Recuerdas sus recuerdos? ¿Conoces la verdadera suerte? ¿Recuerdas cómo acabó todo? ¿Recuerdas a Joseph?

Destellos de oscuridad es el tercer volumen de la serie titulada *Ciudad Fortuna*.

Te ruego que no leas *Destellos de oscuridad* sin haber leído antes *Dados de cristal* y *Trébol de madera*. El universo en el que vas a adentrarte, el universo del cual ya formas parte, carece de detalles accesorios, personajes superfluos o relatos decorativos.

Si no recuerdas cómo terminó todo o te apetece refrescar tu memoria, te animo a visitar mi blog (www.davidfcanaveral.es) y contactar conmigo para recibir un resumen de los volúmenes anteriores, que te aconsejo leer antes de pasar esta página.

Ahora, sin más dilación, la historia continúa.

La ciudad te llama. Sus calles te esperan.

¡Bienvenido de nuevo a Ciudad Fortuna!

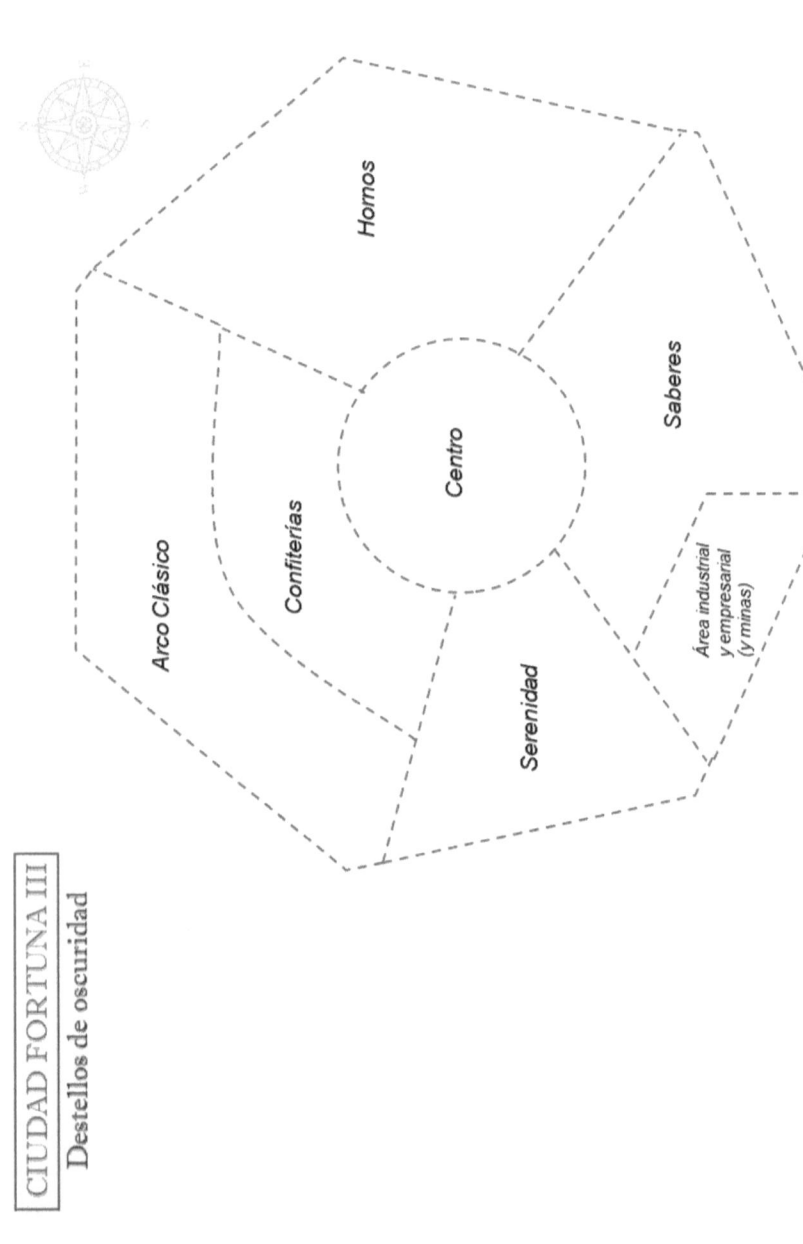

Hornos

Saberes

Centro

Confiterías

Arco Clásico

Serenidad

Área industrial
y empresarial
(y minas)

PLANO DE LA CIUDAD: BARRIOS

CIUDAD FORTUNA III
Destellos de oscuridad

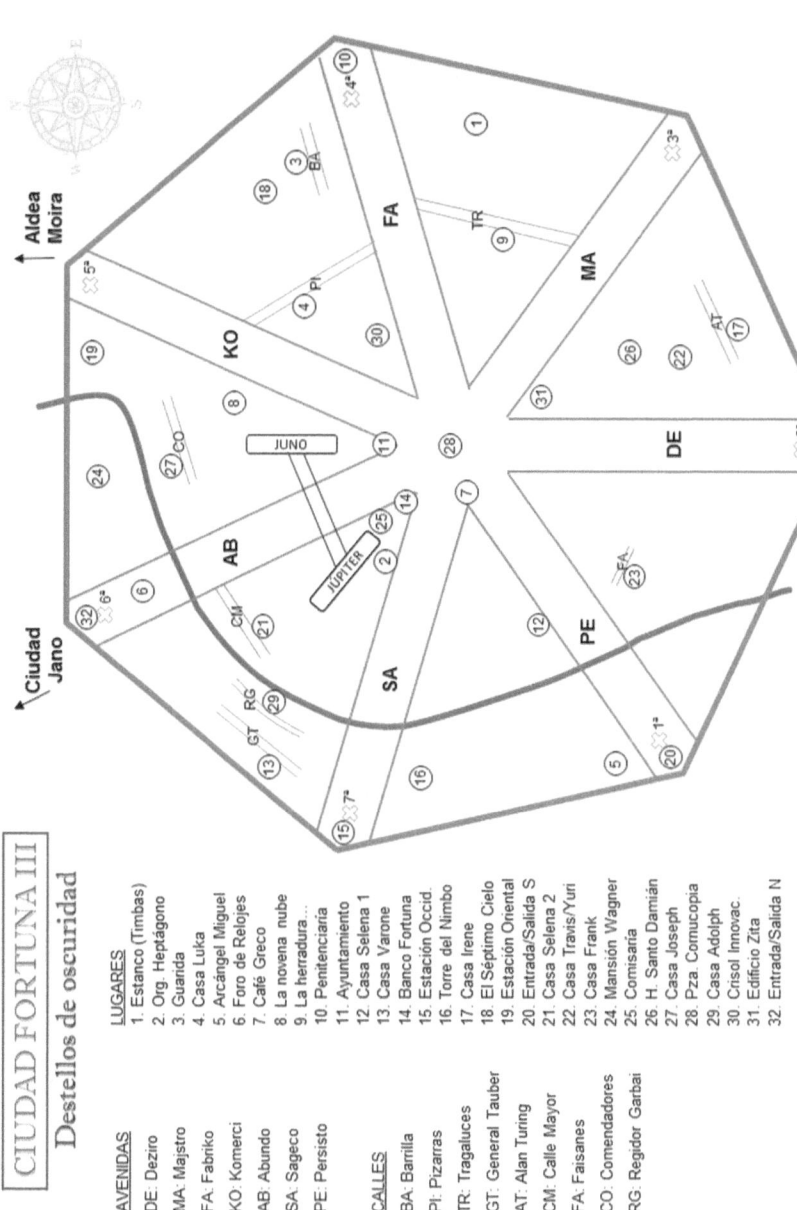

AVENIDAS

DE: Deziro
MA: Majstro
FA: Fabriko
KO: Komerci
AB: Abundo
SA: Sageco
PE: Persisto

CALLES

BA: Barrila
PI: Pizarras
TR: Tragaluces
GT: General Tauber
AT: Alan Turing
CM: Calle Mayor
FA: Faisanes
CO: Comendadores
RG: Regidor Garbai

LUGARES

1. Estanco (Timbas)
2. Org. Heptágono
3. Guarida
4. Casa Luka
5. Arcángel Miguel
6. Foro de Relojes
7. Café Greco
8. La novena nube
9. La herradura…
10. Penitenciaria
11. Ayuntamiento
12. Casa Selena 1
13. Casa Varone
14. Banco Fortuna
15. Estación Occid.
16. Torre del Nimbo
17. Casa Irene
18. El Séptimo Cielo
19. Estación Oriental
20. Entrada/Salida S
21. Casa Selena 2
22. Casa Travis/Yuri
23. Casa Frank
24. Mansión Wagner
25. Comisaría
26. H. Santo Damián
27. Casa Joseph
28. Pza. Cornucopia
29. Casa Adolph
30. Crisol Innovac.
31. Edificio Zita
32. Entrada/Salida N

PLANO DE LA CIUDAD: AVENIDAS, CALLES Y LUGARES

CAPÍTULO I

Donde los relojes duermen

DICIEMBRE 2017
(DOS AÑOS DESPUÉS DEL FENÓMENO)

Aquella noche marcaba el final de un largo camino y el comienzo de muchos otros.

Erik Dammer había cambiado. Los últimos dos años le habían descubierto su verdadero yo. Antes, había vivido entre bambalinas, como el leal escudero de otros líderes. Ahora, era diferente. Sus ambiciones habían mutado. Se habían tornado más personales. Quería el triunfo para él. Y allí estaba, esa noche, en una escena que suponía la culminación de sus esfuerzos y el apogeo de su voluntad. Su futuro se adivinaba magnífico.

Se trataba de una reunión secreta. Su llegada había sido cuidada y discreta. La sala del palacio adonde le habían llevado se hallaba en el área reservada como residencia privada. La estancia, un despacho que no parecía emplearse a diario, era señorial: paredes revestidas de madera, muebles vetustos, pinturas barrocas y lámparas historiadas. Dos balcones daban a un lateral de la construcción. Reinaba el silencio.

Impaciente, mientras esperaba al presidente de la república, Erik se paseó por la sala. Revisó su aspecto en un viejo espejo colocado entre los balcones. Se acercaba a la cincuentena y se consideraba en su mejor momento. Su presencia inspiraba seguridad y dominio de la situación. Se sabía atractivo y elegante: figura esbelta, cabello rubio, arrugas incipientes, facciones suaves y traje a medida.

El sonido de unas pisadas precedió la aparición del presidente de la república, Sebastian Brenner. El hombre, con un portafolio bajo el brazo, se acercó a él para darle la mano.

—Disculpa el retraso —dijo.

—Para nada.

Se sentaron en dos butacas en torno a una mesa, donde Brenner dejó el portafolio.

—Te advierto que, una vez que saltes a la primera línea, perderás el control de tus horarios —comentó este.

—Me lo imagino, aunque le agradezco la advertencia. Por cierto, enhorabuena por los resultados en las municipales.

—Gracias. Espero que, a partir de esta noche, tú me sigas proporcionando buenos resultados. Después de hoy, no habrá vuelta atrás. Lo asumes todo.

—Sí. El trabajo ha dado sus frutos. Todo está controlado.

—Vale. De todo eso, todo lo que sucedió, ¿qué queda?

—No queda nada.

—Bien. Eso está bien. Hemos tenido suerte.

—No como otros.

Sebastian fijó su mirada en Erik. Meneaba la cabeza, pensativo. Daba la impresión de evaluar su decisión. Quizás, aún albergara dudas.

—Has hecho un buen trabajo —añadió—. ¿Para qué?

—¿Para qué? ¿Qué quiere decir con eso?

—¿Por qué tanto empeño? ¿Qué tiene esa ciudad?

La pregunta sorprendió a Erik, si bien conocía a la perfección la respuesta:

—Esa ciudad es más que una ciudad. Entra en ti, y tú en ella. Es un todo, una simbiosis. Es más que tierra, aire, belleza y personas. Es adonde deseas ir, antes incluso de saber dónde está; donde los astros se alinean, los relojes duermen y todas las certezas aguardan.

Brenner contempló a Erik impávido. Tal vez no entendiera sus palabras, pero eso no importaba. Al fin, extrajo un documento del portafolio, se lo entregó, y anunció:

—Erik Dammer, mediante decreto presidencial urgente, te nombro alcalde de Ciudad Fortuna. Enhorabuena.

La reunión no duró mucho más. Erik leyó y releyó ese escueto texto legal: su recompensa por el trabajo de los dos años previos. Acababa de instaurarse un nuevo orden, uno en el cual él tenía el poder.

Los caminos que se abrían ante él conducirían a destinos asombrosos.

OCTUBRE 2015
(DOS MESES ANTES DEL FENÓMENO)

1

Ciudad Fortuna es enigmática, fascinante, fabulosa e inolvidable; comienzo de relatos imperecederos y consumación de porvenires inenarrables. Es la amalgama de lo conocido y lo insospechado, lo deseado y lo detestado, lo amado y lo odiado. Constituye el término de infinitos trayectos, el destino de la suerte y el hado de la ventura.

Sus lugares albergan fortunas conectadas. El interior de sus gentes palpita con cadencias acompasadas. Se añoran afectos. Se temen verdades. En la superficie, se sigue un orden establecido. En lo profundo, se tienta a la estoica desventura.

En el otoño del año quince, las fronteras se quiebran. Los horizontes se desdibujan. Y una oscuridad ignota, pero imparable, envuelve la ciudad.

2

Alexander Berkel se guareció en un rincón de penumbra y sintió cómo le envolvía un conocido manto de invisibilidad. La vida era irónica, por no decir sarcástica. Durante casi toda su vida, esa vida anterior que olvidaba más y más, buscó la soledad y la reserva. Receló de la exposición. No le gustaba sentirse el centro de atención. El anonimato le apaciguaba. Ahora, en cambio, privado de su libertad, se veía obligado a transitar por la clandestinidad, la ilegalidad y la inmoralidad.

Se ocultaba porque era un proscrito, acusado de un asesinato que no había cometido. Debía evitar la luz, subsistir en las sombras y guardar silencio. Así lo había acordado. Había firmado un pacto. Su existencia era compleja, pero se había acostumbrado. De hecho, había reparado en algo: según pasaba el tiempo, el resto del mundo, el mundo normal, dejaba de verle. Para la gente afortunada, esos que le rodeaban sin rozarle, él no era más que una mera presencia en la que no se fijaban.

En el fondo, no le quedaba más remedio que asumir ese sendero de penumbra e invisibilidad. No existía alternativa para alguien de su calaña. Nació maldito. De niño, lo intuyó: una oscuridad etérea le acompañaba.

En su juventud, lo confirmó. Hoy, resignado, tendía a pensar que un hombre con su mácula nunca hubiera podido evitar lo ocurrido. Se consolaba de esa manera. A la vez, una voz dentro de él le susurraba que, tal vez, con mejor tino, sí le hubiera podido ir mejor. Ya nunca lo sabría.

Pudo haber habitado la luminosidad, igual que toda esa gente que ya no le veía y de la que se cuidaba. Pudo haber sido uno de ellos. Pudo haberlo logrado. No obstante, si la vida era sarcástica, la suerte lo era aún más, en especial con un portador del infortunio. La suerte tenía incisivas aristas con las que era sencillo lastimarse. Alexander había renegado de ella muchos años. Pensaba que si la desterraba de sus pensamientos y la rehuía, la suerte no se acordaría de él. ¡Cuánto se equivocaba!

Una vez, un hombre bueno y sabio le recordó el primer dogma, "La suerte ni se crea ni se destruye", y le conminó a aceptar su realidad. Él se resistió.

Esa noche de otoño, a bordo del tranvía, Alexander se disponía a aprovecharse de las aristas de la suerte para aplicar su infortunio a un pobre infeliz.

El tranvía era uno de los últimos de la jornada. Iba poco concurrido. Al subirse al vagón, había localizado un discreto asiento en la parte trasera, bajo una bombilla rota. Desde ahí, podía observar al infeliz al que iba a arrebatar una pizca de lo más valioso: un hombre de treinta y tantos, desmejorado para su edad, con una ceja partida y una chaqueta gastada por los lavados. Había analizado sus horarios para planear el crimen, esa deshonra que solo aquellos como él eran capaces de perpetrar.

El tranvía se dirigía a la parada donde, como era su costumbre, el de la ceja partida se apearía. Alexander sufrió una aguda punzada en algún lugar de su torturada conciencia. ¿De verdad iba a hacerlo? ¿En quién se había convertido?

El convoy se detuvo. El de la ceja partida se levantó y fue hacia la salida. Alexander le siguió. Durante unos instantes muy calculados, ya en la calle vacía, se recluyó en una burbuja irreal, en la que el resto del universo ni existía ni importaba. Moldeó el aire con su mano izquierda. Reunía su energía, su mal fario. El tipo caminaba incauto, unos pocos pasos delante de él. Cuando estuvo listo, sin nadie alrededor, Alexander se acercó, contuvo la respiración, concentró su nociva esencia, fingió un leve tropiezo y posó la mano izquierda sobre la espalda del incauto. Notó cómo una fuerza que solo él percibía se transmitía al de la ceja partida. Murmuró una excusa inaudible y se alejó de allí.

No hubo testigos. La ciudad dormía. Ya era miércoles. Mercurio no se avistaba en el cielo. Estaba en algún sitio, mas no se dejaba ver, como Alexander.

Alexander Berkel era un gafe, uno que acababa de echar mal de ojo.

Habían transcurrido más de trece meses desde "La noche escarlata".

3

Después de apearse en aquella desvencijada plataforma de la línea circular del tranvía, anduvo con calma, siempre con cautela, hacia el área más oriental de la mitad sur del barrio de Hornos. No tenía prisa. Quería dejar pasar el tiempo. Apenas vio transeúntes. Ese miércoles marcaba el séptimo día de octubre. El otoño todavía no mostraba su cara más fría.

Su destino estaba cerca. Se adentró en una de las barriadas humildes y postergadas de la periferia obrera, más al este de la calle de los Tragaluces. Con la cabeza gacha y todos sus sentidos alerta, recorrió las rectas vías que trazaban cuadriculadas construcciones de viviendas de baja calidad, todas igual de viejas y modestas. Enfiló una angosta calleja en forma de u y, gracias a una copia de la llave que obraba en su poder, entró en un portal, justo al lado de un local comercial donde se hallaba un estanco. Tomó nota de un detalle que ya le había escamado otras veces: pese a las horas, las luces de una casa de la primera planta se encontraban encendidas. Los de ahí trasnochaban.

Con otra llave del mismo llavero, entró con sigilo en el inmueble que albergaba el estanco. En la parte interior del mismo, donde no accedía la clientela, en un salón montado a base de muebles antiguos y disonantes, con un entorno de parcas palabras y luces bajas, se celebraba una partida de póker ilegal. Uno de los jugadores era el hombre de la ceja partida. Una escalera de color le acababa de machacar.

Desapercibido, Alexander se refugió en un rincón de la estrecha, sombría y sucia cocina contigua, repleta de botellas vacías, desde donde podía seguirse el juego a través de una pequeña ventana interior. Fijó la mirada en el tipo de la ceja partida. Mantenía la llama de su ojeriza. Ningún jugador se percató de su presencia.

Esa era la deplorable ocupación que le sustentaba. Echaba mal de ojo. Transmitía su infortunio, de manera temporal pero certera, a algunos participantes de esas timbas ilegales; personas que se demoraban en el pago de sus deudas, que generaban conflictos o que, igual que el desgraciado de la ceja partida, eran estafadas sin saberlo. Alexander les seguía, analizaba sus horarios, planeaba su crimen y les conducía a la ruina.

Las víctimas de su vileza jamás sospechaban de ese hombre que, alguna vez, veían en la esquina umbría de la cocina; ese tipo mudo, de apariencia antipática, que no se quitaba el oscuro y ceñido abrigo y usaba gafas negras. No sabían quién ni cómo era. Ni Alexander se reconocía. Tenía treinta y seis años. Había cambiado, tanto por dentro como por fuera. Su cuerpo había recuperado parte del vigor perdido cuando empezó a huir de la justicia, aunque se había embrutecido. Inspiraba fiereza. Su musculatura amedrentaba. Su rostro se veía endurecido. Su barba, morena como su cabello despeinado, crecía espesa y feroz. Disimulaba su fisonomía: nariz recta y ancha, pómulos firmes, labios carnosos y conato de hoyuelo en la barbilla. Sus ojos castaños oscuros no brillaban. Tenía ojeras.

Contempló la partida más de una hora. Cuando quedó claro que el de la ceja partida tendría que retirarse despojado de sus ahorros, Goran Zerbe, jefe de las timbas, entró en la cocina y cerró la ventana que daba al salón. Alexander recurrió a él para ofrecer sus peculiares servicios más de un año antes. Zerbe contaba más de cuarenta. Destacaba por su estatura, propia de un jugador de baloncesto, y su delgadez. Su barba, rala y clara, como su cabello, cubría una faz plagada de marcas de la viruela. Intimidaba.

—Misión cumplida —dijo, en un susurro raspado. Le dio un sobre a Alexander. Este se lo guardó sin contar los billetes, precaución que, en una ocasión, crispó a Zerbe.

—¿Cuándo volverás a necesitarme? —quiso saber.

—Tal vez, mañana. No lo sé. Ya te diré. Sabes que tengo un nuevo socio y no es partidario de usar tus servicios. Dice que son peligrosos.

Alexander no replicó nada, aunque la situación no le agradara. Necesitaba ese funesto sustento para subsistir. La aparición de un nuevo socio, alguien sin duda más consciente del peso de la verdadera suerte que Goran Zerbe, enredaba sus ya de por sí escabrosas circunstancias. En cualquier caso, evitó polemizar. Se fue sin más. Salió a la calle y, de regreso a su guarida, añoró la normalidad de una época pasada, cada vez más remota, en la cual él amó.

4

Consciente de que no dejaban de mirarle, ducho en ostentar el protagonismo, exhibió una pretendida mueca sonriente, mientras esperaba a que su comparsa terminara de charlar con aquel grupo de gente. Su sonrisa embaucaba. Nadie advertía que él no sonreía de verdad, no desde que, dos años antes, la muerte le arrebatara al maravilloso amor de su vida.

Ricardo Varone consultó su caro reloj de pulsera. El apretado plan para la jornada se desarrollaba sin incidentes, como cada día. Los campos de Júpiter habían sido escenario del indisimulado acto de precampaña de ese día. Su equipo no paraba de inventar excusas para atraer a los medios y, con ello, hacer llegar el mensaje de turno a los electores.

Los campos de Júpiter eran uno de los jardines públicos más grandes y vistosos de la ciudad. Trazaban una extensa explanada de verdísima vegetación, en los barrios de Confiterías y del Centro. Entre sus amplias áreas verdes, disfrutadas por paseantes a todas horas, se hallaban fuentes, estatuas y numerosos rincones para el esparcimiento.

En uno de esos rincones, Ricardo comenzaba a impacientarse, bastante cansado de la afición que su flamante vicealcalde había desarrollado por las ínfulas de los lisonjeros. Si no se ponían en marcha en breve, llegarían tarde a la siguiente cita de la mañana.

Por fin, finalizada la cháchara, Isaac Wagner caminó hacia él.

—Todo suyo, señor alcalde —anotó el joven.

—Bien. Podemos ir a pie. Estamos cerca.

Ricardo echó a andar hacia Sageco. Isaac no puso objeción y le siguió. Esa automática sumisión, de la cual Wagner tal vez ni siquiera fuese consciente, era una de las razones por las que el alcalde Varone estaba, pese a todo, complacido con su nuevo vicealcalde.

Quedaban menos de dos meses para la "doble elección", circunstancia que solo ocurría cada veinte años: la coincidencia de las elecciones presidenciales, celebradas cada cinco años, con las legislativas, organizadas cada cuatro. Ricardo había conseguido que su partido le escogiese como cabeza de lista para las legislativas, lo que le convertiría, cuando venciese en los comicios, en el siguiente primer ministro del país. Dado que no le gustaban los cabos sueltos, había planeado bien su marcha del Ayuntamiento, donde todavía era alcalde. Había forzado las normas, con muchas opiniones en su contra, para nombrar a Wagner, su pupilo político, como número dos del gobierno municipal. De ese modo, cuando Ricardo pasara a ser primer ministro, alguien bajo su indudable control le sucedería en Ciudad Fortuna.

Aprovecharon que las mañanas aún no eran frías para atravesar los campos de Júpiter y llegar a Sageco. Por el camino, Ricardo analizó de soslayo a su subordinado. El maleable Wagner podía creerse su heredero, pero carecía de los talentos naturales del alcalde Varone. Juntos obtenían esa imagen de relevo generacional que Ricardo pretendía. Los dos inspiraban confianza y poderío. Poseían fotogenia. Vestían formales y elegantes. Se comportaban como líderes. Isaac conservaba la naturalidad de la juventud, con su belleza innata, su cabello castaño oscuro y sus bonitos ojos de iris grisáceo. Ricardo, casi sexagenario, dependía de tintes morenos, implantes capilares, tratamientos faciales y vestimentas que cubriesen cierto grosor de su cuerpo. Se hacía mayor, aunque, al mismo tiempo, también más listo.

Llegaron a la mole de granito gris, con siete plantas y filas de ventanas, que albergaba la sede central de la Organización Heptágono. Su localización y su recio estilo no impedían que pasara desapercibida para la mayoría, igual que la institución. Ricardo e Isaac atravesaron la doble puerta cobriza, junto a la cual se veía un heptágono perfecto en relieve.

Hoy, en el curioso e impoluto patio interior de la construcción, se presentaba la operación más importante que la Organización tenía en marcha en la actualidad.

—Ricardo, si me disculpas —dijo Isaac—, te veré más tarde.

Ricardo observó cómo Isaac se escabullía entre las decenas de asistentes para unirse a una joven de pelo castaño claro, tez demacrada y ojeras preocupantes.

Ese día, Ricardo e Isaac eran meros espectadores. Ricardo ya no dirigía Heptágono e Isaac no había conseguido sucederle. Sus planes allí se habían truncado.

Muy poco después, entre algunos murmullos, la directora general hizo su aparición.

5

El murmullo de las conversaciones amontonadas disminuyó a medida que los presentes se percataban de su llegada. Caminó hasta la tarima, delante de la majestuosa estatua de la diosa Fortuna. Se colocó detrás del atril. Todavía oía algunos cuchicheos. Se preguntó si hablarían de ella. Imaginar que así fuera dibujó una grata sonrisa en sus brillantes labios.

Selena Myers se dedicó unos instantes de silencio antes de empezar su discurso. Ver a tanta gente pendiente de ella la complació. El patio interior se veía engalanado, como en las ocasiones destacadas. El evento requería un cariz de relevancia. Al fin y al cabo, supondría la grandeza de su mandato como directora general de la Organización Heptágono.

—Buenos días a todos. Bienvenidos —habló—. Me entusiasma poder compartir con vosotros que, en pocas semanas, el programa piloto *Sinergia* será, al fin, una realidad.

Selena acompañó la formalidad de su discurso con un aplauso que ella misma inició y dedicó a los asistentes, quienes la secundaron sin dudarlo.

Desde que ocupó la dirección general en verano, su principal afán era hacer realidad el censo que, durante el año de liderazgo de Ricardo Varone, se mencionó mucho, pero no se concretó en nada. Según Selena, hoy día, con las tecnologías existentes y la globalización, crear un registro de los grados de suerte de todo el mundo ya no era una quimera, sino algo realizable. *Sinergia* lo demostraría. Así se llamaba el programa piloto que, en pocas semanas, recabaría la información necesaria para definir los grados de suerte de todos los habitantes de Ciudad Fortuna. Para ello, se habían unido al gran proyecto de la ciudad: *eFortuna Global*.

—*Sinergia* nos ayudará a afianzar la enseñanza de los dogmas —señaló, en un momento de su ilusionada alocución—. Ampliaremos la base científica de la genética. Seremos un instrumento de conocimiento, una influencia positiva. Ese será nuestro éxito.

Mientras declamaba, Selena disfrutó al observar las adustas muecas de algunos de los presentes. Sabía muy bien quiénes eran sus aliados y quiénes sus enemigos.

Su nombramiento como nueva directora general, más que un ascenso, fue una irrupción. Apareció en escena cuando nadie la esperaba, cuando casi todos la consideraban fuera de juego. Había estado lejos de la Organización Heptágono y Ciudad Fortuna mucho tiempo, más del que ella misma estimaba cuando se fue. Por aquel entonces, temió no sobrevivir al quebranto, pero su suerte resistió. Se recuperó a tiempo de poder regresar y derrotar a todos sus oponentes.

—Gracias por vuestra entrega, compañeros. Sigamos trabajando y persistiremos.

Con esas palabras y un nuevo aplauso, Selena dio por terminada su intervención. Era partidaria de parlamentos sucintos pero intensos.

A continuación, se sirvió un sencillo ágape a los asistentes. Ella bajó de la tarima. Varios miembros de la Organización le dieron la enhorabuena por sus palabras y no ocultaron su excitación por el programa piloto *Sinergia*. Uno de los letrados de Heptágono se acercó a ella y le ofreció una copa de champán.

—Excelente oratoria —la piropeó.

—Muchas gracias —dijo ella.

—Y prodigiosa oradora —anotó él.

Selena bebió un lento sorbo de champán mientras no le quitaba ojo al gentil letrado.

No le sorprendió sentirse observada o incluso deseada. Era lo que ella pretendía. Había escogido un traje blanco, que resaltaba su seductora piel mulata y, sin resultar demasiado ceñido, contorneaba con sensualidad las curvas de su voluptuosa figura. Sus rasgos felinos cautivaban. Sus ojos color miel penetraban.

Le dio la impresión de que los cuchicheos sobre ella continuaban. No le importó. Era consciente de que su prolongada ausencia suscitó rumores. La explicación oficial de su baja fue que había sufrido un cáncer de mama, si bien ella se negaba a tratar el tema, actitud que contribuía a que ciertas suspicacias no cesasen.

Pensar en aquellos meses le recordó que, cuando tuviera un minuto, debía telefonear a Miranda. Entretanto, conversó con unos y con otros. Le desagradó cruzar su mirada con la de Isaac Wagner. También le fastidió reconocer a la chica de la tez demacrada y las ojeras que iba con él. Ya se encargaría de que esos dos dejaran de rondar por allí.

Aunque nadie lo notara, mantener el equilibrio era difícil para ella, sobre todo porque las cuerdas que sostenían su entereza podían tensarse a la mínima. Sus pulsiones, aplacadas, todavía existían. Siempre lo harían. En cualquier momento, podía derrumbarse. Eso fue lo que le ocurrió con Alexander. Ahora, ya no pensaba en él, mas nunca le olvidaría.

Con disimulo, Selena empleó una de las numerosas y disonantes escaleras del original patio para zafarse un rato de la reunión. Necesitaba estar sola, respirar hondo y alejar esos pensamientos malos. Si las cuerdas se tensaban, podía acordarse de Djoser.

Y, en el fondo, lo que temía era enfrentarse a los pensamientos que más la trastornaban, los que siempre subyacían en el recuerdo de Alexander o Djoser: los de Ariel.

6

Nunca imaginó que la invitarían a un evento de esa clase. Nunca imaginó que formaría parte de una élite como aquella. Nunca imaginó que el fruto de su labor pudiera generar efectos de hondo calado. Pero lo cierto era que jamás imaginó la mayoría de las cosas que habían sucedido en su vida. Y no todas habían sido buenas.

Irene Berkel era una de las asistentes al evento sobre el programa piloto *Sinergia*, en el patio interior de la Organización Heptágono. Desde una posición discreta, casi cohibida, al lado de una de las escaleras, no podía evitar decirse que ella no pertenecía a ese lugar. No se sentía real, genuina. ¿Cuál era su sitio?

Nerviosa, incapaz de atender a la soflama que la directora general les soltaba desde el atril, se ensimismó en los numerosos detalles de tan peculiar estancia. Ese patio interior era un símbolo de la Organización en más de un sentido. El suelo, los muros y cualquier superficie eran lisas, pulidas e inmaculadas. Incluso resplandecían. La representación de Fortuna inspiraba prestigio y esplendor. Las claraboyas translúcidas del techo permitían entrar la luz. Y, pese a la idílica primera impresión, las complejas escaleras, cada una de las cuales nacía y desembocaba en una altura, así como el modo en que las entradas y salidas se mimetizaban con la decoración, connotaban que ese patio no era sino un claro en mitad de un laberinto.

La exposición de Selena Myers le pareció un aburrimiento. Irene no se sintió aludida cuando la directora general enfatizó que la puesta en marcha de *Sinergia* suponía el éxito de todos. ¿De verdad ella pertenecía a Heptágono? Cuando el discurso concluyó y se sirvió el ágape, Isaac le consiguió una copa de vino. Eso la apaciguó.

Su primer contacto con la Organización fue como autónoma. Recurrieron a ella para que diseñara un sistema de información que almacenara y gestionara los ingentes datos de la institución. Después, gracias a Isaac, Irene se había incorporado a la plantilla fija del departamento de información. Ahora, su función estaba relacionada con *Sinergia*, dado que iba a supervisar el flujo de información entre Heptágono y *eFortuna Global*.

El evento no se prolongó demasiado, lo cual la alivió. Le apetecía salir de allí. Durante el cóctel, había creído ver cómo la directora general le dedicaba una mirada ceñuda.

Los presentes podían disfrutar de la tarde libre, así que Isaac fue a buscar su coche al garaje. Entretanto, ella cruzó los pasillos del intrincado edificio hasta llegar al vestíbulo.

Mientras aguardaba, contempló el vestíbulo. Recordó el día de verano que estuvo allí por primera vez. Observó las esculturas de *Palas Atenea* y el *Discóbolo*, dos símbolos más de la Organización Heptágono, que reposaban en dos hornacinas en las paredes laterales. Recorrió con la mirada los dos tramos de escaleras que se unían en un rellano central, donde se ubicaba el ascensor. Rememoró el asombro que experimentó al ver con sus propios ojos aquel sitio, que, antes, su hermano ya había pisado y le había descrito con bastante detalle.

Suspiró rendida. De algún modo, tarde o temprano, su cabeza siempre la conducía a Alexander, de quien se había distanciado. Su vida y estatus actuales dependían de Isaac y de la Organización. Ni él ni Heptágono le perdonarían que contactara con su hermano.

De todos modos, Irene no pensaba volver ni a Alexander ni a su vida anterior. Había cambiado. Ya no lucía el *piercing* en la oreja ni llevaba el pelo corto. Ahora, tenía una media melena castaña clara pero deslucida. Unas cuidadas pestañas y cejas hacían destacar sus ojos marrones, a pesar de las ojeras. Ya no vestía con tanta informalidad. Un bolso había sustituido a su mochila. Era posible que su delgadez se hubiera acentuado. Y, de vez en cuando, se notaba rígida, como si le faltara el aire, malestar que intentaba ignorar.

Isaac detuvo su coche en frente del edificio. Irene salió a la avenida Sageco y subió al asiento del copiloto. Se fijó en cómo unos viandantes miraban de reojo a Isaac. Supuso que habían reconocido al vicealcalde. También la miraron a ella, lo cual la molestó. Ser la chica de un político era otra cosa que nunca imaginó, igual que ser la chica de un chico.

—¿Adónde quieres ir? –preguntó Isaac.

Irene dudó un instante. Podía pedirle a Isaac que la llevara a su piso, al barrio de Saberes. Allí, podría divertirse con su hámster Sam, descansar y recapacitar acerca de por qué cada vez se sentía más tensa, fuera de lugar, crispada e incómoda.

—A tu casa. Luego, podemos salir –dijo.

Eso era. Podían salir. Él la llevaría donde ella quería, allá donde obtendría un poco de relax, un poco de lo único que placaba su sensación de malestar: el H17. Deseaba su sosiego, lo necesitaba, pero sabía controlarse.

Rumbo al Arco Clásico, mientras fantaseaba con tan grato sosiego, pensó en Héctor y se preguntó si este estaría orgulloso de ella. No había nada que Irene anhelase más.

7

Desde que Alexander se había habituado a la nocturnidad, las horas de luz le parecían irreales, como si no viviese de verdad. Casi siempre las pasaba recluido en su guarida. Esa tarde de miércoles, mientras preparaba el tapete, los naipes y las bebidas, reflexionó que esa irrealidad se debía a que había perdido casi todos sus vínculos con una vida normal.

Alexander era un prófugo. Casi dos años antes, le acusaron de dos muertes de las que no era responsable. Uno de los crímenes ya se había aclarado. En cambio, todavía le imputaban la muerte de Ismael Wagner, estimado filántropo de la ciudad y director general de la Organización Heptágono. Él había establecido un inesperado pacto secreto con la comisaria Miralles, quien confiaba en su inocencia: él no se dejaba ver y ella procuraba que la Policía olvidase su búsqueda. De ese modo, se había refugiado en lo ilícito y nocturno.

Desde hacía un año, vivía en la parte trasera de un local comercial en desuso, un viejo taller de reparación de calzado. El sitio pertenecía a Goran Zerbe, quien, después de adquirir la propiedad en alguna partida, había separado el taller de la pequeña vivienda posterior y permitía su uso a Alexander, a modo de retribución en especie. Ubicado en la calle de la Barrilla, en el barrio de Hornos, bastante cerca de la avenida Fabriko, el apartamento formaba parte de un viejo y humilde edificio. Se accedía al local por un callejón lateral. El exiguo inmueble constaba de un dormitorio, un salón, una cocina y un baño. Poseía numerosos desperfectos y contaba con un mobiliario estropeado.

Uno de los pocos lazos con la realidad que Alexander mantenía era su compañero de piso, su colega felino, Trece. El gato, de duro pelaje negro, cara redondeada y ojos dorados, usaba los ventanucos del piso, que tan poco iluminaban el lugar, para sus escapadas. Si estaba en casa, se las ingeniaba para coger una de las posesiones más llamativas de su colega humano: un dado de cristal azul, cuyo brillo siempre le había apasionado.

Alguien llamó a la puerta con dos rítmicos golpes. Alexander recibió a Frank Axel, la única persona con quien Alexander se relacionaba desde que se alejó de sus allegados. Era un veinteañero de apariencia fuerte aunque inofensiva, carácter receloso, pelo castaño oscuro, barba rala y rasgos redondeados, con unos ojos de iris marrón verdoso y una cicatriz en la mejilla izquierda. Era gafe, cosa que no supo hasta que Alexander se lo desveló.

Los dos habían trabado cierta relación de maestro y aprendiz. Esa tarde, echaron una partida de cartas de resultado impredecible, dado que ambos portaban el infortunio, entretenimiento al que se habían habituado. Mientras tanto, Trece se paseaba entre las piernas de los dos humanos. Estos decidieron no encender el brasero. Todavía no hacía frío.

Cuando Alexander jugaba aquellas partidas con Frank, le resultaba inevitable recordar a Héctor, su padre adoptivo, con quien tantas veces jugó. Héctor le ayudó a comprender su maldición, le enseñó sus valores y trató de hacer de él alguien sin suerte, pero con alma. En los últimos tiempos, no obstante, Alexander había tenido que apartar aquellas enseñanzas.

Entre mano y mano de naipes, al evocar a Héctor, Alexander decidió hacer algo que hacía tiempo que tenía previsto.

—Tengo algo para ti —desveló.

Ante la mirada intrigada de Frank, se sacó cierto objeto de un bolsillo y se lo ofreció.

—Mi padre adoptivo me dio el mío —añadió Alexander— y creo que me corresponde a mí darte el tuyo. ¿Sabes lo que es?

Serio, Frank asintió con la cabeza. Miró la pequeña pieza de estaño, con forma de bellota y un cordón anudado a una anilla, que había sobre la palma de la mano de su maestro. Sabía lo que era: un amuleto. Despacio, como si acaso pudiera quemarle, lo cogió.

—Gracias —dijo Frank, parco.

—¿Qué pasa? —preguntó Alexander—. Dilo, sea lo que sea. Di lo que piensas.

—No, no es nada. Es solo que supongo que ya soy miembro oficial del club.

—Ya lo eras, chico. Siempre has sido del club, solo que ni te lo imaginabas.

—Ya, sí, pero ahora…

—Ya no lo puedes negar —afirmó Alexander, que entendía sus sentimientos.

—Eso es.

—Pero nunca pudiste negarlo. Eres gafe. Naciste gafe. Morirás gafe. Eso no cambiará jamás, confía en mí. Lo más seguro es que tu grado de suerte sea dos. Y el segundo dogma dice que "La suerte persevera toda una vida". Más te vale aceptarlo y mirar adelante.

Frank esbozó media sonrisa y, más conforme, se colgó ese amuleto con forma de bellota del cuello. El instinto hizo que Alexander acariciara el trébol de madera de cuatro hojas que pendía del suyo y recordara la herradura de latón que perteneció a Héctor Berkel.

—¿Crees en todas las cosas de la suerte de las que tanto me hablas? —interrogó Frank.

—Creo en bastantes cosas —respondió Alexander—, en más de las que hace solo un par de años hubiera pensado. Las he aceptado. Algunas me cuestan, sí. Unas pocas las rechazo. Pero he conocido personas asombrosas, capaces de vaticinar el destino y ver más que tú o que yo. Y, aunque reniegue de algunas supersticiones, jamás repudiaré la verdadera suerte.

En los arrebatos de pesadumbre, como esa tarde de otoño en la que, de improviso, el remordimiento repiqueteó en su conciencia, se repetía a sí mismo que era un buen hombre. No podrían arrebatarle eso. Él se había resignado a la añoranza. Había renunciado al mejor amigo que había tenido por lealtad a su familia. Mas había traicionado una promesa.

Luka Miller tenía la tarde libre. Salir de paseo con su hijo le había parecido una buena idea, pero la soledad le había arrastrado a la nostalgia. Marko tenía casi dos años. Iba en su cochecito, pues no era amigo de las caminatas. Jugaba solo, inmerso en esa imaginación sin fronteras propia de su edad. Su padre echaba en falta un adulto con quien conversar.

Echaba en falta a su mejor amigo, un hombre llamado Alexander Berkel, un gafe. Ya habían pasado dos años desde la noche que se conocieron, en un triste corredor del hospital. Juntos, habían vivido aventuras. Confiaban el uno en el otro. Pero, más de un año antes, después de unos cuantos sucesos infaustos, Alexander decidió distanciarse de aquellos que le importaban, con la intención de protegerles de su halo gafe.

Marko empezaba a manifestar una peligrosa mezcla de sueño y hambre, por lo que, al atardecer, Luka emprendió el retorno a la calle de las Pizarras, una vía que debía su nombre a los típicos tejados de dicho material que cubrían la mayoría de sus casas. Cuando llegaron a su casita, una pequeña construcción blanca de dos plantas, cruzaron la chirriante puerta de la verja que la circundaba. Una vez en el interior, dejaron sus chaquetas en el recibidor y pasaron al salón. Todo estaba lleno de trastos. Allí nunca quedaban rincones libres.

Clarisa, que debía estar en la cocina, salió a recibirles.

—Ya os iba a llamar —dijo—. Un minuto y la cena está lista.

—Muchas gracias —anotó Luka, y la besó en los labios.

Adoraba a su mujer. La amaba sin duda. Le fascinaba la tonalidad dorada de su espesa melena, que tanto le gustaba acariciar, la delicada caricia de su piel, las pecas que a veces la adornaban y la bondad que inspiraban sus ojos verdes. Tenerla a su lado era un regalo de la suerte. A ella nunca le agradó la amistad entre su marido y un gafe. Luka comprendía que temiera por el porvenir de su hijo, por lo que procuraba no culparla.

Después de cenar, Luka se encargó de bañar a Marko. Ese ritual tranquilizaba al crío y le disponía para dormir. Los ojitos azules se le empezaban a cerrar con facilidad. Se frotaba su límpida carita y se revolvía su fino pelo moreno. El parecido físico con su padre era incuestionable. Antes de irse a la cama, echaron de comer a los peces de colores.

Más tarde, Luka se dio una ducha rápida antes de meterse en la cama. Mientras se secaba, se miró en el espejo. A sus treinta y tres años, se sentía en buena forma. Su estatura y complexión eran normales, sin resultar corpulento. Su pecho, casi carente de vello corporal, presentaba una antigua cicatriz que recorría su esternón. Tenía el pelo fino, corto y moreno. Unas delgadas patillas perfilaban su rostro, de piel lampiña. Poseía los ojos azules típicos de su familia, los de su abuela. Usaba unas gafas redondeadas, que limpió antes de vestirse con el pijama, consciente por primera vez en el día de lo cansado que se encontraba.

Meterse en la cama fue reconfortante. Encendió la lámpara de su mesa de noche para no molestar a Clarisa, que se despidió de él con un beso y se quedó dormida enseguida. Él echó una hojeada a uno de los diarios de su difunta abuela, Betina Sikorski. Le reconfortaba releerlos de vez en cuando.

Su abuela fue una mujer extraordinaria, una clarividente de la suerte. Él la quiso mucho. Ella predijo su primer encuentro con Alexander antes de que aconteciera, de la misma manera que pronosticó otras tantas cosas, no todas ellas buenas. Fue a quien Luka prometió que no dejaría a Alexander.

La lectura duró poco. Como a Marko, los párpados le pesaban. Apagó la lámpara y se quedó traspuesto en un santiamén. Algo le llamaba.

En mitad de la noche, se despertó alterado. Oyó cómo Marko se agitaba en el cuarto contiguo. Luka supo que acababa de soñar algo fundamental, pero no se acordaba de nada.

9

Anduvo con sosiego entre los mausoleos, mientras el Sol se ocultaba y llegaba la hora de cierre del camposanto. El final del día volvía sus cavilaciones más sombrías. Le llevaba a plantearse el concepto del retiro. Eso no era para él. Se oponía a que su edad se relacionara con el declive. Él no se jubilaría. Al contrario, se sentía lleno de energía y determinación.

Adolph Klausmann no paraba pese a sus sesenta y seis años de edad. Tenía achaques. Su vida no había sido fácil, pero él jamás se quejaba. Detestaba a los pusilánimes. Su delgadez, sus arrugas y su cojera le hacían parecer enclenque. Asía con fuerza su bastón. A la luz de ese atardecer, su atuendo blanco le asemejaba a la imagen de un espectro, una visión.

Le gustaba la actividad. Se alimentaba de adrenalina. Ejercitaba su intelecto. Llamaba la atención el vigor que poseía. Ese miércoles, por ejemplo, se había levantado temprano. Si no madrugaba, le torturaba la impresión de que malgastaba el tiempo. Valoraba los días que aún le quedaran por vivir. Pensaba sacarles el máximo provecho.

Se sentía forastero. Aquella ciudad no era su sitio, a pesar de sus virtudes y prodigios. Se había trasladado allí por trabajo. Una inesperada oportunidad profesional, muy vinculada a sus metas ocultas, había surgido en el momento preciso. Se había mudado a Ciudad Fortuna, a una casa extraña, con la única compañía de su mascota, su hurón Wotan.

Después de dejar todo arreglado en la casa, había pasado la mañana y parte de la tarde sumido en el éxtasis que le producía trabajar. Toda su vida, su gran pasión había sido investigar. Experimentar le embargaba. Desdeñaba los límites. Era capaz de encerrarse días enteros en su laboratorio, obcecado por conseguir los fines que se había propuesto. En ese momento, su usado maletín se veía repleto de fotocopias y cuadernos con anotaciones muy dispares relativas a células, radiación, reacciones extremas y, cómo no, la suerte.

A media tarde, había visitado una de las siete centrales operativas de su empresa, distribuidas alrededor de la ciudad. Se situaba al final de la avenida Persisto, sobre el cerro que horadaba la salida meridional de la urbe. Vista desde fuera, no era más que una tosca edificación, elevada y oblonga, encima de la cual se alzaba una estructura similar a una antena de telecomunicaciones. Allí, todo iba según lo previsto. Nadie, ni siquiera en el Ayuntamiento o en la Organización Heptágono, imaginaba lo que él preparaba con el oportuno pretexto de *eFortuna Global*.

Cuando hizo su aparición en el terreno vallado de la central operativa, avanzando con parsimonia con el apoyo de su bastón, varios operarios se fijaron en él. Adolph sabía lo que pensaban. Era consciente de la imagen que inspiraba. Aparentaba ser un hombre víctima de lo peor de la senectud. Era bastante alto y flaco, lo cual transmitía una falsa flojedad, pues, aunque renqueaba a causa de la cojera, era brioso y siempre iba erguido, con la cabeza alta. Sus manos se veían arrugadas, igual que su nervudo cuello y su rostro. Le gustaba clavar sus ojos, de hondo iris marrón oscuro. Tendía a fruncir el ceño. Sus pómulos se marcaban y su nariz y barbilla eran puntiagudas. Conservaba un recio cabello cano. Lucía un afeitado apurado. Se le secaban los labios. Prefería la ropa clara, de manga larga incluso en verano.

Sin embargo, esa imagen de varón senil distaba mucho de la realidad. Él era de todo menos un decadente anciano. Adolph era inteligente, observador y meticuloso. No descuidaba los detalles. Su cerebro se mantenía fresco y, de hecho, robustecido por la longevidad. No podía presumir de ser un tipo sociable, pero valoraba la familia y el concepto de legado. Miraba al largo plazo. Era celoso de sus cosas. Podía resultar bastante recto, adusto y hasta cascarrabias. Le repelía la vaguería o la debilidad. Jamás dudaba de sus objetivos y prioridades. No opinaba que el egoísmo fuese un defecto. En ciertas ocasiones, llegaba a obcecarse sobremanera con sus aspiraciones. No era escrupuloso. Los remilgos eran de bobos.

Tras supervisar las tareas en la central operativa de la avenida Persisto, con la tarde ya avanzada, una idea rara ocupó su mente. En lugar de regresar a casa, se puso a pasear y, sin saber por qué, terminó en el Cementerio del Arcángel Miguel. Un entorno como aquel no era lo más recomendable para su humor actual. Con todo, allí estaba. Desde las tinieblas de su corazón, una voz umbría le había empujado a adentrarse en semejante territorio.

El camposanto, ubicado en un extremo poco frecuentado del barrio de Serenidad, en efecto, muy próximo a la central operativa, se extendía por una vasta superficie. Lo rodeaba un muro dotado de varias entradas. Adolph localizó la parcela donde estaba enterrada parte de su familia. La mayoría eran ascendientes suyos, pero allí también encontró a su hermana Esther y a su triste sobrina Vera. Contempló las lápidas en silencio.

De todos modos, la personita cuya muerte había trastornado a Adolph no estaba allí. No, a ella no la habían enterrado. La habían incinerado. No había ningún sitio donde poder visitarla. Tal vez, eso fuera lo mejor. La pérdida dolía. Dolía mucho.

Adolph Klausmann se sentía lleno de energía y determinación. El resentimiento sería su impulso. El quinto dogma le falló, pero iba a desquitarse.

El día pasó. La noche regresó. Finalizaba ese miércoles, día de Mercurio, el astro que, aunque presente en algún sitio, no se dejaba ver en la bóveda celeste, y el dios del comercio que, como su hermana Fortuna, era hijo de Júpiter.

Esa noche, Alexander acababa de recibir un mensaje de Goran Zerbe. Este no quería que acudiera a la partida de esa noche. Eso le inquietó. Temía que el nuevo socio de Zerbe le convenciera para que dejase de utilizar sus servicios.

El ambiente en la guarida resultaba desapacible. El inmueble no gozaba de buen aislamiento. El invierno se prometía difícil, como el último. Los muebles crujían, se quejaban. Un grifo goteaba. Aquello no era un hogar, sino la casa de nadie.

De madrugada, mientras escuchaba el ronroneo de Trece, que solía dormir debajo de la cama, Alexander se arropó con una manta por primera vez en esa estación. Intentó dormir, pero no lo consiguió. Le ofuscaba presentir que su *statu quo* se hubiese roto y el último compás de espera de su vida hubiese terminado, que el tiempo volviese a correr.

Tendido en la cama, insomne, con los ojos abiertos como platos, en la opacidad de la habitación, acusó la soledad. Eso hubiera sido impensable tiempo atrás, cuando él valoraba y perseguía su autonomía. Personas como Irene y Luka le ayudaron a abrirse. Ahora, volvía a aislarse por voluntad propia, pero añoraba compañías, algunas ya irrecuperables. Su carácter taciturno había evolucionado al conformismo y la indolencia. En ocasiones, la culpabilidad todavía ardía en su fuero interno. Procuraba dejar de castigarse por el pasado.

El desvelo y la negrura le condujeron a los recuerdos de su infancia, a una secuencia de momentos que había desenterrado en los últimos años. Todo empezó con una serie de instantes fugaces y deslumbrantes: juegos en maizales, risas con una niña pelirroja, meriendas en una cocina de madera, el tintineo de un "atrapasueños" de sonido nostálgico... Alexander siempre pensó que su familia le abandonó por su tara y el tercer dogma: "Los actos más puros del cuerpo y el corazón funden la suerte de las personas".

Todo cambió cuando esos recuerdos efímeros empezaron a expandirse. Evocó otros. Rememoró cómo un grupo de hombres, vestidos de blanco, asaltaron su hogar, una agreste finca con un gran caserío. Le raptaron en presencia de su desesperada madre, una mujer de hermoso cabello moreno. Entonces, Alexander supo que su familia no le abandonó.

O, al menos, que su madre no le abandonó. Porque su padre sí lo hizo. Su padre biológico era Joseph Klausmann. Él mismo lo confesó. Lo hizo trece meses antes, en circunstancias muy abruptas. Desde entonces, padre e hijo no habían vuelto a verse. Joseph estaba cerca, pero Alexander no podía reencontrarse con él. Y nadie era consciente de todo ello.

Esa revelación intensificó los agobiantes y umbríos recuerdos del lugar al que fue tras el rapto: una huida aterrada por un pasadizo oscuro; un descenso por una estrecha escalera; un sótano con camillas, correas, máquinas y agujas; manchas en la piel; chillidos incesantes; y un nuevo elemento que había emergido de la negrura del olvido: un símbolo compuesto por una estructura radial con siete brazos serpenteados, seis negros y uno carmesí.

Agobiado por recuerdos y emociones, Alexander durmió sin conseguir descansar.

A la mañana siguiente, voces, martilleos y taladradoras le sobresaltaron. Se oían cerca. Intrigado, se vistió. Oculto tras el abrigo oscuro y las gafas negras, salió al callejón. Había un grupo de obreros uniformados en la esquina próxima. Trabajaban en el tendido eléctrico. Con disimulo, cabizbajo, Alexander se alejó hacia la calle principal. Escuchó cómo uno llamaba a un telefonillo y pedía permiso para pasar al portal. Ese detalle no le gustó nada.

Algo peor acrecentó su turbación. Reconoció a ese obrero que hablaba al telefonillo. Era el jugador de la ceja partida. En el lateral del brazo de su mono de faena, vio un distintivo: una estructura radial de siete brazos serpenteados, seis negros y uno carmesí.

Muy preocupado, Alexander anduvo calle abajo. Sin ninguna duda, su *statu quo* se había quebrado. Cierto *impasse* a su alrededor había finalizado. Un reloj dormido volvía a marchar. Y en el horizonte atisbaba destellos de una temible oscuridad.

CAPÍTULO II

Apertura de juego

Aquel apeadero inhóspito era una estación de paso en un trayecto hacia el olvido.

Erik Dammer supervisaba el proceso a una distancia prudencial, a la precaria sombra de un solitario álamo que, aunque raquítico, resistía en mitad de aquella yerma llanura. El Sol del naciente estío pegaba fuerte esos días. Apenas corría brisa. La vía del tren se dirigía a una larga curva tras una colina. Atrás dejaba la silueta de los cerros.

Un largo y anticuado tren de cercanías, de un modelo en desuso, decorado con dispares grafitis, se había detenido en aquel claro de vegetación amarilla y seca. El traslado de los desgraciados que iban dentro completaba, al fin, la evacuación de la ciudad. Varios soldados se organizaban para contarles y verificar que no quedara nadie.

Un motor rugió detrás de Erik. Un coche acababa de llegar por un camino rural. Levantaba una nube de humo y polvareda a su paso. Albert Nissen salió del vehículo. Erik le observó mientras se acercaba a él. Albert tenía unos cuarenta años. Era bastante alto y delgado. Poseía unas facciones afiladas. Llevaba el pelo castaño claro muy corto. El rictus torcido de su rostro anticipaba su carácter agrio.

—¿Qué tal? —saludó—. ¿Algún retraso?

—Ningún retraso —negó Erik, irascible.

No soportaba la actitud de Albert. Este actuaba como si mandase allí y tuviese potestad para supervisar la labor de Erik en todo momento, como si fuese a cometer un error.

—Cuando acabemos con esto, podremos actuar con total libertad —comentó Albert.

—De eso se trata.

—¿Adónde irán?

—A un sitio u otro. ¿Qué importa? Los dispersaremos. Serían un problema si siguiesen juntos. Separados es posible que, con el tiempo, olviden todo.

—Ojalá así sea —suspiró Albert—. Ojalá sí lo olviden todo.

Erik miró a Nissen. Por algún motivo, quizás irracional, esa frase le había exasperado.

—¿Por qué te obsesiona tanto esto? ¿Qué sacas de aquí?

Albert sostuvo la antipática mirada de Erik sin amedrentarse. Meditó, y respondió:

—Solo quiero ayudar. Ya te lo he dicho. Solo quiero ayudar a quienes fueron víctimas de un fanatismo que he aborrecido toda mi vida.

Erik le hubiera replicado con gusto que allí el verdadero fanático parecía él. Optó por contenerse y respirar hondo. Más tarde, añadió:

—Al final, el incendio salió bien. Fue arriesgado, pero les forzó a salir de su escondite. Después de ellos, ya no queda nadie ni nada.

Uno de los soldados le hizo una seña a Erik. Él movió la cabeza en sentido afirmativo. A continuación, el viejo tren de cercanías reanudó su lento avance.

Era cierto. Tras la curva y la colina, ese tren quedaría desterrado de todo recuerdo.

OCTUBRE 2015
(SIETE SEMANAS ANTES DEL FENÓMENO)

1

Ciudad Fortuna nació por obra de la ventura. La fecunda ribera del Tyche, un río que por aquel entonces no poseía dicha denominación, fue el enclave escogido por una pequeña comunidad para abandonar el nomadismo y establecer un asentamiento. Estos primeros fundadores se vieron atraídos por la belleza del entorno, la fertilidad de sus tierras y el abrigo del valle. Pronto surgió en ellos un fuerte vínculo con ese territorio, que tomaron como su hogar. Un magnetismo inesperado e innegable les fascinó. Antes de lo que pudiera imaginarse, olvidaron que hubo una época en la que fueron miembros de una etnia errante.

Alexander Berkel se sentía muy unido a la ciudad. Hacía ocho años de su llegada con su familia adoptiva. Antes de asentarse, Héctor, Irene y él habían sido un trío itinerante por diversos sitios. Bastantes veces, Alexander se arrepentía de no haberle preguntado a Héctor qué buscaban o de qué huían en aquel peregrinaje de años. Tal vez fuera el mal fario lo que su padre adoptivo trataba de esquivar. En cualquier caso, después de establecerse en la urbe, los tres experimentaron una férrea trabazón con la ciudad. Hablaban como si hubiesen vivido allí siempre. Llegaron a creer que habían olvidado toda su vida anterior.

Hoy, en las primeras semanas del otoño del año quince, la conexión entre Alexander y la ciudad se veía perturbada. Las latosas obras que afectaban a su barrio, y tal vez a toda la urbe, amenazaban la seguridad de su guarida. Desde hacía una semana, temía que los obreros llamasen al timbre de su puerta, en el lateral de la calle de la Barrilla. Para colmo, había descubierto el distintivo de los siete brazos serpenteados en los monos de faena de los trabajadores. Nada le escamaba más que ese vínculo impensable con su pasado.

Por eso, esa mañana de jueves, cansado de tantos recelos y temores, se propuso averiguar algo más. Se ocultó tras su ceñido abrigo oscuro, sus gafas de sol y su barba espesa, y se plantó delante de la puerta, de repente indeciso. A su lado, Trece, quieto como él, le observaba con interés. Alexander le miró y suspiró.

—Ya voy. No me pongas nervioso —protestó. No recordaba cuándo hablarle al gato se había convertido en algo normal.

Salió a la calle. Las temperaturas habían descendido, aunque el frío todavía era suave. Anduvo un rato por su manzana. El ambiente matinal era el habitual de cualquier día laborable. No tardó en reparar en un rostro conocido, que trabajaba junto a un cuadro eléctrico. Se trataba del jugador de la ceja partida. Alexander prefirió alejarse por si este le reconocía.

Un par de portales más abajo, se fijó en otro obrero, un hombre fornido de abundante barba castaña. Por cómo se dirigía a los demás, parecía ser el capataz. Alexander se aproximó a él, carraspeó, y saludó:

—¡Eh! ¿Qué tal?

El capataz fornido le miró un segundo, para después seguir con lo suyo.

—Bien —dijo.

—Disculpa que te moleste —prosiguió Alexander—. Vivo cerca y me he dado cuenta de que estáis con estas obras por todo el barrio. ¿Te importa decirme de qué van?

—¿Esto? —contestó el capataz, mientras se afanaba en sus tareas—. Estamos por toda la ciudad, sobre todo en la periferia. Es por lo del Ayuntamiento, *eFortuna Global*.

—Ya —asintió Alexander, meditabundo. Conocía el proyecto municipal de transformar la urbe en una "ciudad electrónica e inteligente", con lo que los ciudadanos podrían acceder a servicios públicos y demás con solo su huella digital. Nunca se había planteado que fuese necesario poner todo patas arriba. Y se preguntaba qué implicaciones acarrearía el proyecto para alguien como él, que necesitaba vivir escondido—. Oye, perdona que te moleste, verás, es que estoy fatal y busco trabajo. No sabrás qué empresa controla este tema, ¿verdad? Me gustaría acercarme a solicitarles un empleo.

—Vaya, ya veo, pues, si te digo la verdad, la mayoría somos de una empresa de trabajo temporal. Ellos nos contratan para otra gente.

Mientras el capataz hablaba, Alexander se dio cuenta de que el tipo de la ceja partida se acercaba despacio hacia ellos. Le pareció que el hombre le escrutaba con el ceño fruncido. Temió que le hubiese descubierto y se puso nervioso.

—Yo soy el encargado de esta cuadrilla —continuaba el capataz, quien parecía simpatizar con la historia inventada de Alexander—. Tengo poco margen de maniobra, pero si quieres puedes traerme tu currículum. A ver qué se puede hacer.

—Gracias —anotó Alexander, impaciente porque el tipo de la ceja partida se encontraba a pocos pasos de ellos—. Te lo traeré. Muchas gracias por todo, tío.

De esa manera tan abrupta, dio por terminada la conversación y echó a caminar calle abajo. Unos metros más allá, miró hacia atrás. Se percató de que un coche patrulla rondaba cerca de la boca de su callejón. La respiración se le cortó un instante, pero pronto mantuvo la compostura y reanudó la marcha. No debía descuidar que era un prófugo.

2

Dio una vuelta por el barrio. Dejó pasar el tiempo. Entró en una tienda de ultramarinos, donde se compró algo de comer y hojeó alguna revista. Más tarde, regresó a la calle de la Barrilla. Aliviado, no vio rastro de la Policía. Un coche de reluciente carrocería oscura, un tanto ostentoso para el nivel de vida del barrio de Hornos, llamó su atención. Estaba detenido en doble fila. Él se encaminó al callejón lateral.

A salvo en su guarida, se quitó el abrigo y las gafas. Antes de ponerse a cocinar lo que había comprado, reflexionó sobre la poca información que había obtenido. De momento, lo único que sabía era que el distintivo de los siete brazos, visible en los atuendos del capataz y sus obreros, estaba conectado de alguna forma con *eFortuna Global*. Era un comienzo.

Su razonamiento fue interrumpido por un repentino arrebato de Trece. De improviso, el colega felino, que se entretenía con su rascador en una esquina del salón, corrió hacia un ventanuco para encaramarse a él. Antes de saltar, le miró. Acto seguido, se escabulló. A pesar de que hacía dos años que convivían, Alexander no lograba entender los insospechados arranques del minino.

Entonces, algo detuvo su corazón: alguien llamó a la puerta con los nudillos. Fueron tres golpes rítmicos. No le cupo duda de que Trece había presentido la amenaza y, por eso, había salido despavorido. Esa última mirada antes de escapar había sido un intento de alertarle. Ojalá se comunicaran mejor.

Otros tres golpes rítmicos golpearon la puerta. Alexander no sabía qué hacer. ¿Serían los obreros? ¿Debía abrirles y actuar con normalidad? ¿Cómo justificaría que vivía allí?

—Alexander, puedes abrir —dijo una tranquila voz varonil, al otro lado de la puerta.

Él se quedó en *shock* unos segundos, hasta que reconoció el timbre de aquella voz.

Todavía timorato, abrió la puerta. Manuel Sócrates traspasó el umbral y se abrió paso hasta el salón, como si hubiese estado allí muchísimas veces. Tenía más de cuarenta años e irradiaba éxito y elegancia. Se le intuía seductor, con su figura esbelta, su rostro atractivo, su cabello moreno, su barba tan perfilada y sus labios carnosos. Vestía un traje de buen tejido y corte a medida. Como siempre, parecía que acabara de estrenarlo.

Sócrates observó la lúgubre vivienda sin disimular su desaprobación. También miró a Alexander de reojo, quizás sorprendido por su aspecto embrutecido. Este, mientras el empresario tomaba asiento en torno a la mesa, asombrado, interrogó:

—¿Cómo me ha encontrado?

—Creía que lo de tratarnos de usted lo teníamos superado. Ya tenemos confianza.

—¿Cómo me has encontrado?

—Tampoco ha sido tan difícil. Si te hubieses ido de la ciudad, tendría que buscarte por todo el mundo. Pero aquí estás. Lo pones fácil. ¿Por qué sigues en Ciudad Fortuna?

—Porque no puedo irme.

—¿Por qué no?

—No lo sé. ¿Cómo me has encontrado? —insistió, molesto por tener que repetirlo.

—¿Te cabrea?

—No —suspiró Alexander, consciente de que sonaba agrio—, pero sí me preocupa.

—¿Sabes cómo te he encontrado? —repuso Sócrates, bastante severo de repente.

—¿Cómo?

—He seguido el rastro de tus imprudencias —respondió el empresario, con firmeza. Le hizo un gesto a Alexander para que se sentara en la silla que quedaba frente a él. Este, pese a que esa era su casa y la situación no le agradaba, obedeció sin rechistar. Era evidente que el hombre estaba enfadado–. Sé que este es uno de los muchos locales que Goran Zerbe ha coleccionado por la ciudad a base de ahogar en deudas a jugadores empedernidos. Ese tipo posee una auténtica mafia inmobiliaria. Y no es lo único a lo que se dedica, aunque tú ya lo sabrás. Llevo meses oyendo comentarios, aquí y allá. He sabido escuchar. He atendido a lo que se leía entre líneas. Pensé en ti la primera vez que oí hablar del nuevo matón de Zerbe para sus timbas ilegales. Los pobres que se arruinan ahí no se enteran de lo que tú les haces, pero yo sí. Les echas mal de ojo, ¿verdad?

Alexander guardó silencio un largo minuto. No podía negar nada, era inútil. No tenía ni idea de cómo justificarse; en el fondo, porque no tenía justificación. Lo de "matón" no le había gustado. ¿Tanto había cambiado? ¿Así se le veía ahora?

–Hago para él lo que hacía para ti el año pasado. No es tan diferente –argumentó, si bien se arriesgaba a enojar más a Sócrates, dueño y gerente del vasto casino subterráneo de la ciudad, *La rueda de la fortuna*. Allí, durante una temporada, Alexander había echado su mal fario a tramposos y similares para ganarse la vida. Manuel había sido un valioso protector.

–Sí, es muy diferente –objetó Sócrates. En efecto, Alexander había escogido muy mal su defensa–. En el casino, solo echabas mal de ojo a quien probadamente lo merecía. Estoy seguro de que, con Zerbe, se lo echas a quien a él le conviene para estafar a los jugadores y ganar más pasta. Que tú quieras asumir o no lo que haces ya es otra cosa.

El hombre resopló para liberar la tensión. Movió la cabeza en sentido negativo. Miró a Alexander más sosegado, casi apesadumbrado, y este comprendió que, más que enfadado, en verdad, estaba preocupado. Sus siguientes palabras se lo confirmaron:

–¿No te das cuenta del peligro que corres con esa gentuza?

–Hago lo que puedo para salir adelante.

–Recuerdo la última vez que nos vimos, en la azotea de *La herradura de plata*. Respeté tu empeño de valerte por ti solo. Decías que no querías perjudicar a nadie más. Te entendí. Pero no creo que Goran Zerbe solucione nada. ¿Qué diría Héctor?

–A lo mejor, entendería que haya tenido que apartar sus enseñanzas para subsistir.

—Disculpa la bronca —añadió Sócrates—. No soy tu padre, pero le conocí y estoy seguro de que sufriría si te viera ahora mismo. ¿Cómo conociste a Zerbe?

—Había escuchado comentarios sobre él en el casino. Después de nuestra despedida, hallé el modo de contactar con él. Intento salir adelante. Mis posibilidades son precarias.

—Lo sé, sí, pero ya está. Tienes que cortar con ese mundillo. Te ofrezco algo, Alexander. Goran Zerbe es un extorsionador, un delincuente. Es peligroso. No negaré que sea mi enemigo. Está claro: sus timbas ilegales perjudican mi negocio de juego legal. Tiene lugares como este escondrijo por toda la ciudad. Sus timbas son itinerantes. Es difícil cazarle. Dime dónde las hace, ayúdame a desmantelar su trama y volveré a emplearte. Vuelve conmigo.

Alexander calló. Una parte de él opinaba que, como gafe, no le quedaba más remedio que vivir en la penumbra y moverse en el peligro. Otra le rogaba que aceptara la ayuda de ese hombre con una suerte superior antes de que fuese tarde.

—No seré pesado. Ya eres mayorcito. Sabes dónde localizarme —sentenció Sócrates, a la vista de su vacilación. Se puso en pie y se marchó sin más.

A solas, Alexander pensó en los retos que surgían ante él y temió acarrear el lastre de una mala situación de partida, fruto de sus malas decisiones.

3

Ricardo Varone se abrochó el cinturón de seguridad, se ajustó la corbata, miró su reloj y comprobó que, como de costumbre, la agenda se cumplía según lo establecido. Iban a otro acto de precampaña. Tenía un apretado plan semanal hasta las elecciones, para las que quedaban siete semanas.

En el coche, junto a él, viajaban sus dos inseparables asesores. El hombre gestionaba su agenda; la mujer, las relaciones con los medios. Eran dos treintañeros eficaces y sufridos. Ricardo olvidaba sus nombres a menudo.

—Primero recogeremos a la señora Varone —informó el hombre, que iba sentado a su lado. La mujer, en el sitio del copiloto, tecleaba a toda velocidad en su móvil.

Se adentraron en el Arco Clásico. Se escuchaba una tertulia política retransmitida por la radio. En ella, se debatía sobre la "doble elección". Uno de los comentaristas añadió que, si vencía en los comicios, ser primer ministro sería un magnífico broche de oro para Varone "por su edad". Eso desagradó a Ricardo. Tenía cincuenta y ocho años. ¡No era tan mayor! No era la primera vez que opiniones de ese tipo llegaban a sus oídos. Le molestaba. En su fuero interno, ser primer ministro del país no suponía la última etapa de su carrera.

En la calle del General Tauber, Casandra Varone se subió al espacioso vehículo.

—Buenos días —saludó, con esa suave voz que, décadas antes, entonara preciosas melodías en una coral.

Casandra tenía dos años menos que su marido. Aunque la madurez era visible en ella, poseía una belleza esencial. Siempre fue delgada, característica que se acentuó cuando perdió a su hija. Ahora, se la veía más saludable. Su cabello moreno había recuperado el brillo. Sus ojos, de color ceniza, eran preciosos. Lucía las arrugas con elegancia.

Ricardo y Casandra dejaron de ser un matrimonio unido mucho tiempo atrás. Tras el fallecimiento de Lara, se distanciaron. Sus personalidades eran muy diferentes, pero seguían juntos, para asombro de Ricardo. Su relación actual era fría y cordial.

—El hotel donde se alojarán en la capital ya está listo, señor alcalde —comunicó la asesora, pendiente de su móvil.

Ricardo se revolvió en el asiento. No quería que sacaran ese asunto con Casandra allí. Desde que, el año anterior, ella le diera un par de soberanas bofetadas, le tenía un poco de miedo. No se había atrevido a abordar con ella la necesidad de mudarse a la capital. No le había pedido permiso para trastornar así su cotidianeidad. Había dejado que ella lo dedujera sin hablarlo a la cara: si él ganaba las elecciones, los dos tendrían que dejar Ciudad Fortuna de modo permanente. Temía su reacción al respecto.

No obstante, Casandra no dijo nada. Contemplaba la ciudad por la ventanilla. Parecía que no hubiese oído nada. Una indescifrable sonrisa adornaba su rostro.

Llegaron al lugar donde se celebraba el acto. En una plaza de la avenida Abundo, más al norte del puente del Concejo, se hallaba el Foro de los Relojes: un antiguo edificio, construido con un estilo historicista casi único en la urbe. Contaba con varias torres con relojes, otro elemento igual de inusual en la ciudad. El evento iba a desarrollarse en el vistoso recinto, similar a un parqué bursátil, donde, siglos atrás, ciertos orfebres ejecutaron las primeras operaciones con papel moneda. Hoy, era sede de organismos y delegaciones oficiales.

Ricardo se desenvolvió con soltura, como de costumbre. Había nacido para actos de esa índole. Proyectaba la imagen de un gobernante de éxito y confianza. Nadie reparaba en sus falsedades. Su estatura superaba por poco la media, gracias a las alzas de sus relucientes zapatos. Sus trajes hechos a medida encubrían la firmeza perdida en su torso y su vientre. Su repeinado cabello moreno, obra del tinte, requería de implantes para ocultar la alopecia. Se afeitaba a diario. Sus ojos marrones y mates atravesaban. Detestaba que se le plisara la frente. Sus dientes blanqueados resplandecían. Era, en conjunto, un político fotogénico.

Tras atender a los periodistas, charló con algunos asistentes en un tono más distendido, pero siempre prevenido. Vigiló a lo lejos a Casandra. Ella también conversaba. Incluso la oyó alabar sus años como alcalde con una naturalidad pasmosa. No se lo explicaba: hacía décadas que Casandra no se involucraba así en una campaña. Aprovechó un momento de tranquilidad para, con diplomacia, llevarla a un rincón apartado.

—Casandra, ¿estás bien? —preguntó.

—Pues claro —afirmó ella. Sus ojos evitaban todo contacto directo con los suyos.

—Casandra —titubeó él. No sabía explicar la inquietud que su actitud le suscitaba.

—¿Qué, Ricardo?

—Te veo tan entregada.

—¿Y?

—Casandra, ¿por qué lo haces?

Por fin, ella le miró a los ojos. Él intuyó que su relajado talante era fingido, que le engañaba. Quiso poder leerle la mente.

—Porque deseo verte triunfar, Ricardo —respondió ella.

Casandra volvió a mezclarse con los asistentes. Ricardo maduró esa respuesta. No se creía nada, pero ya no conocía a su mujer. No podía ni imaginar qué deseaba en realidad.

4

Selena Myers llegó a la sede de la Organización, un lugar lleno de caminos recónditos que, poco a poco, se desvelaban ante ella. Por ejemplo, existían varias maneras de subir a la séptima planta, cúspide del edificio. Casi todos los pasillos de Heptágono resultaban asépticos, ordenados, sofisticados e insustanciales. En cambio, las plantas altas se distinguían por un entorno más luminoso, hasta suntuoso. El despacho de Selena imponía: una amplia sala, con envidiables vistas a la avenida Sageco, en la que sobraban metros cuadrados, estructurados en varios espacios. Connotaba poder.

Selena utilizaba ese poder. Dominar era su estrategia ante toda adversidad. Condenaba la derrota. Le obsesionaba salirse con la suya. Perseguía sus fines con tal empecinamiento que era capaz de traspasar límites harto arriesgados. Se enorgullecía de su ambición. Anteponía sus aspiraciones. Reinar en la Organización Heptágono representaba, a pesar de su juventud, el culmen de su carrera profesional. Tenía grandes proyectos. El futuro le pertenecía. No lo estropearía. No volvería a errar. Se esforzaba por contenerse.

Alguien llamó a la puerta.

—Adelante —invitó ella.

Colin Sawyer pasó al despacho. El treintañero, de cuerpo atlético y ademanes decididos, imponía cierto respeto. El cariz afilado de sus facciones se veía acentuado por su perilla. Sus ojos, marrón oscuros, miraban con fijeza sin reprimirse. Aunque guapo, esta impresión huraña se correspondía con su descaro: no se cohibía al decir lo que pensaba.

Selena se llevaba muy bien con él. Le consideraba su mano derecha desde que estuvo en el departamento de investigación. Le había nombrado director de operaciones. Tomaron asiento alrededor del escritorio principal. Realizaron su habitual repaso a las iniciativas más importantes de la Organización, con especial atención a *Sinergia*.

Selena se había propuesto desmarcarse de los estilos de sus dos predecesores. Por un lado, Ismael Wagner gobernó con una ortodoxia excesiva y una pasividad anquilosante. Fue un hombre centrado en el pasado, no el futuro. Por otro lado, Ricardo Varone, que durante sus inicios parecía dispuesto a comerse el mundo, pronto se acomodó. Debió descubrir que Heptágono le era más útil al servicio de sus intereses políticos personales. Selena, al contrario, deseaba abordar grandes proyectos. En los meses recientes, la actividad en la Organización había aumentado de manera notable. Sus intereses eran los grandes intereses. Aspiraba a que Heptágono influyera e interviniera. Ella creía en la filosofía, que debía ser el eje explícito de todo cuanto allí se hiciera. La genética le atraía desde una óptica no fundamentalista, aunque tenía claro que era el modo de que la Organización se hiciera poderosa. Con el programa *Sinergia* iba a constatarse. Por último, la religión era una curiosidad histórica anticuada, un vestigio que no merecía malgastar recursos de Heptágono.

—Nuestro colega, ¿a qué se dedica? —anotó Selena, en un momento de la reunión.

—Continúa haciendo movimientos de lo más sospechosos. Cree que nadie le ve.

—Deja que siga —dijo Selena, sin reprimir una risilla maliciosa. Desde la cima, las intrigas podían resultar bastante divertidas.

Durante su ausencia de Ciudad Fortuna, Ricardo Varone e Isaac Wagner maquinaron para que, tras la renuncia del primero, el segundo fuera elegido nuevo director general. Ella reapareció cuando menos se lo esperaban y batalló. Presentó su candidatura. La criticaron. Soportó muchas presiones, que la conminaban a consensuar una candidatura unificada con Isaac. Ella se negó. En la reciente sesión anual, por primera vez en muchos años, dos candidaturas opuestas se enfrentaron en una reñidísima votación. Selena ganó por la mínima. Aprovechó para imponer su equipo. Se quitó de en medio a personas como Yuri Anton. Se vio forzada a mantener a Isaac como director de información y número cuatro de su ejecutiva. Sin embargo, estaba decidida a que esa situación fuese transitoria. Ser directora general otorgaba una visión privilegiada, cuestión que iba a aprovechar sin recatos.

5

Alexander pasó el día en su guarida. Se arrimó el brasero para calentarse. Navegó por Internet con su *smartphone*. Intentó averiguar más información acerca de las obras de *eFortuna Global*. Consultó la web del Ayuntamiento y varios portales de noticias, donde solo halló datos escasos y opacos. Cuando anocheció, era presa de una imperiosa necesidad de salir y airearse. En pocas semanas, la gelidez del invierno dificultaría sus escapadas nocturnas.

Recibió un mensaje telefónico de Goran Zerbe. El jefe de las timbas ilegales requería sus servicios en la partida de hoy para "vigilar" a alguien. Alexander sabía qué implicaba esa "vigilancia". No iba a velar por la seguridad o el cumplimiento de las normas, sino a centrar su ojeriza en alguien en concreto para, de esa manera, beneficiar a algún oponente; oponente que, con toda seguridad, habría comprado la partida a Zerbe.

Saber que Zerbe volvía a recurrir a sus habilidades malditas le tranquilizó en parte. Se preguntó si habría aplacado las inquietudes de su socio respecto a él. Al mismo tiempo, era consciente de haberse entrampado en una espiral de peligro y criminalidad. Manuel Sócrates tenía razón en todo lo que le había reprochado por la mañana. Pese a ello, ahora mismo, Alexander no tenía más opción que seguir en esa espiral.

Por ello, después de cenar, abandonó su guarida, atravesó Fabriko y caminó rumbo a la mitad meridional del barrio de Hornos. El silencio imperaba en la barriada obrera. Utilizó su juego de llaves para entrar en la parte posterior del estanco. Una vez más, se percató de que los trasnochadores del primer piso continuaban con la luz encendida.

Ocupó su lugar en la cocina aneja al saloncito. La partida no había empezado todavía. Al parecer, uno de los jugadores se retrasaba. Alexander abrió la ventana interior que daba a la cutre sala de juego. Apagó la luz de la estancia para que los otros no se fijasen en él. Un mensaje de Zerbe le indicó que debía "vigilar" a un cincuentón de gafas caídas.

Para su sorpresa, agazapado en esa esquina de la cocina, descubrió que otro de los jugadores era alguien a quien conocía. Se trataba del capataz con quien había charlado por la mañana, el fornido de la abundante barba castaña. Supuso que el obrero de la ceja partida le habría hablado de esas timbas, a pesar del dineral que este había perdido.

A Alexander no le convenía nada arriesgar su velada posición, pero la posibilidad de aprovechar ese guiño de la ventura para retomar la conversación de esa mañana pudo con él. Estaba seguro de que el fornido capataz todavía podía proporcionarle información valiosa, de modo que se aventuró a abordarle una vez más.

La ocasión surgió cuando el capataz fue al cuarto de baño. Alexander se dirigió al pasillo, donde aguardó hasta que el tipo salió.

–Hola –saludó.

El capataz le miró con gesto contrariado. Se quedó en blanco un momento, hasta que pareció acordarse de él.

–Hola –replicó, sin duda escamado por la presencia de Alexander en ese lugar.

–¡Qué casualidad! –comentó Alexander. No sabía cómo conducir la situación.

–Sí, ya te digo. Hemos hablado hoy en la calle, ¿verdad? –inquirió el capataz, a quien el encuentro debía resultarle de lo más inverosímil. Con todo, actuaba con amabilidad.

–Eso es. Y ahora te veo aquí. ¡Qué curioso! Me comentaste que podía pasarte mi currículum, y la verdad es que me vendría muy bien que me echaran un cable, tío.

–Bueno, vamos a estar varios días por el barrio. Búscame y me lo das.

–Eso sería estupendo. Muchas gracias, tío. ¿Quién lleva todo eso?

–Lo gestionan varias empresas juntas. A mí y a todos los que conozco nos contrata una empresa de trabajo temporal para algo llamado "unión central" o "unión global".

–Ya veo.

Alexander hubiera formulado más preguntas, pero en ese momento oyó el sonido de la puerta del piso. Comprendió que el jugador que faltaba acababa de llegar.

–Bueno, tío, no te molesto ya –dijo–. Muchas gracias por todo. Te buscaré.

–Vale.

El capataz regresó al saloncillo y Alexander volvió a recluirse en su rincón de la cocina. Desde la penumbra, vislumbró al jugador recién llegado y le inquietó percatarse de que también le conocía: Dragan Tucker, un hombre de treinta y tantos o cuarenta años, cuerpo desgarbado, cara larguirucha y rictus desapacible. Había perfilado su otrora poblado bigote. Había sustituido sus gastadas y horteras camisas por un traje de aspecto barato. La última vez que Alexander le vio, Dragan intentaba justificarse ante la Policía entre todo el caos de "La noche escarlata", en *El séptimo cielo*. Dragan sabía quién era Alexander, lo cual resultaba preocupante.

De hecho, la velada se complicó. La partida reunía a cuatro jugadores: el cincuentón de las gafas caídas, el capataz de la barba espesa, Dragan Tucker y otro hombre. Alexander se esforzó por centrar su mirada maldita en el cincuentón, pero varios factores alteraron su concentración. Por un lado, pese a resguardarse en las sombras de la cocina, tuvo la impresión de que el capataz dirigía su mirada hacia él de vez en cuando. Era muy posible que el hombre todavía recelara por su presencia en ese antro, lo que podría destapar su función allí. Por otro lado, también le dio la sensación de que Dragan oteaba la cocina con disimulo. ¿Sabría este quién se ocultaba allí y para qué?

El nerviosismo de Alexander aumentó cuando se dio cuenta de que el capataz, quien ocupaba en exceso sus pensamientos, empezaba a acumular malas bazas. Mientras tanto, su objetivo, el cincuentón de las gafas caídas, apenas perdía dinero. Si la partida seguía por ese camino, el mal fario prometía provocar un auténtico descalabro. Un intranquilo Alexander trató de focalizar su energía en el cincuentón, pero no corrigió el fiasco. Vio, sin ninguna duda, cómo Dragan, que también pasaba una mala racha, dirigía una arisca mirada hacia él. En concreto, escrutaba el amuleto de su cuello, el trébol de madera de cuatro hojas que se veía bajo el cuello desabotonado de su camisa.

Poco después, Goran Zerbe se asomó a la cocina y, con visible pero mudo cabreo, le hizo una señal para que fuese con él. Apocado, Alexander le siguió hasta la entrada al piso, donde los de la accidentada partida no pudieran oírles.

—¿Qué coño haces? —increpó Zerbe, con unos susurros ásperos que acongojaban.

—Lo que yo hago no es ni fácil ni exacto —contestó Alexander. Debía defenderse. Por un segundo, se dijo que él no debía tener miedo. Él podía quitar la suerte. Él era el temible. Pero sí tenía miedo, porque era un prófugo y ese mafioso podía traerle muchos problemas.

—¡Me la suda! Si lo tuyo no funciona, no me sirves. ¡Tucker tenía razón! Es demasiado arriesgado mezclarse con gente maldita como tú, joder.

Al escuchar ese detalle, Alexander entendió que Dragan Tucker no era sino el nuevo socio de Zerbe, lo cual no le gustó nada. La había cagado.

—¡Muy buena la has liado hoy! ¡Vete de aquí! —decretó Zerbe—. Ya hablaremos. Llévate esa mierda de energía tuya. No quiero que me infectes. ¡Largo!

Zerbe abrió la puerta y, casi de un empujón, echó a Alexander. Al cerrar, movido por la ira, pegó un fuerte portazo. El estrépito de la puerta debió retumbar en todo el bloque de viviendas. Alexander se imaginó a los trasnochadores de la primera planta dando un respingo por el susto.

6

Salió del portal con un ingrato sentimiento de debilidad. Era un miedica por acobardarse ante Goran Zerbe. Le invadió la rabia. Debía hacerse respetar. Enojado, emprendió la vuelta a su guarida. Caminó por el barrio de Hornos. Se subió la cremallera del abrigo hasta arriba. La madrugada había despertado el frío otoñal.

De pronto, al torcer una esquina, casi se chocó de bruces con un agente de policía, un joven que acababa de apearse de un coche patrulla aparcado en doble fila y sacaba dinero de un cajero automático. Alexander se detuvo. Su turbación debió ser evidente. Titubeó. Cualquier cosa parecería sospechosa. Y así sucedió.

—Oiga, usted, espere un segundo —exigió el agente, con impostada severidad.

Alexander se frenó en seco, clavó la mirada en el suelo y no abrió la boca.

—¿Va todo bien? Es un poco tarde, ¿no? ¿Se puede saber adónde va?

—Vuelvo a casa —respondió Alexander, sin levantar la mirada.

—¿Vive por aquí?

Alexander vaciló, lo cual debió cansar al joven, quien exigió:

—Documentación.

Justo cuando Alexander estaba a punto de echar a correr, una voz que tardó un poco en reconocer intervino, y exclamó:

—¡Marcus Sullivan! ¿Eres tú?

Se trataba de Eddie Baltz, quien salía del coche patrulla y se aproximó a ellos con una gran sonrisa. Era un treintañero de anatomía fuerte, cabello corto y rubio, y perilla en una cara de formas redondeadas. Cuando Alexander entendió su ardid, lo secundó:

—¡Eddie Baltz! ¡Cuánto tiempo!

—Tranquilo —dijo Eddie a su compañero—, este noctámbulo y yo fuimos juntos al instituto. Espérame en el coche. No tardo nada.

El policía joven asintió, sonrió a Alexander y se montó en el coche patrulla.

—Pero ¿qué haces? —recriminó Eddie a Alexander, cuando ya estaban solos.

—Lo siento. Lo siento mucho. Muchas gracias. Me has salvado.

—¿Qué haces por aquí a estas horas? ¡Debes tener cuidado!

—Necesitaba salir. Me ahogo escondido. La noche es más fácil.

—Es más fácil, pero no es segura del todo. Recuerda el pacto que hiciste con Miralles. No te metas en líos. No te dejes ver. Si no, te puedes topar con un novato como mi colega, que aprovecha cualquier absurdez para demostrar que ya es un policía de verdad.

—Lo siento, Eddie. ¿Cómo está el ambiente en la Comisaría?

—Miralles se esfuerza por limpiar la corrupción de Garmash, pero es complicado. Expedientó a unos cuantos y han entrado agentes en prácticas. Ahora soy subinspector. Ya no tendría que patrullar de noche, pero la comisaria tiene poca gente de confianza.

—Ya veo. Son tiempos duros. Perdona el altercado, en serio.

—No me pidas perdón. Limítate a tener más cuidado. No sé qué harías por aquí a estas horas. No quiero saberlo. Tú verás. Pero no olvides que lo de Ismael Wagner se ha estancado. Esa acusación pesa todavía sobre ti y dudo que cambie.

—Lo sé. Gracias por todo.

—Ahora, desaparece antes de que el novato se dé cuenta de quién eres en realidad.

Alexander sonrió al subinspector Baltz y se dispuso a marcharse. Antes, preguntó:

—¿Sabes algo de las obras que hay por toda la ciudad?

—Nada concreto, ¿por?

—No, por nada.

De ese modo, Alexander se dio la vuelta y continuó su camino sin mirar atrás.

7

Adolph Klausmann sabía que el juego había comenzado. Él mismo lo había iniciado. Su apertura se basaba en la cautela y la pericia. Tenía claro cuáles eran los escaques que sus trebejos debían dominar.

La segunda central operativa de su empresa se localizaba en una zona sin espíritu, allá donde la avenida Deziro llegaba a sus confines. En un lugar apenas transitado, entre el área industrial y empresarial y una urbanización que, por la crisis económica, se había quedado a medias, se hallaba otra de las feas y toscas edificaciones que Adolph gestionaba, encima de la cual se erigía una antena parecida a las de telecomunicaciones. La cercanía de una central eléctrica ayudaba a camuflar la nueva construcción.

Sentado en un sucio banco de piedra, cerca de la plataforma final de la línea Abundo-Deziro del tranvía, aguardaba a su subordinado. Hoy le dolía la rodilla. Intuía que el tiempo iba a cambiar en breve.

A media mañana, algunos minutos después de la hora acordada, Adolph vio acercarse el coche de Jon Hosen. El vehículo se detuvo a su lado y Jon bajó de él. A pesar de que hacía décadas que se conocían, Hosen no cambiaba. Siempre le acompañaba cierto aire de hombre corriente y anodino, desmejorado para su edad. Andaba con los hombros gachos. Tenía la tez irritada y la cara enjuta. Un fuerte mechón blanco le crecía encima de la frente, en mitad de su cabello castaño claro.

—Disculpa el retraso. He calculado mal —dijo el hombre, con voz baja y timorata.

—No importa. Así he visitado la central sin prisas. Por eso necesitaba quedar aquí.

Jon era quien más tiempo llevaba a las órdenes de Adolph. Era su subalterno de confianza. Gestionaba sus asuntos ordinarios. Entre otras cosas, le había ayudado a beneficiarse del fiasco de "La noche escarlata", caso ahora archivado, del cual habían sacado rédito.

—He traído los contratos para que los veas antes de registrarlos —anotó Jon.

—Bien. ¿Y lo del banco?

—Todo correcto.

Adolph hojeó el taco de documentos que Jon le entregó. A continuación, sin mirarle a la cara, preguntó:

—¿Cómo va todo por allí?

—Creo que bien. Despacio, pero bien. Lleva su tiempo —respondió Jon, serio.

Adolph torció el gesto al rememorar la desgracia que le había impulsado a emprender esa última aventura. Todavía no podía creer que la fortuna le hubiera negado su favor.

Revisó las cuestiones burocráticas que Jon le había llevado. Luego, se levantó, apoyado en su bastón, y comentó:

—Te agradecería que me llevaras a la reunión antes de irte. Yo me encargaré de todo.

Jon obedeció, como siempre. Subieron al coche y recorrieron la avenida Deziro entera. En la plaza de la Cornucopia, Adolph se apeó y pasó al *Café Greco*, la tradicional cafetería situada entre Sageco y Persisto. Allí, tendría lugar una reunión de la que, en principio, se iba a encargar Jon. No obstante, al descubrir la identidad de la persona designada por la Organización Heptágono, Adolph había cedido a la curiosidad. Quería conocerla.

Adivinó quién era Irene Berkel en cuanto ella entró en el café. No la había visto nunca, pero lo supo. Se trató de un presentimiento, si bien la joven no era como se la imaginaba. Irene escrutaba a los presentes. Se preguntaría quién era su interlocutor. Adolph le hizo una seña y le dedicó una sonrisa.

—¿Jon Hosen? —interrogó Irene, mientras le estrechaba la mano y se sentaba.

Desde que supiera que ese encuentro iba a producirse, Adolph había dudado si abordarlo con franqueza o, consciente del riesgo, no exponerse tan pronto. Le sedujo la posibilidad de conocer un poco mejor a la hermana de Alexander Berkel sin que ella le descubriera. Así que improvisó, y contestó:

—El mismo.

—Encantada de conocerle, señor Hosen. Soy Irene Berkel, el enlace entre el programa *Sinergia* de la Organización Heptágono y las tareas de su empresa para *eFortuna Global*.

El camarero se acercó a la mesa. Adolph e Irene le pidieron un par de cafés. Adolph percibió cierto temblor, sutil pero constante, en la chica. Sospechó la causa.

—En concreto, ¿cómo será ese enlace entre la Organización Heptágono y mi empresa, señorita Berkel? —interpeló Adolph, con aire cordial.

—Espero que no piense que mi trabajo consistirá en fiscalizar su empresa. No soy una auditora, ni mucho menos. Solo quiero garantizar que todos ganamos con nuestro acuerdo. La Organización Heptágono colabora mediante financiación e infraestructuras a cambio de la cesión de los datos que nos interesan.

—Por supuesto. Es un buen trato.

—Lo es. Así que solo deseo chequear los protocolos con los que obtendremos los datos. Deberé acceder al sistema informático. Ese es mi campo.

—No habrá ningún problema. Disculpe mi comentario. Entiendo que la Organización Heptágono ha de controlar su inversión. Hoy día, prevenir es indispensable. Vivimos tiempos muy complejos. Abundan los motivos para el recelo: experiencias fallidas, sospechas de intereses ocultos o incluso la mala reputación de un apellido.

—¿Perdón? —replicó Irene, a quien la puya puso a la defensiva.

—Olvídelo, hablaba por hablar. Dígame cómo puedo hacer su labor más fácil.

Una insegura Irene aparentó conformarse con esas palabras. Adolph meditó qué trebejo encarnaría la chica en su partida y a qué bando pertenecería, aunque, en el fondo, si lo pensaba con frialdad, todas las piezas a su alrededor eran meros peones a su servicio.

8

Irene Berkel salió del *Café Greco* con una imprecisa sensación de desasosiego. Tenía la impresión de estar en desventaja respecto a Jon Hosen. La reunión había durado poco más de una hora. El hombre demostraba una supuesta afabilidad, pero la había contrariado con algún comentario ambiguo que podía esconder un ataque velado. También la había intrigado con reflexiones abstractas en torno a la suerte. Algo no acababa de encajar en él.

El ambiente de la plaza de la Cornucopia era bullicioso. Ella se tomó un minuto para apuntar un par de cosas en su móvil, revisar sus cuentas de correo y mandarle un mensaje a Isaac. Se esforzó por no perder los nervios. Hacía semanas que su teléfono funcionaba con lentitud. No era posible que se hubiera quedado obsoleto tan deprisa.

Se dispuso a atravesar la inmensa plaza, rumbo al norte. No se había llevado la moto. Sufría dificultades para concentrarse y, a raíz de algunos percances, había decidido aparcarla por un tiempo. Aunque un paseo por los campos de Juno le hubiera ido bien, no tardó en alzar la mano y llamar a un taxi.

Silbó con los dedos y detuvo a un típico taxi de la ciudad, un automóvil de carrocería clásica y formas rectas, pintada en negro salvo por una gruesa raya en verde oscuro. Subió y le indicó su destino al conductor. Durante el trayecto, reflexionó y comprendió que estaba desquiciada, pero no lo podía evitar. Se sentía descarriada. Le costaba dominarse. No hallaba la calma que ansiaba.

La novena nube era uno de los locales más populares del distinguido barrio de Confiterías. Se situaba en las dos últimas plantas de un edificio equidistante a los campos de Juno y la avenida Komerci. Era uno de los restaurantes más selectos de la urbe, con una atmósfera luminosa y pomposa. Al llegar a su recepción, Irene pensó que, un par de años antes, tanto refinamiento y petulancia la hubieran repelido. Ahora, se repetía que le gustaban.

Isaac no había llegado. Irene pasó un momento al cuarto de baño para mojarse la cara. Estaba acalorada, a pesar de que ese otoño cada vez era más fresco. Repasó su peinado y maquillaje. Se contempló en el espejo, algo que no hacía a menudo. Era una mujer menuda. De hecho, su delgadez se había acentuado, por increíble que fuera. En ropa interior, sus brazos y sus piernas se desvelaban demasiado flacos. Evitaba llevar escotes, ya que opinaba que su busto era muy escaso. Se había dejado el pelo, de color castaño claro pero mate, más largo. Sus ojos marrones se movían huidizos. Trataba de tapar sus ojeras. Ya no vestía con su acostumbrada informalidad. Prefería la elegancia. Tampoco lucía su *piercing*.

Isaac llegó en unos minutos. El *maître* les llevó a su mesa, al fondo del amplio y engalanado comedor. Estudiaron la carta y pidieron la comida.

—¿Cómo ha ido la reunión? —preguntó Isaac.

—Bien, normal —respondió ella, evasiva.

La exquisita cocina del local no abrió el apetito de Irene, que, más que comer, revolvió el plato con el tenedor. Apática, procuró escuchar el incansable parloteo de su novio.

Isaac no podía ocultar su entusiasmo con el cargo de vicealcalde. Al principio, la idea del salto a la política le había suscitado dudas. Luego, en cambio, le había cautivado. Poco a poco, el alcalde Varone había delegado en él el protagonismo en *eFortuna Global*, el proyecto que se convertiría en su primer gran éxito político.

Irene apenas intervino en la conversación. Las aspiraciones de Isaac la aburrían. Tras la comida, se trasladaron a la terraza del restaurante, en la azotea del edificio. Las vistas eran espectaculares. El viento refrescaba, pero se estaba bien. La pareja aprovechó que eran casi los únicos para colocarse con H17 sin que nadie se fijara. En realidad, ella fue la única que ingirió esa ansiada pastilla que, al fin, le otorgaba un poco de la placidez perdida. Lo ansiaba, sí, pero no dependía. Ella controlaba. Lo sabía.

Según se sumergía en el éxtasis, Irene se libró de todo desasosiego. Poco a poco, dejó de escuchar al pesado de Isaac. Admiró las vistas y se le ocurrió que podría volar. Disfrutar de esos placeres compensaba las carencias que, a veces, la atribulaban. Isaac la hacía sentirse bien. Eso era lo que importaba. Y la hacía sentirse bien porque la hacía sentirse vacía.

2

Luka Miller contempló cómo Marko, sentado a sus pies, en el suelo del salón, dibujaba con sus ceras en un pedazo de papel. Ese niño podía pasarse tardes enteras entre juegos y garabatos. Su imaginación era un mundo sin límites.

Luka y su hijo habían compartido un mismo sueño, como ya les sucediera el año anterior. No era una ensoñación normal, sino la manifestación de la heredada clarividencia de Marko. Luka no lograba recordar el contenido del sueño, pero estaba seguro de que su hijo, muy concentrado en sus juegos y trazos, sí lo hacía.

Luka tenía el día libre en el trabajo, por lo que, esa tarde, cuando Clarisa llegó del trabajo, el matrimonio reposó en el sofá del salón, mientras veía *Siete novias para siete hermanos* en la televisión.

—Desde que tiene ese sueño, está mucho más embelesado —comentó Luka, durante la pausa publicitaria.

—¿Eso crees? —preguntó Clarisa, siempre más escéptica en cuestiones como la clarividencia—. A lo mejor no hay ningún sueño y solo está entretenido.

—No, estoy seguro. Ha tenido un sueño importante, uno especial: un sueño de Betina. El hecho de que yo ya no pueda recordarlo significa que ha evolucionado. Ahora, se expresará a su manera.

—¿Eso lo has leído en los diarios de Betina?

—Sí. Encaja con las vivencias de mi abuela.

—Marko se hace mayor —suspiró Clarisa.

Luka siguió la mirada de su mujer, quien observaba el acuario, situado en una esquina del salón, donde nadaban los peces de colores. Estos cambiaban de vez en cuando. Unos se iban y otros llegaban, pero siempre les recordarían a su difunta abuela. Supuso que su esposa temía por el porvenir de su hijo y las pruebas a las que su don le sometería en la vida. Él, entretanto, observó los dibujos de Marko con mayor atención. Sus trazos parecían simples o erráticos, propios de su edad, pero, entonces, creyó advertir algo, un patrón: cierta estructura muy concreta que el crío repetía en cada pedazo de papel que pintarrajeaba. ¿Qué era?

10

Los acontecimientos de la noche previa alteraron a Alexander. La bronca con Goran Zerbe y el tropiezo con el subinspector Baltz demostraban que su *statu quo* se había roto y, en la nueva partida que se abría ante él, partía de una posición de desventaja.

Por eso, no salió de su guarida durante todo el viernes. Usó su *smartphone* para continuar con sus pesquisas sobre las obras de la ciudad y el vínculo con sus recuerdos oscuros. Debía aprovechar lo poco que le había contado el capataz de la barba espesa.

Según este, el consorcio industrial encargado de las obras se llamaba "unión central" o "unión global". Alexander accedió a *Google* y efectuó varias búsquedas. Los resultados no aclaraban nada. Tras diferentes intentos, introdujo también el nombre de Ciudad Fortuna. Así, halló el nombre correcto del consorcio: *Unión Global Fortuna*, que carecía de sitio web y del cual casi no había información en la Red. Aun así, después de horas, localizó el listado de las empresas que componían el consorcio. Una era *La rueda de la fortuna*.

A continuación, investigó cada una de esas empresas. Algunas eran públicas, como el propio Ayuntamiento; otras, privadas, como el banco de la ciudad. Todas, de alguna manera, tenían alguna vinculación con Ciudad Fortuna o con la naturaleza de un proyecto como *eFortuna Global*: empresas de la construcción, de Informática, etc.

De toda la lista de nombres, uno llamó su atención desde el principio: *Crisol Innovaciones*. Introdujo esas dos palabras en el buscador. Este dio pocos resultados, lo cual le intrigó. Un vistazo a las imágenes relacionadas confirmó su corazonada. Allí estaba aquel distintivo: la estructura radial formada por siete brazos serpenteados, seis negros y uno carmesí. Ese era el logo de *Crisol Innovaciones*. Ese era el símbolo que atisbaba en sus recuerdos oscuros.

El hallazgo activó su ansiedad. Presentía una amenaza que se cernía sobre él. No podía concretar en qué consistía, pero aquella conexión entre su pasado umbrío y su presente en Ciudad Fortuna no podía ser casual. La casualidad solo era el disfraz de la ventura, y ella había decidido que la conexión se produjera.

De pronto, la guarida le ahogaba. Trece, que percibía su zozobra, le rehuía. Al atardecer, Alexander obvió los riesgos y salió.

Empezó a tranquilizarse cuando puso el pie en la larga calle de los Tragaluces, el sitio donde vivió durante cinco años, cuando la libertad era un concepto que daba por sentado. En torno a la mitad de la vía, en la acera de los pares, había una taberna llamada *La herradura de plata*. Se trataba de uno de los pocos lugares donde Alexander se sentía como en casa. Era un negocio modesto, de salón avejentado, siempre bullicioso, y ambiente fraternal.

Un proscrito como él no podía franquear la puerta de una taberna como si nadie fuese a reconocerle. Por ello, Alexander usó una oxidada llave que aún conservaba para pasar a *La herradura de plata* por el callejón de al lado. Accedió a la parte trasera, donde los clientes no podían verle. Con sigilo, se acercó a la puerta de la cocina, tras la cual el tabernero trasegaba sin descanso, y deslizó una nota por debajo.

Luego, subió a la azotea del edificio, desde donde podía otear la buhardilla que fue su hogar. Se aproximó al antepecho. Miró la ciudad en lontananza. Se relajó. Herbert Finch se unió a él más tarde. Tenía más de sesenta años. A pesar de su cuerpo bonachón y su fatiga perenne, su vitalidad parecía inagotable. Esa tarde, vestía su habitual atuendo de faena. Jamás se separaba de su mandil ni de un raído trapo.

—Pensaba que te habías olvidado de mí —comentó el hombre, sonriente.

—Eso no sucederá nunca, Herbert. Te he echado de menos.

—Sabes que estoy aquí para lo que sea. ¿Cómo van las cosas?

—Raras.

—¿Sí? A mí me da la impresión de que ya no te buscan tanto.

—Ya, no es eso.

—Entonces ¿qué?

—No sé cómo explicarlo, la verdad.

Alexander dudó unos instantes y formuló la cuestión que más le preocupaba:

—Herbert, ¿Irene se pasa por aquí?

—No mucho. Hace meses que no me visita. Antes, se dejaba caer por el barrio de vez en cuando. Se pasaba y me saludaba. Hablábamos. Irene ha cambiado, igual que tú.

Alexander no añadió nada a eso. Prefirió cambiar de tema. Preguntó a Herbert por el negocio y por su salud. Cuando este dejó de hablar, de repente, se escuchó decir:

—He descubierto quién es mi padre.

Fue un impulso. Necesitaba decirlo. Acababa de quitarse un gran peso de encima. Lo normal hubiera sido que, ante semejante revelación, cualquiera hubiera querido saber quién era su padre biológico y cómo se había enterado de su identidad. Herbert, al contrario que cualquier otro, guardó silencio y dejó que le contara solo lo que él quisiera contar.

—Mi padre verdadero es Héctor, eso sin dudarlo —continuó Alexander—, pero siempre me pregunté quién sería mi padre biológico, mi familia de origen. Por eso, les busqué. Por eso, me metí en tantos líos. Ahora, de improviso, lo sé, y resulta que no sé cómo afrontarlo. Después de tanto buscar la verdad, no me atrevo a plantarle cara.

Herbert calló unos segundos más, respiró hondo, y añadió:

—La incertidumbre es incómoda, pero llegas a acostumbrarte a ella. Al final, aceptas el hecho de no saber algo o no poder descubrirlo. Saber las cosas es distinto. El conocimiento es afilado. Muchas veces, hace que tu vida sea más difícil que antes. No puedes hacer como si no lo supieras. Tienes que buscar la manera de evitar el filo.

Alexander cabeceó y meditó las palabras de su viejo amigo. Observó el anochecer. Le asustó la magnitud de las verdades que había sacado a la luz y las que pronto podían desvelarse. Pensó en sus padres y admiró el cromatismo del cielo.

11

Joseph Klausmann observó la cadencia cromática del anochecer desde el silencio de su deprimente celda, en el Centro Penitenciario Este-II.

Para él, de todos modos, ya no existía diferencia entre las horas del día, ni entre el Sol y la Luna. La noche en la que vivía era perpetua. El frío que le atería nunca cesaba. La llama de su interior, la esencia de la cual dependía la vida de todo individuo, había extraviado su brío. A Joseph le habían mermado la suerte.

Había sido gafado por su propio hijo. La sangre de su sangre le había quitado lo más preciado. Con todo, no podía reprocharle nada. Merecía su sanción, no solo por la cantidad de actos deleznables que, más de un año antes, no vaciló en cometer, sino por el cúmulo de malas decisiones que había tomado en su vida. Fue egoísta, prejuicioso e insensible.

Habían pasado trece meses desde que le internaran en la penitenciaría de Ciudad Fortuna. En aquel lóbrego lugar, al final de la avenida Fabriko, su humanidad desaparecía. Le asqueaba la suciedad imperante. Detestaba convivir con criminales y drogadictos. A diario, se topaba con repugnancias que daban arcadas. Odiaba estar allí. Lo odiaba y se lo merecía.

La falta de higiene y dignidad era, en cualquier caso, lo de menos. La pérdida de suerte había afectado a su salud. Con solo sesenta y dos años, Joseph se había convertido en un anciano achacoso. Había adelgazado. Su cabello castaño oscuro había perdido fortaleza. Su piel tostada mostraba crecientes arrugas. Torpe, tendía a cortarse al afeitarse. Caminaba con los hombros caídos. Notaba dolores en las articulaciones. Veía y oía peor que antes.

¡Cómo pudo ser tan necio! ¡Cómo osó retar a la fortuna! Era cierto que su vida nunca fue grandiosa. En su juventud, fue el mediocre de su familia. Ser el padre de un hijo gafe le terminó de amargar. No explotó su grado de suerte cinco. Erró con frecuencia. En la actualidad, le tachaban de fanático, como a Esther. Para obtener liquidez, su empresa había sido desmantelada por la misma gestoría que liquidó la de Vera. Habían borrado su obra.

Pero seguía vivo y, en ocasiones, reunía el coraje para sobreponerse a la deshonra. Se amonestaba por su derrotismo. Se recordaba la enseñanza de los dogmas. Podía recobrar la suerte. Necesitaba aplicar el quinto dogma y sabía quién podía ayudarle.

El problema residía en que solicitar esa ayuda sería del todo ingrato. Se vería obligado a acudir al hombre que mejor conocía las claves de ese dogma; un hombre que se regodearía de su desgracia; un hombre a quien hacía años que odiaba.

Y mientras meditaba el contenido de la misiva que necesitaba escribir, ensimismado, Joseph garabateó una estructura radial de siete brazos serpenteados que conocía bien.

Capítulo III

Buen augurio o mal agüero

Aquel barracón desangelado bien podía conducir a la demencia y la desesperación.

Erik Dammer intentaba trabajar en su oficina. Esta no era más que una habitación en el interior de un barracón prefabricado. Varios como este componían el campamento base. Resultaban agobiantes, al menos para él. Si no resolvían las dificultades de la evacuación en pocas semanas, las temperaturas primaverales y estivales prometían ser insoportables.

Su escritorio estaba cubierto de documentos. La mayoría eran listas de personas, clasificadas de numerosas maneras. Fuera como fuese, las cifras no cuadraban. No conseguía completar el dichoso puzle. Era como si este pudiese abordarse desde muchas dimensiones y una, solo una, fuese la que conducía a la verdad. La clave consistía en discernir cuál.

Contaba con muchos testimonios. Los relatos le asombraban. Por ejemplo, en medio del caos por el desalojo forzoso de la penitenciaría, un recluso, cuya identidad nunca podría averiguarse, había acuchillado hasta la muerte a otro. No fue la única reyerta, pero sí la única con víctimas mortales. Al mismo tiempo, varios presos fallecieron en el accidente de un furgón. Los funcionarios de la prisión se vieron desbordados por la anarquía.

Las de la penitenciaría no eran las únicas historias de la mañana ominosa. Hubo familias que, por distintos motivos, no todos claros, se separaron, con lo que unos se salvaron y otros fueron víctimas de la fatalidad. Cada nuevo detalle convencía a Erik de la importancia de todo lo que había aprendido sobre la suerte.

Un golpe en la puerta le sacó de su abstracción. Uno de los soldados, firme como un palo, se había parado en el umbral.

—Adelante —dijo Erik.

—La última batida ha regresado, señor delegado —informó el estiradísimo militar.

—¿Algo interesante?

—No han visto a nadie, pero sí restos de estragos y hogueras recientes. Todavía queda gente escondida en la ciudad. Se ocultan de nosotros. Tenía usted razón.

En realidad, quien tenía razón era Manuel Sócrates. Este, pese a la aparente demencia que sufría, les había dado a entender que podían existir supervivientes escondidos.

—¿Estragos y hogueras? —preguntó Erik, pensativo.

—Sí. Según parece, asaltan supermercados para abastecerse de productos no perecederos. Prenden hogueras para aplacar el frío nocturno. Se mueven con mucho sigilo.

—Ya —suspiró Erik. Estaba harto de ese juego del ratón y el gato. Necesitaba localizar a los remanentes para avanzar en sus planes y poder irse de ese barracón desquiciante. Harto, una idea tomó forma en su mente. Añadió—: Organiza a tus hombres. Hay que trazar un plan. Vaciaremos tiendas y supermercados. Vamos a encender nuestra propia hoguera, una que provocará que salgan de sus escondrijos.

El soldado se cuadró y salió de la oficina. Erik se convenció de que el arriesgado plan daría resultado. Presentía un giro en los acontecimientos. Y debía lograr que fuera para bien y no para mal, aunque no todo dependiera de él.

OCTUBRE 2015
(SEIS SEMANAS ANTES DEL FENÓMENO)

1

Ciudad Fortuna evolucionó desde su primer asentamiento hasta ser una de las villas más prósperas y hermosas de su entorno. Creció al lado del Tyche, de norte a sur. Las familias arraigaron en el valle. Iniciaron tradiciones. Adquirieron identidad. Atrajeron a gente de orígenes dispares. La mezcolanza fructificó. Juntaron creencias, pero una deidad romana se impuso a las demás y dio su nombre a la villa: Fortuna. Las décadas y los siglos pasaron. Y aquel probó ser un lugar donde la ventura gobernaba y el tiempo fluía a su antojo.

Alexander Berkel, conocedor de las verdades de la suerte, era consciente del poder de la ventura, a cuyo servicio todos se encontraban, lo supieran o no. Esta había tenido a bien encararle con los fragmentos perdidos de su identidad maldita y sus recuerdos más oscuros. El reloj que parecía haberse dormido durante más de un año se había puesto en marcha de nuevo. De hecho, daba la impresión de que el tiempo se acababa. Se avecinaba un cambio, sin duda, pero ¿para bien o para mal?

Un elemento en principio sin importancia, un distintivo con siete brazos, seis negros y uno carmesí, enlazaba los escasos y angustiosos recuerdos del cautiverio de Alexander y las obras que incordiaban a toda la ciudad. Se trataba del logo de una empresa denominada *Crisol Innovaciones*. El mismo distintivo estaba presente en el sitio adonde le llevaron después de raptarle. Aquello no era casual. Debía aclararlo. Por el momento, su investigación estaba en pausa. Había pedido ayuda a Frank.

Mientras tanto, esa noche, Goran Zerbe había solicitado la asistencia de Alexander a su timba para "vigilar" a un jugador. El mensaje deslizaba una amenaza velada en caso de que sus poderes no funcionasen. Habían pasado seis días desde la última partida. Hoy, pasada la madrugada, ya viernes, Alexander se dirigió al sur de Hornos. Por el camino, se dio cuenta de lo nervioso que estaba. Temía volver a errar en el dominio de su mal fario. Si eso ocurría, sería el final de su colaboración con Zerbe.

Ya estaba en la barriada obrera, cerca de la calle con forma de u donde se encontraba el viejo estanco, cuando avistó a un grupillo de gente. Él aminoró el paso y fijó la vista en el pavimento. No era normal ver vecinos en la calle a esas horas. Cuando pasó a la altura del trío, logró escuchar un fragmento aislado de su conversación:

—No puede ser. El barrio se nos echa a perder —decía una señora.

—Esta delincuencia no la había antes —se quejaba un hombre.

Alexander prosiguió. Una sensación desapacible se instaló en su estómago. Al torcer la esquina de la calleja del estanco, el primer detalle en el que se fijó fue que, como era habitual, la luz de la casa de la primera planta estaba encendida. Caminó con paso remiso. Advirtió el movimiento de un visillo. Entrevió el rostro de una mujer mayor. Esta le miró y se ocultó apresurada. Acto seguido, la luz de la vivienda se apagó.

Aquello le alertó. Se detuvo en seco. Observó la escena a su alrededor: desierta, en silencio y en penumbra. Todo parecía normal, pero no, algo no iba bien. Intranquilo, sacó su móvil y llamó a Zerbe. No pudo contactar con él, ya que su teléfono se encontraba desconectado o sin cobertura.

El visillo de la primera planta volvió a menearse. La mujer mayor, esta vez con la luz apagada, miraba de nuevo. Le miraba a él. Le vigilaba. El instinto de supervivencia hizo que Alexander comenzase a retroceder. Allí sucedía algo malo. Debía huir. Se giró y echó a correr hacia la calle principal. Antes de doblar la esquina, creyó oír una puerta al abrirse.

Surcó las rectas calles de la barriada. Avanzó en diagonal para alejarse lo antes posible de esa zona. Tras un giro, distinguió las luces de un coche patrulla en la distancia. Continuó su carrera sin importarle si habían reparado en él.

Casi sin aliento, cerca de la avenida Fabriko, tuvo que detenerse a respirar hondo. Se le pasó por la cabeza que tal vez fuera un paranoico. ¿De verdad había pasado algo malo en el estanco? ¿No habría exagerado?

Prefirió hacer caso a su instinto. Decidió regresar a la relativa protección de su guarida. Esa noche, le costó mucho conciliar el sueño.

2

Por la mañana, se levantó hecho polvo. Lo primero que pensó fue que había actuado como un bobo. Al rato, se percató de que, si no hubiera sucedido nada malo en el estanco, Zerbe le habría telefoneado para preguntarle dónde estaba. Ese razonamiento le convenció de que algo había truncado la timba.

No se había dormido hasta el amanecer, por lo que hubiera dormido unas horas más con mucho gusto, pero esa mañana tenía una reunión que él mismo había organizado. Debía continuar sus averiguaciones sobre *Crisol Innovaciones*. Puesto que no podía indagar más por Internet, iba a actuar en persona.

Se abrigó para salir. La previsión meteorológica había avisado de posibles lluvias. Antes de irse, llenó el bol de comida de Trece, quien había salido de paseo. En la calle, Alexander obvió su cansancio y optó por recorrer a pie la avenida Fabriko. Ya en el centro, se dirigió a una cafetería situada al inicio de Komerci, justo frente al lateral de la parte nueva del edificio del Ayuntamiento. Tomó asiento en una mesa desde la cual divisaba la calle. Se mantuvo alerta por si alguien le observaba.

Su compinche se retrasó unos minutos. Mientras esperaba, Alexander añoró la época en la que sus compañeros de andanzas eran Irene y Luka. Aquello formaba parte del pasado. Ahora, contaba con un aliado que podía entenderle mejor que nadie, del mismo modo que Héctor le entendía. Este aliado, Frank, llegó a la cafetería y se sentó en su mesa. Llevaba su amuleto, la bellota de estaño, colgada del cuello, un detalle que arrancó una sonrisa a su taciturno mentor. Algunas tradiciones eran importantes para él.

—Siento el retraso. He dormido poco —comentó Frank.

—Si yo te contara —farfulló Alexander.

—Bueno, ¿qué quieres que haga?

—Tienes que hacerme un favor. Yo no puedo arriesgarme a pasar al Ayuntamiento.

—¿Qué quieres del Ayuntamiento? —inquirió Frank. Su incomodidad era evidente.

—Un trámite ordinario, normal y corriente —respondió Alexander, e hizo un gesto con la mano para intentar tranquilizarle—. Tienes que acceder por la puerta lateral que hay ahí en frente. La oficina de atención al ciudadano está ahí mismo. Vas a solicitar los datos que hay en el registro mercantil sobre una empresa llamada *Crisol Innovaciones*. Es información pública que cualquiera puede pedir. Nada más. No te preocupes.

—¿Por qué quieres información sobre una empresa llamada *Crisol Innovaciones*?

—Es difícil de explicar. Hazlo por mí, por favor. Ya te contaré de qué va este lío.

—¿Me estás poniendo a prueba o tomando el pelo?

—No, va en serio. Por increíble que parezca hoy día, todavía hay registros que no están digitalizados. De esta empresa en concreto no hay información disponible *online*.

—Esto es rarísimo —se quejó Frank, que resopló.

—Tranquilo. No pasará nada. Sobrevivirás.

Frank negó con la cabeza, volvió a resoplar, se puso en pie y abandonó la cafetería.

Alexander aguardó en su mesa. Miraba de hito en hito por la cristalera, hacia la puerta por la que Frank había pasado a las oficinas municipales. Disfrutó de su café largo. Una vez más, comprobó que nadie se fijaba en él. Se había vuelto invisible para la sociedad.

Media hora más tarde, Frank regresó sonriente. Llevaba un papel en la mano.

—¡He sobrevivido! —anunció, y le entregó el documento a Alexander, quien lo leyó en silencio—. ¿Qué pone ahí? Ni siquiera lo he mirado. ¿Qué es eso de *Crisol Innovaciones*?

—Según figura aquí —dijo Alexander, a medida que leía—, es una empresa fundada en el año 1977. Se registró como sociedad de capital limitado. Su actividad principal es la investigación científica mediante fondos privados. Su propietario mayoritario es otra empresa, con las siglas *A. K. S. L.* —deletreó, despacio.

—¿*A. K. S. L.*? ¿De qué va eso?

—Son iniciales —explicó Alexander, con la mirada perdida.

—En fin, ¿te han sido de ayuda mis servicios?

Alexander no contestó. Meditaba. Rememoraba. Aquello le sonaba demasiado conocido. Puso el documento sobre la mesa. Miró la reproducción del logo de la empresa.

—¿Qué te inspira esto? —preguntó a Frank, señalando el símbolo de los siete brazos.

—No sé. ¿Y a ti?

Alexander no lo dijo, pero todo le inspiraba familiaridad y desconfianza.

—Anda, ven a casa, te invito a comer e intento explicártelo todo —añadió.

Frank y él pagaron y salieron a la calle. Allí, el joven bromeó:

—¿He superado la prueba? ¿Ya soy un gafe de primera clase?

Alexander no pudo evitar reír, pero su mueca tornó en tristeza: ese tipo de tonterías le recordaba a Irene.

3

Irene Berkel se fumó un cigarrillo sin prisa. Se había sentado en un banco de la grandiosa plaza de la Cornucopia, después de bajar del tranvía. Estaba muy nerviosa. Temblaba. Miró el cielo. Las nubes se cargaban y oscurecían, pero todavía no se había puesto a llover.

Dos o tres años antes, Irene y su ex novia, Lena Cascio, desarrollaron un invento que planeaban patentar: un reloj que medía las constantes vitales y, por medio de una conexión telefónica y un sistema de geolocalización, alertaba a otra persona si dichas constantes mostraban valores de riesgo. Podía aplicarse a niños, ancianos y dependientes. Se esforzaron en ello. Sin embargo, hacía algo más de un año, tropezaron con problemas administrativos y, cuando Irene cortó con Lena, se desentendió de la cuestión.

Desde entonces, no había visto a Lena. Ahora, esta había contactado con ella para informarle de que había seguido adelante con la patente, la cual, al fin, podía registrarse. Irene le respondió para comunicarle que deseaba cederle todos sus derechos en el asunto. Estaba dispuesta a firmar lo que fuera. No sabía por qué, pero lo prefería así. Hoy, iba a reunirse con Lena para legalizar esa cesión, de modo que apuró el cigarrillo, lo tiró al suelo y lo pisó. Lo mejor era encarar ese mal trago lo antes posible y olvidarse de aquel tema para siempre.

Irene no solía esquivar las situaciones espinosas. Desde pequeña, aprendió a plantarle cara a la vida. En eso fue autodidacta, cualidad que ella siempre relacionó con que su madre muriera durante su alumbramiento. Reivindicaba su independencia. Había llegado a la dolorosa conclusión de que no sería independiente si no se alejaba del halo gafe de su hermano. Esa decisión la atormentaba en secreto. Presumía de no importarle lo que la gente dijera de ella, pero le angustiaba imaginar qué pensaría Héctor. Enorgullecerle era su mayor empeño.

Entró en el Ayuntamiento por la puerta principal. Fue hacia la parte nueva del edificio, se acercó a un mostrador de información y preguntó a qué oficina debía dirigirse. Una trabajadora le indicó que subiera a la primera planta, donde ya la esperaban en un despacho.

En la primera planta, antes de pasar a ese despacho, Irene notó que su móvil vibraba. Era un mensaje de Isaac. El plan para esa noche acababa de cancelarse. Ella tecleó su respuesta. Le irritaba lo lento que iba el teléfono. Se planteó que pudiera tener un virus.

Pasó a la sala. Lena había llegado antes y se había sentado a un lado de una alargada mesa. Irene, tensa, sin hablar, ocupó otra silla en el extremo opuesto. La mirada que su ex novia le dedicó la amedrentó. Respiró hondo.

Lena no había cambiado. Era la misma joven guapa y sensual, de feminidad arrebatadora. Poseía un bonito lunar en su pómulo derecho. Daba la impresión de que el tiempo no hubiera pasado por ella, al contrario que por Irene.

Intercambiaron un par de saludos apocados y casi inaudibles. Transcurrió algo menos de un minuto antes de que Lena rompiera el silencio:

–Te noto cambiada, muy cambiada –dijo, adusta.

Al oír esa frase tan áspera, Irene entendió que Lena sí había cambiado en su interior. La dureza de su voz reflejaba una honda herida interna.

–Sí, he cambiado –contestó, sin ninguna acritud. No sabía cómo comportarse.

–Todos cambiamos, supongo, pero no todos igual.

–¿Cómo te va todo? –preguntó. Tenía que reconducir esa agria conversación.

–Bien.

Irene volvió a respirar hondo. Quería que eso acabara cuanto antes. Lena insistió:

–No me esperaba verte así. Pareces otra, la verdad. ¿Te encuentras bien?

–Estoy bien.

–¿Sí? Y ¿por qué haces esto, Irene? ¿Por qué renuncias a tanto trabajo?

–Es lo mejor.

–No, para nada. Lo que pasa es que ya no sabes qué es bueno y qué malo.

–¿Por qué crees eso?

–Porque lo veo en tus ojos. Me das miedo. Estás enganchada, no lo niegues.

–No es cierto. No lo estoy.

—¿Me vas a decir que no consumes?

—Sí, vale, sí consumo, pero lo controlo.

—No, no, para nada. Eso solo es lo que tú te crees.

Esa acusación dolió a Irene en lo más hondo de su corazón. ¿Lena tenía razón?

—¿En qué te has metido, Irene? ¿Qué haces? ¿Por qué desprecias nuestro invento?

—Lo prefiero así, Lena, por favor —respondió ella. Intentaba sonar firme, en vano.

Lena guardó silencio durante un minuto. Irene supuso que la joven habría imaginado esa conversación durante meses. Tenía derecho a estar dolida, si bien, en realidad, Lena no parecía dolida, sino preocupada. Temía por ella. Se notaba su sinceridad. Eso la apesadumbró. Irene no quería que nadie temiese por ella, sino que respetasen su cambio de vida.

—Irene —dijo Lena, más sosegada, pero igual de afligida—, debimos hablar hace mucho y no haber dejado que nos reencontráramos en circunstancias como esta. Aquí no se puede hablar bien. Esto es atropellado. El notario está a punto de aparecer y, si firmas la renuncia, cosa que no logro concebir, no habrá vuelta atrás. Te ruego que recapacites y me escuches.

—¿Qué propones?

—Vámonos de aquí antes de que aparezca el notario. Vamos a otro sitio. Hablemos de verdad. Algo te pasa y no es bueno. Y no me malinterpretes. Esto no significa que pretenda volver contigo. Eso es imposible. Solo quiero ayudarte. Acepta mi oferta.

—¿Y si no?

—¿Si no? Si no, Irene, solo puedo desearte que consigas lo que sea que te falta.

Pudo haber confesado que no se sentía del todo bien y haber aceptado esa propuesta, pero Lena representaba el pasado, e Irene apostaba por el futuro, fuera cual fuese.

La irrupción del notario zanjó el diálogo. El hombre les explicó el procedimiento por el que Irene renunciaba a su parte de la patente y esta quedaba registrada con Lena como su única titular. Apenas se plantearon dudas. La tensión podía cortarse con un cuchillo. Firmaron los documentos pertinentes. Ya no hablaron más. Ni siquiera se miraron.

Irene abandonó la sala sin mirar a Lena, consciente de que no la volvería a ver. Salió a la calle. Acalorada, caminó despacio, sin rumbo, bajo el cielo encapotado.

4

Selena Myers salió de casa al atardecer. Por un instante, pensó cancelar la velada. Enseguida, le contrarió sentirse insegura y se amonestó por ello. Llegó a la calle a la vez que el taxi que había pedido. Subió a la parte trasera e indicó al conductor adónde iba. Intentó que su vestido no se arrugara. Este podía resultar demasiado fresco para el otoño, pero a ella le encantaba cómo se ajustaba a sus seductoras curvas y dejaba ver su espalda y sus piernas.

El taxi entró en el barrio de Confiterías y la dejó frente al edificio donde se ubicaba el distinguido restaurante *La novena nube*. Esa noche, Selena acudía a una cita, una cena romántica de verdad, no una reunión profesional. No recordaba la última vez que había tenido un compromiso de esa clase. Nunca había sido aficionada a ese tipo de cortejos.

No visitaba ese local a menudo, aunque le agradaba. Pensó en sugerir una reserva para la terraza, desde donde podía disfrutarse de una vista magnífica de Ciudad Fortuna, pero temió que pudiese llover, por lo que reservaron en el salón. El *maître* tuvo la amabilidad de acompañarla hasta su mesa. Su pareja, Mathias Jacobi, que ya estaba sentado, se levantó y la repasó con la mirada a medida que ella se acercaba. Eso la deleitó.

Selena se sentía estupenda a sus treinta y cuatro años. Se presumía en el apogeo de su esplendor, no solo en el aspecto físico. Lo ocurrido el año anterior no había dejado huellas visibles en su cuerpo. Su voluptuosa anatomía se contoneaba con femenina sensualidad. Su bella piel mulata la dotaba de un atractivo que sabía maximizar. Perfilaba sin rubor la exuberancia de su busto y la firmeza de su vientre. Sus redondeadas caderas daban paso a estilizadas piernas. Peinaba su melena azabache para dejar a la vista su sugerente cuello. Tenía los ojos rasgados, de color miel. No abusaba del maquillaje, pero sus labios resplandecían.

Mathias no se cohibió al reparar en cada arrebatador detalle de su imagen. A pesar de la pereza que le daba esa cena, Selena debía reconocer que él tampoco estaba mal. El hombre tendría tres o cuatro años más que ella. Su figura alta se intuía pétrea. Su rostro alargado mostraba rasgos de adonis. Lucía un ligero bronceado. El traje le quedaba perfecto.

—¿Te he hecho esperar mucho? —preguntó Selena, mientras tomaban asiento.

—Ha merecido la pena. Ahora todos los hombres de la sala me envidian.

—No me hagas sonrojar —rio ella—. Sé un caballero.

—Sí, además, eres mi superiora.

Eso no era exacto. Mathias pertenecía al cuerpo de letrados de la Organización Heptágono, a quienes se otorgaba autonomía en pro de su objetividad. Durante semanas, antes de esa cena, habían flirteado.

Leyeron la carta. Un camarero anotó la comanda. Pidieron un buen vino. La cuenta iba a ser exorbitante, pero los dos podían permitírselo.

—Necesitaba una evasión así —confesó Selena, en un momento de la noche, sorprendida de la facilidad con la que fluía la conversación.

—¿Evasión? ¿De qué te evades? ¿Problemas?

—No, los problemas no me preocupan. Lo que noto es que necesito escapar de tantos horarios, aunque sea un poco. Tengo horarios por todas partes.

—Todos necesitamos nuestra dosis de descontrol.

—Cuidado con eso. El descontrol es arriesgado.

Selena se arrepintió de esa frase en cuanto la pronunció. Sus palabras abrían la puerta a una faceta de su intimidad que no iba a desvelar. Su móvil, que había dejado encima de la mesa, vibró. Ella hizo ademán de cogerlo, pero Mathias agarró su mano y se lo impidió.

—Sea lo que sea, podrá esperar. Libérate un poco —dijo él.

Ella le hizo caso. No dejó de pensar en el móvil en toda la noche, pero disimuló.

La cena continuó con placidez. Charlaron acerca de sus orígenes, sus carreras y algún que otro tema insustancial al que Selena no estaba habituada. Eludió con pericia los pasajes de su pasado en los que no estaba dispuesta a adentrarse. Se sintió un poco tonta. Las cenas como esa no eran para ella. Se desenvolvió sin inconvenientes, en todo caso. Por eso, llegó a plantearse que esa tranquilidad, ese equilibrio sosegado, pudiera convenirle de verdad.

Tras la cena, se tomaron unas copas. Mathias fue un minuto al cuarto de baño. Mientras, Selena caviló que una cita como la de esa noche hubiera sido rara con hombres como Djoser o Alexander. Enseguida, se reprendió por pensar en ellos. Cuando su pareja regresó del baño, le observó. Meditó que él era un buen partido. La atraía menos que aquellos a los que quería olvidar. Quizás, eso fuese lo mejor: aceptar una pasión moderada.

Si se conformaba con la moderación, tal vez, pudiera volver a ser como una vez fue, antes de todo el descontrol. Merecía la pena intentarlo. Si lo lograba, se reencontraría con la Selena que tanto sonrió y disfrutó junto a su hermana Ariel. Las dos estuvieron muy unidas. Se llevaban cuatro años. Ariel era la menor. Su familia gozaba de una posición acomodada. El trabajo de su padre, diplomático, suscitó varios cambios de residencia durante su infancia y adolescencia. Verse obligadas a cambiar de amigos con asiduidad las vinculó mucho. Cada hermana era la constante de la otra, aquella con quien podía contar sin importar dónde estuviesen o qué sucediera. Compartían todos sus secretos.

—Somos los últimos —comentó Mathias, más tarde—. Deberíamos marcharnos ya.

—Sí —asintió Selena. Pensó, y anotó—: Hoy invito yo. Así, tú pagarás la siguiente.

Eso complació a Mathias, que sonrió con picardía.

Antes de despedirse, Selena fantaseó con la posibilidad de ir a casa de ese guapo abogado y dar rienda suelta a sus desatendidos deseos sexuales. En cambio, optó por contenerse y se despidió de él con un beso en los labios.

Regresó a la tranquila avenida Persisto, al señorial edificio de impoluta fachada y callados vecinos donde había vivido más de un lustro. En pocas semanas, iba a mudarse. Ya estaba todo listo para el traslado a la otra casa.

Procuró no hacer ruido al entrar en su piso, en la quinta planta. Sibylle, su gata de pelaje blanco y negro, salió a saludarla y, juguetona, se paseó entre sus piernas. Selena se quitó los tacones y pasó al salón. Allí, encontró a Miranda. Evocadora, admiró la cara de la joven, que tanto le recordaba a su difunta hermana.

—¿Qué tal la noche? —interrogó Selena.

—Sin problemas —respondió Miranda.

Alonso Yazpik necesitaba placar la quemazón que le crispaba en todo momento. Con la destreza de la veteranía, consiguió escabullirse de su celda en mitad de la madrugada.

Uno sabía que la cárcel se le había adherido a las entrañas cuando perdía por completo la noción del tiempo. En prisión, los segundos se convertían en minutos y las semanas se confundían con meses o años. La textura del tiempo mutaba. Lo acontecido antes de estar entre rejas se transformaba en una ensoñación que se confundía y, poco a poco, hasta dolía. La ilusión de vivir una vida más allá de la penitenciaría parecía estar siempre igual de lejos. Pasado y futuro se tergiversaban. Solo existía un presente arruinado.

Yazpik ya había cruzado el límite. Había perdido la noción del tiempo. Esa era la tercera vez que le encerraban, pero la primera que le acusaban de asesinato. Él mismo lo había confesado. Su condena era muy larga. No albergaba esperanza de superarla. Su degradación era absoluta. Sabía bien que su interior estaba huero y enfermo.

Conocía el Centro Penitenciario Este-II como la palma de su mano. Por eso, no tuvo ningún problema en eludir los controles de seguridad y verse con su camello en los baños. Con prisas y susurros, se efectuó el trueque: una tarjeta de teléfono a cambio de la papelina. El camello era un veinteañero delgaducho de aliento apestoso. Hablaba con cierto tono de superioridad. Su sonrisa dejaba claro que el tipejo disfrutaba con esa relación de dependencia. Era consciente de su poder.

De mala leche, Yazpik emprendió la vuelta a su celda. Tan solo un par de años antes, nadie se hubiera atrevido a sonreír mientras trapicheaba con él. Nunca hubieran dudado de que él era quien manejaba la situación. Ahora, todo eso se había esfumado. Ni siquiera él se acordaba de lo que se sentía al estar al mando. Él, que fue un contrabandista sin escrúpulos, había quedado reducido a la humillante estampa de un yonqui. Todo porque no solo había perdido la salud, la libertad y la dignidad, sino lo más importante de todo.

Había perdido su suerte. De hecho, se la habían arrebatado. Le habían mermado. Un gafe vengó la muerte de la chica a la que había amado. Alexander Berkel le desterró al peor de los purgatorios. Provocó que acabase en prisión, donde él sospechaba que no era el único que sufría el calvario del infortunio. Ahora, colocarse era lo único que le aliviaba.

De camino a la celda, con cuidado de que no le pillaran, rememoró con amargura los tiempos en los que era respetado. Aquellos a los que atemorizó con su sola mirada jamás le reconocerían de verle en la actualidad. Yazpik se sentía decrépito para ser alguien que todavía no había cumplido los cuarenta. Añoraba su corpulencia y le asqueaba el matiz enfermizo de su apariencia. Su pelo moreno tenía entradas. Ya no lucía perilla; así, pasaba desapercibido. La A que llevaba tatuada a la derecha del cuello le recordaba que, una vez, amó.

Llegó a su celda. Se recostó en la cama. Se arropó con una áspera manta. El uniforme carcelario no abrigaba lo suficiente. Desde que le gafaran, vivía un perpetuo invierno. Tiritaba incluso. Acarició su tatuaje. Deseó que el recuerdo de su difunta amada le ayudase a no depender de la papelina que ardía en su bolsillo, pero no fue suficiente. Chasqueó la lengua con fastidio y se dispuso a rendirse al efugio de esa droga. Mas, de pronto, se detuvo.

Tiró la papelina al suelo. La ira le poseyó. Recordó una deuda pendiente. Decidió que ya había esperado demasiado. Era hora de reclamar el pago. El año anterior, accedió a ocultar la maldad de cierta mujer con quien nunca debió tratar nada. Esa mujer prometió ayudarle a recobrar su suerte, por lo que él iba a exigir que se aplicara el quinto dogma.

Ocultos entre sus cosas, guardaba algunos recortes de prensa sobre la muerte de Lara Varone, la pobre chica, la chica de Alexander Berkel, a la que mató sin quererlo. Cogió uno. Luego, palpó la parte inferior de su cama hasta localizar un alambre suelto del somier. Sin miedo, clavó la yema de un dedo en él. Notó cómo le salía una gota de sangre.

6

Alexander pasó un mal día. Tanto *Crisol Innovaciones* como la empresa llamada *A. K. S. L.* copaban sus pensamientos. La familiaridad y desconfianza que todo aquello suscitaba no le dejaban en paz. Se esforzó por entretenerse con sus pasatiempos habituales, sobre todo la lectura, pero no lograba pensar en otra cosa. La jornada se le hizo muy larga.

Otro que impedía su tranquilidad era Goran Zerbe. El mafioso continuaba ilocalizable. Su móvil seguía apagado. No se había puesto en contacto con él por ninguna vía. Estaba claro que la partida de la noche anterior no se había celebrado. Y a Alexander no le cabía ninguna duda de que la situación, fuera cual fuese, se volvería en su contra.

Dispuesto a averiguar qué había sucedido, por la noche, volvió a la calle en forma de u. Oteó el viejo estanco en la distancia. La barriada obrera dormía. Se fijó en que había luces encendidas en la casa de la primera planta. Aunque fuese arriesgado, decidió aproximarse al portal y echar un vistazo a su interior. Llevaba las llaves consigo.

No encendió la luz del descansillo. El cristal traslúcido del portal filtraba la de las farolas. En la penumbra, descubrió que la puerta trasera del estanco estaba rota. Dos tiras de cinta con el escudo de la Policía la cruzaban en forma de aspa. Eso confirmaba sus peores temores. Era muy probable que hubiesen detenido a Zerbe. Y, si las timbas habían salido a la luz, podrían capturar a otros implicados en ellas, incluido él.

—La Policía casi la echa abajo —dijo una voz ajada.

A Alexander casi le dio un infarto. Con el corazón en la garganta, se giró a toda prisa y, en los claroscuros del descansillo, entrevió el rostro de una mujer en la escalera. Advirtió sus arrugas. Se notaba que era mayor.

—La puerta del estanco, digo —aclaró la señora.

—¿Por qué vino la Policía? —preguntó Alexander, cuando recobró el aliento. No sabía qué hacer. ¿No era mejor irse?

La mujer guardó silencio. Por lo poco que se atisbaba con tan escasa luz, parecía tener setenta años o más. Le hizo un gesto, y añadió:

—Suba. Es mejor no llamar la atención.

La vieja subió las escaleras con pasos lentos, sin aguardar a que Alexander aceptara su invitación. Este estaba seguro de que ir con ella no era buena idea, pero, aun así, sin saber por qué, la siguió.

La mujer vivía en la casa de la primera planta, donde no se apagaba la luz hasta tarde. Esta se intuía pequeña. Su anfitriona le condujo a un salón lleno de muebles antiguos, figuritas decorativas y tapetes. Ella se acomodó en un tresillo.

—¿Quiere una copita?

—No —rechazó Alexander. Indeciso, se sentó en un sillón. Notó cómo un muelle suelto se le clavaba en el trasero—. ¿Qué pasó ahí abajo?

La vieja se tomó su tiempo para dar un sorbo de una copita que tenía en una mesita. Se la veía menuda y frágil, con la cara redondeada y rugosa. Tenía unos ojos muy pequeños. A Alexander no le cayó bien.

—Algo turbio se movía en el local del estanco: drogas, juego o algo por el estilo, no lo sé, la verdad. Ya soy mayor.

—¿Cómo se enteraron?

—Esta vecindad tiene décadas. Somos la misma gente de siempre. Ya nos conocemos. Nos damos cuenta si unos desconocidos empiezan a entrar y salir del portal a deshoras.

—Ya —asintió Alexander. Esa pose de viejecita indefensa no le engañaba. Las palabras de esa mujer destilaban cinismo—. Seguro que tantas idas y venidas no la dejaban dormir.

—¿Yo? Ha podido ser cualquiera. Los muros son finos. Cualquiera pudo quejarse.

Un ruido impreciso, en algún sitio de la casa, hizo que Alexander diera un respingo.

—¿Vive con alguien más? —interrogó. No se sentía seguro.

—No, no, será mi gato, que es muy travieso el granujilla.

La escena alcanzó el límite de surrealismo que Alexander estaba dispuesto a soportar, por lo que se puso en pie. Ya bastaba de hacer el tonto.

—Qué sarcástico ese trébol —murmuró la vieja, arrastrando las palabras.

La frase inquietó a Alexander. Miró a la señora. Esta, a su vez, contemplaba embelesada su amuleto, el trébol de madera que asomaba por el cuello de su camisa. Él sospechó que ella conocía la verdadera suerte y había adivinado que hablaba con un gafe.

—Lo lamento si la he molestado. Adiós.

Se marchó aprisa. Al salir, volvió a oír un ruido en algún sitio de la casa. Se le ocurrió que allí hubiese alguien más, alguien que pudiera atacarle o que, tal vez, mientras la anciana le distraía, hubiese llamado a la Policía. Creyó oír la voz de la mujer a su espalda, pero no se detuvo. Nunca supo qué ocultaba, si acaso ocultaba algo. Bajó a la calle y se alejó sin demora de aquella barriada obrera, a la que decidió no regresar jamás.

7

Ricardo Varone contempló el jardín posterior desde el ventanal de su dormitorio. Le sorprendió experimentar una emoción nada habitual en él: vértigo. No era miedo a las alturas lo que acusaba. Lo que percibía era temor a lo desconocido, a la pérdida del control. Se iba a lanzar al vacío sin red. Hoy era el día de su partida hacia la capital. El traslado era, en principio, temporal. Tras ganar las elecciones, vivirían allí durante, al menos, cuatro años.

Todo ello le alborotaba la mañana del sábado. Se iba a un lugar que no dominaba, un entorno al que no estaba acostumbrado. Su esposa y él vivirían en un hotel, donde se sentirían extraños. Su equipo y él tendrían que convivir con la maquinaria electoral del partido. A ratos, la idea de dejar Ciudad Fortuna le parecía inverosímil, no solo por mudarse adonde no era el gobernante indiscutible, sino por algo más, por una razón que no sabía definir.

El día anterior, en otro de esos insulsos actos de precampaña que llenaban su agenda, Ricardo había escenificado un traspaso de poderes simbólico con Isaac Wagner. Era importante destacar que, a pesar de que Varone continuaba al frente de la alcaldía, en la práctica, el vicealcalde Wagner iba a llevar las riendas de la ciudad. Después de las elecciones, Ricardo sería el nuevo primer ministro del país e Isaac ascendería al cargo de alcalde.

Hoy, su casa rebosaba actividad. Casandra dirigía la mudanza. No se lo llevaban todo, por supuesto, pero sorprendía la cantidad de cosas necesarias para vivir fuera durante más de un mes. Sus dos asesores también estaban por allí. La perrita Nizza correteaba por toda la vivienda, excitada por el agitado ambiente. Ricardo evitaba acercarse a cierto dormitorio, donde hacía tiempo que no soportaba estar. Con todo, esa puerta le llamaba.

Paseó por la casa. Echó una ojeada a cada habitación para asegurarse de que no olvidaba nada relevante. Vivían en un amplio chalé, de arquitectura moderna e inmaculada, en la residencial calle del General Tauber, en la zona occidental del Arco Clásico. La vivienda estaba rodeada por una extensa parcela.

Fue a su despacho, situado en la planta baja. Se acercó a una estantería, donde cogió un librito, de tamaño inferior a una cuartilla, que había hojeado bastante en los últimos días. De tanto leerlo, se había aprendido casi de memoria el texto reproducido junto a un ornamentado número veintisiete.

Uno de sus asesores, el hombre, se asomó al despacho, y anunció:

—Está todo listo, señor alcalde. Cuando usted quiera.

—Ahora voy.

Ricardo se guardó el librito en el maletín y fue al vestíbulo, donde Casandra intentaba convencer a Nizza para que se metiera en el transportín. La revoltosa boloñesa lo olisqueaba con recelo. Su pelaje blanco temblaba. Hizo sonreír a Ricardo, quien, de pronto, dijo:

—Me he dejado una cosa arriba. Enseguida vuelvo.

—Pero si llevamos de todo —replicó Casandra.

—Es un segundo.

Apresurado, Ricardo subió las escaleras. Arriba, se detuvo frente a una puerta cerrada hacía tiempo. Cogió aire, como si fuese a sumergirse bajo el mar, la abrió y cruzó el umbral.

El dormitorio de Lara Varone estaba casi igual que la última vez que ella se fue de esa casa. Con el tiempo, sus padres habían guardado sus objetos personales. No era aconsejable convertirlo en un santuario. No obstante, cambiar el cuarto ni se les pasaba por la cabeza.

Siempre que miraba a Nizza, Ricardo evocaba instantes claros de su difunta hija. Era como si parte de Lara perviviese en la bonita perrita. Y, allí, esa mañana de cambios, antes de dejar atrás esa alcoba triste, Ricardo se repitió a sí mismo que todo cuanto pensaba conquistar sería un tributo a su hija. Honrarla excusaría cualquier lance, incluido el veintisiete.

Cuando salió al porche, sus asesores ya se habían ido en un coche. Casandra esperaba en el suyo. Al final, había convencido a Nizza para que se metiera en el transportín. Ricardo se montó con ellas en el asiento trasero. Indicó al chófer que arrancara. Miró de reojo hacia el jardín trasero, donde había una caseta. Lo que ahí guardaba estaba a buen recaudo.

A medida que se aproximaban a la salida septentrional de la ciudad, revivió la sensación de vértigo. Se estremeció. En verdad, tuvo la impresión de perder algo muy íntimo por el camino. Tal vez, fueran los recuerdos de Lara; tal vez, una fracción de su suerte.

8

Adolph Klausmann había hallado un objetivo al que aferrarse, en mitad de la amarga adversidad, para deshojar el calendario. Desde que era niño, le encantaban los calendarios. Los tenía por todas partes y de todas clases: de pared, de escritorio o de bolsillo. Un calendario compartimentaba el tiempo, como si este pudiese ser contenido y atesorado. Le gustaba prever el futuro, tachar los días que faltaban para cierta fecha y hacer cálculos de toda clase. Su mente era precavida y matemática. Dicha afición, que podía considerarse rareza, le había ayudado a cultivar su paciencia. La espera, al final, siempre merecía la pena.

La tragedia que sufrió antes de llegar a Ciudad Fortuna provocó una crisis muy honda en él. Por primera vez, cuestionó los valores más arraigados de su personalidad. Se preguntó si ser tan perseverante y vehemente tenía sentido. Se arrepintió de tantas horas y días que había dedicado a algunos menesteres. Fue consciente de lo efímera que era la vida y del poco tiempo que podía quedarle. Después, sin embargo, la flaqueza tornó en rabia. Se propuso vengarse. E identificó a su enemigo, al otro jugador del tablero: la fortuna.

Así, esa mañana, a pesar de ser un sábado, había salido de la cama. Ni los nubarrones de tormenta que encapotaban el cielo le amedrentaron. Se puso en marcha y fue a la tercera central operativa de su empresa. Esta se ubicaba al final de la avenida Majstro, en una zona en la que confluían los barrios de Saberes y Hornos, donde se había construido un instituto público, un pabellón deportivo y un área recreativa de vegetación un tanto descuidada. Ahí, se alzaba la antiestética edificación con una antena similar a las de telecomunicaciones.

Después de cerciorarse de que la instalación funcionaba sin problemas, Adolph llamó a un taxi. El vehículo le recogió minutos más tarde. Solicitó al conductor que le llevase a la plaza de la Cornucopia. A medida que se adentraban en el centro, el tráfico se intensificaba y se veía más gente. El ambiente urbano desagradaba a Adolph, que prefería la calma de lo rural. No se tenía por una persona sociable. Era celoso de su intimidad. Desconfiaba.

Bajó del taxi en la intersección de Sageco y Abundo. En esa esquina, se erigía la sede del Banco Fortuna. Sin eclipsar al frontispicio del Ayuntamiento, la ornamentada construcción del banco era de los enclaves más vistosos de la plaza. Destacaban sus dimensiones y su eclecticismo. Contaba con varios pisos y tres fachadas: la de Sageco, la de la plaza y la de Abundo. Existían historias diversas sobre lo que podía albergar en sus subterráneos.

Una vez superado el control de seguridad de la entrada, Adolph cruzó el extenso vestíbulo de la planta baja. Traspasó un arco, llegó a una galería y descendió en ascensor hasta el primer sótano. Allí, tras salvar un breve pasillo, alcanzó una puerta. Tecleó un código en un panel digital, y esta se abrió. Entró en una sala de planta ovalada, decorada con espejos y pinturas barrocas. En el centro, había una mesa de cristal también ovalada. Frente a la puerta por la que él había llegado, vio otra cerrada.

Había algunos sofás distribuidos por la sala. Adolph se sentó en uno de ellos y apoyó su bastón a un lado. Se frotó la rodilla, que le dolía más que de costumbre. Mientras esperaba que le atendieran, sacó algunos papeles de su ajado maletín. Se trataba del esquema de su proyecto, aquel de quien nadie sospechaba nada. Representaba una composición formada por siete radios, con un círculo en cada extremo, que convergían en un núcleo central.

La puerta cerrada se abrió. Una guapa joven, que vestía con sobriedad y llevaba el pelo recogido en un moño, fue a la mesa ovalada. Adolph se puso en pie e hizo lo mismo.

—¿En qué puedo ayudarle? —preguntó ella.

—Buenos días. Me llamo Adolph Klausmann. Deseo acceder a una de las bóvedas.

Adolph sacó una larga llave de su bolsillo. La puso sobre la mesa. La llave iba unida a un llavero, un prisma rectangular negro donde se había grabado un número: el veintisiete.

2

Luka Miller analizó con interés la composición que Marko repetía en sus párvulos dibujos: siete rayas, rematadas en un pequeño círculo cada una, que nacían todas de un círculo mayor colocado en el centro, como un núcleo o conexión. La singular estructura centraba todos sus garabatos en los últimos días. El niño la trazaba con máxima concentración.

Era domingo. Clarisa y Marko todavía remoloneaban en el piso de arriba. Él se había levantado temprano porque tenía turno de tarde en el hospital y no le apetecía desperdiciar la mañana. Miraba los dibujos de su hijo mientras intentaba ordenar un poco el salón. Su móvil vibró. No reconoció el número que llamaba.

—¿Dígame? —contestó.

—Buenas tardes —saludó una voz femenina, de pulcra pronunciación, al otro lado de la línea—. ¿Con quién hablo?

—¿Quién es?

—Discúlpeme. No conozco su nombre, pero sé que es amigo de Alexander Berkel. El año pasado, usted usó este número para organizar un encuentro entre él y yo en el Parque de los Frutales. Me llamo Francine Moreau. Soy periodista.

Luka se quedó atónito.

—Lo recuerdo —anotó.

—El año pasado, en aquel parque, le pregunté a Alexander que quién era usted. Él me dijo que usted era su único amigo. No me dio su nombre para no perjudicarle. Créame, por favor, si le digo que yo tampoco deseo causarle problemas, pero, después de cómo salió ese encuentro, este número es la única vía que tengo para contactar con Alexander.

—¿Por qué quiere contactar con él?

—Porque he cumplido una promesa. Él me hizo un encargo. Me pidió que investigara sobre su inocencia y su identidad. No sé si lo sabe, pero reunirme con Alexander me costó unos meses en la cárcel por obstrucción a la justicia. Pese a todo, ahora tengo información que él debe conocer, datos muy importantes.

Asombrado, Luka no dudó ni un segundo. Esa mujer, la periodista Francine Moreau, afirmaba que había cumplido una promesa. Y Luka no anhelaba nada más que poder cumplir también aquella que él hizo a su abuela.

—Me llamo Luka Miller. Y sí, soy amigo de Alexander —declaró.

10

Alexander durmió hasta media mañana. Había conciliado el sueño muy tarde, en otra mala noche de una mala semana. Se despertó al notar que un travieso Trece caminaba por encima de él, como si el colega felino escalase una divertida montaña. Se lavó la cara y trató de despertarse con un café bien cargado. Comprendió que, más que el cansancio, lo que le embotaba eran las preocupaciones, tanto por las timbas como por *Crisol Innovaciones*.

Tenía una desagradable corazonada. Sospechaba que la familia Klausmann estaba detrás de esa empresa. Las coincidencias eran demasiadas. Todo lo que había descubierto por ahora se parecía en exceso a sus pesquisas acerca de *Laboratorios Librae* y *Kmann*. Si apostara a que tras las siglas *A. K. S. L.* se encontraba un tal A. Klausmann, lo más probable era que acertara. ¡Hasta un gafe acertaría! Y ¿quién era A. Klausmann? Tarde o temprano lo sabría.

Una vez más, se cruzaba con esa familia, la cual, por mucho que él renegara, había resultado ser la suya. Todo entroncaba con su maldita identidad. Eso le desalentó. El segundo dogma era certero: no se podía renegar de la propia suerte, igual que de la propia sangre. ¿Cómo se relacionaban *Crisol Innovaciones*, el supuesto A. Klausmann y todos sus recuerdos sombríos? La respuesta, fuera cual fuese, sería infausta y acarrearía más dolor.

La vibración de su teléfono le sobresaltó y detuvo sus cavilaciones.

Miró la pantalla: era Zerbe. Intranquilo, respiró hondo, y contestó:

—¿Sí? —dijo, y se arrepintió enseguida de sonar tan apocado.

—Te espero fuera. Sube al coche —ordenó Zerbe, al otro lado.

Sin más, el tipo colgó. Había sonado autoritario, arisco y enfadado.

Alexander tragó saliva. Sabía que tendría que enfrentarse a Zerbe tarde o temprano, y el momento había llegado. Se vistió a toda prisa con su atuendo oscuro y abrigado. Acarició a Trece antes de irse. El minino parecía inquieto. Presentiría el temor de su colega humano.

En cuanto salió al callejón, notó el olor a lluvia. El cielo estaba encapotado. El chaparrón se intuía inminente. En la esquina entre el callejón y la calle de la Barrilla, vio un coche viejo, de carrocería oscura salpicada de arañazos. Evocó cuando, la semana anterior, en la misma esquina, se fijó en el lujoso coche de Sócrates. Rememoró la advertencia del empresario en relación a Zerbe y temió, una vez más, haber realizado un muy mal movimiento.

Tal como se le había ordenado, Alexander se montó en el coche. Subió a la parte trasera. Dentro, a su lado, le esperaba Zerbe. Un gordinflón, al que conocía solo de vista, iba al volante y emprendió la marcha en ese momento. La situación no le gustaba en absoluto.

—¿Dónde te metiste la otra noche? —increpó Zerbe—. No te presentaste en la partida.

—Sí que fui —respondió Alexander—, pero noté que algo raro ocurría. Sé lo que pasó.

—No tienes ni idea —replicó Zerbe, con antipatía—. La Policía apareció antes de que yo llegara y detuvieron a los jugadores que me esperaban. Yo me salvé por los pelos. Ha habido interrogatorios. Voy a tener que ocultarme. La pasma va a por mí. Hay que cambiar los teléfonos y buscar lugares nuevos para las timbas. Se ha reventado todo. ¿Sabes por qué?

Alexander procuró mantenerse firme. No estaba dispuesto a dejarse acobardar por el mafioso de Zerbe, por mucho que en verdad le temiera. La lluvia comenzó a repiquetear en el techo del coche y, en cuestión de segundos, se convirtió en un auténtico chaparrón.

—¿Por qué? —preguntó Alexander, aunque se imaginaba la respuesta.

—Por ti.

—Mentira. Yo no he hecho nada. ¿Crees que me he chivado?

—No, no soy tonto. Sé que tú no puedes ir a la Policía porque también te buscan. Lo que digo, desgraciado, es que has jodido todo por culpa de tus malas vibraciones.

—Se llama mal fario, mala suerte o infortunio —corrigió Alexander, quien se aproximó a Zerbe en un intento de amedrentarle. Debía recordarle lo que podía hacer si quería.

—Mucho cuidado, gafe —exhortó Zerbe, para nada amedrentado—. Puedo hacerte más daño del que tú pienses que puedes hacerme a mí. Dragan tenía razón. No era bueno recurrir a tus servicios. Eres tóxico. Lo has estropeado todo. Nuestra relación termina aquí.

Alexander resopló malhumorado. Ese desenlace se veía venir, pero no por ello le fastidiaba menos. Por mucho que detestase a Zerbe y sus timbas, ¿de qué iba a vivir ahora?

Nervioso, miró a través de la ventanilla. La lluvia parecía amainar un poco. Se percató de que solo daban vueltas. Entonces, el gordinflón aminoró la marcha y detuvo el coche en segunda fila, en medio de otra calle cualquiera del barrio de Hornos.

—Tú te bajas aquí. No vuelvas a contactar conmigo y no se te ocurra causarme ningún problema —amenazó Zerbe—. No podrías ni conmigo ni con mi gente.

—No te tengo miedo.

—¡Fuera! —gritó Zerbe.

Alexander se apeó de malas maneras. Sentir cómo la lluvia le mojaba empeoró su mal humor. Antes de que el coche se alejará, Zerbe bajó la ventanilla, y agregó:

—A lo mejor la lluvia salva a tu gato.

—¿Qué? —interrogó Alexander.

—Ese viejo brasero siempre fue un peligro. ¡Suerte!

El viejo coche se marchó con un acelerón. Alexander, cada vez más empapado, tuvo un muy mal presentimiento. Echó a correr asustado.

11

La lluvia arreció sin mesura. La capucha del abrigo fue insuficiente para evitar calarle. A él no le importó. Corría por las encharcadas calles del barrio, de vuelta a su guarida. Tenía miedo. Un tipo como Zerbe no se conformaba con una amenaza de palabra, sino que demostraba su malevolencia con hechos.

A punto estuvo de resbalar y caer al enfilar la calle de la Barrilla. Aunque con el agua casi no veía, enseguida se percató de que, con lluvia y todo, había un grupo de gente arremolinada alrededor del inicio de su callejón. Sus temores se incrementaron. Aceleró todo lo que pudo hasta alcanzar la concurrida bocacalle.

Nadie le miró. Todos miraban al callejón, hacia la puerta que daba paso a su guarida. El fulgor de las llamas se percibía a través de una ventana. El humo que salía se topaba con la lluvia. El inmueble se quemaba. Y nadie hacía nada.

—¡Trece! —exclamó Alexander, y se abrió paso entre esa indolente muchedumbre. Corrió hacia su guarida. Detrás de él, atenuados por el ruido del chaparrón, creyó oír algunos gritos que le rogaban que se detuviera. No les hizo caso.

Entró sin pensar. El lugar sucumbía a las llamas. Los muebles se consumían en el incendio. El humo inundaba la atmósfera. Faltaba el oxígeno. Alexander tosió. La visión de la ruina le impresionó. Tosió otra vez. Volvió a toser. Se ahogaba.

Salió al callejón. La inclemencia de la tromba le impedía recobrar el aliento. Faltaba el aire. Miró hacia la calle principal. Varias personas vociferaban y gesticulaban con los brazos para que no se le ocurriera volver a entrar, pero él debía hacerlo. Nunca echaría de menos esa guarida, pero sí necesitaba rescatar unas pocas posesiones.

Cogió aire como pudo, se armó de valor y entró de nuevo. Sorteó las llamas con bastante temeridad. Alcanzó el dado de cristal azul y un par de cosas más, entre ellas, una vieja fotografía que no se había quemado. Agarró una vieja mochila, que estaba junto a la puerta, y, entre toses y llamaradas violentas, escrutó el sitio y llamó a Trece.

Pero su colega felino no estaba allí. Era listo, mucho más listo que él, y había escapado a tiempo. Alexander se lo encontró nada más salir al callejón. El gato negro maulló para reclamar su atención. En su maullido se advertía alarma y temor. El pobre minino se guarecía bajo la tapa de un contenedor abierto. Tiritaba. Se abalanzó con alivio sobre Alexander, quien le cogió entre sus brazos. De algún modo, Trece sabía que él iría en su busca.

Los curiosos observaban al hombre y su felino. Alexander reconoció la sirena de un camión de bomberos que se aproximaba. Con Trece en brazos, bajo la lluvia, se alejó. Los cambios se habían desencadenado. Sus circunstancias se transformaban. Y lejos de advertir buenos augurios, su horizonte se presentaba plagado de malos y nada halagüeños agüeros.

CAPÍTULO IV

La Torre del Nimbo

DICIEMBRE 2016
(UN AÑO DESPUÉS DEL FENÓMENO)

Aquella ciudad, que en el pasado fue una villa de ensueño, hoy provocaba pesadillas.

Erik Dammer contemplaba el desolador espectáculo desde el interior del vehículo, en el asiento del copiloto. Había empezado a anochecer. Cada día lo hacía antes. El invierno se avecinaba y traía gelidez consigo. De todos modos, en ese sitio, daba la impresión de que el frío era más crudo que en cualquier otra parte del mundo.

Erik había solicitado al chófer que condujera un rato por la zona. Aprovechaba cada ocasión que surgía para inspeccionar las calles y rincones que hallaban a su paso. Le fascinaba explorar esa urbe. Le habían asegurado que no quedaba nada nocivo aunque, a veces, su subconsciente todavía desconfiaba. Era algo irracional.

Ni el conductor ni él hablaban. Circulaban despacio por una de las prolongadas y anchas avenidas. Eran el único vehículo en movimiento. En apariencia, eran los únicos seres vivos allí, pero Erik no se dejaba embaucar. Reparaba en detalles sutiles, como las fogatas que avistaron la primera vez que fueron, que indicaban que había gente escondida, tal como Manuel Sócrates dijo.

Más tarde, volvieron al punto de encuentro de las batidas de reconocimiento. La noche había caído y, puesto que el alumbrado público no funcionaba, la extensa y heptagonal explanada se sumió en tinieblas. El cielo se intuía nuboso. Tal vez, cayera niebla. Erik salió a caminar. Se mantuvo cerca del coche, cuyos focos no lograban alumbrar del todo la escena. Al fondo, se advertía la silueta de una gran estatua.

Dos personas aparecieron. Se acercaron a él. Se trataba de Albert Nissen y un fornido soldado de raza negra.

—Han encontrado algo. Debes verlo —desveló Nissen, con tono grave.

—¿Qué? ¿Dónde?

—Es difícil de explicar. Será mejor que lo veas con tus propios ojos.

Erik se contuvo para no resoplar. Aborrecía las prisas y los tremendismos de Nissen.

Un buen rato después, cuando llegaron al oscuro sótano donde se encontraba ese hallazgo, tuvo que admitir que, esa vez, el hombre no había dramatizado.

Los haces de las linternas de los militares iluminaban la estancia, la cual, por los fugaces detalles que se vislumbraban, debió inspirar poder y señorío en otro tiempo.

En esa sala, había un artefacto, compuesto por siete brazos que convergían en un núcleo central. Había paneles electrónicos al final de brazo, además de en la consola principal del centro. Siete objetos brillantes, de siete colores, uno en la consola de cada brazo, llamaban la atención. Resplandecían pese a la penumbra. Nissen se inclinó hacia Erik.

—Desde aquí se controlaba todo —susurró—. Hay que desmantelarlo.

—¿No convendría estudiar su funcionamiento? —planteó él.

—No —replicó Nissen, airado—. Es peligroso. No hay nada que aprender aquí.

Erik calló. Dudaba cómo proceder. El fornido soldado de raza negra intervino:

—Señor delegado, ¿qué hacemos?

Erik calló de nuevo. Reflexionaba.

—Desmantelar por completo todo lo que hay en este lugar —decretó, al final—. Desactivarlo. Destruirlo.

A pesar de los claroscuros, la satisfacción en el rostro de Nissen era innegable, detalle que fastidió a Erik, quien se dispuso a salir de allí.

—Otra cosa —agregó, antes de marcharse—. De ahora en adelante, ya no utilizaremos la palabra "fenómeno". Es una orden. Esa palabra fue una invención sensacionalista de algunos medios de comunicación. No la soporto. Estoy harto de tantas supersticiones. Vamos a hacer nuestro trabajo y a limpiar todo. Aquí no puede quedar nada.

1

Ciudad Fortuna había renacido de sus cenizas varias veces, tras ser arrasada por fuerzas naturales o por el propio hombre. Su primera reconstrucción se produjo a consecuencia de una colosal erupción volcánica, acaecida a centenares de kilómetros, cuyos devastadores efectos fueron arrastrados por la ventura. El suelo vibró. La tierra se agrietó. Lo erigido se desmoronó. Después de tamaña catástrofe, los supervivientes descubrieron grutas y misterios, rincones velados de su hogar donde esconder multitud de secretos.

Alexander Berkel, en cambio, ya no sabía dónde esconderse. Su *statu quo* había terminado de desmoronarse. Dos días después del incendio, sus opciones eran exiguas. Al verse en la indigencia, sospesó la posibilidad de pernoctar en la estación de ferrocarril, pero allí le podían reconocer. No podía dormir a la intemperie debido al clima. Okupar una vivienda u oficina vacía le desagradaba. Se había rendido a pasar las dos últimas noches en una habitación vacía de una planta desatendida del hospital. No podía seguir así.

Otro inesperado giro de los acontecimientos auguraba el enésimo cambio de su volátil situación: la reaparición de Francine Moreau. La periodista deseaba verle. Para ello, había contactado con Luka, quien a su vez había telefoneado a Alexander. Este, muy aliviado por volver a escuchar la voz de su amigo, se calló sus recientes penurias para no angustiarle, si bien le rogó que le ayudara a organizar el nuevo encuentro con Francine con la mayor premura posible.

La periodista era su única esperanza de mejorar sus terribles circunstancias. Esperaba que la mujer arrojara luz a su oscura situación. El año anterior, la última vez que se vieron, Francine accedió a un buen acuerdo: obtener una entrevista en exclusiva con él a cambio de investigar las incógnitas de su inocencia e identidad. La periodista, que se vio forzada a ir a la cárcel unos meses por negarse a desvelar el paradero de Alexander, ahora aseguraba poseer información muy relevante para él.

Alexander se esforzaba por controlar su impaciencia sin éxito. No dejaba de preguntarse qué había averiguado Francine. Imaginaba numerosas opciones. A pesar de que él ya sabía cuál era su origen, deseaba que la mujer le contara algo que aclarara sus más sombríos recuerdos, aquellos que relacionaba con el indeterminado tiempo que vivió entre el rapto y su llegada al orfanato. Las desapacibles sensaciones que ese período le suscitaba empezaban a obsesionarle. La maldad y el dolor impregnaban esas imágenes.

En mitad de esa inquietud, o debajo de ella, se hallaban *Crisol Innovaciones*, su logo de los siete brazos, las siglas *A. K. S. L* y el supuesto A. Klausmann.

Dispuesto a afrontar la reunión con Francine y, si la ventura así lo quería, descifrar el jeroglífico, el miércoles por la mañana, Alexander puso rumbo a la Torre del Nimbo. Trece, inquieto, iba dentro de su mochila, que él había colgado de su pecho.

Por el camino, meditó sobre una gran partida de ajedrez en la cual, sin saber cómo, se había visto inmerso. El ritmo de los movimientos se aceleraba. Dudó si su oponente era la mismísima ventura o alguien de identidad velada. Y, entre sus recuerdos, vislumbró una luz huidiza, reflejada por las piezas transparentes de un curioso set de trebejos.

2

Luka Miller decidió que mentir no era malo si se hacía por lealtad a la mayor promesa de su vida. Solo esperaba que su esposa pudiera entenderlo si, alguna vez, descubría lo que de verdad iba a hacer ese miércoles. Esa mañana, iba a reencontrarse con Alexander Berkel. Era el encargado de posibilitar una reunión clandestina entre Francine Moreau y él.

Su mejor amigo le necesitaba. Luka había desoído las quejas de su conciencia durante más de un año y se había cansado. Hizo una promesa a su difunta abuela. Prometió ayudar a Alexander. Había apartado esa promesa por Clarisa, a quien asustaba que él se juntara con el gafe más buscado de la ciudad. Pero, ese día, no pensaba eludir lo que él consideraba una responsabilidad. Luka amaba a su mujer y su hijo con todo su corazón. Les quería más que a su propia vida. Para él, la familia era esencial. No obstante, no podía olvidar que, cuando perdió a sus padres, su abuela fue la persona que le crio. Le debía lealtad a esa mujer.

Al final de la avenida Sageco, entre el Arco Clásico y Serenidad, se situaba la Estación Occidental de Ferrocarril, dedicada al transporte de pasajeros. Los usuarios, llevados por las prisas, no solían detenerse a contemplarla, pero se trataba de un lugar de gran atractivo. Su amplia fachada la formaban altos arcos separados por gruesas columnas. Sobre los mismos, se hallaban vistosas cristaleras. Su arquitectura y su abundante decoración resultaban recargadas, más propias de un teatro o un palacio. El vestíbulo principal era enorme. Además de a los andenes, podía accederse a diversas tiendas, como en unas galerías comerciales.

Sin que Clarisa lo supiera, Luka había llevado a Marko a la guardería, en vez de pasar la mañana con el crío en casa. Ahora, esperaba a una insigne pasajera, sentado en un banco circular de madera, en mitad del vestíbulo de la estación. En ese momento, la vio. La mujer caminaba hacia él. Aunque no la conocía en persona, ya la había visto en televisión.

Francine Moreau era una mujer guapa y menuda, de baja estatura y curvas resultonas. Tenía una corta melena rubia. Escrutaba el vestíbulo con sus pequeños ojos, que, junto con su puntiaguda nariz, dotaban a su rostro de un aire perspicaz. Vestía un bonito abrigo oscuro y portaba un pequeño portafolio de piel.

—¿Luka Miller? —aventuró Francine, cuando él anduvo hacia ella.

—En efecto. Encantado de conocerla.

Francine y Luka se sonrieron y estrecharon sus manos con cordialidad.

—Venga por aquí, por favor —añadió Luka, y le indicó la dirección con un gesto.

Abandonaron la estación por una salida lateral que conducía al barrio de Confiterías.

—Podemos coger un taxi o ir a pie. Nos da tiempo. No está muy lejos —explicó Luka.

—¿Adónde vamos?

—Allí.

Luka señaló un punto elevado con el dedo. Su destino era visible en la distancia.

La Torre del Nimbo se ubicaba en un área tranquila y ajardinada, bastante próxima al Parque de los Frutales y el cauce del Tyche. Era la construcción más alta de Ciudad Fortuna. Se construyó en la primera mitad del siglo XX. Presentaba una estructura cilíndrica. En la parte superior, no en la cúspide, sobresalía una plataforma circular acristalada, a modo de mirador. El revestimiento de la parte cilíndrica era grisáceo y metalizado, al contrario que el de la plataforma, que relucía con una cubierta dorada y parecía una aureola o círculo sagrado, característica que había propiciado el nombre del lugar.

Las dimensiones de esa estructura cilíndrica, reducidas aunque suficientes, abarcaban un par de ascensores, uno de subida, otro de bajada, y pocas estancias más. Cuando Luka y Francine llegaron, entraron en la recepción de la planta baja. Allí, se compraron dos tickets como si fuesen una simple pareja de turistas. Las plantas centrales del edificio, bajo el mirador, albergaban un museo sobre la ciudad. En la plataforma acristalada, había una cafetería donde podía disfrutarse de las mejores vistas de la urbe. Sin embargo, lo que les interesaba a Francine y Luka era aquello que había más arriba.

En el último nivel de la torre, podía visitarse una de las atracciones más impresionantes de toda Ciudad Fortuna: una cámara obscura, una sala completamente aislada y opaca donde la luz solo entraba por un minúsculo orificio practicado en el techo. Este, conectado al periscopio de la cúspide y un curioso sistema de lentes y espejos, permitía contemplar las más impresionantes vistas de toda la ciudad, reflejadas en una pantalla horizontal, colocada dentro de la sala. Una mujer guiaba la visita y operaba los mecanismos para enfocar la imagen y desplazar las lentes, capaces de mostrar la urbe en infinitud de direcciones.

Francine y Luka asistieron a la fascinante demostración de la cámara obscura. Luka la había visitado con anterioridad. A Francine le cautivó el espectáculo. Cuando la visita acabó y, en la penumbra de la sala, los pocos turistas de ese día empezaron a salir, la guía le dedicó una discreta señal a Luka para que Francine y él salieran por otra puerta. Fuera, les condujo por unas escaleras a la planta inferior, a una estancia vacía que no se empleaba para nada.

—Gracias, Julia —dijo Luka a la guía, una mujer madura, de melena morena y gafas pequeñas, agraciada con un semblante sonriente donde podía percibirse la bondad.

—Esperad aquí —contestó ella, para a continuación dejarles solos.

—¿La conoces? —preguntó Francine.

—Sí. Fue amiga de Betina, mi abuela.

—A Alexander, ¿cuándo le conociste?

—Hace dos años, aunque, a veces, me parezca que fue hace mucho más.

Esperaron en aquella sala vacía. Un rato después, creyeron oír un maullido.

A pesar de que solo la había visitado en una ocasión, más de siete años atrás, la Torre del Nimbo entrañaba un significado emotivo para Alexander. Recordaba la primaveral tarde que Héctor, Irene y él visitaron su museo y se maravillaron con la cámara obscura. Ese recuerdo, valioso y doloroso, le retrotraía a todo lo que había perdido y podía recuperar.

La mañana se mostraba fría. Contra todo pronóstico, Trece se comportaba dentro de la mochila, que su colega humano había abierto un poco para que respirase hasta volver a ser libre. Alexander entró en la Torre del Nimbo y adquirió una entrada.

Se entretuvo un rato en la exposición permanente sobre la historia de la ciudad. El sitio se hallaba poco concurrido. Las imágenes y los textos que narraban el pasado de la urbe eran didácticos, aunque en algunos puntos se extraviaban en banalidades.

De pronto, Alexander miró a su alrededor y se percató de que se había quedado solo, al lado de una lámina que hablaba del trazado de las siete avenidas. Una mujer morena, con gafas y sonrisa afable, apareció entonces.

—Sígame, por favor —le dijo, con actitud calmada.

Alexander fue con la mujer, quien le condujo hasta la penúltima planta de la torre y le indicó que pasara a una habitación. Trece se revolvió dentro de la mochila. Maulló, cansado del cautiverio. En la estancia, aguardaban Luka Miller y Francine Moreau. Alexander cerró la puerta, comprobó que no había más salidas, se arrodilló y liberó a Trece.

Luka se acercó a Alexander. Dos sonrisas sinceras y espontáneas iluminaron los rostros de ambos amigos. Hacía mucho que no se veían. Una boba vergüenza varonil les cohibió e impidió que se abrazaran. Su actitud fue torpe. Ni se dieron la mano.

—¿Quién es la mujer que me ha traído aquí? —preguntó Alexander.

—Se llama Julia —respondió Luka—. Trabaja aquí. Fue amiga de Betina, a pesar de la diferencia de edad. Hacía años que no pensaba en ella. Se me ocurrió pedirle que nos ayudara al leer su nombre en algunos párrafos de los diarios de mi abuela.

—Así que Betina sigue ayudándonos —observó Alexander, contento. Evocó a la abuela de su amigo, la difunta clarividente Sikorski, la que le llamó "el tirador de dados", y su sonrisa se ensanchó, algo que no le sucedía a menudo.

—Sí, supongo que así es. En realidad, no debería sorprendernos. Ella fue capaz de ver más allá de su propia vida. Nos sigue ayudando desde donde esté. Ella vive en Marko. Veo su esencia en él, en sus ojos y en sus sueños.

—¿Marko ha vuelto a soñar?

—Sí. Ya te lo contaré.

Francine caminó hacia ellos. La mujer también sonreía. Alexander dudó si Luka y ella habían reparado en su cambio de aspecto, más embrutecido. Agradeció que ninguno hiciese comentario alguno. Entretanto, cierto remordimiento le reconcomía. Cohibido, interrogó:

—¿Cómo fue la cárcel?

—No es como en las películas ni las series de televisión.

—¿Eso significa que es mejor o peor?

—No se preocupe por mí, Alexander. No me fue mal.

—Lamento que la encerraran por mí.

—No, no me pida perdón. No fue por usted. Fue por mí y mi integridad profesional.

Francine abrió un portafolio de piel que llevaba consigo y buscó en su interior. Luka se alejó de ellos para permitirles conversar con tranquilidad.

—Me puse a investigar la cuestión de su identidad semanas después de salir de prisión —relató la periodista, mientras hojeaba una serie de folios—. No fue sencillo, si le soy sincera, pero sí estimulante. Hacía mucho que no tenía que buscar una aguja entre un pajar. Rastreé áreas rurales de todo el país. Visité varios sitios. Y di con la aguja. —La mujer sacó un papel del montón que antes hojeaba. Se lo entregó a Alexander. Se trataba de un mapa del noreste del país. Ella señaló una pequeña población con el dedo, y dijo—: Eso es Aldea Moira.

—¿Qué es Aldea Moira?

—Un pueblo minúsculo. Bueno, en realidad, es un conjunto de aldeas y casas aisladas, organizadas como pedanías, dependientes del pueblo más grande, que, por cierto, tampoco es muy grande. La burocracia es lo de menos. Lo importante es que este sitio, Aldea Moira, es donde está esto. —Francine sacó otra hoja, un plano más cercano del disperso municipio, y señaló otro punto—. Esa es la finca donde usted creció. —Ante la pasmada mirada de Alexander, la periodista recalcó—: He estado allí. Ese es el sitio.

—¿Cuándo estuvo allí?

—Hace pocas semanas. Ya no vive nadie. No pude entrar en la casa, pero leí con mucha atención el cuaderno que usted me dio, el de sus recuerdos, y todo encaja. Por cierto… —La mujer extrajo el cuaderno azul de su bolso—. Se lo devuelvo.

Alexander metió el cuaderno azul de sus recuerdos, del que casi se había olvidado, en su mochila. Un escalofrío le estremeció. Una corazonada le aseguró que la información que Francine esgrimía era certera. De hecho, al estudiar con mayor detenimiento los dos mapas, le pareció que allí había algo más, un detalle relevante que todavía no se había descifrado.

—Si ha podido superar el *shock* inicial de esto, continuaré, porque ahora viene lo principal —advirtió Francine—. Aldea Moira y esa finca son el dónde, pero no me quedé ahí. He averiguado el quién.

—¿Se refiere a quiénes son los dueños de esa finca y mi familia?

—Sí.

—¿A Joseph Klausmann?

Aquello descolocó por completo a Francine, quien replicó:

—¿Por qué ha dicho eso?

—Porque el año pasado, después de nuestro accidentado encuentro, descubrí que ese hombre es mi padre biológico.

—¿Entonces todo ha sido en balde? ¿He llegado tarde? —inquirió la mujer, boquiabierta y desmoralizada.

—No, en absoluto. No piense así porque no es verdad. Puede que conozca mi identidad, pero eso es solo saber un apellido. Todavía desconozco mi infancia. No tengo ni idea de cómo fueron mis primeros años de vida, qué fue de mi madre, por qué me secuestraron o dónde me retuvieron antes del orfanato. Mi memoria tiene capas, como las de la cebolla. Hace poco, me adentré en un nivel más profundo, más oscuro. Y todavía es un enigma.

—Discúlpeme, Alexander, estoy desconcertada. Si halló a su padre biológico, si sabe la identidad de su familia, ¿por qué no aclaró con él todas esas lagunas de su memoria?

—Porque aquel encuentro terminó de un modo brusco y ahora no puedo retomarlo.

—Explíquese, por favor.

—No puedo porque Joseph Klausmann es un criminal en prisión y, dada mi situación legal, me es imposible concertar un encuentro con él en la cárcel. Y, de todas formas, todavía no estoy listo para plantarle cara a ese hombre. Temo sus respuestas, pero puedo buscar otras por mi cuenta, cosa que haré ahora gracias a lo que usted acaba de contarme.

—Me deja estupefacta.

—Me imagino —suspiró Alexander. En su cabeza, borracha de revelaciones, una pregunta muy concreta eclipsaba a todas las demás. Necesitaba saberlo, de modo que indagó—: Francine, entre todo lo que ha descubierto, ¿está también el nombre de mi madre?

—¿No lo sabe?

—No. ¿Y usted?

Ella respiró hondo, y desveló:

—Ingrid, Ingrid Klausmann.

Alexander sintió un nudo fortísimo en la garganta. Al fin, sabía cómo llamar a la preciosa mujer morena que pervivía en su memoria. Se llamaba Ingrid. Ese era el nombre que debía figurar en la lápida en blanco de la mujer no identificada que, el año anterior, llegó a la ciudad como polizona de un tren de mercancías. Nunca había dudado que esa paupérrima y demenciada anciana era su madre. Ese triste recuerdo espoleó algo en su interior.

—Solo por esto —agregó—, todo lo que ha hecho por mí ha merecido la pena.

—¿De verdad le he ayudado?

—Muchísimo. Y… —Alexander titubeó. Su mente acababa de reconocer el detalle que antes se le escapaba en los mapas: una línea dibujada en ellos, una línea de ferrocarril—. Por favor, deme un minuto —se excusó, antes de separarse de Francine. Sacó su móvil, localizó un número y telefoneó.

—¿Dígame? —contestó Frank, al otro lado.

—Frank, soy yo. ¿Puedes hablar? Seré breve.

—Sí, claro que sí. Estoy en casa. ¿Qué pasa?

—Es una pregunta sencilla. ¿Te suena el nombre de Aldea Moira? Es un pueblo.

—Sí, claro, está en la ruta que hago con el tren.

—¿La misma ruta en la que, el año pasado, apareció aquella mujer no identificada?

—Sí, la misma ruta en la que trabajo siempre.

—Muy bien. ¿Cuándo vuelves a hacerla?

—Salgo esta tarde. ¿Qué te pasa?

—Frank, por favor, mantente muy atento al teléfono. Volveré a llamar. Te dejo.

Alexander colgó y regresó junto a Francine.

—Me ha ayudado muchísimo —repitió—. Siempre se lo agradeceré. Es la mejor.

—Gracias. También está lo de su inocencia, pero ¿qué tiene pensado hacer?

—Dejo Ciudad Fortuna hoy mismo. Voy a Aldea Moira a conocer mi infancia.

—¿Se va de la ciudad? ¿Está seguro?

Por supuesto que lo estaba. Su situación en Ciudad Fortuna era harto insostenible. Ir a Aldea Moira podía aclarar por completo su identidad, descifrar el misterio de *Crisol Innovaciones* y A. Klausmann, y desvelar qué fue de su madre, Ingrid Klausmann.

—Sí, lo estoy —declaró, decidido.

—¿Va a hacer ese viaje solo?

Alexander guardó silencio unos segundos. Meditó sobre todo lo que había perdido y todavía podía recuperar. Guiado por el ímpetu de tantas averiguaciones, añadió:

—Hablaremos enseguida de mi inocencia, pero antes necesito hacer otra llamada. No pienso irme solo de aquí.

<u>4</u>

Irene Berkel trabajaba en el despacho de su piso. Evitaba ir a la Organización Heptágono, donde se sentía una extraña. Prefería quedarse en casa. Allí, nadie, excepto Sam, se daba cuenta de sus contantes dificultades para concentrarse. Se notaba aletargada.

Vivía en un moderno piso de dos dormitorios, ubicado en la calle de Alan Turing, al sur del barrio de Saberes. La decoración nunca le había interesado. En su opinión, lo importante de una casa era su funcionalidad y no su estética. Ella siempre fue limpia y ordenada, pero, en los últimos meses, la vivienda se hallaba cada vez más descuidada.

Sam, su hámster dorado, la única compañía que ella quería de verdad, recorría la casa dentro de una esfera trasparente. Aun así, esa mañana, el traqueteo del animalillo la irritaba. Iba a gritarle, pero su móvil sonó. Irene miró la pantalla. Confusa, contestó:

—¿Hola?

—Irene, soy Alexander.

—¿Qué haces? —interrogó ella, nerviosa.

—Irene, no cuelgues, por favor —rogó él.

—¿Por qué llamas? ¿Qué sucede?

—Algo importante. Escúchame.

—Te escucho, pero ve al grano.

—Vale. Irene, he descubierto algo muy importante. Creo que ya sé dónde está la finca en la que me crie, la de mis recuerdos.

—¿Cómo?

—Ya te explicaré los detalles. La cuestión es que por fin sé dónde buscar respuestas de mi infancia. Estoy seguro de que no me equivoco. Tengo una corazonada.

—Pero ¿por qué me llamas?

La pregunta sonó brusca y desinteresada. Por supuesto, Irene compartía la excitación de su hermano ante la posibilidad de descifrar los enigmas que, toda su vida, habían marcado a Alexander. El problema residía en que ella decidió separar su camino del suyo, distanciarlo del halo gafe. No podía volver a su lado. Eso supondría admitir que se equivocó.

—Irene —respondió Alexander, a quien se percibía dolido por sus palabras y el tono de las mismas—, te llamo porque hoy mismo voy a salir de la ciudad. Voy a buscar ese sitio. No he salido de Ciudad Fortuna desde que llegamos. Es extraño, no sé por qué ha sido, pero es así. Estoy solo, Irene, y no quiero enfrentarme a lo que haya allí sin ti.

—Espera, me dejas flipada. ¿Dónde estás?

—En la Torre del Nimbo. Reúnete aquí conmigo. Acompáñame.

Irene se temía esa petición, la cual había sonado a súplica. Su hermano, de quien ella se había apartado, la necesitaba. Él, que tanto tiempo quiso valerse por sí mismo, rogaba su ayuda sin ambages. Por eso, a ella se le rompió el corazón por su terquedad, pero concluyó:

—No puede ser, Alexander. Ya no puede ser. No debiste llamar. Lo siento. Cuídate.

Le pareció oír que su hermano objetaba algo, pero colgó aprisa.

Al hacerlo, la interfaz del móvil se distorsionó, como si captase interferencias. Extrañada, Irene se llevó el teléfono a la oreja de nuevo. Escuchó unos breves segundos de ruido blanco. Luego, este cesó y la pantalla retornó a la normalidad. Ella probó el aparato, el cual funcionaba con lentitud, como desde hacía semanas.

Una sospecha la asaltó. Hasta ese día, no se había atrevido a planteárselo en serio, pero, harta de problemas, Irene desconectó y desmontó el teléfono. Detrás de la batería, halló una tarjeta SIM distinta a la suya. Entendió que su móvil estaba intervenido, pinchado. Y solo una persona podía haberlo hecho.

Sentimientos encontrados la perturbaron. Tras un minuto de duda, decidió recurrir al fijo del piso, pero dudó. Paranoica, desenchufó el aparato de la pared, lo alzó con las dos manos y lo estrelló contra el suelo.

5

Tras el abrupto desenlace de la llamada, Alexander se quedó descorazonado. Mantuvo el móvil pegado a su oreja, como si no pudiera creerse que Irene le hubiera colgado. No recordaba ninguna ocasión en la que su hermana le hubiese despachado de tan mala manera. La joven le había rechazado. No quería formar parte de su vida. Él no podía verla, pero oírla le había bastado para intuir que algo no marchaba bien, lo cual le aterró. Apesadumbrado, caminó hasta un rincón apartado de la estancia para ocultar su congoja.

Francine y Luka advirtieron su aflicción. Le respetaron. Le dieron unos minutos para que asimilara la amarga conversación telefónica. Luego, Luka se dirigió a él.

—Has hablado con Irene, ¿verdad? —comentó su amigo.

—Sí. No quiere venir conmigo. Ya no sé nada de ella. ¿Puedes creértelo?

—En cierto sentido, sí. Me da pena, pero creo que todos hemos cambiado.

—Ya —suspiró Alexander. Deseoso por cambiar de tema y evadirse un momento, añadió—: Y tú ¿qué me cuentas? ¿Qué es eso que dices de que Marko vuelve a soñar?

—Marko vuelve a soñar, eso es, pero ahora sueña solo.

Esa frase logró captar la atención de Alexander y despistarle de su disgusto.

—¿Qué quieres decir?

—Que Marko volvió a tener un sueño especial, como aquel del trébol del año pasado. Yo también lo tuve, me pareció, pero no fui capaz de recordarlo al despertar.

—¿Por qué piensas que fue especial si no lo recuerdas?

—Es una intuición, una muy fuerte. Lo percibo en el comportamiento del niño. Él no habla. No tiene capacidad para ello, pero ha encontrado cómo expresarse.

—¿Cómo?

—Dibujando. Hay una estructura que repite siempre desde aquel sueño.

—¿En serio? ¿Cómo es? —preguntó Alexander. Él, que solía ser escéptico en relación a los misticismos de la suerte, no podía negar su curiosidad respecto al don de los Miller.

—Son círculos y líneas, poco más; a primera vista, los garabatos propios de un niño de su edad. Pero repite el mismo esquema con leves variaciones. Tengo que enseñártelo.

Alexander cabeceó abstraído. El año anterior, el primer sueño de Marko le condujo a descubrimientos trascendentales. ¿Qué significados se esconderían detrás del segundo?

Evocó otra vez a Betina Sikorski, la clarividente que le dedicó siete vaticinios antes de fallecer. Él sabía que, al menos, dos de ellos se habían cumplido. "Hay dos mujeres. Hay un vínculo de muerte. Hay una cacera de sangre" hablaba de Lara Varone y Selena Myers, dos féminas entre quienes la ventura ató un nudo mortal. "La mujer tiene manchas. Y te llama porque se arrepiente mucho" se refería, de hecho, a la mujer no identificada que resultó ser su madre y, como acababa de descubrir, se llamaba Ingrid.

Alexander, más animado gracias a esa charla con Luka, volvió junto a Francine, quien se había quedado en un segundo plano hasta ese momento.

—¿Está bien? —dijo ella.

—Sí, tranquila —aseguró él, aunque la negativa de Irene todavía le dolía.

—Cuando quiera —continuó la periodista—, podemos hablar del otro…

—Disculpe —la interrumpió Alexander, mientras alzaba una mano.

Su móvil vibraba de nuevo. Miró la pantalla: número oculto.

—¿Quién es? —contestó.

—Alexander, soy Irene.

Escuchar otra vez la voz de su hermana le inundó de una inesperada alegría. Albergó la esperanza de que ella se desdijese y aceptase marcharse con él.

—Dime.

—Si sigues en la Torre del Nimbo, debes pirarte ya mismo —acució Irene, acelerada.

—¿Qué? No te escucho bien. Se oye mucho ruido.

—Estoy en un locutorio. He venido corriendo desde mi casa. ¡Ya no hay cabinas!

—Pero ¿qué dices? —insistió él, apabullado.

—¡Que debes huir! —repitió ella, nerviosa.

Un mal presentimiento brotó en el interior de Alexander. Su ilusión de reencontrarse con su hermana se esfumó con celeridad. Supo que esa mañana no iba a terminar bien.

—Explícate —rogó.

—El móvil al que has llamado hace un momento estaba intervenido. Me has contado dónde estabas, así que saben dónde pillarte.

—¿Quién ha intervenido tu teléfono?

—La Organización Heptágono, seguro.

—¿Cómo?

—Me han cambiado la tarjeta SIM. Acabo de darme cuenta. También el de casa.

Alexander guardó silencio. Toda clase de ideas se amontonaban en su cabeza.

—Lo siento —susurró Irene, al percatarse de que él no hablaba.

—¿Estás segura de lo que me cuentas?

—Sí, Alexander. Huye. Vete. Y no acudas a mí, por favor. No puedes ponerme en este aprieto de nuevo. Llamarme a mí solo podía causarnos problemas.

Con esas palabras, Irene le colgó por segunda vez esa mañana.

Alexander caviló a toda prisa. Regresó junto a Luka y Francine, y anunció:

—Han escuchado la llamada. Vienen a por mí. No hay tiempo para explicaciones. Los tres debemos irnos.

Luka se mostró boquiabierto. Junto a él, tras unos segundos de asimilación, Francine sonrió, y comentó:

—¿Nuestras reuniones siempre van a acabar igual?

Alexander agradeció el buen humor de la mujer, sonrió también, y confesó:

—No controlo mi mal fario. Ojalá pudiéramos tomarnos un café, como aquel que nos tomamos cuando nos conocimos, pero, ahora, más nos vale separarnos y salir de aquí.

6

Isaac Wagner había llegado a pensar que la suerte le había abandonado, pero ahora se sentía al comienzo de una buena racha.

Su suerte sufrió un grave revés cuando su padre fue asesinado. Ese día, algo se descolocó en la energía que gobernaba el mundo. Se produjo una descompensación de fuerzas y los equilibrios se alteraron. Alexander Berkel fue el culpable de ello. Después, la mala racha siguió con su derrota ante Selena Myers por liderar la Organización Heptágono. Ese otoño, en cambio, su suerte apuntaba una prometedora mejoría.

Ricardo Varone forzó al límite la legislación, según la cual no era obligatorio ser concejal electo para pertenecer al gobierno municipal, y le nombró vicealcalde cuando, de modo muy oportuno, el anterior se jubiló. Las quejas por la rebuscada argucia fueron notables, pero Isaac se estaba ganando a la ciudad gracias a su protagonismo en todo lo relacionado con *eFortuna Global*. En cuanto Ricardo ganase las elecciones, él ascendería a alcalde.

Mientras tanto, se ocupaba del mayor de sus objetivos, aquel que no había descuidado jamás. Así, esa mañana de miércoles, un coche blindado y metalizado cruzaba la ciudad a gran velocidad. Isaac, en el asiento trasero, dirigía un equipo de seguridad privada, contratado con dinero de su departamento en la Organización Heptágono. Iban hacia la Torre del Nimbo, donde, después de varios meses de vigilancia, atraparían a Alexander Berkel.

Isaac no había olvidado el asesinato de su padre. Mientras la Policía parecía descuidar la búsqueda del gafe Berkel, él había tramado un plan para vengar a Ismael Wagner. Había empleado recursos de la Organización para espiar los movimientos y las comunicaciones de Irene. Nunca dudó de que la chica sería su mejor vía para llegar hasta el asesino de su progenitor. En efecto, hoy, Berkel había hecho lo que él siempre previó: contactar con ella y, en el transcurso de la llamada, desvelar la ubicación concreta en la que se encontraba.

Para Ismael, la venganza había sido una hermana, la del hombre al que él deseaba dar caza. Había seducido, embaucado y soportado a Irene durante más de un año. Ese esfuerzo al fin obtendría su recompensa. Hacía tiempo que no aguantaba a la joven, pues la consideraba una mediocre y una drogadicta. No obstante, la requería para pillar a Alexander. Había tenido que mantenerse a su lado bastante tiempo por el distanciamiento entre los hermanos Berkel, quienes, hasta hoy, no habían mantenido ni una conversación telefónica.

Los coches que transportaban a los agentes contratados por Isaac llegaron a la Torre del Nimbo. Los hombres salieron en tropel de los vehículos. Irrumpieron sin reservas en la recepción del lugar. Isaac comenzó a repartir órdenes:

—Rastrear todo el edificio, todas las plantas y todos los rincones. Separaos e id por las dos escaleras. No dejéis ninguna sala sin chequear.

Isaac se dirigió al ascensor de subida. Para su estupor, cuando la puerta del habitáculo se abrió, dos treintañeros, un hombre y una mujer cogidos de la mano, salieron de él.

—¿No es el ascensor de subida? —interrogó, extrañado.

—Perdón, nos hemos liado con las flechas —explicó el hombre, un treintañero con cara de buena persona, cabello moreno y fino, y unas gafas de montura redondeada.

Malhumorado, Isaac montó en el ascensor. Antes de que las puertas se cerraran, miró a la mujer, que abandonaba el edificio. Le sonaba de algo.

Subió hasta la planta de la cámara obscura. Allí, una trabajadora de la instalación, una mujer morena con semblante pacífico y sosegado, le dijo:

—Lo siento, no hay más pases hasta esta tarde.

—Necesito saber si queda alguien —indicó Isaac.

—No queda nadie, señor. ¿Qué sucede? ¿Ha perdido a alguien?

Adusto, sin pedir permiso, Isaac ignoró a la mujer y entró en la cámara obscura. Allí, en efecto, no quedaba nadie. Impaciente, registró los niveles inferiores, igual de desiertos.

De pronto, se percató de quién era la mujer del ascensor: ¡Francine Moreau, la periodista! Receloso, temió que Berkel hubiese escapado. Fue al ascensor de bajada. Intentó llamar a los agentes, pero ninguno de ellos contestaba.

Abajo, salió a la calle. Allí, descubrió una escena que no auguraba nada bueno. Varias patrullas policiales habían llegado. Los uniformados habían interceptado a sus hombres.

Una mujer intimidadora, de anatomía fuerte y espalda ancha, cabello ingente, feminidad descuidada, y firmeza y rigor en el proceder caminó hacia Isaac con gesto severo.

—Vicealcalde Wagner, ¿qué está sucediendo aquí? —cuestionó la comisaria Miralles.

—Estos hombres pertenecen a una empresa de seguridad privada totalmente legal.

—Señor vicealcalde, desconocía que necesitara seguridad privada. ¿Por qué razón?

—Esto no tiene nada que ver con la política, sino con Heptágono.

—Dos ámbitos difíciles de separar —observó Miralles, con gravedad—, pero ninguno de los dos justifica el comportamiento de estos tipos. ¿A qué se debe el lío?

La actitud de la comisaria enervó a Isaac, que estuvo en un tris de recordarle que, en pocos meses, él sería alcalde de la ciudad y, como tal, su jefe.

—¿Quién la ha alertado, señora comisaria? —quiso saber.

La respuesta apareció en ese instante y terminó de dar al traste con sus planes.

Sin despeinarse ni arrugar su ropa, Selena Myers se apeó de un coche que paró entre los vehículos policiales. Anduvo hasta la comisaria Miralles y estrechó su mano. Actuó como si Isaac no estuviese allí.

—Gracias por intervenir con tanta rapidez, comisaria —dijo—. Lamento mucho que este asunto de la Organización Heptágono haya causado problemas en la ciudad. Prometo darle una explicación completa en cuanto zanje el tema.

—Entonces, ¿se encarga usted de esto? —replicó Miralles.

En ese momento, Selena sí miró a Isaac. Le clavó sus preciosos ojos, en los cuales él vio triunfo y sadismo, en especial, cuando la mujer remató:

—Sí. Yo me encargo.

Adolph Klausmann contempló el deprimente panorama a su alrededor y meditó que, de alguna forma, todos vivíamos en una prisión al ser
cautivos de la fortuna. Había evaluado la cuarta central operativa de su
empresa, construida en el Centro Penitenciario Este-II, en una parcela
donde los reclusos no accedían y los trabajadores apenas transitaban.

—Todo en orden —indicó al empleado de la penitenciaría que le acompañaba.

—¿Necesita algo más? —preguntó este.

—En realidad, sí. Querría pedirle un segundo favor al alcaide: otra visita.

Esa otra visita le inspiraba mucha pereza, pero no tenía otra alternativa que afrontarla para efectuar cierto intercambio.

De sus dos hermanos, Adolph, el primogénito, siempre tuvo mejor
relación con Esther, la benjamina, que con Joseph, el mediano. Ni la
proximidad de edad ni ser ambos varones le unieron a Joseph. Conge-
niaba más con Esther, ya que sus caracteres y opiniones se asemejaban.
Menospreciaba a Joseph por su aparente falta de ambición y cierta veleí-
dad en el cuidado de la suerte. Le consideraba un pusilánime. No le extrañaba ni le disgustaba que hubiese acabado de ese modo. Y se arrepentía de no haber atendido más a Vera, su sobrina, la hija de Esther.
Cometió el mismo error que su difunta hermana al desdeñarla.

Por ello, dado que nunca habían forjado un auténtico vínculo fraternal, el encuentro entre Adolph y Joseph, en la fría y vacua sala de
reuniones, resultó muy insensible. Los dos se miraron durante un largo
minuto, sin abrir la boca, cada uno a un lado de la pintarrajeada mesa de
madera, antes de que el mediano rompiera el hielo:

—Me sorprende que hayas venido. Creí que me ignorarías —comentó
Joseph.

—Leí tu carta. ¿Por qué no iba a venir si así me lo pedías? —repuso
Adolph.

—Porque hace años que no hablamos cara a cara. En el último lustro,
he visto más a Jon Hosen que a ti. ¡Menudo intermediario que tenemos!

—Confío en él. Nadie puede acusarle de desleal. Si he descuidado el
contacto contigo es porque otras obligaciones familiares me han ocupado.

—Ya. Lo sé. Por cierto, lamento lo que pasó —añadió Joseph, un tanto
cohibido.

—Mejor cambiemos de tema —contestó Adolph, cortante. No tenía intención de abordar el asunto de su dolorosa pérdida—. La suerte da, y la suerte quita —concluyó.

—Como quieras. ¿De qué vamos a hablar entonces?

—Dímelo tú. Tú me escribiste para que viniese a verte. Algo querrás, ¿no?

Joseph se revolvió en su silla. Adolph se deleitó en ello. Le encantaba incomodarle.

—Sabes muy bien qué quiero —arguyó Joseph, huraño—. El quinto dogma, ¿qué si no?

—El quinto dogma no puede funcionar aquí —objetó Adolph—. Aquí no hay suerte. Ya deberías saberlo. Nuestra pobre sobrina, la hija de Esther, fue víctima de la misma carencia.

—¡Pues tendrá que funcionar! —estalló Joseph. Dio una airada palmada en la mesa, que se tambaleó. Adolph, que no se esperaba el exabrupto de su hermano, le observó con atención. Advirtió la pérdida de suerte en la falta de brillo de sus ojos y la tiritona que le atería—. Tendrá que funcionar, aquí o donde sea. Es tu deber.

Adolph calló unos segundos. En el fondo, ese arranque de Joseph era innecesario. Él ya había decidido ayudarle. Sus motivos tenía.

—De acuerdo. Te ayudaré —concedió, desabrido—. No va a ser fácil, no puede hacerse aquí. Ya lo pensaremos. Ayudarte será mi deber, si tú lo dices, pero no te saldrá gratis.

Joseph esbozó una sonrisa en la que su hermano percibió un chispazo de malicia.

—¿Te ocurre algo? —le increpó Adolph.

—Que no has cambiado.

—¿Qué significa eso?

—Que solo has venido aquí porque buscas algo. Me ayudas porque me necesitas y por nada más. ¿Qué es?

Adolph suspiró y fue franco:

—Quiero que me des el tuyo y que me informes de dónde están los otros.

Joseph reflexionó antes de decir:

—¿Lo estás haciendo, verdad? Vas a hacerlo aquí. Por eso te has trasladado.

—¿A qué te refieres? Esta conversación me está sacando de quicio, en serio.

—No disimules. Me refiero a esas ideas tuyas, al artefacto que tantas veces has imaginado, el que ya intentaste construir. Sé lo que pretendes. Y te daré un consejo, uno sincero, con conocimiento de causa: no tientes a la fortuna, no oses retarla. ¡Mírame! Lo he perdido todo: el trabajo, la libertad, la familia y la suerte. ¡Nunca vencerás! No te creas superior por ser el único de nosotros con un grado de suerte seis. Mi empresa fue desmantelada. Desapareció mi legado y desaparecerá el de la familia. No queda nada de mí, Esther o Vera.

—Sí, sí queda. Vera honró a su madre al crear el "azafrán". Tú recogiste su labor y la expandiste como pudiste. Ahora, es mi turno. Los dos fallasteis, pero yo no fallaré.

—Así que no lo niegas. Nunca dejaste de pensar en ese artefacto. Por eso, me pediste la última versión del gas a cambio de tu dinero. ¡Lo estás haciendo! ¡Y encima pones una de las piezas aquí, a mi lado! Abandona esas ideas, Adolph. Te vas a consumir. Sé que piensas que podrás vengarte de la fortuna, pero nada podrá devolverte lo que has perdido.

Cansado del discurso de su hermano, Adolph se irguió, y declaró:

—Si quieres recuperar tu suerte, dame lo que te he pedido. Si no, olvídame.

Tras unos minutos de dubitación, Joseph claudicó y, del bolsillo de su deslucido uniforme carcelario, sacó aquello que Adolph requería: un brillante dado de cristal añil.

8

Selena Myers sabía que su liderazgo en Heptágono no sería absoluto hasta que no derrocara al último vestigio del régimen anterior: Isaac Wagner. Desde su igualada pugna contra él por la dirección general, las enemistades implícitas entre los partidarios de Selena y los de su adversario eran habituales. Pese a que ella controlaba la jerarquía oficial de la Organización, quedaban personas que idealizaban al fallecido Ismael Wagner y añoraban el poderío de Ricardo Varone, dos hombres encarnados en Isaac; pero ella encarnaba el futuro.

Para ello, había simulado una paz tácita con Isaac, si bien no había olvidado su intención de neutralizarle. Con el fin de despojarle de sus influencias, debía dejarle en evidencia, en un renuncio imperdonable, en algo que quebrantara su imagen de heredero modélico. El ansia de Wagner por vengarse de Alexander Berkel había sido el quid de la cuestión.

Selena había ordenado que, en secreto, los centinelas espiaran todos los movimientos de Isaac. Pronto, comprendió que este planeaba algo contra Alexander. Supuso cuál era su plan. Aguardó hasta el último minuto para que Isaac emprendiera la ruidosa caza de Berkel. Solo entonces, intervino y le detuvo. Esa jornada sería recordada durante mucho tiempo.

Ahora, acompañada de Colin Sawyer, Selena se sentaba a un lado de la larga mesa de la sala de juntas, en la sexta planta de Heptágono. Al otro lado, Isaac perdía la mirada en un punto de la pared de su izquierda. Escuchaba sin apenas exteriorizar su reacción.

—¿Quiénes eran esos tipos? ¿De dónde han salido? —insistía Selena. El origen del grupo de agentes contratado por Isaac era la irregularidad en la que más le gustaba recrearse—. ¿Eran soldados retirados?, ¿policías venidos a menos? ¿Qué clase de gente?

—Eran hombres especialmente entrenados, Selena —explicó Isaac, sin mirarla, con un tono de voz monocorde, aburrido y, tal vez, consciente de su inminente caída—. Pertenecen a una empresa de seguridad privada totalmente legal. Déjalo ya, por favor.

—No puedo dejarlo —manifestó Selena, que disfrutaba de cada palabra de esa regañina a un hombre que, sin darse cuenta, había llegado a detestar—. Es intolerable. No recurrimos a esa clase de servicios. Tenemos nuestros métodos. Te extralimitaste.

—Cumplí mi deber moral, ya que vosotros no lo hacíais —reprochó Isaac, que, esa vez, sí dirigió una mirada rabiosa a Selena—. Alexander Berkel es un gafe. Abusó de la confianza que mi padre puso en él y le mató. Sigue libre. La Policía no le localiza. Nuestra obligación como garantes del orden en la suerte es ir a por él.

—Te equivocas, Isaac —intervino Colin Sawyer—. Por dolorosa que fuera la pérdida de tu padre, hace tiempo que se decretó que buscar y castigar a Alexander Berkel correspondía a la Policía y la justicia ordinaria. Nosotros no autorizamos ni participamos en *vendettas*.

Se hizo el silencio en la sala. Selena aprovechó para erguirse en su asiento, y resolvió:

—Isaac, se abrirá un proceso disciplinario por esto. Quedas destituido de la dirección de información. —Selena se levantó de su silla. Colin la imitó. Antes de irse, ella anotó—: Por cierto, comunícale su despido a Irene Berkel. Que no venga más por aquí.

—Selena —dijo Isaac. Ella se detuvo y escuchó—. En la llamada telefónica que el equipo intervino, Alexander le contaba a su hermana que se iba de la ciudad. Esta podría ser nuestra última oportunidad de atraparle antes de que le perdamos para siempre. Hay que vigilar las carreteras y la Estación Occidental de Ferrocarril. Hazlo por mi padre. Él fue tu mentor y te aupó en la Organización. Haz justicia con su asesinato. Te lo pido.

Selena sostuvo la mirada de Isaac unos segundos. A continuación, sin decir nada más, abandonó la sala de juntas, acompañada por su director de operaciones.

2

Alexander había escapado de la Torre del Nimbo sin ser visto. Mientras Luka y Francine bloqueaban el ascensor de subida adrede, él, auxiliado por Julia, usó una angosta escalera de emergencia para huir por una salida trasera. Vio coches patrulla. Deseó que ni Luka ni Francine tuvieran problemas.

Con la cabeza siempre gacha, los nervios a flor de piel y Trece otra vez en la mochila, un par de calles más al este, junto a la taquilla de un cine, Alexander se detuvo a recapacitar. Debía llegar a la Estación Oriental de Ferrocarril, en la otra punta de la ciudad. Antes, pasó a una tienda de ultramarinos y compró provisiones para el viaje.

Recibió un mensaje de otro teléfono desconocido. El texto, sucinto y anónimo, le urgía a acudir a una esquina cercana, en Sageco. Alexander llamó al número, pero no contestaron. Respondió al mensaje, pero le ignoraron. Desesperado, decidió ir con suma cautela.

Dio un rodeo, cruzó Sageco y se colocó en frente de la esquina señalada en el mensaje anónimo. Mientras escrutaba el otro lado de la vía, deseó que el mensaje procediera de su hermana. Recordó que Goran Zerbe conocía su número. Un escalofrío recorrió su espalda. Escamado, caviló que lo mejor era ser más precavido y marcharse de inmediato.

—Alexander —habló alguien, de pronto, junto a él.

Sobresaltado, se giró de un salto y el corazón estuvo a punto de salírsele por la boca.

—No quería asustarte —se excusó el subinspector Baltz, vestido de paisano, a su lado—. ¿Qué haces aquí? Te he dicho que fueras ahí en frente.

—¡Eddie! —exclamó Alexander, conforme recobraba la respiración—. No sabía que eras tú. Tenía miedo. ¿Qué número es ese? ¿Qué haces aquí?

—Uno de la Policía. Eso da igual. Vamos, ven, tengo el coche cerca. Date prisa.

Alexander le siguió hasta el coche, estacionado en doble fila a corta distancia. Montaron. El policía arrancó y dejó atrás el barrio de Serenidad.

—¿Qué ha pasado? —preguntó Alexander—. ¿Cómo hemos acabado aquí?

—No lo tengo claro, si te digo la verdad —respondió Eddie—. Miralles me llamó a casa. Hoy era mi día libre. Me dijo que los de la Organización Heptágono habían dado contigo y alguien se lo había comunicado a la Policía para que interviniera en tu captura. No me contó los detalles. Solo me pidió que contactara contigo y te ayudara a desaparecer.

—Creía que esa gente había dejado de buscarme, que no lo consideraban asunto suyo. Gracias por ayudarme, una vez más.

Baltz evitó adentrarse en el tráfico próximo a la plaza de la Cornucopia.

—De nada —contestó—. Bueno, tú dirás, ¿qué hacemos? ¿Adónde vas?

Alexander meditó. Por algún motivo, revisitó uno de sus nuevos recuerdos: la luz de una vieja lámpara reflejada en el contorno de un trebejo transparente, perteneciente a un set de ajedrez fabricado con metacrilato.

Supo adónde debía ir, en qué dirección apuntaba su destino, y dijo:

—Me voy fuera del tablero.

10

Irene había vuelto a coger su moto, que hacía meses que no conducía. Esperaba en la calle, delante de la sede de la Organización Heptágono, un lugar al que no pensaba regresar jamás. Se sentía tonta y humillada. Estaba frenética.

Tuvo que esperar, pero, a primera hora de la tarde, al fin, vio salir a Isaac. Fuera de sí, deseosa de enfrentarse a él, le plantó cara:

—¡Eres un mierda! —gritó.

De malos modos, Isaac la cogió del brazo, y negó:

—Aquí ni de coña. Soy el vicealcalde de esta ciudad.

113

Casi a rastras, Isaac la llevó hasta una bocacalle próxima, allí donde ningún viandante pudiera presenciar su escena.

—¿Cuánto tiempo llevaba mi teléfono pinchado? —increpó Irene, tras soltarse.

—Lo intervinimos por tu seguridad —aseguró Isaac, igual de alterado que ella.

—¡No me cuentes historias! ¡Estoy harta! ¡Me has usado para llegar hasta Alexander!

—Irene —resopló Isaac, en un intento de sosegarse, aunque se notaba que no le interesaba mantener la farsa mucho más—, se hizo para protegerte, no para espiarte.

—¡Y una mierda! ¡Deja de mentirme! ¡Me has usado! Dime, ¿cuándo empezó toda esta patraña? ¿Por eso estabas conmigo?, ¿por Alexander?

Irene miró con fijeza a Isaac, a quien había contagiado su cabreo. Entonces, entendió con nitidez que, en efecto, él solo la había cortejado para tenerla vigilada. Le odió por ello.

—¡No quiero volver a verte ni saber de ti! —exclamó—. ¡Te deseo todo lo peor, capullo!

Histérica, se dio la vuelta y se alejó de allí a zancadas. A su espalda, Isaac contestó:

—¡Eres una necia! Por cierto, ¡aparte de perderme a mí, te has quedado sin trabajo!

—¡Gilipollas, no pensaba volver ni a ti ni al trabajo! —sentenció Irene, presa de la furia, que se giró para clavarle la mirada—. ¡Púdrete!

En cuanto volvió a girarse, las lágrimas comenzaron a derramarse por sus mejillas. Se alegró de haber resistido para que Isaac no la viera. No lloraba por él, a quien comprendió que aborrecía, sino por sí misma. Era una estúpida. Se había traicionado en varios sentidos. Era una persona descarriada.

Muy tensa, subió a su moto, arrancó y aceleró. Anhelaba escapar, huir de todo, incluso de sí misma. Circuló a gran velocidad por la ciudad. Se ganó algún improperio por parte de conductores y peatones, enojados con sus excesos. Se los merecía, pero no le importaba. Cada vez se sentía peor. Al final, terminó en la cuesta del Serrín. Vislumbró *El séptimo cielo*, en lo alto de la misma. No iba allí desde "La noche escarlata".

Había oído que la discoteca había perdido su clientela desde aquel enorme fiasco. Pese a que estaba segura de que no habría nadie, una fuerte pulsión interna la llevó a atravesar la entrada del local, que halló abierta. Llegó a la pista principal, donde la psicodelia y atracción de otras épocas se habían desvanecido. La música sonaba muy baja. La decoración se había descuidado. Solo vio a una persona. Enseguida la reconoció.

Dania Venci secaba un vaso de tubo con desgana, detrás de la barra. Era una treintañera atractiva y sensual, de vestimenta escotada y descarada, cabello corto y oscuro, sombra de ojos añil y labios pintados de morado, con un *piercing* bajo ellos. Al ver ese adorno, Irene echó en falta aquel que ella solía lucir en su ceja izquierda. Volvió a sentirse estúpida.

Los rumores decían que Dragan Tucker se desentendió del negocio, por lo que Irene supuso que se lo traspasó a Dania, a quien le intrigó ver en libertad tras lo sucedido allí.

—Creía que esto había muerto —comentó Irene, al llegar junto a la chica, la cual le inspiraba un sentimiento extraño que no conseguía dilucidar, una desconfianza irracional.

—Aún respira —replicó ella, sarcástica—. Hoy tengo dos clientes. Todo un récord.

Irene miró en rededor para buscar al otro cliente. Al fondo, en uno de los ambientes secundarios, anejos a la pista principal, vio sentado a un hombre. Se acercó a él y, asombrada, descubrió que se trataba de Jon Hosen. El hombre jugaba a solas con un ajedrez.

—No se ofenda, señor Hosen, pero ¿no es un poco mayor para discotecas? —preguntó ella, al llegar junto a él. Se sentó en otra confortable butaca, en torno a una mesita.

—Este sitio tiene los días contados. Me gusta la tranquilidad. No viene casi nadie —dijo él, sin alzar la mirada. Practicaba movimientos en el tablero—. Y no soy Jon Hosen.

—¿Disculpe? —repuso Irene, del todo confundida. Si aquel encuentro ya era surrealista de por sí, ese giro acabó de descolocarla—. ¿Cómo que no? Nos conocimos hace poco.

—Sí, así es, pero le mentí. No le dije mi verdadero nombre. No soy Jon Hosen.

—¿Y cómo se llama, si puede saberse?

—Me llamo Adolph.

—Adolph ¿qué más?

—Adolph Klausmann.

De todas las respuestas posibles, Irene jamás hubiera predicho esa. Se quedó boquiabierta. Intentó decir muchas cosas, pero no articuló palabra. Experimentó asombro, intriga, desconfianza y un poco de miedo. Adolph se adelantó y, campante, arguyó:

—No me mire así. No fue una mentira tan grave. Lo hice para protegerme. ¿O es que, ese día, yo era el único marcado por un apellido polémico? La fama de mi familia será escabrosa, pero la de la suya no lo es menos.

—Ya, pero yo no oculté mi identidad —objetó Irene, quien había recuperado el habla y, por algún motivo extraño, sentía curiosidad por conocer más a ese hombre.

—Lo sé. Fue valiente, más que yo, y la envidio. Lo que ocurre es que yo ya soy un viejo —suspiró Klausmann—. He sufrido el escarnio de cargar con el apellido y la reputación de mi familia. Le pido disculpas por todo.

—Las acepto. Sé lo que es llevar un estigma en tu apellido. No soy como mi hermano.

—Ni yo como los míos, se lo aseguro. Soy muy diferente. Pero la familia importa. Al menos, usted no comparte la sangre de su hermano. Tienen orígenes distintos, ¿no es así?

—Así es. Somos hermanos adoptivos, sin progenitores comunes, pero con heridas en común: yo he perdido a mi padre y mi madre; él ni siquiera sabe quiénes son los suyos.

—Entiendo —murmuró Adolph, pensativo. Tras un breve silencio, le hizo una señal a Dania. Esta acudió a su llamada—. Tráele algo especial a la señorita Berkel. —Cuando la chica se marchó, él filosofó—: Usted y yo renegamos de nuestras identidades y familias, aunque a las dos las marca una terrible tara.

—¿Se refiere a que mi hermano sea gafe? —preguntó Irene, confusa—. Yo no lo soy.

—No, claro que no. No lo es. ¿Cuál es su grado de suerte?

—Cuatro, el intermedio.

—Ya veo. Aun así, soporta la amargura de la mala suerte.

—No soy estudiosa de la suerte, pero eso se debe a mis vínculos y al tercer dogma.

—No, no es así. Eso es lo que algunos enseñan, pero mi opinión es radicalmente contraria. A lo mejor usted no es gafe, como su familia, pero está gafada. Todos lo estamos. Y la opresora que nos gafa es la suerte. La suerte es la quimera de quien cree tenerla y el anhelo de los que carecen de ella. Habla del tercer dogma. ¿Qué hay del quinto? ¿Lo conoce?

—Por encima. No le sigo.

—Le pido perdón. Pensaba en el quinto dogma y en recuperar la suerte, esa suerte que no es más que un delirio que, en realidad, nadie posee ni domina. Puede recuperarse, pero existen pérdidas irreparables. Esas son las que más duelen. También son una sentencia de la suerte. Hace tiempo que rumio una idea: ¿imagina la felicidad de un mundo sin suerte?

La perorata de Adolph desarmó y enredó a Irene. Lamentó todo cuanto había perdido por culpa de la suerte o la ausencia de ella.

Antes de que pudiera hacer más preguntas, cautivada por aquel discurso, Dania llegó, se sentó a su lado, dejó una copa con un colorido cóctel en la mesa baja y le ofreció lo que mostraba en la palma de su mano: una pastilla azul con una H grabada a un lado. Ansiosa, Irene la cogió y, para su sorpresa, vio un 27, no un 17, grabado al otro lado.

—Está hecha para ti —le susurró Dania, con semblante sugerente.

La descocada chica de los labios morados y la sombra de ojos añil puso la pastilla en su húmeda lengua, aproximó su cabeza a una temblorosa Irene y se la pasó con un beso. La excitación hizo que Irene descuidase el hecho de que Adolph las miraba. Isaac la introdujo en el H17 de la misma manera, pero el H27 resultó, sin duda, mucho mejor.

Entonces, a Irene le pareció que la música, que antes oía baja, sonaba más alta y cerca de ella. Una canción la envolvió. Era *Erase/Rewind*, de The Cardigans. Le encantaba. Y todo se volvió etéreo y placentero. Adolph se desvaneció o, tal vez, Dania y ella se transportaron a otro nivel de la realidad, aquel donde ella halló lo que tantos meses había buscado.

El mundo se volvió muy sensible, confortable y horizontal. El tacto asumió el mando de sus sentidos. Dania se entrelazó con ella, la conectó con el placer, le indujo el ardor de la fricción, desligó sus ataduras y liberó su pasión. La música y el gozo la elevaron a un éxtasis que Isaac jamás le hubiera regalado. E Irene rogó poder habitar aquel edén para siempre.

11

Selena llegó a casa exultante. La suerte le había otorgado la victoria que merecía. Poseía un cinco de grado de suerte. Ni el tercer dogma la había doblegado. Durante un minuto, recordó que había ayudado a Alexander Berkel, aunque fuese de manera indirecta. Prefirió no darle importancia. Ya no pensaba en él. No quería verle. No le deseaba. Al mismo tiempo, sabía que nunca le olvidaría. No podría hacerlo.

Sibylle salió a saludarla. Selena halló todo listo para la mudanza. Tenía muchas ganas de trasladarse a la casa nueva. El cambio completaría su mejora.

Había un par de cartas en el mueble del recibidor. Las miró. Una de ella podía agriarle el día, por lo que decidió no abrirla en ese momento.

Miranda estaba en el salón. La joven leía uno de esos mamotretos que estudiaba. Tener a su prima bajo el mismo techo suponía un recuerdo constante de su difunta hermana, dado el notable parecido entre las dos. Pese a ello, Selena debía admitir que su presencia era fundamental para atender a la niña.

—No te esperaba tan pronto –dijo Miranda.

—He tenido un buen día. ¿Qué tal aquí?

—Está tranquila, en la habitación.

—Voy a verla.

Selena pasó a su dormitorio. Caminó hacia la bonita cuna de madera, adornada con el relieve de un trébol de cuatro hojas en el cabecero.

Sira, una preciosidad de ocho meses, piel límpida y canela, fino pelo moreno y grandes ojos marrón claro, yacía allí. Feliz, sonrió y movió una manita al reconocer a su madre.

12

Alexander llegó a la Estación Oriental de Ferrocarril gracias al subinspector Baltz. El sitio, al noreste del Arco Clásico, equidistante al Tyche y la avenida Komerci, era una vieja y desaseada instalación, próxima a los cerros y apenas transitada. Solo servía al transporte de mercancías. Estaba desordenada y conservaba trenes antiguos.

Después de despedirse de Eddie, Alexander dejó atrás la asfaltada explanada que llevaba al solitario edificio principal. Lo cruzó y se dirigió a un andén, donde Frank disponía todo para partir con su potente loco-motora, que, esa tarde, arrastraría una carga nada desdeñable. El chaval le dio la mano, y comentó:

—Tengo que darle unos papeles a mi jefe y vuelvo enseguida. Espera dentro.

Alexander entró en la cabina. Ahí, liberó a Trece. Este inspeccionó el entorno con un recato insólito en él. Su colega humano observó los mandos. Acusó la ansiedad por estar a punto de salir de la ciudad, donde quedaban personas a quienes estimaba, personas a quienes añoraría y profundas vivencias que siempre le definirían. Impaciente, aunque también temeroso, se asomó por la ventana. Junto a las oficinas, Frank hablaba con un cincuentón que tenía un fuerte mechón blanco sobre la frente.

Cuando Frank volvió, realizó las últimas comprobaciones, cerró la cabina, se acomodó y se puso a los mandos. Alexander ocupó un estrecho asiento auxiliar, a su lado. El lento traqueteo inicial llenó sus oídos. Su palpitante corazón se acompasó con él. Salieron de la estación. Avanzaron despacio por un secarral con una leve cuesta.

Aquel terreno baldío daba la impresión de estar en mitad de ninguna parte. Esa irrealidad acentuó la tensión de Alexander, que se mareó un poco cuando el tren aceleró en una curva abierta. Se dirigían a los cerros, que se le antojaron como el confín del universo. De repente, comprendió que sentía miedo. ¿Y si más allá no había nada?

Divisó el negro túnel hacia el que iban. Este se hizo más y más grande, hasta que, sin remedio, les engulló. Alexander creyó morir por un instante. ¡No existía el más allá! Mas, en la interminable opacidad, su memoria se estimuló y, con efusión, le mostró en secuencia los recuerdos fragmentados de su pasado, incluidos otros ignotos. Hacia allí viajaban.

Un punto luminoso surgió en la profunda lejanía. El tren surcó esa nada en pos de él. Al salir del túnel, Alexander miró atrás y contempló el valle. Allá quedaba Ciudad Fortuna.

CAPÍTULO V

Aldea Moira

1

Alexander Berkel había vivido treinta y seis años sin algo esencial que cualquiera daba por sentado: su propia identidad, a la cual ahora se encaminaba.

No era alguien normal, desde luego. No lo era en ningún sentido. Además de un gafe y un prófugo, era un hombre partido. Estaba partido en mitades, definido por la dualidad: fortuna y desdicha; libertad y persecución; memoria y olvido; amor y pérdida. Más que una sola vida, en realidad, le parecía tener dos: aquella que sí recordaba y aquella que no.

Aun así, jamás olvidaría Ciudad Fortuna, ni siquiera después de esa tarde, en la que la urbe quedó kilómetros atrás. El tren de mercancías había superado el valle donde se asentaba la ciudad. Había salido del túnel que horadaba el cerro. El terreno, al principio en ligera pendiente, después se estabilizaba. Surcaron campos de bucólicas tonalidades.

La tranquilidad y la uniformidad que caracterizaban esos paisajes iniciales sosegaron a Alexander. Superó las intensas sensaciones que había experimentado al dejar la ciudad, como si, al salir de ella, abandonase una fracción de su ser allí.

Más tarde, el tren se detuvo en la primera parada de su ruta. Alexander caviló algo en lo que rara vez pensaba: había vivido en varios sitios a lo largo de su vida, no solo en Ciudad Fortuna. Se acordó de los años que Héctor, Irene y él vivieron como nómadas.

Los recuerdos le condujeron a la cerrazón de su infancia. Si Aldea Moira era el rincón del mundo donde vivió su primera infancia, hoy se dirigía al comienzo de su historia.

Junto a Alexander, en la cabina de la locomotora, centrado en su oficio, Frank acababa de telefonear. Cuando colgó, el joven explicó:

—He intentado que un compañero me cubriera el resto de la ruta para ir contigo, pero no he podido cuadrarlo.

—Tranquilo. Pase lo que pase allí, me arreglaré solo.

Alexander echó un vistazo a Trece. El felino no disfrutaba del traqueteo del tren. Al principio del viaje, había estado demasiado quieto para su costumbre, por lo que su colega humano temió que se hubiese mareado. El gato, poco a poco, regresó a su actitud normal, aunque estaba claro que esa cabina no era su lugar favorito.

Al rato, dos chivatos del complicado cuadro de mandos de la locomotora empezaron a parpadear. Frank chasqueó la lengua.

—Esto no me gusta nada —dijo.

—Un tren con dos gafes y un gato negro —comentó Alexander, con talante resignado.

Frank hizo algunas llamadas. Cuando terminó, resopló, y anunció:

—Hay que hacer una parada en Aldea Moira para que revisen la máquina. Serán dos horas, más o menos. Supongo que, al final, sí voy a acompañarte, aunque solo sea un poco.

—Caprichos de la ventura —anotó Alexander—. Cuestión de suerte.

2

El apeadero de Aldea Moira, erigido en medio de la nada, daba la impresión de estar allí porque sí, sin más, olvidado por los hados, como podría haber estado en cualquier otra parte. Solo poseía dos andenes, uno a cada lado de la vía, sin paso a nivel o estructura similar. Existía una antigua edificación de descascarillados muros blancos y una sola altura. No se apreciaba nada más alrededor, nada que indicase la proximidad de un pueblo.

Cuando el tren paró, Alexander volvió a meter a Trece en la mochila. El felino no se rebeló, tal vez resignado. Su colega humano y Frank bajaron de la locomotora. Un hombre de mediana edad, con un mono de faena igual al del joven maquinista, aguardaba de brazos cruzados junto al viejo edificio. El tipo se dirigió a Frank y habló con él. Alexander supuso que era el mecánico encargado de revisar la máquina. Se alejó de ellos y exploró el terreno.

Aparte de Frank y el mecánico, no se veía a nadie por allí. Al otro lado de la vía, a un kilómetro más o menos, Alexander avistó una vasta y ruinosa construcción. Se paseó por el apeadero. Cerca del edificio, halló un tablón, donde estudió unos planos de colores desvaídos. Así, supo que la construcción que observaba fue, en una época pasada, una fábrica de harinas. Aprendió algún detalle histórico sobre la comarca, pero nada estimuló su memoria.

Luego, entró en el edificio del apeadero. El lugar en su totalidad estaba desatendido y cubierto de polvo. Los mosaicos de piedrecitas de los muros, que en el pasado debieron ser bonitos, apenas se distinguían. La cafetería se intuía clausurada desde hacía años. La taquilla no se utilizaba. El aspecto de la puerta de los aseos no auguraba nada agradable.

El único local abierto era un quiosco de prensa y dulces. Alexander caminó hacia allí. Tras el mostrador, se sentaba un anciano de rostro surcado por miles de arrugas, cabello cano y recio, y un jersey lleno de bolitas. Le temblaba la mandíbula. Escuchaba la radio con un transistor, que sonaba con el volumen bastante bajo.

Alexander se acercó al quiosco. El hombre le miró en silencio. En sus ojos se advertía la blanquecina película de unas cataratas. No habló.

–¿Qué hay? –saludó Alexander.

El quiosquero permaneció callado.

–¿Tiene pastillas de regaliz? –preguntó Alexander. En realidad, no le apetecía nada de ese quiosco, cuyas revistas eran antediluvianas, pero ese hombre podía darle información.

El anciano asintió con su trémula cabeza. Le dio una cajita oscura, sin quitarle ojo de encima. Alexander notó cómo, tras el velo de las cataratas, le escrutaba sin disimulo.

–¿Es de por aquí? –inquirió el quiosquero.

–Sí –respondió Alexander, después de meditarlo. Al fin y al cabo, era verdad.

–No le recuerdo –increpó el anciano, parco pero firme.

–Ni yo a usted. Me fui hace mucho. ¿Usted es de la zona?

–Sí, señor. De siempre.

–He vuelto para buscar el sitio donde pasé mi niñez. –Alexander sacó un papel de un bolsillo de su mochila, donde Trece seguía calmado, y lo desdobló. Era el plano de la zona que Francine Moreau le entregó. Señaló la parcela de su familia, y anotó–: Creo que fue ahí, una finca con un caserío. ¿La conoce?

—Sí —afirmó el quiosquero, después de estudiar el papel de cerca.

—¿Está lejos?

—Tiene el coche de línea, pero no pasa hasta última hora. Puede ir a pie.

—¿A qué distancia?

—Un poco más de media hora para unas piernas jóvenes.

Alexander miró afuera. Vio cómo Frank se despedía del mecánico con un apretón de manos, detalle por el que más tarde tenía que reñirle, y ahora iba hacia el quiosco.

—¿Recuerda a la familia que vivía en la finca? —interrogó.

El anciano cabeceó.

—Eran gente fina —dijo—. No iban mucho por el pueblo. El hombre era uno de los herederos de la empresa de medicamentos. Eran conocidos, con varios hermanos, pero no se prodigaban. Contaban que un hijo se les murió. ¿Son familiares de usted?

—No —negó Alexander, rotundo, sin pensarlo. La descripción que había escuchado le había desagradado—. Mi padre era jornalero en sus campos —se inventó—. Yo iba alguna vez por allí. Y no recuerdo ningún niño muerto —remató, malhumorado.

—Ya —suspiró el hombre, suspicaz.

Frank llegó al quiosco.

—Aquí hay para dos horas y media —anunció—. ¿Qué hacemos?

—Irnos —decidió Alexander—. Gracias, señor —se despidió del quiosquero, y le pagó.

Alexander, acompañado de Frank y con Trece en la mochila, salió del edificio. Antes, echó la vista atrás. Vio los ojos blancuzcos del anciano clavados en él.

3

Al salir del apeadero, se encontraron en mitad de una carretera de poca anchura y asfalto grisáceo, en el que las rayas de circulación estaban casi borradas. Si miraban a la derecha, la calzada se perdía al trazar una curva entre diversos campos de cultivo. A la izquierda, la dirección en la cual debían marchar, el camino se divisaba recto y largo. A no mucha distancia, se oteaba una agrupación de parcelas con sus correspondientes caseríos y hectáreas de siembra. El cielo se veía despejado. Corría una leve brisa.

Los tres se quedaron unos segundos en la entrada del apeadero. Contemplaron aquel vacuo paisaje. Alexander tomó la iniciativa y echó a andar por el lado izquierdo de la carretera. Se colgó la mochila por delante, sobre el torso. La abrió más para que Trece se sintiera más libre, pero lo agarró con suavidad para evitar que el felino diese un brinco y se escapase. Entretanto, Frank caminaba a su lado sin decir nada. Su compañía, allí en lo desconocido, resultaba agradable; su silencio, también.

Anduvieron a buen ritmo. Apenas se cruzaron con vehículos. La carretera debía formar parte de una ruta terciaria que solo utilizaban los oriundos del desperdigado municipio. Dejaron atrás las primeras fincas que habían avistado. Los planos de la zona indicaban que seguían el camino correcto. Trece maullaba de vez en cuando. Los humanos permanecían callados. Sus respiraciones eran el único sonido audible.

Alexander escudriñaba cada detalle que descubría a medida que avanzaban, con la esperanza de que su memoria se desperezara, pero no recordaba nada.

Eso cambió cuando, más de media hora después, tal como el quiosquero había calculado, transitaron las cercanías de la finca que buscaban. Habían pasado otro grupo de casas con sus plantaciones. Luego, la calzada desembocó en otra más ancha, cuidada y transitada. Por los hitos kilométricos, comprendieron que se trataba de una carretera secundaria. Unos pocos minutos más tarde, un sendero agreste se abría a un lado, casi desapercibido. Carecía de carteles indicativos. Consultaron de nuevo los mapas y resolvieron ir por allí.

Enfilaron el sendero agreste. A su derecha, se alzaba una loma de terreno seco, que daba la impresión de ocultar esa senda del resto del mundo. A la izquierda, se intercalaban las variadas coloraciones de los latifundios, unos fértiles, otros yermos. Alexander empezó a acusar el agotamiento por la peregrinación. Se percató de que sudaba un poco, a pesar de la otoñal temperatura de la tarde. Entonces, a unas decenas de metros, distinguió un campo inhóspito y la finca a la que este pertenecía, donde se apreciaban dos construcciones.

Recapituló los instantes finales de su secuestro. Revivió la rabia de aquel niño de cinco años, que chillaba y pataleaba dentro de una furgoneta. Sentía el vigor de los brazos que le inmovilizaban. Vio el rostro de perfil y el extraño cabello del conductor del vehículo. Ese infame día fue la primera vez, al menos de manera consciente, que traspasó los lindes de la finca de su infancia. La furgoneta vibraba debido a la irregularidad del rústico terreno. Los neumáticos levantaban polvo. Se distinguía la caída de una loma que dibujaba el camino.

Para cuando alcanzaron la oxidada cerca que delimitaba la finca y, a continuación, su umbral, a Alexander ya no le cabía ninguna duda de haber localizado el lugar de su niñez.

Se detuvieron ante la estropeada puertecilla de la cancela. Alexander y Frank admiraron el panorama. La entrada daba a un caminillo de arena. Al lado, se alzaban unos corroídos columpios. Al fondo, se elevaba el caserío, con su revestimiento de madera, dos alturas, porche delantero, tejado con gabletes y lucernarios, ventanas y balcones. Detrás de la casa, se perfilaba un granero construido con tablones que, en su día, fueron colorados, cuyo techo caía a dos aguas. Toda la parte izquierda de la parcela la ocupaban maizales marchitos.

Allí, Alexander evocó, como si hubiese sido ayer mismo, su huida desesesperada en pos de esos maizales, hasta que los hombres vestidos de blanco le agarraron y le llevaron a rastras. Escuchó con nitidez las súplicas de su madre. Segundos antes de ese triste desenlace, los dos se habían saludado con la mano, en la distancia. Ignoraban su malaventura.

—¿Es aquí? —musitó Frank, como si, tras tanto silencio, le diese miedo hablar.

Alexander no dijo nada. Le miró a los ojos y asintió despacio con la cabeza.

—¿Qué hacemos? —preguntó el joven.

Alexander no contestó. Trece maulló.

—Si has llegado tan lejos… —sugirió el chico.

Sereno, Alexander se enjugó una lágrima, respiró hondo y asintió otra vez.

Cuando la empujó, la cancela produjo un chirrido. Se notaba algo atrancada, pero cedió. Frank y él cruzaron el umbral. Oyeron con claridad sus propias pisadas al recorrer con cautela el inicio del camino. Sumido en tan acentuada quietud, Alexander caviló un extraño pensamiento: que ese sitio representaba un limbo en el cual moraban fantasmas.

Pasearon en torno al caserío. Echaron un vistazo por las ventanas de la planta baja, si bien los sucios cristales impedían reconocer nada. Se acercaron a los columpios. Bordearon la vivienda. En la parte trasera, un antiguo huertecillo había dejado de dar sus frutos. No se dirigieron al granero. Sí se aproximaron a los cultivos. Frank se arrodilló para tocar el resto de una flaca raíz, la cual se deshizo entre sus dedos. Un sonido estridente, parecido al de la cancela, captó la atención de Alexander. Procedía de la veleta que coronaba el caserío.

Retornó a los momentos fugaces, colmados de luz cegadora, que le habían perseguido durante décadas: la inmensidad de un firmamento azul, libre de nubosidad; el canto de los grillos; las carreras solitarias a través de los maizales; las carcajadas y las bromas con una vivaracha niña; la danza de las libélulas encima de su cabeza; la caza de mariquitas en ratos de aburrimiento... Hasta creyó distinguir el discurrir de un riachuelo en algún lado. ¿Sería cierto o alucinaba? Le asaltó el temor a que todo fuese un sueño y pudiese despertar.

Volvieron a rodear el caserío. Había dos entradas: la principal, en la fachada frontal, y la trasera, cerca del huertecillo. Llamaron a ambas. Intentaron abrirlas en vano. Quedó claro que allí ya no vivía nadie y que no se esperaba ningún regreso. Frank ojeó su reloj.

—¿Tienes que irte? —preguntó Alexander—. Tranquilo, yo me quedo.

—¿Estás seguro? No puedo quedarme. No me convienen más retrasos.

—No te preocupes. Tengo que saber más. ¿Cuándo vuelves a pasar por el apeadero?

—Mañana y el martes y el jueves de la semana que viene. Puedo enviarte el horario.

—De acuerdo. Hazlo. Iré al apeadero o te mandaré un mensaje para reencontrarnos.

Alexander se despidió de Frank con un apretón de manos. La noche se avecinaba, su amigo se iba y él se quedaba solo ante el mayor hallazgo de su vida.

4

Cuando Frank desapareció de su vista, la Luna, como si hubiese aguardado a ese justo momento, resplandeció en el cielo. La noche caía. La bóveda celeste, con su infinidad de estrellas, relumbraba en esa finca, retirada de la luz artificial del pueblo. Trece manifestó su impaciencia por salir de la mochila. No podían quedarse a la intemperie.

Alexander usó la linterna de su móvil para estudiar la cerradura de la puerta principal. Intentó abrirla sin cargársela, pero le resultó imposible. Probó con la entrada trasera. Esta era más sencilla, así que no tardó en forzarla. El interior se encontraba sumido en la negrura. Creía intuir que estaba en la cocina. Palpó un interruptor. Cuando lo accionó, la electricidad iluminó la estancia.

En efecto, se hallaba en la cocina. La habitación era de generosas dimensiones, pese a que el revestido de madera de las paredes, de oscura tonalidad veteada, daba la sensación de empequeñecerla. Había muchos muebles: armarios, baldas, fogones y fregadero, además de una mesa con sillas; todo ello ordenado, pero vacío. A juzgar por el zumbido que producía, el frigorífico funcionaba. En la pared, a un lado de la mesa, un cuadro enmarcado reproducía el relieve del esqueleto completo de un pez. Alexander recordó con claridad su afán por tocar las espinas de ese cuadro. Lo hacía a escondidas. En la mesa, donde solían colgarle las piernas, aguardaba su merienda, pan blanco con mermelada, y se le hacía la boca agua.

Se arrodilló para abrir del todo la mochila y permitir que Trece saliera. El gato husmeó en torno a cajones y alacenas. Su colega humano se percató de que llevaban casi toda la jornada, la más rara de su vida, sin comer. Por eso, sacó una lata de comida para gatos de la mochila, la abrió y la dejó en el suelo. El felino dio buena cuenta de su contenido.

Alexander enfiló un pasillo de muchos recovecos. En el caserío, abundaban las puertas, los rincones y, con toda probabilidad, los secretos. Había una despensa y lo que parecía ser un cuarto para la plancha. Asimismo, descubrió un agobiante trastero en el hueco bajo la escalera, cuya cerrada atmósfera le provocó un súbito ataque de tos, y armarios empotrados. Varias bombillas estaban fundidas. Esa parte de la casa no le inspiró familiaridad.

Pasó al salón. La sala, grande, repleta de mobiliario y de decoración vetusta, tampoco evocaba sus recuerdos. Pensó en su padre biológico. Supuso que sería la clase de señor que prohibía a los críos rondar por los salones. Quedaban viejos tomos en una librería. Inspeccionó una vitrina, donde vio una vajilla incompleta. Una alfombra cubría el suelo. Los visillos, otrora blancos, ya no relucían inmaculados. Se fijó en que no había fotografías.

Alexander pasó el dedo sobre la superficie de las mesas y otros muebles. Por supuesto, se manchó por la suciedad acumulada. Sin embargo, le pareció que, aunque ya no viviese nadie allí, la vivienda tampoco había estado años vacía. Y no debía descuidar el detalle de que la electricidad todavía funcionase.

Subió a la planta alta. Al pisarlos, los escalones crujían. Las paredes, como las de todo el caserío, eran de madera, quizá más clara que en la cocina. Vio espejos y pinturas. En una de ellas, se coloreaba un precioso cielo limpio y azul, similar al que, por la tarde, cubría toda la finca. La imagen comenzó a espolear la memoria de Alexander. Exploró los dormitorios. Uno de ellos, tal vez el destinado a los invitados, le suscitó una profunda tristeza y una soledad inconsolable. Recordó cuando cogió una muñeca del suelo de esa alcoba. Añoraba a su dueña. En otro, el de matrimonio, se emocionó al menear un "atrapasueños" de tintineo decaído y toparse con un viejo tocadiscos. Allí, solía dormir su madre.

Dedicó un rato más a recorrer la casa, pero estaba agotado. Concluyó que, ya se usara con mayor o menor asiduidad, ese caserío había sido desprovisto de toda seña de identidad. Era una casa desnaturalizada. Por algún motivo, alguien de su familia biológica u otras personas dejaron el continente y retiraron el contenido. Borraron el pasado.

Alexander bajó a la cocina. Trece se había zampado toda su cena y, ahora, se paseaba en busca de algo que rascar o arañar. El esqueleto enmarcado del pez despertaba su interés.

Rebuscó entre las provisiones que había comprado por la mañana. No supo lo hambriento que se sentía hasta dar el primer bocado. Disfrutó de un bocadillo, un par de piezas de fruta y un poco de leche en la mesa, en la que ya no le colgaban las piernas.

Decidió hacer noche allí. La temperatura había bajado de manera notable, pero él fue incapaz de averiguar cómo se ponía en marcha la antigua caldera. Dudó sobre dónde instalarse. La idea de que su piel entrase en contacto con las sábanas de las camas, que imaginaba ásperas y raídas, le dio repelús. Al final, optó por dormir vestido, encima del edredón, en la habitación donde recordaba haber recogido la solitaria muñeca de trapo. Trece le siguió y se amodorró a los pies de la cama.

La noche avanzó, pero él no conciliaba el sueño. Su cerebro, su corazón y todo su ser se habían sobreexcitado por los acontecimientos del día, los cuales, si los recapitulaba, costaba tomarlos como verídicos. Pero sí, todo era verdad. Sí estaba en esa casa, a la que había regresado tras más de tres décadas. Ahora, sus recuerdos se repetían en su mente con mayor claridad, menos abruptos.

De madrugada, todavía insomne, su despierta memoria rescató el temor que, de niño, experimentaba ante el granero de tablones colorados que se alzaba detrás del caserío. Harto de no conseguir dormirse, se levantó con cuidado de no molestar a Trece. Descendió las escaleras. Antes, en su repaso por la planta baja, se había fijado en una linterna, que colgaba de un gancho tras la puerta de la despensa. La cogió y comprobó que tenía pilas. Alumbrado por su duro haz, salió de la casa.

El abrigo que llevaba no fue suficiente para combatir la cruda gelidez del exterior. El frío le aterió. Tiritó. Con todo, ya que había salido, se animó a encarar sus miedos infantiles y escrutar el granero. Caminó hacia él. Revivió una escena remota, cuando, después de cruzar filas y filas de maizales, tropezó con su imponente inmensidad.

La alta puerta, de doble hoja, pesaba bastante y estaba atascada, pero un buen empujón la abrió sin problemas. Alumbró el interior de la construcción con la linterna. Consistía en un espacio diáfano, surcado por gruesas columnas y vigas. Quedaban montones de paja y sacos de contenido indeterminado. Había carros y demás utensilios. Al fondo, algo metálico reflejó la ráfaga de la linterna. Se aproximó para descubrir que se trataba de maquinaria. No discernió de qué clase. Una poseía afiladas cuchillas. Él evocó la voz de una mujer pelirroja, quien le advertía que no anduviera por ese sitio. Un estremecimiento le erizó el vello de la espalda. No quería seguir allí.

Camino al caserío, un centelleo le sobresaltó. Se frenó en seco. El centelleo cesó, pero luego se repitió y volvió a perderse en la lobreguez. Escamado, Alexander aguzó la vista. Le pareció distinguir una figura a lo lejos, en el sendero agreste que desembocaba en la finca. ¿Era real? Tenían que ser imaginaciones suyas. Entró en la casa.

De nuevo en el dormitorio, Trece se había despertado al notar su ausencia. El colega felino le clavó sus ojos dorados, que refulgían en la penumbra. Alexander se arrodilló, acarició su lomo y, abstraído, susurró:

—Mañana deberíamos irnos.

Por fin, logró dormirse. Lo que soñó, en cambio, no le permitió descansar. Soñó con su familia. Soñó que, aparte de Héctor e Irene, su familia de origen la componían un padre, dos madres y una hermana.

5

El resplandor matinal le despertó a una hora bastante temprana. Continuaba cansado, pero se levantó. No había gozado de un sueño reparador. Antes de despabilarse, vivió unos momentos iniciales de desconcierto: ¿dónde estaba?, ¿qué sitio era ese? Enseguida, volvió a ubicarse, se incorporó y se estiró. Trece no estaba en el dormitorio. Alexander le buscó por el resto de habitaciones sin ningún éxito. Pasó a un cuarto de baño y se empapó la cara con agua bien fría. Bajó a la cocina, donde localizó al gato. El colega humano abrió su mochila. Chasqueó la lengua al darse cuenta de que solo le quedaba un trago de leche y nada para el felino. Debió haber comprado más provisiones o haberlas racionado mejor.

Preocupado, inspeccionó el interior de los armarios. Para su sorpresa, no solo encontró una lata de atún, que servía de almuerzo para el minino. También halló un paquete de gruesas pastas de mantequilla y una libra de chocolate con leche, además de otras cosas, lo cual solucionaba el problema de su desayuno.

Trece se centró en degustar la porción de atún, mientras Alexander acompañaba unas cuantas galletas y media libra de chocolate con los mililitros de leche que todavía le quedaban. Asombrado por haber dado con semejante tentempié, miró la fecha de caducidad de los alimentos. Al leer que faltaba mucho para que se echaran a perder, entendió que el caserío podía tener ocupantes con más asiduidad de lo que se presumía a simple vista, así que lo mejor era irse cuanto antes.

La cuestión era dónde ir después. Por un lado, la idea de retornar a Ciudad Fortuna le incitaba. Hallarse fuera de la urbe resultaba muy extraño. Al fin y al cabo, allí había dejado a Irene, Luka y otros amigos y conocidos, pero también amenazas y enemigos. Por otro lado, había tardado tanto en dar con esa finca que la perspectiva de abandonarla tan pronto se le antojaba un sinsentido. Entretanto, la opción de escapar a cualquier otro sitio, fuera donde fuese, le sonaba impensable.

Decidió quedarse esa mañana para, al menos, realizar un registro más pormenorizado de la vivienda. El caserío aún podía proporcionarle información. También podría visitar el pueblo de Aldea Moira, aquel del que dependían todas las pedanías, donde podría averiguar otros datos sobre su niñez.

Así, comenzó el registro. Repasó todos los libros, ninguno de los cuales le dijo nada. Del interior de una vitrina, sacó piezas sueltas de una fina vajilla de porcelana. En el último cajón de un mueble, efectuó el descubrimiento más prometedor: dos abultados álbumes de fotos. Intrigado, se sentó en el suelo para hojearlos. Las fotografías, en un arcaico blanco y negro, databan, según la fecha manuscrita en el margen de algunas de ellas, de primeros del siglo XX, lo cual le pasmó. Había fotos donde los protagonistas posaban con su mirada fija en el objetivo. Se trataba de retratos de familia de diversas modalidades, desde matrimonios hasta reuniones de más de veinte personas. Vio fotos de serios hombres trajeados, reunidos delante de un edificio con aspecto de fábrica, en cuyo letrero se leía el apellido Klausmann. Otros eran bonitos paisajes de la comarca. Las fotografías cambiaban poco a poco de época. No reconoció a nadie en ellas.

De no haber estado tan concentrado en el análisis de los manoseados álbumes, habría percibido el clic de la puerta trasera al abrirse, así como las pisadas de la intrusa al acercarse a él por la espalda.

—Ponte de pie muy despacio —ordenó una fría y calmada voz femenina, detrás de él.

El corazón se le detuvo, la respiración se le interrumpió y la sangre dejó de correr por sus venas. Alexander permaneció inmóvil unos segundos. Hasta pensó que lo que acababa de escuchar no era sino una alucinación.

—¡Ahora! —azuzó la firme voz, de timbre juvenil. Sin duda, no era una invención.

Alexander tragó saliva. Con acongojada lentitud, obedeció y se irguió. Antes de darse la vuelta, el instinto le hizo alzar las manos para demostrar que no ocultaba nada. Con pausados movimientos, se giró.

Lo primero en lo que reparó fue en la pistola, pequeña pero amenazante, que aquella mujer empuñaba con absoluta seguridad y apuntaba hacia su pecho. La portadora del arma era de una edad próxima a la suya.

A pesar de su estatura media y su cuerpo menudo, que le hizo acordarse de su hermana, la chica mantenía su flaco brazo elevado, recto y dirigido a él. No asomaba en su presencia atisbo alguno de debilidad o dubitación. Escondía sus ojos tras unas pequeñas gafas oscuras. El resto de su rostro se intuía salpicado de pecas rosadas. Sus rasgos eran suaves, redondeados. Vestía un ceñido abrigo negro y un gorro de lana del mismo color, que tapaba su cabello. Calzaba unas botas de montaña marrones.

—¿Qué haces aquí? —interrogó la mujer, sin perder una pizca de severidad.

Superado el tremendo susto, Alexander se propuso no perder los nervios.

—Vivo aquí —aseguró. Clavó sus pupilas en las negras gafas de la mujer.

—Eso es mentira.

—¿Quién lo dice?

—Lo digo yo. Sé perfectamente que aquí no vive nadie desde hace varios meses. Tú te colaste ayer y estuviste fisgando.

Alexander recordó el centelleo que le había sobresaltado durante la madrugada. La figura que creyó perfilar en la lobreguez debía ser la de esa que ahora le atemorizaba.

—¿Qué haces aquí? —repitió esta—. ¿Quién eres?

—Vivo aquí —insistió él—. Vivía aquí —se corrigió.

—¿Cuándo? —inquirió ella. Lanzaba sus preguntas sin medirlas, segura y certera.

—Hace mucho. Esta es mi casa. Era mi casa. Es la casa donde viví de pequeño.

Esa respuesta debió significar algo importante para la mujer que, con la mano que no sujetaba la pistola, sin descuidarse ni un instante, se quitó las gafas y las guardó en un bolsillo. De ese modo, dejó a la vista dos preciosos ojos verdosos, fijos en él sin temor. Su semblante, ahora más completo, no parecía tan duro, aunque ella no se amilanara.

—¿Cómo te llamas? —quiso saber.

Alexander valoró cómo contestar. Apostó por la sinceridad.

—Mi nombre es Alexander Berkel.

La mujer guardó un breve silencio. Él creyó percibir cómo tragaba saliva.

—Alexander Berkel es un fugitivo —replicó ella. Sus siguientes palabras, pronunciadas sin miedo, fueron las más inesperadas—: Y encima es un gafe.

Alexander no pudo ocultar su estupor. Escudriñó los ojos de la joven y se percató de que estudiaban el amuleto de su cuello, el trébol de madera.

–¿Sabes qué es un gafe? –preguntó.

–Sí –afirmó ella–. Sé qué es un gafe. Sé que eres gafe, igual que sé que eres un asesino y un fugitivo perseguido por la justicia.

–Seré gafe, pero no un asesino.

–No, puede que no. Puede que no seas un asesino, aunque sí un gafe. Y ¿sabes qué? Tampoco eres Alexander Berkel.

–¿Cómo? –contestó él, confundido.

–Digo que si de verdad esta es la casa donde viviste de pequeño, en ese caso, no eres Alexander Berkel, porque tu verdadero apellido es otro –aseveró la joven, menos rígida, ya que su actitud había cambiado, si bien él no sabía determinar en qué sentido–. Dímelo.

–¿Qué quieres que te diga?

–Tu nombre, el de verdad.

–No soy capaz. Lo siento.

–¿Por qué?

–Porque no acepto a mi familia. Aún no lo he hecho. Prefiero ser Alexander Berkel.

–Ya –suspiró la chica. Todavía le apuntaba, pero con menos tensión. Su compostura se apaciguaba por momentos. Él no discernía el porqué–. ¿Cómo has llegado aquí?

–Me ha traído la ventura. Yo deseaba venir desde hace mucho, pero ella no me dejó. No sabía ni quién era hasta hace muy poco. Por favor, explícame quién eres tú.

Entonces, a la chica empezó a temblarle la mandíbula. Era evidente que se esforzaba por no llorar. Relajó el brazo, dejó de amenazarle con el arma y se quitó el gorro. Con ello, liberó una larga y preciosa cabellera pelirroja, rizada y brillante.

–¿Acaso no me recuerdas? –preguntó, ahora sí, con lágrimas por el rostro.

De improviso, un aluvión de imágenes y sonidos sobrecogió a Alexander. Rememoró risas y juegos en compañía de una graciosa y vivaracha niña pelirroja, la personita más bondadosa del mundo, la que nunca le rechazó y le hizo feliz con su mera existencia.

–Sí –admitió él, con un nudo en la garganta–, pero no sé cómo te llamas.

—Me llamo Charlotte Faymann. Alexander, ¿de verdad me recuerdas?

—Sí, sí, lo prometo. Te recuerdo, pero… No, espera.

Alexander calló. Una escena horrible brotó de pronto en su memoria. Emergió de las tinieblas. Recordó el día que, por su culpa, su mal de ojo, esa niña pelirroja trastabilló, cayó hacia atrás de la manera más tonta y se ahogó a causa de un caramelo.

—Yo… – murmuró, espeluznado–. ¡Yo te maté!

—No –negó ella–. No me mataste. Estoy viva. Y te he estado buscando.

6

Alexander y Charlotte se sentaron en dos sillones de gastados cojines. Mantuvieron la distancia entre ellos, como si temiesen romper el iluso hechizo de esa reunión a media mañana. El que no mostró ninguna timidez fue Trece, que se aproximó a la recién llegada y, contra todo pronóstico, permitió que ella le cogiera y acariciara.

Alexander observó a Charlotte. Evocaba a la niña pelirroja que dulcificó la soledad de su primera infancia. La chica había crecido y cambiado, claro, pero una pureza única pervivía en ella. Sus juegos con el gato probaron que la sonrisa era la mueca natural de su semblante. Podía adivinarse su bondad, del mismo modo que su fortaleza, incluso en ese cuerpecillo delgado, cuya esbeltez dejó clara al quitarse el abrigo. Vestía ropa abrigada. Se frotó las manos para entrar en calor. Su piel, clara y pecosa, se enrojeció.

—Charlotte –habló Alexander–, te recuerdo, pero, a la vez, no sé nada. ¿Por qué vivías aquí? ¿Tú y yo estamos emparentados? ¿Somos de la misma familia?

—No –negó ella, que dejó a Trece en el suelo. El felino salió del salón–. No vivía aquí. Venía a menudo, sobre todo en verano. Mi madre trabajaba aquí. Cocinaba y hacía de todo.

Alexander movió la cabeza en sentido afirmativo. Por fin, lo veía claro. Ella se refería a la mujer pelirroja que, en ocasiones, le cuidaba y se preocupaba por él.

—La recuerdo –confirmó.

—Me alegro. Ella tampoco te olvidó, créeme. No sé si lo recuerdas: se llamaba Rebecca. Dime, ¿por qué has tardado tanto en volver aquí? ¿Qué te lo impedía?

—La ventura, como te dije antes; o la ventura y mi memoria, para ser más exactos. He llegado a la conclusión de que la última vez que estuve aquí tenía cinco años. Eso fue hace treinta y uno.

—Me cuadra. La última vez que estuve aquí también tenía cinco años. Si de eso ya han pasado treinta y un años, tenemos la misma edad. Todo aquello ocurrió en un verano.

—Durante toda mi vida, apenas he recordado nada de mi infancia. No tenía ni idea de quién era ni dónde me había criado. Hace poco que han despertado unos nuevos recuerdos muy confusos en mí.

Alexander dejó esa frase en el aire. Pensaba en los recuerdos tenebrosos entre su secuestro y el orfanato.

—Es normal —juzgó la chica—. Todo lo que yo sé lo sé porque alguien mayor me lo ha contado. Éramos muy pequeños.

—¿Qué sabes de la familia Klausmann?

—Conozco su historia oficial, la que se cuenta por ahí, y una parte de la no oficial, la que ellos preferirían que no se supiera. Digamos que son un poco famosos en la comarca. Descienden de los fundadores de una empresa química y farmacológica que dieron empleo a mucha gente. Tenían dinero, tierras, renombre…, esas cosas. Pero son unos fanáticos.

—Ya, eso ya lo sé.

—¿Qué recuerdas tú?

—Recuerdo instantes y sensaciones fragmentadas, inconclusas e inconexas. Lo recuerdo todo con muchísima luz, una luz blanca, de verano. Mi mundo fue esta finca. Recuerdo haber jugado solo, sin miedos. Debía ser un ingenuo. No sabía lo que era; los demás sí, me temo. Me acuerdo de ti, de que jugabas conmigo. Me acuerdo de tu madre, que me atendía. Me acuerdo de los cereales, los columpios, los recovecos de la casa y muy poco más. Tardé en recordar a mi madre. Y nunca he recordado a mi padre.

—Me enorgullece que me recuerdes.

—Pero hoy he recordado con nitidez haber provocado algo terrible, algo que te hice.

—¿Lo que me sucedió a mí? No te castigues. Sucedió y ya está. Yo casi no lo recuerdo; solo la asfixia, el miedo y el Sol encima de mí, en mitad del cielo, que era lo único que podía ver. Está superado. No sé qué hicimos, pero el caso fue que me atraganté. Según me contaron siendo ya mayor, estuve a punto de morir, pero me salvé sin secuelas.

—Lo lamento mucho —insistió él—. Era un niño, no controlaba mi mal fario. Perdón.

—No te martirices más —declaró ella—. Lo realmente lamentable de aquella historia fue lo que los adultos hicieron después: nos separaron. Mi madre me crio sola. Mi padre nunca asumió sus responsabilidades. A ella no le quedó otra que ser dura, igual que a mí. La comprendo, cómo no, pero me dio mucha pena que no me trajera más aquí. Te eché en falta.

—Y yo. Eso también lo recuerdo: la añoranza. A lo mejor, si tú hubieras estado, jamás hubiera pasado lo siguiente —especuló Alexander. Tomó aire, y narró—: Un día, unos hombres vestidos de blanco se presentaron aquí. Vinieron a por mí. Sujetaron a mi madre para que no me ayudara. Me cogieron y me llevaron con ellos. Me secuestraron.

—Lo sé —proclamó Charlotte, con un aplomo que él no se esperaba.

—¿Cómo?

Ella desvió la mirada. Su rictus denotaba incomodidad. Se adivinaba que iba a narrar algo que le provocaba vergüenza, por la razón que fuera. Seria, explicó:

—Mi madre me lo contó todo. Ella todavía trabajaba aquí el día que te secuestraron, a pesar de que ya sopesaba la posibilidad de dejarlo. Al parecer, el ambiente aquí no era nada bueno desde lo que me pasó. Esa mañana, cuando vinieron a por ti, ella no estaba. Después, supo lo ocurrido y, de hecho, ayudó a tu madre a buscarte. Se hicieron buenas amigas durante un tiempo, pero nunca te encontraron.

—Qué bondadoso por su parte ayudar a mi madre —opinó Alexander, conmovido.

—No, no fue bondad —replicó Charlotte, turbada. Nerviosa, se revolvió en su asiento, y prosiguió—: Mi madre fue muy buena, claro que sí, pero ayudó a tu madre porque se sentía muy, muy culpable. Tardó en confesármelo. La mañana del rapto, ella salía de la finca y vio aproximarse una furgoneta extraña. Temió que pasase algo malo, pero se desentendió y se marchó. Luego, nunca se lo perdonó.

Alexander se dio cuenta de que la culpa de la madre impregnaba las palabras de la hija. Para liberar a Charlotte de tan amarga carga, fue sincero, y aseguró:

—Yo jamás la culparía por nada que sucediera esa mañana. Lo prometo.

—Gracias.

—¿Qué más sabes de la búsqueda de mi madre? ¿Qué hizo después del secuestro?

—No sé mucho. Como digo, mi madre y la tuya se hicieron amigas una temporada. El deseo de localizarte las unió. Quizás, lo intentaron durante un par de años, no mucho más. El trato entre ellas se complicó porque la familia de tu padre controlaba mucho a tu madre. Al final, supongo que se rindieron y, más tarde, se separaron —vaciló Charlotte.

—¿Y tú? —interrumpió Alexander, ansioso por saber más—, ¿qué fue de ti?

—Fui una niña normal, la verdad. No me enteré de las andanzas de mi madre y la tuya. Me contó todo el año pasado. Revivió en ella el deseo de reparar la injusticia cometida contigo. Volvió a buscarte. Creo que fue porque, de repente, te habías hecho famoso y salías en las noticias. Descubrió que te apellidabas Berkel, pero ¿cómo dar con alguien que se esconde de la justicia? ¡Y después de tantos años! Todos hemos cambiado. ¿Sabes? Antes, al verte, tardé unos segundos en reconocerte. No eres como en tu ficha policial. Eres diferente.

—Sí, es cierto. Soy diferente.

—¿Y tú? ¿Qué fue de ti?

Alexander titubeó un segundo. Volvió a optar por saltarse la época incierta posterior al secuestro, y respondió:

—Me abandonaron en un orfanato, donde viví hasta los doce años. Ese tiempo no fue agradable. Héctor Berkel, un gafe como yo, el mejor hombre que he conocido, me adoptó. Él tenía una hija, Irene, así que me dio una hermana. Fuimos de un sitio a otro. Llegamos a Ciudad Fortuna hace ocho años. Un año después, Héctor falleció. —Alexander reflexionó, y agregó—: Hace un año, en unas circunstancias bastante complicadas, descubrí mi identidad. Supe quién era mi padre biológico y llegué a conocer a mi madre.

—¿Qué? —exclamó Charlotte, con indudable contrariedad.

—Verás, a mi padre me lo crucé en una situación lamentable, que prefiero no detallar, si no te importa. Él me confesó quién era. A mi madre la conocí de la manera más fortuita. La pillaron como polizona en un tren de mercancías que pasa por Ciudad Fortuna y Aldea Moira. Estaba demenciada y muy enferma, en las últimas. Pudimos vernos, pese a todo. La ventura quiso que así fuera. Hablamos muy poco. Ella me pedía perdón. Enseguida, murió.

De repente, Alexander se percató de que Charlotte se había puesto a hacer pucheros. Las lágrimas resbalaban por su faz. Asustado, él se puso en pie.

—¿Estás bien? ¿Qué he dicho? —quiso saber.

—¿El año pasado?, ¿en qué fecha?

—En agosto.

La joven pugnaba por dominar el llanto. Afligida, reveló:

—Esa mujer no era tu madre… Era la mía. Era Rebecca.

Alexander se quedó petrificado. No entendía nada. Entre sollozos, ella repitió:

—Era mi madre, no la tuya. Estoy segura. Cuando, el año pasado, mi madre volvió a pensar en ti, empezó a indagar otra vez. Lo cierto es que se obcecó mucho con ese tema. Tal vez, ignoró a su conciencia demasiados años y ya no pudo soportarlo. Un día, en agosto, la llamé por teléfono y no contestó. Ya no vivía con ella, así que fui a visitarla y no estaba. Desapareció. No la vi más.

—Pero —musitó Alexander, que no daba crédito al giro que acababan de dar los acontecimientos— ¿cómo que desapareció? ¿Por qué estás tan segura de que era ella?

—Porque todo encaja. Encajan las fechas y el hecho de que ella te pidiera perdón. Sé que la culpabilidad la martirizaba. Sé que vino a Aldea Moira, en agosto del año pasado. Y, en agosto del año pasado, tú la encontraste en Ciudad Fortuna. Ese tren de mercancías lo enlaza todo. Sé que vino al pueblo y sé por quién vino, a quién buscaba. Hablaba mucho de él. Le odiaba. Le culpaba de todo. Y yo le culpo. Él fue el causante de lo que pudo sucederle a mi madre. Causó muchos males. Fue Adolph Klausmann. Según mi madre, él orquestó tu secuestro. Es el peor de la familia, con mucha diferencia, el más fanático y extremista.

Charlotte no pudo hablar durante un rato. Dejó de reprimirse y lloró sin disimulo.

Entretanto, Alexander procuró asimilar la cantidad de información que había descubierto. Por un lado, ahora sabía que A. Klausmann existía en realidad: Adolph Klausmann; según Charlotte, el peor de la familia, el causante de todo. Ese hombre enlazaba su pasado, su identidad, su secuestro y sus recuerdos con Ciudad Fortuna y *Crisol Innovaciones*. El relato de Charlotte había revuelto su memoria. Por enésima vez, revivió los recuerdos recónditos, que le asaltaban como temibles destellos en mitad de la oscuridad. Vio reflejos de luz en los trebejos de un ajedrez de metacrilato. Uno de ellos caía al suelo manchado de sangre.

Por otro lado, de repente, comprendía que aquella mujer no identificada nunca fue su madre, sino Rebecca Faymann. Eso significaba que, el año pasado, él malinterpretó uno de los vaticinios de Betina Sikorski: "La mujer tiene manchas. Y te llama porque se arrepiente mucho". Esa mujer con manchas que tanto se arrepentía no era la madre de Alexander. Era la de Charlotte. Y él no tardó en preguntarse qué había sido entonces de la suya.

Justo cuando iba a preguntar por ello, Charlotte pareció serenarse, y dijo:

—Desde que mi madre desapareció, siempre he tenido la horrible sensación de que no sería posible recuperarla, de que algo muy malo había pasado. Lo denuncié a la Policía y no me sirvió de nada. Por eso, yo misma me propuse buscarla. He venido a menudo por aquí a vigilar. Pensaba que podía haber venido a la finca a rememorar esos años. Por cierto, perdóname lo de apuntarte con una pistola. Lo siento mucho. Es de fogueo, un mero farol.

Charlotte lloró de nuevo. Tras un minuto de silencio, Alexander añadió:

—Solo una cosa más.

—Dime.

—Mi madre, Ingrid…

—¿Sí?

—¿Dónde está ella ahora?

Charlotte respiró hondo. Se acercó a Alexander y posó las manos sobre sus hombros, contacto que él, inquieto, le permitió, pues presentía el olor de la desgracia.

—Muy poco después de que mi madre perdiera contacto con la tuya, se enteró de que ella sufrió algún tipo de accidente. Lo siento, Alexander. Ingrid murió.

Esta vez, fue Alexander quien no dominó el llanto. Tantos años, tanta búsqueda, tanto anhelo… El gafe taciturno se abrazó a Charlotte y desahogó su pena.

El resto de aquel día, esa jornada tan singular, transcurrió marcado por el silencio y la tristeza. Charlotte y Alexander lloraron a sus respectivas madres. A pesar de la pena, tenerse el uno al otro, reencontrados después de más de tres décadas, supuso un curioso paliativo para ambos.

Se quedaron en la finca. Charlotte fue en su coche a una tienda de ultramarinos cercana para comprar comida. Almorzaron y reposaron sin apenas conversar.

Por la tarde, pasearon por el exterior del caserío. Anduvieron por los marchitos maizales. Hallaron la verja que delimitaba la parcela. Confirmaron que todavía corría agua por el arroyo. Se acercaron al granero, que, a la luz del día, daba menos miedo.

Al anochecer, emprendieron el regreso a la casa. En un momento dado, antes de entrar en la vivienda, Charlotte se detuvo, pensó un momento, y comentó:

—¿Sabes? Me he acordado de una cosa. El año pasado, semanas después de la desaparición de mi madre, cuando empecé a fisgar por aquí, me di cuenta de que vivía gente. Creo que una mujer embarazada alquiló la finca varios meses. Dio a luz aquí.

—¿Sí? ¿Alguien de la familia Klausmann? ¿Sabes quién era?

Charlotte meditó unos segundos. Luego, respondió:

—No.

Después de cenar, Trece contribuyó a que Alexander y Charlotte recuperaran la sonrisa y se evadieran. Mientras ella jugaba con el minino, él retomó el estudio de los abultados álbumes fotográficos. Las imágenes eran bastante antiguas. Las más recientes, y también las más escasas, solo llegaban a la década de los setenta y primeros de los ochenta. A nadie se le había ocurrido anotar detrás el nombre de quienes figuraban en las fotos.

Alexander subió arriba, pasó al dormitorio de matrimonio y se dirigió al tocadiscos. Charlotte se unió a él.

—En esta casa no hay ninguna señal de mi paso por aquí —se lamentó él, que repasaba la colección de viejos vinilos.

—Por lo que mi madre contaba, tu padre llevó fatal eso de tener un hijo gafe, como ya te imaginarás. Siento que nacieras en esta familia.

—Yo también.

Uno de los vinilos, uno que en su carátula reproducía un precioso jardín en flor, captó la atención de Alexander. Parecía tratarse de una recopilación de composiciones orquestales. Leyó en voz alta el título de la pieza principal:

—*Concierto de Aranjuez*. ¿Lo conoces? No me suena.

—Lo conozco. Es muy bonito. ¿Funciona el tocadiscos?

Entre los dos, enchufaron el aparato a la corriente, pulsaron el botón de encendido y comprobaron que sí funcionaba. Colocaron el disco en el plato y accionaron la aguja.

Una maravillosa melodía llenó la habitación: la sobrecogedora añoranza de una guitarra virtuosa, sobre el contenido acompañamiento de una orquesta.

Otra vez, Alexander no pudo controlar la emoción. Las lágrimas brotaron sin medida de las cuencas de sus ojos. ¡Sí le sonaba esa música! ¡La recordaba!

—A mi madre le encantaba escucharlo —relató, conmovido.

Las emociones no acabaron ahí. Al coger la funda del vinilo, Charlotte dejó caer una hoja que había guardado en su interior. La cogió, la observó y se la enseñó: una fotografía, una instantánea. Se veía a una madre, una bonita mujer de piel límpida y largo cabello moreno. Sujetaba en brazos a un niño flaco, de pelo castaño oscuro, con una enorme sonrisa, al que ayudaba a soplar una tarta de cumpleaños con dos velas.

El niño de la fotografía era él. La mujer era Ingrid. En el reverso, manuscrito, se leía: "27 de febrero de 1981".

Alexander caminó hasta la ventana para intentar dominar el llanto. Mientras mitigaba el arrebato, imaginó a su madre guardando esa instantánea en la funda de su vinilo favorito, para así ocultarla del insensible de su marido, quien no amaba a su propia descendencia.

También caviló otro dato. Puesto que, tal como acababa de desvelar, nació un 27 de febrero, su grado de suerte, casi con toda seguridad, era el de la mayoría de los gafes, el dos. Por tanto, no era ningún Hijo del Siete. ¡Ojalá pudiera volver a hablar con Betina Sikorski!

—Me gustaría hablar contigo sobre Adolph Klausmann en otro momento —dijo, con temple—. Voy a quedarme aquí un tiempo más. Hay asuntos pendientes que resolver.

—Yo te ayudaré —manifestó Charlotte—. Cuando terminemos, me gustaría ir contigo a Ciudad Fortuna para visitar la tumba de mi madre. Dormiré aquí, si no te molesta.

Alexander asintió con la cabeza. Charlotte se acercó a él, junto a la ventana, y sonrió. La luz de la Luna alumbró el rostro de ambos y se reflejó en los preciosos ojos de la joven.

—Puedo quedarme en el cuarto de al lado. ¿Dónde dormirás tú? —preguntó.

Alexander admiró a Charlotte: en ese preciso instante, era perfecta. Deseó abrazarla. Sintió que ella era la persona que mejor le conocía del mundo.

Sin embargo, de pronto, el peso del recuerdo de Lara Varone, de la verdadera suerte y del tercer dogma cayó con fuerza sobre él, y contestó:

—Yo me quedó aquí. Descansa. Hasta mañana.

Se fueron a dormir por separado. Alexander concilió el sueño en ese lugar, en el que había conseguido la proeza más valiosa de toda su vida: reencontrarse consigo mismo.

CAPÍTULO VI

El quinto dogma

<u>1</u>

Alexander Berkel había vivido sin pensar en el tiempo. Sin darse cuenta, hasta ahora, se había dejado llevar por él. De pronto, era consciente de su entidad.

Tal vez, hubiese habitado un lugar singular del universo, donde los límites del espacio se confundían y el tiempo no parecía importar. Y, de improviso, una locomotora anticuada, al avanzar por cierta vía de tren, había atravesado la burbuja. Y allí estaba hoy, en la finca y el caserío que tantas veces había atisbado en sus recuerdos. Se encontraban en un sitio real, un punto concreto del mapa, un sitio llamado Aldea Moira.

Hacía cuatro días de su llegada, o su retorno, a la finca. Era curioso cómo Alexander se había relajado allí. En un principio, con la excitación de localizar el escenario de su niñez y su reencuentro con Charlotte Faymann, pensó que los eventos se sucederían con premura, como si aconteciesen desbocados. En cambio, superado el sobresalto inicial, resultó que volver a verse en ese lugar aletargaba los ímpetus y evitaba las prisas.

Charlotte se dedicaba a llamar a sus contactos en la comarca y llevar a cabo gestiones que requerían paciencia. Entretanto, Alexander, descuidado de cualquier agobio, disfrutaba de esa estancia como adulto en la finca. A medida que pasaban los días, conseguía ubicar y ordenar lo que rememoraba de sus primeros años de vida.

A pesar del mazazo de saber que su madre había muerto, quedaban lagunas que debía explicar. Muchas tenían que ver con Ingrid. ¿Qué fue de su búsqueda en pos del hijo arrebatado? ¿Por qué se rindió? ¿Cómo murió? Alexander tampoco sabía qué pasó con exactitud durante el lapso oscuro entre el secuestro y su abandono en el orfanato. El cúmulo de enigmas entroncaba con Adolph Klausmann.

No obstante, las carencias se veían compensadas, de algún modo, por la presencia de Charlotte. Ella se encargaba de comprar provisiones en el pueblo. Conversaba con él cuando tocaba; cuando no, compartía su silencio. Trece, contra todo pronóstico, mostraba verdadero apego hacia ella.

El martes, el quinto día allí, el letargo que les abrazaba se detuvo. Los acontecimientos se pusieron en marcha de nuevo. Alexander examinaba las ruinas del huertecillo cuando Charlotte salió de la casa, y preguntó:

—¿Has hecho planes para hoy?

—Estoy bastante libre —respondió él, del buen humor que ella le inspiraba—. ¿Por?

—El hombre al que quiero presentarte estará hoy en el pueblo. ¿Damos una vuelta?

Alexander decidió dejar a Trece en el caserío. Confiaba en que el colega felino supiese apañárselas solo durante unas horas.

El coche de Charlotte, un turismo pequeño y algo viejo que ella cuidaba con empeño, estaba aparcado en el sendero que conducía a la finca. De camino a él, la mujer comentó:

—Es un buen hombre. Te gustará conocerle. Sabe mucho sobre el pueblo, la comarca y sus gentes. Seguro que sabe cosas de los Klausmann, de tu madre y del quinto dogma.

2

Pese a que se conocía así al conjunto de villas y aldeas de la zona, Aldea Moira era, en realidad, el nombre del pueblo principal del que las pedanías dependían. La distribución de la población era dispersa. La demarcación de los terrenos de cultivo estructuraba la comarca. Para llegar al pueblo principal, pasados pocos kilómetros, el coche enfiló una desatendida carretera terciaria, similar a la del apeadero, y dejó atrás varias tierras y una aldea. Minutos después, a lo lejos, se vislumbró otra población.

El pueblo no alcanzaba el millar de habitantes. La construcción más alta, aparte de un campanario, contaba solo tres pisos. El adoquinado de las aceras se presumía vetusto pero bien conservado. El aire olía a arena mojada. La mayoría de las edificaciones estaban pintadas en tonos claros. Pasaron por una plazoleta, quizás la plaza del pueblo, donde había una modesta fuente. Aparcaron cerca, frente a un edificio de dos plantas con banderas oficiales. Al apearse, Alexander y Charlotte sintieron las miradas de algunos ancianos fijas en ellos.

El hombre con quien se habían citado aguardaba junto a la entrada del edificio de las banderas. Charlotte dio con él tiempo atrás, en sus pesquisas sobre Rebecca, gracias a otros conocidos de su madre. Cuando le contactó, hizo buenas migas con él. Se llamaba Andreas. Era un sexagenario de buena altura, cuerpo flaco, rostro delgado y sonriente, y pelo cano.

—Buenos días, pareja —saludó el hombre, con humor afable.

—Hola, Andreas —contestó Charlotte—. Muchas gracias por venir.

—Tranquila, un jubilado como yo no tiene mucho que hacer —rio el hombre.

Charlotte le propinó un cariñoso beso en la mejilla. Andreas ofreció su mano a Alexander. Este dudó y, al final, contuvo la respiración y se la estrechó sin apretar demasiado.

—Soy Alexander —se presentó, un tanto cohibido—. Encantado de conocerle.

—Lo mismo digo, amigo.

Andreas les indicó que pasaran al edificio. Este albergaba las oficinas de distintos departamentos del Consistorio. Subieron unas escaleras hasta la segunda planta. El hombre se sacó un llavero del bolsillo, mientras explicaba:

—Fui funcionario del Consistorio toda mi vida laboral. No hace mucho que me jubilé y todavía me estoy acostumbrando al tiempo libre. Guardo estas llaves porque me dejo caer por aquí de vez en cuando. Me gusta ayudar y enseñar.

—Espero que no molestemos —intervino Alexander.

—No, tranquilo. Vamos al registro civil, donde yo trabajaba. En un municipio con tan poca población, esta oficina no necesita abrir todas las mañanas. Hoy está cerrado, así que no habrá ningún problema.

En efecto, tuvieron que encender la luz al entrar en la oficina. En la primera estancia, había un mostrador donde se atendía a los ciudadanos. Andreas les guio hasta un despacho anejo. Se sentaron en torno a un escritorio repleto de pilas de documentos.

—La Informática aún no ha llegado aquí —comentó Andreas, simpático. Luego, observó a Alexander unos instantes, y añadió—: Así que eres de la insigne familia Klausmann.

Alexander no pudo ocultar su desasosiego. Aparte de lo raro que le sonaba oírse vinculado a los Klausmann, se había acostumbrado a pasar desapercibido.

—Le hablé a Andreas de ti para que pudiera ayudarte —intervino Charlotte, que había percibido su nerviosismo—. Espero que no te enfades.

—Puedes estar tranquilo, Alexander —afirmó Andreas—. No importa cómo te apellides, quién seas o quién crean otros que eres. Con que seas Alexander basta. Dejemos lo demás.

Ese comentario agradó a Alexander. Dedujo cierta alusión velada al hecho de que era un prófugo, algo a lo que Andreas restaba importancia.

—¿Qué sabe de la familia Klausmann? —interrogó.

—Si hubieras vivido aquí toda tu vida sabrías mucho acerca de ellos, fueses o no de su clan —señaló Andreas—. Los Klausmann fueron una familia poderosa e influyente de la comarca bastante tiempo. Manejaban asuntos y eran terratenientes. Se les conocía, claro. Tenían su reputación. De gente así se habla mucho y nunca se sabe qué es cierto y qué no. Su apogeo económico lo vivieron el siglo pasado. Un antepasado, un bisabuelo o un tatarabuelo tuyo, no lo sé, fundó un consorcio de empresas químicas centradas en el negocio farmacéutico. Controlaron el mercado mucho tiempo. Se expandieron en multitud de empresas. Diría que sus empresas se ramificaron tanto como la propia familia. El imperio fue disgregándose y se fusionó con otros, hasta que su antiguo dominio se desdibujó.

—Entonces —agregó Alexander—, ¿se dedicaban a los medicamentos?

—Sí, a la Farmacología; la Química, en general. Supieron posicionarse. Otra cosa es lo que se cuenta en susurros. Ya sabéis a qué me refiero, a lo no oficial, las historias que ellos tacharían de habladurías. Se decía que eran fanáticos de ciertos aspectos de la vida en los que yo nunca he reparado, para bien o para mal —narró Andreas. Alexander se imaginó que hablaba de la verdadera suerte—. Se contaba que buscaban la pureza.

—¿Qué hay hoy de sus actividades? Las oficiales y las no oficiales.

—Puedo anotarte los nombres de algunas empresas para que mires en el registro mercantil. La información es pública. De lo oficial, la gran empresa química y farmacéutica del bisabuelo o tatarabuelo de los Klausmann, no sé qué quedará, la verdad. Quiero decir que todo será ahora un lío de accionistas y parafernalias de esa clase. A la familia en sí supongo que les llegará un porcentaje de beneficios y poco poder fácti-co sobre el imperio. Por cierto, son gente avariciosa y pícara. Crean empresas dueñas de más empresas y trampas de ese tipo para evadir impuestos y argucias de ese estilo. Tus abuelos tuvieron tres hijos: Adolph, Joseph y Esther. Cada uno de ellos tuvo sus negocios, sus em-presas y actividades. De una u otra manera, todos continuaron implica-dos en el sector de la Química.

—Adolph, Joseph y Esther, ¿tuvieron ellos sus propios hijos?

—Sí, los tres. Recuerda que la familia se ramifica, aunque opino que ya vive su declive. Adolph tuvo dos hijos; Esther, una. Y, si lo que me pre-guntas es si tú tienes algún hermano o hermana, te aclararé que Joseph solo tuvo un hijo.

—La madre de ese único hijo, Ingrid, ¿la recuerda usted?

—Sí, pero solo de pasada, he de confesar. Era muy hermosa, alguien alegre; de hecho, tan alegre que llamaba la atención que se hubiese casa-do con un Klausmann. Por el pueblo se rumoreaba que se le murió un hijo y por eso se recluyó. De repente, se la dejó de ver. Lo último que recuerdo fue que, hace más de veinticinco años, oí que la pobre había muerto.

Alexander respiró hondo, superado por esa conversación. Andreas le dedicó un gesto sonriente, una señal de empatía y complicidad. Además, señaló:

—También puedo anotarte nombres, fechas de nacimiento y datos por el estilo. Hasta puedo fotocopiar alguna partida de las que se registran aquí, si me guardas el secreto. Antes de esta reunión, busqué papeles concretos sobre ti, pero no encontré nada. No sé qué pudo pasar. Tal vez, jamás registraron tu nacimiento. No tengo ni idea. Lo lamento.

—No se preocupe. Le agradezco mucho todo esto.

—También os apuntaré algunas direcciones que quizás deberíais visi-tar por la zona.

—Gracias, Andreas —dijo Charlotte—. Eres un sol.

Así, el hombre consultó los archivos y les anotó varios datos, con pulcra caligrafía, en un folio por las dos caras. Cuando el encuentro pare-cía tocar a su fin, Alexander inquirió:

—¿Qué hay de lo no oficial? No me lo ha dicho. ¿Qué queda hoy de esas actividades?

—De esa familia siempre queda algo —contestó Andreas—. Esther murió, Vera fue a la cárcel y a los hijos de Adolph se les perdió de vista, pero Joseph y Adolph persisten en sus afanes. Cuídate de Adolph, Alexander. De los tres hermanos, es el peor. Hay unos dogmas que rigen el mundo, pero hombres como él se creen capaces de explotarlos y pervertirlos.

3

Dos manzanas más allá del edificio de las banderas, en la acera opuesta, un tosco bar servía de refugio a unos cuantos ociosos del pueblo. Pese al frío de las noches, el Sol brillaba ahora con fuerza. Alexander se bebía una pinta a solas.

Entre sorbo y sorbo, rumiaba cada frase que Andreas, que le había caído bien, había pronunciado. Se imaginaba las distintas generaciones de Klausmann. En su mente, los veía en sus casas, tierras y fábricas, con sus secretos, fanatismos y miserias. Releía el folio donde el jubilado había escrito nombres, direcciones y demás datos.

La llegada de Alexander al bar, mientras Charlotte iba a echar gasolina, había despertado la curiosidad de sus parroquianos: cuatro hombres de mediana edad que, apoyados en la barra, dedicaban miradas de reojo a aquel que creían un forastero. Desconocían que, en verdad, se trataba de alguien nacido allí. Hablaban en voz baja. Cuando, minutos más tarde, otro desconocido hizo su aparición en el local, su pasmo debió alcanzar cotas inauditas.

Frank Axel pidió un refresco, se sentó frente a Alexander, y dijo:

—Espero por tu bien que no hayas estado en este tugurio todos estos días.

—No, tranquilo, he disfrutado de un ambiente más aireado —comentó Alexander.

—No tengo mucho tiempo. Me he tenido que inventar una mentirijilla para poder hacer parada aquí, así que cuéntame de una vez qué has estado haciendo. No sé nada de ti.

—Perdóname. He perdido la noción del tiempo; bueno, del tiempo, del espacio y casi de todo. Volver a esa finca ha sido toda una experiencia.

—¿Te has quedado allí? ¿Has encontrado algo?

—No, he encontrado a alguien.

—Explícate.

—La tarde que te fuiste, me quedé en la finca. Forcé la cerradura y dormí en el caserío. Encontré algunas cosas, sí, pero, sobre todo, encontré a alguien. A la mañana siguiente, una mujer me sorprendió allí. —Ante el rictus de alarma de Frank, a punto de atragantarse con el refresco, Alexander alzó una mano, y explicó—: No te preocupes. Al principio, temí que me hubiera metido en un buen lío por efectos de nuestra maldición, pero resultó ser alguien a quien ya conocía; alguien de aquí, de cuando éramos niños. Ella me reconocía. —Frank elevó las cejas estupefacto. Estuvo a punto de atragantarse otra vez—. Si tienes prisa, no voy a contarte más porque es imposible resumir la historia. La cuestión es que me está ayudando a investigar más. Voy a seguir por aquí.

—¿Hasta cuándo?

—Solo unos días. Tarde o temprano, regresaré a Ciudad Fortuna. Debo hacerlo. Quedan cosas por afrontar allí. En el fondo, siento que ese es mi sitio.

—Allí no se habla de que casi te cogen. Ni el vicealcalde ni la comisaria querrán airear el tema. La gente te ha olvidado. Y estoy de acuerdo: es tu sitio.

Frank no podía retrasarse, por lo que se marchó poco después. Pagaron sus bebidas y salieron a la calle. Antes de irse, Frank reflexionó, y añadió:

—Todo lo que estás logrando estos días aquí, los lugares y las personas que has hallado, los descubrimientos de tu infancia, son obra de la ventura, la suerte, pero ¿no se supone que un gafe no tiene suerte?

—No, no la tiene. Ni tú ni yo tenemos suerte. Se nos escapa. De tenerla, solo tenemos mala. No sé adónde llevará esto. Siendo gafe, como tú, dudo que a nada bueno. Pero si se piensa así, nunca se hace nada.

Frank recapacitó esas frases. A continuación, declaró:

—Sea como sea, espero que encuentres lo que necesites y nos veamos pronto.

—Gracias. Nos veremos. Será en Ciudad Fortuna. No tardaré en volver. Lo prometo.

Maestro y aprendiz estrecharon sus manos. Se apreciaban. Ellos no podían gafarse.

En la plazoleta que habían pasado con el coche, la de la modesta fuente, encontraron un restaurante, tal vez el único de la población. Resultó ser un sitio sencillo y muy agradable, donde Alexander y Charlotte disfrutaron de calma, buen trato y sabrosa comida casera. Alexander se acordó de Trece. No dudó de que su colega felino estaría bien.

Una vez terminado el postre, abordaron sus pesquisas. Repasaron la información que Andreas había escrito. Se centraron en una dirección: el domicilio de Adolph Klausmann, ubicado en el término municipal de Aldea Moira.

—Según Andreas, de los tres hermanos, Adolph es el peor —observó Alexander—. Y tú también me advertiste eso el otro día.

—Sí. No le conozco, pero siento escalofríos solo con recordar cómo mi madre le describía. Contaba que le tenía miedo cuando él visitaba el caserío. Al menos, eso no ocurría a menudo. Insistía en que Adolph era peligroso y organizó lo que te pasó.

—Entonces, ¿qué hacemos?

—Ir a su casa.

Las señas apuntadas por Andreas les llevaron a una urbanización, una apacible aglomeración de viviendas unifamiliares, chalés dotados de extensas parcelas con vegetación. El ambiente era tan tranquilo que no vieron gente por las calles. Las vías eran idénticas, paralelas y perpendiculares, pero cada casa tenía su tamaño y estilo característicos.

La parcela de Adolph Klausmann se hallaba rodeada por frondosos y elevados setos, los cuales impedían ver el otro lado. Por lo poco que se oteaba, la vivienda constaba de dos alturas, estaba pintada de un color oscuro y su diseño carecía de ornamentos. El resultado era impersonal. Se presumía amplia. Las ventanas estaban cerradas. No había luz.

Alexander y Charlotte dieron una vuelta en torno a la manzana. Estudiaron la parcela desde varios ángulos. Enseguida concluyeron que la casa estaba deshabitada. Completaron la vuelta y se detuvieron frente a la gastada verja de la propiedad. Empezaba a anochecer.

En esos momentos, dos paseantes torcieron la esquina. Caminaban hacia ellos. Eran una mujer de mediana edad y un hombre de ochenta años o más. Este andaba ayudado por la mujer. Sus rasgos eran parecidos, por lo que podía adivinarse que eran padre e hija. Para intriga de Alexander, una cordial Charlotte les saludó cuando la pareja llegó a su altura:

—Buenas tardes, ¿cómo están?

La mujer se detuvo con gesto sonriente. El hombre, al que se notaba desorientado, se paró también y repasó a Alexander y Charlotte de arriba abajo, con semblante huraño.

—Buenas tardes —correspondió la mujer, con amabilidad.

—Disculpe que les moleste —se excusó Charlotte—. Son ustedes de aquí, ¿verdad?

—Oh, sí, de toda la vida —afirmó la mujer—. ¿Por qué?

Mientras Charlotte y la mujer entablaban conversación, Alexander y el hombre mayor permanecían callados. Alexander percibía cierta ojeriza en la fijeza con la que el tipo le miraba. ¿Padecería demencia senil? Procuró ignorarle, sonreír y escuchar a las mujeres.

—Mi marido y yo —se inventó Charlotte, con absoluta naturalidad— volvíamos de viaje, pasábamos por esta zona y decidimos parar. No sé si conoce a Adolph Klausmann. ¿No es esta su casa? ¿Le conoce usted?

—Sí, por supuesto, un hombre muy correcto y amable. Le conocemos desde hace mucho, aunque poco. Es muy discreto. Mi padre ha vivido en este barrio décadas y, como está mayor, nos hemos venido para ayudarle. ¿Por qué buscan al señor Klausmann?

—Mi padre, que en paz descanse, trabajaba en la industria química —detalló Charlotte, cuya imaginación, al parecer, era veloz y portentosa— y colaboró en varias ocasiones con el señor Klausmann. Nos ayudó mucho una vez. Fue muy bueno. Siempre le estaremos agradecidos. Sabíamos que vivía por aquí y queríamos saludarle, pero no hay nadie.

—No, me temo que no —confirmó la cándida mujer, sin percatarse del bien construido embuste—. Hace meses, no creo que llegue a un año, que ya no vive aquí. Tengo entendido que se mudó por trabajo a Ciudad Fortuna. Vive allí temporalmente. Esta casa sigue siendo suya y, de hecho, su nuera pasó una buena temporada aquí el año pasado.

—Ah, sí, tenía hijos, ¿verdad?

—Sí, sí, tuvo dos hijos, mellizos. El chico se casó. Tuvieron una nena no hace mucho. Don Adolph ya enviudó el pobre.

El anciano no dejaba de vigilar a Charlotte, pero sobre todo a Alexander, con recelo. Emitió un hosco murmullo y tiró de su hija para que prosiguieran su paseo.

–Disculpen a mi padre –anotó la mujer, apocada–. Cada vez es más impaciente.

–Tranquila. No les molestamos más. Disfruten de la caminata –añadió Charlotte.

La mujer se despidió de ella y de Alexander, que no había llegado a abrir la boca, y retomó la caminata con su padre. Cuando la pareja torció la esquina, Charlotte preguntó:

–Ahora ¿qué?

Alexander caviló un segundo. Luego, se cercioró de que nadie les veía, metió la mano entre los barrotes de la verja y comprobó que podía abrir la puerta sin complicaciones.

–Si hemos venido hasta aquí… –incitó, con una sonrisa desafiante.

Charlotte miró en todas direcciones para asegurarse de que no les sorprendieran, asió la mano de Alexander, quien se estremeció con el contacto, y giró el picaporte para abrir la verja desde dentro. Apresurados, se colaron en la propiedad.

A la escasa luz del anochecer, el jardín que bordeaba la casa de Adolph Klausmann se presumía descuidado. Las zarzas y malezas habían crecido sin mesura. De puntillas, juntos y nerviosos, anduvieron hasta la parte trasera de la vivienda. Lograron abrir una puerta corredera de cristal y allanar la morada por el salón.

–Por suerte, Adolph Klausmann no tiene alarma –susurró Charlotte.

–Un consejo: mientras estés conmigo, evitar mentar a la suerte –contestó Alexander.

Charlotte empleó la linterna de su móvil para alumbrar el camino. Envuelta en tinieblas y claroscuros, la residencia de Adolph Klausmann parecía una casa normal y corriente; de mobiliario anticuado y decoración recargada, pero normal y corriente. Sin embargo, algo indefinido, una impresión quizá irracional, incomodaba a Alexander. La luz de la Luna y las estrellas, tal vez conducida por la ventura, penetró por los ventanales del salón e iluminó el comienzo de un estrecho pasillo, que se anticipaba interminable.

–Yo he estado aquí –musitó Alexander, sobrecogido.

Charlotte le miró. Pese a la penumbra, él advirtió la inquietud en su mirada. Su declaración la había asustado. Impresionado, Alexander se hartó de la situación, buscó un interruptor y encendió la luz. Examinó el inicio de ese pasillo.

—He estado aquí —repitió, seguro.

—¿Cuándo? —interrogó Charlotte.

—De niño. Es confuso. Son los peores recuerdos que tengo, los que me ponen los pelos de punta. Parten de ahí —dijo, y señaló el pasillo.

Charlotte meditó un instante, se aproximó a él, le observó, movió su cabeza en sentido positivo y le hizo un gesto para animarle a seguir.

Aun tembloroso, Alexander enfiló ese pasillo, el cual se reveló como un pasadizo angosto, de paredes blancas y desnudas, con un único plafón como iluminación. Era largo, sin puertas excepto la que había al fondo. Él se dirigió a ella, temeroso, ya que ese pasillo era el pasadizo donde, tal como recordaba con pavor, había protagonizado una huida aterrada en algún punto de su maldita infancia. Con Charlotte tras él, llegó a la puerta, que no era sino una mera plancha gruesa con pestillo. La abrió, tanteó el muro en la negrura y encendió una triste bombilla. Estaban ante una estrecha escalera de peldaños inconsistentes, aquellos de sus recuerdos. Los bajaron con cuidado de no tropezar. Desembocaban en una antesala de muros fríos, donde vieron una pila para lavarse las manos, un astillado banco de madera y una puerta. Se respiraba polvo. La atmósfera estaba viciada. Juntos, cruzaron esa puerta.

Al otro lado, de repente, se vieron inmersos en una cerrazón opresiva en la que faltaba el aire. Consiguieron dar la luz. Descubrieron una sala de gran tamaño, suelo tosco, paredes de ladrillo visto y tubos fluorescentes en el techo, sin ventanas ni salida al exterior. La luz de los tubos, tan dura y potente que molestaba, desveló un panorama turbador. En medio de la estancia, había tres camillas con asquerosas sábanas amarilleadas. De sus barrotes, colgaban unas gastadas correas de cuero. A lo largo de casi todo el perímetro de ese sótano, había armarios y encimeras. Un sinfín del más espeluznante instrumental quedaba en ellas: agujas, jeringas, botes, etc.; además de unos ajados cuadernos y dosieres con el distintivo de los siete brazos serpenteados. Había dos mesas colocadas entre las camillas. Sobre ellas, se hallaban dos máquinas difíciles de describir: una parecía destinada a transfusiones o tratamiento de sangre o fluidos; otra, bastante aparatosa, incluía una especie de espirómetro.

Alexander empezó a respirar con fuerza. Experimentó una terrible certeza: en efecto, él había estado allí. Él, de niño, atemorizado, huyó aprisa por el umbrío pasadizo y bajó las angostas escaleras hasta penetrar en aquel sótano de horrores. Rememoraba correas sujetas con fuerza, manchas pardas en la piel y gritos espantosos. De la oscuridad de los recuerdos, emergían destellos de una luz dura, la de esos tubos fluorescentes del techo, que caía sobre unos trebejos de metacrilato. Una de esas piezas transparentes rodaba por el suelo. Estaba manchada con brillante y rojísima sangre.

Reparó en un detalle que le acongojó todavía más. Existía una tercera mesa, en la que antes no se había fijado. Esta se hallaba vacía, pero una gruesa capa de polvo, alrededor de su borde, connotaba que algo bastante voluminoso, quizás una tercera máquina, reposó ahí en algún momento. Bajó la vista y vio pisadas claras en el polvoriento suelo. Alguien había estado allí poco tiempo antes.

Charlotte se aferró con fuerza al brazo de Alexander. Con un hilo de voz, rogó:

—Quiero irme de aquí.

Sonó atemorizada.

No fue necesario repetirlo. Deshicieron el camino como si les persiguiesen. Salieron de la casa. No quisieron fisgar más. Trataron de ser sigilosos al franquear la verja y cerrarla, de tal modo que todo quedara como al principio. A sus espaldas, una voz ronca y varonil les sorprendió:

—No vuelvan —dijo.

Alexander y Charlotte dieron un brinco. Ambos ahogaron sendos alaridos. Se giraron al borde del colapso. Se toparon con el hombre mayor, el padre senil de la vecina con quien habían departido poco antes. El anciano, solo, erguido, clavaba una severa mirada en ellos. De súbito, ya no exhibía signos de demencia ni debilidad.

—¿Cómo dice? —farfulló Charlotte, entre jadeos.

—No vuelvan aquí. No hay nada bueno. No vengan más —decretó el hombre.

—¿Por qué? —increpó Alexander. Ese hombre no era ningún viejo marchito.

—No hay nada bueno.

—¿Por qué? ¿Qué sabe?

—Ese hombre que buscan, el señor Adolph, es un mal hombre —relató el anciano, con una claridad inesperada—. No es verdad que le conozcan. Si le conocieran, huirían de él.

—¿Y su hija? A ella le cae bien —agregó Charlotte.

—Porque ella no le conoce —aseveró el viejo.

—Pero usted sí —dedujo Alexander—. Cuéntenoslo.

—¿Por qué le buscan ustedes? —interpeló el viejo.

—Porque es mala persona y nos hizo daño —admitió Alexander.

Ese gesto de sinceridad debió satisfacer al hombre, que les dijo:

—Vayan a la señora Telma. Está en la residencia. Ella le conoce. ¡Vaya que sí! Por eso, le odia. A ella la engañó, como a otros. Él decía que podía devolver lo que había sido arrebatado, que podían forzarse las reglas. Pero las leyes son las leyes. Vayan a la señora Telma y que les cuente. Y a ese mal hombre no se acerquen jamás.

El viejo hizo ademán de darse la vuelta. Alexander reclamó:

—Espere, una pregunta más. ¿Vio usted alguna vez por aquí a una mujer llamada Ingrid Klausmann? ¿Y a su hijo, un niño de cinco o seis años?

El hombre se detuvo, pensó, y concluyó:

—No.

El hombre desapareció en la quietud de la noche. Alexander y Charlotte se quedaron en silencio un minuto. Luego, se fueron. El miedo les había hecho cogerse de la mano.

5

Aun con todo lo que, de pronto, se había amontonado en sus interiores, no mediaron palabra en el trayecto de retorno a la finca. A Alexander le agradó reencontrarse con Trece y comprobar que el colega felino seguía bien, pero ni eso le aquietó. Luego, igual que Charlotte, se fue a dormir. Esa noche, antes de caer rendido, deseó no soñar.

A la mañana siguiente, el trastorno inducido por la casa de Adolph Klausmann y las palabras del vecino seguía intacto. Durante el desayuno, hablaron del asunto. Concluyeron que el desasosiego que sufrían solo podía aplacarse con más información.

Trece maulló al ver que sus colegas humanos volvían a irse. A Alexander, el maullido, más que a reproche indignado, le sonó a saludo ufano. Se despidió del gato con un gesto de la mano y, a continuación, Charlotte y él fueron en busca de la señora Telma.

La única residencia de ancianos de Aldea Moira se situaba, de hecho, no muy lejos de la urbanización donde Adolph Klausmann vivía. En medio de campos de cultivo, se hallaba el espacioso y ajardinado entorno. El edificio principal estaba rodeado de viva vegetación y rincones para relajarse. Los ancianos disfrutaban del lugar, unos solos, otros asistidos.

Allí, como el día previo, Charlotte demostró ser la más audaz para las pesquisas y, sin duda, una inestimable compañera de peripecias. Se acercó a dos mujeres mayores, a quienes cautivó enseguida con su actitud cercana. A los dos o tres minutos, regresó junto a Alexander y le cogió del brazo para llevarle consigo. A medida que caminaban, le explicó:

—La señora Telma suele sentarse a leer cerca de la fuente que hay detrás del edificio.

—Y tú ¿cómo lo sabes? ¿Qué les has contado a esas señoras?

—Que eres mi marido y que somos sobrinos lejanos suyos.

Las dos mujeres mayores no erraban. Encontraron a la señora Telma en el jardín trasero de las instalaciones. Allí, en un bonito banco de piedra blanca, al lado de una fuente, la mujer leía un libro de páginas avejentadas, una novela. Debía ser septuagenaria y se notaba que era coqueta, con su cabello cano bien cepillado y un toque de maquillaje. Bajo la falda y la rebeca con la que se abrigaba, se adivinaba que poseía una figura escuálida.

—¡Qué bonita mañana! —dijo Charlotte, mientras se acercaba con prudencia a la mujer, a pesar de que el cielo se había nublado un poco—. La señora Telma, ¿verdad?

La mujer dio un ligero respingo, tan inmersa como estaba en su lectura. Alzó la vista con una sonrisa en los labios. Observó a los recién llegados.

—Sí. ¿Puedo ayudarles?

—¿Podemos sentarnos? —consultó Charlotte, y tomó asiento en la otra punta del banco para no atosigarla. Alexander se mantuvo a distancia.

—¿Nos conocemos? —replicó la señora Telma, quizá un poco mosqueada.

—Disculpe que la molestemos. Ayer nos hablaron de usted. —Charlotte titubeó. Debió caer en la cuenta de que desconocían el nombre del anciano paseante—. Necesitamos ayuda. Yo me llamo Charlotte y mi marido es Alexander. Los dos pasamos nuestra niñez en Aldea Moira. Hemos vuelto hace poco. Buscamos información.

La historia pareció intrigar a la amable señora Telma, que preguntó:

—¿Cómo podría ayudarles yo?

Charlotte volvió a vacilar. Alexander tomó la palabra:

—Es difícil —se excusó—. Nuestras madres eran amigas y tuvieron problemas por culpa de cierto hombre de la zona. Ayer, fuimos a la casa de ese hombre. Un vecino nos aconsejó que viniéramos a visitarla.

La señora Telma debió anticipar la cuestión que pretendían tratar, pues se irguió con visible incomodidad, e increpó:

—¿De qué hombre me hablan?

—De Adolph Klausmann —confesó Alexander.

La sonrisa de la señora Telma se esfumó. Incluso le tembló el labio. Tensa, interrogó:

—¿Por qué quieren que les hable de ese hombre?

En esa ocasión, fue Charlotte quien respondió:

—Porque los dos hemos perdido mucho por su culpa —expresó, con dolor en su voz.

Una fugaz tiritona asaltó a la señora Telma. La mujer logró sobreponerse, y agregó:

—Es un personaje vil al que ojalá pudiera olvidar, pero me hizo un daño imborrable.

—Cuéntenoslo, por favor —pidió Alexander—. Ayúdenos a esclarecer el pasado.

La señora Telma respiró hondo. Su congoja era evidente. Meditó, y relató:

—Yo tenía un hermano. Era lo que más amaba en el mundo. Le quería tal como era, a pesar de sus defectos. Mi hermano era bueno de corazón, pero tomó malas decisiones en la vida. Es una historia larga. No viene al caso. Lo que importa es… —Telma dudó—. Bueno, si buscan a Adolph Klausmann, sabrán ustedes lo que es la verdadera suerte, ¿no?

Alexander y Charlotte, callados, asintieron con la cabeza.

—De acuerdo. Pues yo tenía suerte. Mi hermano también, aunque el pobre tarambana no la supiese aprovechar. La suerte es la vida, pero hay personas capaces de quitarla —anotó la mujer, con tal inquina que Alexander, a toda prisa, se aseguró de que la chaqueta tapaba su amuleto y dio un paso atrás—. Mi hermano, en una de sus correrías, se enemistó con uno de esos malditos, un gafe, y este mermó su suerte. Aquello provocó una serie de calamidades que, sin suerte, podían vencerle. Me desesperé. Era mi hermano. ¡Debía hacer algo!, ¡lo que fuera! Y Adolph Klausmann, ese villano, no sé cómo, se enteró de lo que ocurría en mi casa. Vino a verme para ofrecerme su ayuda.

—¿Qué le ofreció? —añadió Alexander.

—El quinto dogma —detalló Telma—. Decía que él sabía cómo aplicarlo, cómo acelerar su verdad, cómo forzarlo. Solo demasiado tarde aprendí que los dogmas no pueden forzarse. Estaba desesperada, así que le pagué una enorme cantidad de dinero para que nos ayudara. Mi hermano y yo acudimos al sótano de su casa. —De repente, el aire matinal se tornó gélido. Alexander y Charlotte sintieron escalofríos—. Nos conectó a unas máquinas para que yo traspasara mi suerte a la de mi hermano. Ahora entiendo que lo único que hizo fue experimentar con nosotros. Y el experimento salió mal. Mi hermano no se recuperó jamás y yo llevo el daño impreso en mi piel.

Telma apartó un poco su melena cana para dejar al descubierto una pequeña mancha parda en su sien, con una forma que recordaba a un trébol de cuatro hojas. Alexander evocó unas manchas similares, las que salpicaban la piel de la mujer no identificada, de Rebecca Faymann, la madre de Charlotte.

—No puedo contarles más —suspiró Telma, alterada tras revisitar ese episodio y enseñar su mácula—. No soy capaz, lo siento. Váyanse, por favor. No sé de qué modo ayudarles más. O sí, sí lo sé. Les ayudaré suplicándoles que se rindan, que lo dejen. No se acerquen a Adolph Klausmann. No recuperarán lo perdido. Solo obtendrán dolor.

Alexander y Charlotte se miraron compungidos, conscientes de haber herido a la dulce mujer con su indeseada visita. Antes de irse, Alexander anotó:

—¿Conoció usted a Ingrid Klausmann, la mujer de otro de los Klausmann?

—No —negó la señora Telma, que le contempló con tristeza.

Charlotte se acercó a la anciana, susurró una disculpa a su oído y la besó en la mejilla. Alexander y ella se alejaron de allí, otra vez, cogidos de la mano.

6

Dejaron las indagaciones por lo que quedaba de día. Se sentían saturados. Regresaron al caserío. El resto de la jornada transcurrió, de nuevo, marcado por el silencio.

La temperatura bajó bastante por la noche. Cuando terminaron de cenar, Alexander y Charlotte fueron al salón. Aunque la habitación estaba dotada de chimenea, ninguno de los dos sabía prenderla. Alexander se acomodó en un sofá, mientras Charlotte se acurrucaba en un sillón orejero, arropada con una manta que había encontrado en un armario.

—¿Conoces el quinto dogma? —preguntó ella, un rato después.

Alexander podría haber respondido que estaba cansado de la fortuna, los dogmas, los grados de suerte, las supersticiones y, por encima de todo, su tara. Durante mucho tiempo, renegó de la filosofía de la suerte. Sin embargo, rendido a adentrarse en la conversación que se avecinaba, asintió lacónico con la cabeza. Charlotte prosiguió:

—El quinto dogma trata de la recuperación de la suerte perdida, mermada por un gafe. "La suerte mermada puede recobrarse mediante proximidad, conexión o fusión" —recitó—. Cuando mi madre me contó su pasado con los Klausmann, me interesé por las enseñanzas de los dogmas. Leí bastante sobre el tema. El quinto es de los complicados. Se refiere a tres maneras de recuperar la suerte mermada. En los tres casos, quien ha perdido su suerte tiene que acercarse a alguien con una suerte igual o mayor. La proximidad se da si se comparte la misma elección que la persona con más suerte, por ejemplo, en una apuesta o una decisión relevante. La conexión es un vínculo físico o emocional con esa persona de suerte superior, como los que surgen en el amor o el sexo. La fusión nunca la entendí bien. Es un extremo, una conexión tan fuerte que el de más suerte pierde una parte en beneficio del otro.

—Eso hacía Adolph Klausmann —añadió Alexander, tras recapacitar—. Ya comprendo. Forzaba el quinto dogma, la fusión. Se aprovechaba de gente como la señora Telma, ansiosa por ayudar a su hermano a recobrar su suerte perdida. Les conectaba con esas máquinas. Transmitía suerte de uno a otro, pero sus procedimientos eran una estafa. Al final, lo único que conseguía era arruinar la vida de las dos personas. Solo destruía la suerte.

—Es un bárbaro, un criminal y el culpable de lo que le pasó a mi madre. Cada vez estoy más segura. Tú le viste las mismas manchitas que tenía la señora Telma en su piel. Eso significa que mi madre se topó con Adolph de alguna manera. Y ese hombre se libró de ella sometiéndola a sus procedimientos. Él la dejó en el estado en el que tú la encontraste. Quizás, mi madre descubrió algo y fue a plantarle cara. Y él se lo hizo pagar.

—Sí, me temo que sí. Él le hizo algo terrible y ella, demenciada, acabó en aquel tren de mercancías, el que hace parada tanto en Aldea Moira como en Ciudad Fortuna. —Alexander meditó, tomó una determinación, miró a Charlotte, y anunció—: Me voy mañana. Vuelvo a Ciudad Fortuna. Mi destino está allí. Debo hallar el modo de hablar con Joseph y averiguar qué le sucedió a mi madre. Y tengo que descubrir qué hace Adolph allí.

Charlotte no dijo nada. Perdió la mirada en algún punto del salón, que se sumía en la penumbra, pues solo había una lámpara encendida. Luego, miró a Alexander a los ojos. Lo hizo durante unos largos segundos. Se puso en pie, se libró de la manta, y comentó:

—No logro entrar en calor.

Despacio, se tumbó en el sofá encima de él. Este se reclinó para recibirla, ruborizado por la intensidad del contacto. Él la deseaba y, ahora, al fin, era manifiesto que el deseo era mutuo. Notaba el anhelo en su intensa respiración, con la que la suya pronto se acompasó. El cabello de la joven le producía cosquillas. Se atrevió a cogerla por las caderas. Advirtió el inicio de una excitante cadencia de oscilaciones. La deseaba, sí, y susurró:

—Tengo miedo.

—¿De qué?

—De mí. De dañarte. Adolph Klausmann hizo mucho daño con el quinto dogma. Yo lo hice con el tercero. Amé a una mujer y fui su perdición. No quiero hacerte ningún daño.

Según hablaba, Alexander sacó su amuleto del interior de su camisa y se lo mostró a Charlotte, como si fuera una prueba de lo que contaba. Ella lo observó, lo tocó, y replicó:

—Ya me lo hiciste. Dañaste mi suerte con aquel pelotazo, cuando éramos niños, pero yo me recuperé. Aquello me inmunizó contra tu mal fario. Ya no puedes dañarme.

Charlotte le besó. Él se mostró remiso, pero permitió que lo hiciera. La calidez que le transmitía derribó todas sus barreras. La rodeó con sus brazos. Se unieron. Disfrutaron del pausado compás de sus actos. Ella le regaló deleite y cariño. Él sintió que eso era bueno. Y, esa noche, algo, largo tiempo herido, en lo más profundo de su corazón, por fin, se curó.

7

Por primera vez en demasiado tiempo, esa noche, antes de dormirse, colmado de una sensación pletórica que había olvidado, Alexander deseó soñar. Y lo hizo. Nunca recordaría el contenido de su ensoñación, pero supo que fue buena.

Se despertó antes de lo que esperaba. Se había quedado traspuesto en el sofá, arropado con la manta. Notó frío. Sintió una mano que le zarandeaba con suavidad. Reconoció la voz de Charlotte. Esta susurraba:

—Alexander, despierta.

—¿Qué pasa? —habló él, atontado, mientras se erguía. Miró por la ventana. Aún era de noche—. ¿Va todo bien?

—Si salimos ahora, llegaremos a Ciudad Fortuna por la mañana. Quiero ir contigo para visitar la tumba de mi madre. Después, te dejaré allí y me marcharé. Debo encargarme de algunos asuntos, pero necesito despedirme de mi madre.

Alexander se dio cuenta de que no estaba cansado, a pesar de las pocas horas que había dormido. De hecho, se sentía revitalizado. Fue al cuarto de baño para asearse. Se miró en el espejo. Sería cosa suya, pero le pareció que lo ocurrido con Charlotte había suavizado de alguna manera su embrutecida fachada. Le había sanado.

Reencontrarse con Charlotte Faymann había sido una ofrenda de la ventura. Recordó otro vaticinio de Betina Sikorski: "Mas con él, con ella, con ella y con ella, tú te reencontrarás". Sin duda, la joven era una de esas mujeres con las que el devenir iba a reunirle. ¿Quiénes serían las otras? La ventura lo desvelaría a su debido tiempo.

Recogieron la casa para no dejar huellas de su estancia. El ajetreo interrumpió el descanso de Trece. El felino, aún amodorrado, no se resistió a regresar a la mochila. Apagaron todo. Salieron de la finca y cargaron su escaso equipaje en el coche.

Alexander cerró la puertecilla de la cancela tras de sí. Allí, le echó un último vistazo a la finca, bañada por la incipiente claridad rayana al alba. Se preguntó si alguna vez volvería a ese lugar. No lo sabía. La incertidumbre, no obstante, no le molestó. Muchas cosas habían cambiado. Ya no era el mismo hombre que era solo una semana antes.

Charlotte, que hasta ese momento había estudiado un mapa con la linterna de su teléfono, caminó hasta él. La mujer le dedicó una tierna caricia, sonrió, y dijo:

—Muchas gracias.

—¿A mí? ¿Por qué?

—Porque gracias a ti, ahora ya sé qué fue de mi madre. Y, si la ventura ha querido que tú y yo nos reencontráramos aquí, más de tres décadas después, y que yo descubriera qué le pasó a Rebecca, quizás, también quiera que tú descubras que le pasó a Ingrid, para que así puedas hacer justicia con su muerte.

Allí, de pie en ese sendero agreste, Alexander admiró el rostro de Charlotte, iluminado por esa luz mágica, casi irreal, de la madrugada. La mujer demostraba una calma absoluta. No había preguntado ni reclamado nada en relación a lo que había sucedido entre ellos. Él tuvo la necesidad de hablarlo.

—Charlotte —murmuró, pero se trabó, superado por la emoción. No tenía palabras para expresar todo lo que sentía.

Ella sonrió de nuevo y se aproximó para besarle. Luego, le preguntó:

—¿Cómo se llamaba?

Alexander tragó saliva. Una lágrima resbaló por su cara. Con un suspiro, respondió:

—Lara.

—¿Os amasteis?

—Mucho.

—Me alegro.

—¿Por qué?

—Porque que os quisieseis fue algo bueno, un fruto de la suerte, la buena suerte, para ella y para ti. No pienses nunca lo contrario. Fuisteis muy afortunados por encontraros.

No hablaron más. El silencio les ayudó a tranquilizarse. Se subieron al coche e iniciaron el viaje con Trece en la mochila semiabierta de Alexander, en el asiento trasero.

La carretera iba casi vacía a tan temprana hora. Comenzó a amanecer. Charlotte puso la radio. *Love will tear us apart*, de Joy Division, empezó a sonar. Alexander se abstrajo con la canción. Vació su mente. Aquietó su corazón. Y observó el horizonte incesante en pos del cual circulaban, rumbo a Ciudad Fortuna.

Capítulo VII

Veintisiete

El haz de los faros resquebraba la insondable oscuridad de aquella carretera solitaria.

Erik Dammer viajaba en el primer coche, en el lugar del copiloto. Mientras intentaba distinguir algo en la negrura, caviló que aquella autopista, la cual parecía discurrir por la más absoluta nada, había quedado reducida a un mero camino hacia ninguna parte.

El firmamento nocturno resplandecía. La Luna era llena y perfecta. Las estrellas podían contarse por miles. A esa hora, el calor del estío cedía paso a un grato frescor. Aun así, el panorama que vislumbraba desde el interior del coche se antojaba surrealista e inquietante. La carretera poseía una calzada de tres carriles para cada sentido. Antes del "fenómeno", esa autopista, el acceso norte, tenía tráfico constante. Ahora, todo se atisbaba desierto, vacío. El alumbrado público no funcionaba. Los letreros estaban tachados.

Erik se pegó al cristal de la ventanilla. Su vista se acostumbró a la fantasmagórica luminosidad del paraje. El terreno descendía y trazaba una prolongada curva. Bordeaban uno de los cerros que definían el valle. El suelo se intuía árido. Más adelante, aumentaba la boscosa vegetación, que impedía descubrir lo que moraba más allá, donde el desvío descendía todavía más y, tras un largo tramo en línea recta y un túnel, se llegaba a su irreal destino.

Se dirigían a otra curva y otro descenso. A la derecha, un carril de deceleración conducía a una estación de servicio en desuso. De pronto, vio algo.

—¡Un momento! ¡Para! —solicitó al chófer.

El coche se detuvo en mitad de la calzada. El segundo vehículo, en el que viajaba Albert Nissen, frenó al darse cuenta. Erik se apeó. Le hizo una señal para que no se impacientara. Estaba harto de las prisas, quejas, paranoias y obsesiones de ese hombre.

Cruzó la calzada, saltó el guardarraíl y caminó hacia la estación de servicio. Se pasó la mano por el pelo y se alisó la ropa. De no ser por los focos de los coches, no veía.

Junto a la tienda y los surtidores, había una zona de aparcamiento. Más allá, frente a los árboles que tapaban lo que aguardaba al otro lado, se erigía un cartel. Allí estaba la figura que había visto. Era un vagabundo, un hombre de cuarenta y tantos, escuálido, encorvado, de greñuda barba morena y fisonomía envejecida. Empujaba un carro metálico.

—Buenas noches, amigo —saludó Erik, en tono afable.

El vagabundo, receloso y asustadizo, no contestó. Podía estar trastornado.

—Creía que ya no quedaba nadie por aquí —añadió él.

Esa vez, el vagabundo sí habló. Lo hizo en voz baja y ronca:

—Quedamos algunos, pero a nadie le importa —dijo.

Erik observó aquel rostro. Una sospecha le espantó.

—Mi nombre es Erik Dammer —se presentó—. ¿Le conozco?

—No —replicó el vagabundo, apresurado. Rehuyó su mirada.

Pero sí le conocía. Habían coincidido en ambientes selectos. No mucho tiempo atrás, ese hombre era igual que él: elegante, exitoso y afortunado. Reconocerle le estremeció, pues comprendió la magnitud de lo sucedido allí. No halló palabras para describirlo. No lograba imaginarlo. ¿Qué pudo convertir a un hombre como Manuel Sócrates en ese pordiosero?

—¿Qué han venido a hacer aquí? —inquirió Sócrates, arisco.

—No hay nada que temer, amigo —aseveró Erik.

—No encontrarán nada aquí.

—¿Dónde está la ciudad?

Sócrates alzó una mano y señaló hacia su derecha, al bosque, el cartel y el vacío.

—Se la tragó la oscuridad —sentenció.

Erik notó que se le erizaba el vello de la nuca. De repente, la noche era gélida.

Anduvo hasta el cartel. Este, de grandes dimensiones, daba la bienvenida a la ciudad. Un nuevo rótulo, pegado encima, prohibía el paso. Erik avanzó. Desde lo alto de un risco, detrás de los árboles, contempló en lontananza una panorámica completa del lugar.

Las siluetas de los edificios se perfilaban en la penumbra. Las pocas luces alumbraban construcciones desoladas. El humo de fogatas ascendía hacia el cielo. Nada se movía. Nada se escuchaba. La ausencia de vida era innegable. Allí yacía, inerte, Ciudad Fortuna.

NOVIEMBRE 2015
(UN MES ANTES DEL FENÓMENO)

1

Ciudad Fortuna perduraba, dueña de su propia historia, resistente a las vicisitudes del tiempo. El mundo, más allá de sus fronteras, abstractas y perceptibles a la par, nunca dejaba de girar, crecer y complicarse. Con el surgimiento de la escritura, ciertas personas empezaron a registrar aquello que no todos debían saber, pero nunca se debía olvidar. Los secretos se guardaron con celo. Las pistas serían visibles solo a unos pocos afortunados. Y la historia siempre avanzaría.

Alexander Berkel también avanzaba, a pesar de las complicadas pruebas que la ventura solía depararle. En su caso, cada retroceso se convertía en una intrincada manera de progresar. Así había sucedido en la última semana. Había necesitado escapar de Ciudad Fortuna, salir de sus etéreas fronteras, para poder regresar con más ímpetu. Ahora, sabía mucho más que antes. Todo había cambiado.

En ese momento, el coche recorría el último tramo de la carretera de circunvalación. A medida que tomaban las largas curvas que, cuesta abajo, bordeaban los cerros, el corazón de Alexander se aceleró. Atisbó a corta distancia la entrada al túnel. Asombrado, comprendió que era capaz de entrar y salir de la ciudad.

Charlotte iba al volante, concentrada en conducir. Trece ronroneaba, cobijado dentro de la mochila de su colega humano. El vehículo se adentró en el ancho túnel y dejó atrás la luz pálida de las primeras horas de la mañana. No se habían detenido a descansar en todo el viaje. Su destino les llamaba e incitaba a no demorarse. Circularon bajo la inquietante luz de las potentes luminarias artificiales. Estaban solos. No hablaban.

Avistaron la salida, más adelante. Charlotte pisó el acelerador. Trece se desperezó. Al otro lado, aparecieron en el extremo de la avenida Persisto. Allí, el cielo resplandecía, libre de nubosidad, a pesar de que se intuía el frío traído por el mes de noviembre. Había coches, viandantes y actividad. Ya estaban en Ciudad Fortuna.

Alexander se encargó de indicar el camino hacia el camposanto. Una súbita inyección de júbilo le estimuló al observar de nuevo la urbe, pero no tardó en recordar que allí debía mostrar más prudencia que en Aldea

Moira. Era un prófugo, aunque a lo largo de la semana anterior casi lo hubiese olvidado.

Aparcaron el coche a pocos minutos de uno de los accesos al Cementerio del Arcángel Miguel. Cuando se apearon, Alexander y Charlotte pudieron comprobar que, en efecto, las temperaturas otoñales se habían recrudecido. Trece estuvo encantado de refugiarse en el calentito interior de la mochila.

Caminaron, sin cruzarse más que con un par de guardeses, hasta llegar a la remota calle donde, en un muro alto y extenso, se encontraba el nicho de Rebecca Faymann, la mujer no identificada que, el año previo, había sido enterrada sin más inscripción que la fecha de su fallecimiento. La estampa conmovió a Charlotte, que sollozó en silencio.

—Murió sin que la gente supiese quién era —lamentó, con amargura.

—No murió sola —dijo Alexander, en un vano intento de consolarla.

Permanecieron allí varios minutos. Charlotte se calmó. Alexander la vio sonreír. Pensó que, tal vez, recordase momentos bonitos vividos junto a su madre. Después, con ánimo revitalizado, la mujer se besó los dedos y los posó en el nicho.

—Tendré que solicitar una exhumación o algo así para que, al menos, tenga una lápida con su nombre —comentó, resignada.

—Puedo ayudarte en lo que haga falta —añadió Alexander.

—Te lo agradezco. De todos modos, no voy a hacerlo ahora. Poner su nombre aquí ya no cambia nada. Ahora mismo, lo que necesito es moverme.

—¿Entonces te vas? No te olvides del período de quebranto.

—No lo hago, tranquilo. Me quedaría. La ciudad atrae y nunca había estado aquí, pero necesito irme. Soy así. Una escapada me ayudará a recuperarme y asimilar los últimos días.

Al escuchar esas palabras, Alexander reparó en que, pese a que había establecido una conexión singular con esa mujer, apenas conocía a Charlotte. La niña pelirroja de su infancia se había hecho mayor. Era una persona adulta a la que solo conocía en superficie.

Como si hubiese adivinado sus pensamientos, Charlotte le sonrió, y agregó:

—Seguro que algún día nos conoceremos mejor.

—Estoy deseándolo.

Charlotte tocó la lápida de su madre una última vez a modo de despedida. Volvieron adonde habían dejado el coche.

—¿Necesitas que te lleve a algún sitio?

—No —contestó Alexander—. He aprendido a moverme sin ser visto.

—Más te vale —anotó ella, y se acercó para darle un beso en los labios.

Él la rodeó con sus brazos para alargar ese beso, que quedaría asociado a un recuerdo precioso y melancólico a la vez. A continuación, ella le miró a los ojos, y declaró:

—Tú tienes que esconderte y yo no suelo estar siempre en el mismo sitio, pero volveremos a vernos. Ya verás. —Charlotte metió la mano en la mochila para dedicarle un último mimo a Trece, que ronroneó deleitado. Sonrió por enésima vez, y se despidió—: Hasta otra, Alexander. No pierdas mi número ni cambies el tuyo. Estaremos en contacto. Y, en serio, no sufras por el período de quebranto. Descansaré y me cuidaré durante algunos días.

Él se quedó allí de pie, en ese tranquilo tramo de calle próximo al cementerio, hasta que el coche torció una esquina y desapareció de su vista. Nostálgico pero animado, decidió visitar la tumba de Lara Varone. Allí, por primera vez, fue capaz de sonreír, al mismo tiempo que las lágrimas resbalaban por su rostro, mientras evocaba todo lo vivido junto a ella.

2

Aunque supiera moverse sin ser visto, Alexander no tenía adónde ir. Aparte de ser un prófugo, su guarida se había quemado, lo cual le convertía también en indigente. ¿Qué iba a hacer? Trece se meneó con fuerza en la mochila, como si le exhortara a actuar aprisa.

Anduvo hasta Persisto. Cogió el tranvía de la avenida hasta la correspondencia con la línea circular, que tomó para llegar al Hospital Santo Damián. Se le ocurrió que podía refugiarse allí de nuevo, pero le dio la impresión de que se veían más guardias de seguridad que en otras ocasiones, lo cual le arredró. Concluyó que el hospital ya no era viable como escapatoria y necesitaba hallar otro sitio.

De nuevo en la plataforma del tranvía, aun consciente de que no era la solución más deseable, Alexander se subió al siguiente convoy y fue hasta la calle de las Pizarras. Se puso nervioso al llamar al timbre de la casita de los Miller. Temía causarle problemas a su amigo. Escuchó pasos al otro lado. La puerta se abrió. En el umbral, Luka no pudo disimular su asombro al verle allí, pero sonrió.

—Lo siento —dijo Alexander, sin darle tiempo a hablar—. No debería venir aquí, lo sé, pero acabo de volver y no tengo dónde esconderme. —Trece se revolvió en la mochila, movimiento que captó la atención de Luka, por lo que explicó—: Venimos los dos.

Luka dudó. Alexander estuvo a punto de disculparse de nuevo y marcharse por donde había llegado, pero Luka, como solo un verdadero amigo haría, se apartó, hizo un gesto con la mano, y señaló:

—Entra. Procura que el gato se quede en la mochila, si no es molestia.

Pasaron al salón, repleto de cosas y desordenado como siempre. Alexander envidió la buena temperatura de la estancia.

Marko, el hijo de casi dos años de Luka, jugaba sentado en el suelo, sobre una mullida y colorida mantita, al lado del acuario lleno de peces de colores. El crío se incorporó al ver a Alexander. Dio unos rápidos pasos hasta topar con sus piernas. Le miró con una gran sonrisa y extendió su mano, mientras le apremiaba en su particular idioma.

—Quiere enseñarte sus cosas —aclaró Luka—. Le has caído bien.

Alexander acompañó al niño, que intercalaba vocablos inteligibles con expresiones de su propia cosecha. Marko apuntaba a su mantita, sus juguetes, las ceras con las que pintaba en un folio y, por último, con especial énfasis, los peces de colores. Él los contó, fascinado por el vaivén de los pececillos. Le pareció que, en total, eran veintisiete.

—¿Siempre ha habido tantos? —interrogó, sin dejar de observarlos.

—Van y vienen —respondió Luka—. Bueno, y tú, ¿dónde has estado?

Como si pretendiese dejar charlar a los mayores, Marko volvió a su dibujo. Alexander y Luka se sentaron en el sofá.

—Fui a Aldea Moira, el sitio que localizó Francine Moreau. He estado allí una semana. Resultó que ella tenía razón: allí me crie. Regresar ha sido impresionante.

—¡Increíble! ¡Por fin! —celebró Luka—. Tienes que contármelo todo.

—Tengo que explicarte algunas cosas antes —comentó Alexander, al caer en la cuenta de que todavía no le había hablado de su padre biológico.

—Cuéntame lo que quieras.

Marko se acercó a Alexander y estiró su brazo para ofrecerle un folio pintarrajeado.

—¿Para mí? —preguntó Alexander.

El niño asintió vehemente con la cabeza. Alexander cogió el papel y estudió lo que el crío había dibujado. Era una combinación de formas geométricas muy estructurada para un niño de dos años. De un círculo central, salían siete rayas, que terminaban en siete círculos de menor tamaño. Todo ello se mostraba bajo una larga línea curva, una especie de bóveda que albergaba el conjunto de elementos.

—Este es el dibujo, ¿verdad? —adivinó Alexander.

—Sí —afirmó Luka—. Es el dibujo del que te hablé en la Torre del Nimbo. Lo hace una y otra vez, siempre el mismo esquema, con mínimas variaciones, desde que tuvo ese sueño.

—¿Qué crees que puedan significar tantas rayas y círculos?

—No lo sé. Ojalá él pudiera decírnoslo. Todavía es pequeño. —Entonces, Luka consultó su reloj y, con talante más serio, anotó—: Clarisa debe estar al llegar.

Alexander comprendió la turbación de su amigo. A su esposa no le gustaría nada llegar a casa y encontrarse a un gafe de cháchara con su marido y su hijo. Había sido un ingenuo por ir allí. ¿Qué pretendía? Refugiarse en la vivienda de los Miller resultaba impensable. No podía complicarle tanto la vida a su único amigo. Se puso en pie, y anunció:

—Debo irme. La historia de Aldea Moira es larga. Mejor hablamos en otro momento.

—¿Estás seguro? —replicó Luka. Se notaba que esa situación le frustraba.

—Sí, no te preocupes. Ha sido una visita exprés. Necesitaba ver alguna cara conocida.

—¿Dónde vas a dormir?

Alexander meditó y enseguida entendió que solo le quedaba una alternativa viable.

—Con Frank, el chico gafe.

—En ese caso, dame su dirección, por favor. Quiero poder localizarte si hiciera falta.

Alexander escribió las señas en un bloc de notas. Luego, se despidió de Luka. Le hubiera abrazado, pero, otra vez, le dio corte hacerlo. Marko, por su parte, balbució su nombre mientras le decía adiós con la manita y retornaba a sus juegos.

Más tarde, de vuelta al tranvía, Alexander observó el dibujo de Marko con interés. En todo el papel, el niño había pintado pequeñas rayitas negras, trazos que podían simbolizar la lluvia o, tal vez, la oscuridad. Contó todas las rayitas. Había veintisiete.

3

Selena Myers se encontraba en la terraza de su nueva casa, sentada junto a la mesa de jardín. Revisaba mensajes en su *smartphone*, mientras disfrutaba de un vino tinto. El Sol vespertino, frío pero todavía reluciente, acariciaba su rostro. Disfrutaba de uno de sus momentos más triunfales. La pequeña Sira reposaba a su lado, bien abrigada en su sillita.

La nueva casa se ubicaba en un punto intermedio de la calle Mayor, una antigua arteria central de la urbe que se iniciaba en la Plaza Antigua y desembocaba en Abundo. En la actualidad, sus altas edificaciones, cuya elegancia se asemejaba a las de Serenidad, alojaban comercios selectos, negocios de alto estatus y viviendas de gente privilegiada.

La que Selena había adquirido, gracias a su buena posición económica, poseía una terraza envidiable, con unas vistas estupendas. La decoración merecía ser portada de revista. La casa consistía en un piso dúplex de varios dormitorios. Ella la había amueblado sin reparar en gastos. Sibylle se había habituado a su nuevo hábitat a la perfección.

Selena paladeó el tinto, de una buena botella que había decidido descorchar. El vino era uno de los placeres que había echado en falta durante el embarazo y la lactancia.

Con la copa de vino en una mano y el móvil en la otra, no pudo evitar sonreír al repasar las informaciones procedentes de la Organización. El programa piloto *Sinergia* seguía su rumbo y prometía consolidar su supremacía en Heptágono. Entretanto, Isaac Wagner se había quedado sin aliados destacables y aguardaba la resolución de un proceso disciplinario. Además, en los mentideros se comentaba que su papel como vicealcalde de la ciudad dejaba bastante que desear. No sabía sacarle partido al gran potencial de *eFortuna Global*.

Miranda se asomó a la terraza para echarle un vistazo a Sira. La cría dormitaba.

—Siéntate y prueba el vino —dijo Selena—. Ya has estudiado suficiente por hoy.

Miranda sonrió, se sentó y sirvió un poco de tinto. Selena la observó. Siempre la sorprendería su semejanza con Ariel: las dos eran menudas, de cuerpo curvilíneo pero menos exuberante que el suyo; su piel mulata, más clara que la suya, mostraba multitud de diminutas pecas; sus suaves facciones definían un semblante amigable, incluso sensual. Miranda, la prima de Selena, y Ariel, su difunta hermana, diferían en el pelo: el de la primera era rizado y largo; la segunda lo llevaba liso y corto. El carácter de Miranda, quien estudiaba un máster en Historia del Arte, parecía más formal y comedido que el de la jovial Ariel.

Selena caviló que Miranda tenía veintisiete años, edad que Ariel no llegó a cumplir.

Sira se despertó y gimoteó. Selena se acercó a la silla para tranquilizarla.

Jamás se planteó la maternidad. No la deseaba. Pese a ello, esa minúscula y fascinante persona que vino al mundo de sus entrañas había cambiado su vida con su sonrisa tímida, su calmada presencia, su pelito moreno, sus manitas curiosas y sus ojos de iris marrones. Su piel, clara y canela, era la mezcla perfecta de la de su madre y su padre.

El padre de Sira era Alexander Berkel, un gafe cuyo mal fario Selena había superado a pesar del tercer dogma; un gafe que, en verdad, se apellidaba Klausmann, aunque eso fuese un secreto. Los lazos familiares podían ser una confusión de verdades, secretos, mentiras y emociones inimaginables. Al menos, Selena ya se había reconciliado con los suyos.

Tener a Miranda en casa, que vivía allí mientras estudiaba en el campus de la ciudad a cambio de cuidar de Sira, le servía para recordar sin lastimarse. Selena evocaba los tiempos felices con Ariel, aquellos anteriores a que conociera a Djoser, sus pulsiones más íntimas se desataran y empezara a sufrir sin control; aquellos en los que fue alguien diferente.

Sira reclamó el contacto de su madre. Esta la cogió y la arrulló con dulzura. Ahora estaba bien con Sira. Lo tenía claro. Todo lo que la perturbaba antes del nacimiento se había disipado. Amaba a su hija.

Su teléfono volvió a vibrar. Mientras mecía a Sira, cogió el aparato con la otra mano y lo revisó. Se trataba de un mensaje de Mathias. El hombre le había hecho una proposición seria y quería una respuesta.

Alguien llamó al timbre de la casa. Miranda hizo ademán de ir.

—Tranquila, ya voy yo —añadió Selena. Con mimo, le pasó a Sira.

Entró y fue a la planta baja. El que llamaba al timbre resultó ser el cartero. Aparte de un paquete que ella había encargado, le traía una indeseada misiva. Selena chasqueó la lengua al verla. Era la tercera carta de ese tipo que recibía en pocas semanas.

El sobre, de grisáceo papel reciclado, era de tamaño cuartilla. Reconoció el matasellos de la prisión. Lo abrió con asco. Extrajo un recorte de prensa, una noticia relativa al fallecimiento de Lara Varone, manchado con una huella dactilar hecha con una gota de sangre.

El grotesco mensaje carecía de firma, aparte de la huella sangrienta, pero Selena sabía muy bien quién lo remitía. Era Alonso Yazpik, que reclamaba su pago: el quinto dogma.

Selena respiró hondo. Comprendió que no le quedaba más remedio que actuar. Podía vivir su momento más triunfal, pero no debía descuidar sus espaldas ni un segundo.

4

Yuri Anton vivía uno de sus momentos menos gloriosos, aunque no sufría en exceso por ello. Había aprendido a no bajar la guardia y esperar la ocasión oportuna.

Viajaba en la línea circular del tranvía. Sentado en la zona central del vagón, redactaba un importante correo electrónico en su teléfono. Debía escoger las palabras con enorme tiento. Repasó hasta tres veces las calculadas frases que había escrito y, por si acaso, decidió guardar el texto como borrador. Lo enviaría más tarde.

Cuando bajó del convoy, en mitad del barrio de Saberes, cerca del hospital, la gelidez del anochecer le aterió unos segundos, pero luego lo superó. Le gustaba el invierno, tal vez porque casaba más con su personalidad. Resistir las dificultades de esa época del año requería tenacidad, una cualidad que a él le sobraba.

Había sido defenestrado en la Organización Heptágono. Había pasado de ser uno de los directores de investigación más jóvenes a un mero analista del programa *Sinergia*. Su deposición poseía un matiz humillante, si bien él fingía someterse mientras, como de costumbre, en silencio, perseveraba en sus objetivos. Preparaba algo crucial. Estaba a punto de iniciar el movimiento más arriesgado de su carrera. Todo comenzaría en cuanto enviara ese correo que aguardaba en su teléfono.

Llegó a una plazoleta. Una mujer vendía castañas asadas en un puesto ambulante. Un quiosco de prensa, tabaco y golosinas cerraba por hoy en esos momentos. Él abrió el portal de uno de los bloques. Subió a pie las escaleras. Encontró luz al entrar en casa. Travis había regresado del trabajo. Arrellanado en el *chaise longue*, veía *Seven* en la televisión.

—¿Qué tal el día? —preguntó Yuri, que se inclinó y le besó en los labios.

—Bien. Mucho mejor ahora.

Travis Dixon y Yuri no podían ser una pareja más dispar. Sus caracteres divergían: el primero optaba por la informalidad y la procrastinación; el segundo, por la responsabilidad y la diligencia. En lo físico, tampoco se asemejaban. Travis era un guapo consciente de ello. Sin ser un cachas, tenía un cuerpo definido. Le gustaba cuidarse: peinaba su cabello moreno a la última y perfilaba sus finas patillas. Yuri, en cambio, llamaba la atención por su anatomía espigada, su pelo corto y claro, y su piel lampiña y pecosa, que contrastaba con sus ojos oscuros. Resultaba bien parecido, pero su seriedad al vestir le restaba frescura.

Con todo, más allá de las diferencias, hacía un año que salían juntos. Coincidieron en circunstancias desagradables, cuando el novio de Travis murió víctima de los experimentos que terminaron en "La noche escarlata". Esa infame noche, en el exterior de *El séptimo cielo*, empezaron a hablar. Yuri temía el pasado delictivo de Travis, pero este parecía haberse reformado. Empezaron a quedar y, ahora, convivían bajo el mismo techo.

—¿Alguna idea para cenar? —interrogó Yuri.

—Dame un minuto y te digo —contestó Travis, pendiente del móvil.

Ya que su chico solo prestaba atención a la televisión y el teléfono, Yuri sacó el suyo y releyó el borrador pendiente. No pensaba perdonar la corrupción que, el año previo, descubrió en Selena Myers, la cual había escalado hasta la dirección general de la Organización Heptágono y, consciente de los principios de Yuri, le había despojado del cargo de número tres. Respiró hondo y envió ese calculado correo, que planteaba incómodas cuestiones sobre Selena, al actual número dos, Colin Sawyer.

5

Alonso Yazpik sonrió cuando escuchó por megafonía que tenía una visita. De repente, esa mañana de viernes, otra mañana más en la cárcel, ya no era tan gris como el resto de las que vivía en esa maldita prisión.

Tras mucho pensar, sobrado de tiempo, había llegado a la conclusión de que cruzarse con Selena Myers fue lo peor que le podía haber sucedido. Selena ideó el pacto que Yazpik realizó con el comisario Garmash; pacto truncado por la intromisión de Alexander Berkel. Selena pagó su fianza para que le diese un buen susto a Lara Varone; susto que, a causa del infortunio, terminó con la chica muerta. Selena prometió ayudarle a recobrar la suerte que Berkel le había mermado; suerte que, un año después, Yazpik aún no había recobrado.

Por todas esas razones, odiaba a Selena Myers como a nadie en el mundo. Había fantaseado con torturarla de muchas maneras. Lo habría hecho con enorme placer, de no ser porque estaba encarcelado y dependía de su promesa pendiente para recuperar aquello que el vengativo Berkel le arrebató. Estaba dispuesto a desvelar la relación de Myers con el fallecimiento de Lara Varone si era preciso. Se había hartado de esperar.

Esa mañana, no obstante, la espera finalizó. La extorsión dio resultado. Selena Myers se reunió con él, como en ocasiones pasadas, en una tétrica sala de visitas del Centro Penitenciario Este-II. Pese a lo mal que se encontraba, pues siempre se encontraba mal, Yazpik disfrutó del momento. Por unos minutos, olvidó lo enfermo que estaba.

—Doy por sentado que ha entrado con la misma identidad falsa que siempre y, cómo no, sin que conste en el registro —dijo él, con una sonrisa insolente. Se esforzó para reprimir uno de sus constantes ataques de tos.

—Por supuesto. Debo protegerme. ¿Qué se cree? —replicó Selena, incapaz de disimular la incomodidad que le inspiraba esa situación.

—La última vez que vino aquí estaba deseosa por hablar conmigo y comprar mi silencio. No tenía buena cara, por cierto. Ahora, se la ve bien y me ha costado bastante tiempo y unas cuantas amenazas conseguir que me visite.

—Claro que sí. Mis circunstancias han cambiado. Tengo otro puesto, uno muy importante que no puedo perder por venir a reuniones como esta.

—Si de eso se trata, le encantará escuchar lo que voy a proponerle.

—¿Qué va a proponerme? —inquirió ella, malhumorada.

—Dejarla en paz a cambio de que cumpla su promesa de una puta vez —contestó él, en un arranque tan iracundo que se irguió para escupir sus palabras.

—¿Qué promesa? —preguntó Selena, timorata, a quien Yazpik vio tragar saliva.

—Lo sabe muy bien. Compró mi silencio a cambio de mi suerte. Me aseguró que, si yo no la implicaba en lo de Lara Varone, me facilitaría el quinto dogma.

Selena calló. Sostuvo su mirada. La alusión a la chica Varone había anulado su altanera actitud inicial. Por cómo se balanceaba en el asiento, se intuía que meditaba.

—¿Sabe en qué consiste el quinto dogma? —interrogó la mujer, muy seria, después de casi un minuto sin hablar.

—Más o menos.

—En ese caso, más o menos, sabrá que, en un sitio como este, es casi imposible usarlo. Pero voy a contarle un secreto: en esta prisión en concreto, podrá recuperar su suerte.

—¿Esta prisión en concreto?

—Eso es, porque en esta prisión en concreto, la prisión donde usted está encerrado, la ventura ha querido encerrar también a un hombre que sabe cómo forzar el quinto dogma.

—¿De quién habla?

—Se lo diré si promete que no volveré a verle ni saber de usted jamás. Prométamelo y le diré de quién hablo. Acuda a él. Él sabrá cómo ayudarle. Así que, diga, ¿me lo promete?

Yazpik lo prometió. Dio su palabra. Lo hizo de veras. En el fondo, tenía tantas ganas de perder de vista a Selena Myers como ella a él, así que aceptó. Saldó la deuda. Escuchó a la mujer y, tras dar la reunión por amortizada, fue directo a buscar a Joseph Klausmann.

6

Estaba claro que la única alternativa factible era acudir a Frank. Admitirlo le disgustó, no porque despreciase la ayuda de su joven aprendiz, en absoluto, sino porque comprendió que ya no le quedaba gente con suerte, aunque fuera poca suerte, a la que recurrir.

Frank vivía en la calle Faisanes, en una desangelada barriada de protección oficial, parecida a las de la periferia del barrio de Hornos, al suroeste de Saberes, próxima al área industrial y empresarial. Alexander sabía que el chico no compartía piso, pues su madre estaba internada en una residencia. También creía recordar que la casera era una prima de esta y que se comportaba como una auténtica usurera.

El piso era un segundo sin ascensor, de dimensiones reducidas, situación avejentada, calidades inferiores y decoración inexistente. Aparte del salón, la ínfima cocina y el angosto cuarto de baño, solo contaba con dos dormitorios. De todos modos, las penurias fueron lo de menos, pues tanto Alexander como Trece agradecieron el calor de la estufa y la sincera hospitalidad del aprendiz.

Después de llamarle la tarde anterior y pasar la noche bajo su techo, el viernes por la mañana, mientras desayunaban, Alexander charló con Frank acerca de la última semana.

—¿Qué encontraste en Aldea Moira?, ¿tu familia biológica? —preguntó el chico.

—No les encontré a ellos, pero reordené mis recuerdos. Los confirmé. No eran invenciones, de eso estoy convencido. La finca a la que me acompañaste era el lugar donde me crie. Allí ya no quedaba nadie, pero, como te conté, me topé con una persona de mi niñez, la hija de una empleada del caserío. Ella me ayudó.

—¿Entonces ya sabes quién eres en realidad?

Alexander calló. Se sentía incapaz de confesar su verdadera identidad. Aunque hiciera más de un año desde que lo descubriera, ni siquiera Frank sabía que su padre biológico era Joseph Klausmann. Ocultar algo así era cada vez más absurdo, pero le faltaba el valor para reconocerlo en voz alta.

—Cuéntamelo cuando quieras —añadió Frank, que debió intuir su turbación— y solo si quieres. No es obligatorio.

—Muchas gracias. Charlotte, la persona de mi niñez, me ayudó a aclarar muchas cosas. Fue como completar un rompecabezas. Averiguamos datos de mi familia, de mis padres, de la zona… Y me quedó claro quién me separó de ellos.

—¿Quién?

—Un hombre llamado Adolph Klausmann —señaló Alexander, sin miedo a mentar ese nombre—. Se dedicaba a explotar el quinto dogma. Ya conoces los dogmas. El quinto va de cómo una persona recupera la suerte que alguien como nosotros le ha mermado.

—¿Qué hacía ese hombre?

—Forzaba el dogma. Usaba máquinas terribles. Se aprovechaba de la desesperación de quienes querían recuperar su suerte perdida. Ese hombre es mi objetivo. Además de averiguar más sobre mi madre, tengo que saber qué trama aquí.

—¿Aquí? ¿Quieres decir que ese hombre vive aquí?

—Sí, aquí, en Ciudad Fortuna. Es el dueño de la empresa que te pedí que investigaras.

—¿Ah, sí? —replicó Frank, sorprendido.

—Sí. Todo se junta, se confunde. Ese hombre ha venido a esta ciudad a hacer algo, no sé qué, pero, sea lo que sea, seguro que nada bueno.

—Ya —suspiró Frank—. Bueno, sea como sea, cuenta conmigo.

—Gracias. Voy a necesitar ayuda.

—Sí, y con la mía no te bastará.

—¿Por qué?

—Porque solo somos dos gafes. Tú mismo me lo has enseñado. Debemos aprender a aceptar la ayuda de suertes superiores, y más si nos enfrentamos a un hombre afortunado y peligroso. Así que con alguien más tendrás que contar. Tú sabrás quién.

Alexander movió la cabeza, despacio y abstraído. Su aprendiz era listo. Y él sabía de alguien afortunado a quien recurrir; alguien que ya le había ofrecido ayuda.

7

Luka Miller se sentía muy culpable por haber descuidado la promesa que le hizo a su abuela. El día anterior, le alegró encontrarse a Berkel en el umbral de su casa. Le entristeció entender que no podía cobijarle en su hogar. Clarisa nunca lo hubiera aceptado. En el fondo, él comprendía a su esposa. Ella insistía en que, con un grado de suerte cuatro, la mitad de la escala, debían cuidarse de los escollos de la ventura. Él no dejaba de pensar que Alexander no se merecía lo que le ocurría. Gafe o no, era un inocente perseguido por crímenes que no le correspondían. Luka quería ayudarle, pero no sabía cómo.

Esa mañana, Luka observó a Marko mientras el niño combinaba las diferentes piezas de su juego de construcciones. El crío pretendía reproducir la estructura de círculos y líneas que repetía en sus dibujos. Por ahora, había usado veintisiete piezas. Contemplarle espoleó la mente de Luka. Se percató de que había olvidado una cuestión importante en algún cajón de su memoria. Se incorporó y sonrió para sí mismo: sí podía ayudar a Alexander. Tal vez, hubiera una manera de hacerlo sin que ni Clarisa ni el propio gafe se enterasen. Existía una misión que él podía emprender en solitario y en secreto.

Alentado, cogió su móvil. Buscó un número que había grabado en la agenda con un nombre inventado. Lo marcó y aguardó.

—¿Dígame? —contestó una voz femenina, al otro lado.

—¿Francine Moreau? Soy Luka Miller. ¿Me recuerdas?

—Claro que sí. Buenos días. ¿Cómo estás?

—Bien. ¿Es seguro hablar?

—Sí, tranquilo. Este número es seguro. Un segundo, por favor. —Luka oyó el retumbar de unos tacones que subían o bajaban escaleras—. Ya está. Bueno, ¿en qué puedo ayudarte?

—Acabo de recordar algo. Lo de la semana pasada fue tan rápido y tan brusco que lo había olvidado por completo, hasta que ayer vi otra vez a Alexander.

—¿Viste a Alexander? —preguntó Francine—. ¿Cómo le ha ido?

—Fue al sitio del que tú le hablaste. No pudimos hablar mucho, la verdad, pero me dijo que era el sitio, el sitio donde se crio. Creo que fue un viaje productivo.

—¡Estupendo! Ojalá pueda contármelo él mismo algún día. Y tú ¿qué has recordado?

—Algo que quedó en el aire cuando la reunión se suspendió: la inocencia de Alexander. Según decías, también ahondaste en ese asunto, pero no se habló sobre ello.

—No, es cierto. Yo me di cuenta allí, pero teníamos que salir pitando para que no nos vieran. Pensé que ya lo retomaríamos. ¿Por eso llamas? ¿Alexander quiere la información?

—No. Creo que él también ha olvidado ese asunto, aunque parezca increíble. Imagino que está centrado en lo que ahora sabe de su identidad. Soy yo quien quiere saberlo.

—¿Por qué?

—Porque quiero ayudarle, salvo que te parezca mal darme la información, claro.

—No, por supuesto que no. Puede que solo hayamos hablado unas pocas veces y solo nos hayamos visto en una ocasión, pero estoy segura de que Alexander confía en ti.

—Gracias. Quiero ayudarle de verdad. Se lo debo; a él y a mí mismo, para ser sinceros. Así que, ¿hay algo que pueda hacer para aclarar su inocencia?

—Yo diría que sí.

—Pues soy todo oídos.

—De acuerdo. Si vas a implicarte en esto, necesito un correo electrónico para enviarte los documentos y anotaciones que he acumulado. Ten cuidado: no sé con qué o quién vas a toparte. Empecé a tirar de la madeja, pero tropecé con un nudo. Tendrás que desatarlo.

El sagaz instinto periodístico de Francine Moreau acababa de activarse. Luka escuchó con atención el relato de las pesquisas de la mujer, que había indagado con tesón el encargo de Alexander.

El asesinato de Ismael Wagner, crimen que se imputaba a Alexander, se basaba en un lío de imprecisiones y casualidades que componían la madeja de la cual Francine empezó a tirar. El nudo con el que se había tropezado, el que ahora Luka debía desatar, conducía a la plácida calle del Alcalde Sidor y a un vecino llamado Víctor Greve.

8

Dania Venci esperaba con paciencia, sentada en un banco de aquella sencilla plaza del barrio de Saberes. Procuraba no pensar. Odiaba pensar.

Le fastidiaban las conclusiones a las que llegaba cuando recapacitaba. Por mucho que se empeñara en ocultarlo, bajo su coraza de fiereza y descaro, detestaba el rumbo que había tomado su vida. ¿Cuándo empezó todo a torcerse? No lo sabía con exactitud. Ella culpaba de su deriva a sus vínculos con personajes como Alonso Yazpik o Dragan Tucker, si bien la culpa era solo suya. Sus decisiones eran su responsabilidad. Nadie la había obligado a nada; al menos, nadie excepto el indeseable Adolph Klausmann.

La mañana era fresca. Debió haberse abrigado más. No podía ir tan descocada siempre. Allí sentada, se preguntó si podría corregir su rumbo.

El hecho que había esperado durante media hora interrumpió sus cavilaciones: Travis Dixon salió del portal donde vivía. Ella giró la cabeza para no llamar la atención del chico, que la conocía de sobra. Un minuto después, puso en marcha su plan. Se dirigió al portal y apretó un botón cualquiera del portero automático. Embaucó a una crédula mujer para que la abriera. Una vez dentro, subió las escaleras.

Las puertas de las viviendas eran normales y corrientes. Ningún vecino merodeó por el rellano, así que no le costó entrar en el piso de Travis sin estropear la cerradura. Le había espiado varios días para preparar el allanamiento. Había deducido que el joven salía ahora con otro chico. Le alegraba que hubiese superado la muerte de Pete Callow.

Sin dejar huella alguna de su intromisión, registró el piso en busca de los objetos que tenía que sustraer. Los encontró en el dormitorio, al fondo del cajón de una de las mesillas de noche. Eran dos dados de cristal. El verde pertenecía a Travis; el violeta, a Pete.

Dania cogió los dos dados. Su brillo la inspiró. Se dijo que, aunque no supiera cómo, de un modo u otro, corregiría su rumbo y se libraría de tipos como Adolph Klausmann.

2

Adolph Klausmann sabía intimidar. Muy poca gente no se amilanaba frente a él. Ese poder era una clave en su estrategia de juego. Había ejercido esa influencia castrante incluso sobre gente de su propia familia; sin ir más lejos, sobre Joseph, a quien siempre trató como un inferior. Con Esther simpatizaba más, pero también conocía las maneras de amedrentarla. Pretendió coercer y manipular hasta a sus hijos, pero, en este caso, erró; en especial, con su hijo, que hoy día renegaba de su propio progenitor. En todo caso, el quid para dominar a los demás residía en descifrar la debilidad de cada uno. Siempre existía una debilidad.

Ahora, entregado a un empeño tan especial como el que le ocupaba, la capacidad para intimidar e influir volvía a ser fundamental para el éxito de Adolph. Necesitaba a alguien tan creyente, tan entregado a su causa, que se sacrificara hasta el extremo. Él tenía claro que la chica Berkel era ideal para ese puesto. Para conquistar su voluntad, había decidido utilizar todos los medios que se requiriesen. Y, al final, ¿qué trebejo encarnaría la joven en esa gran partida? ¿Sería un peón del otro bando al que él conseguiría convertir al suyo?

Mientras cavilaba acerca de esas cuestiones, Adolph había dedicado la mañana a visitar la quinta central operativa de su empresa, ubicada al término de la avenida Komerci. La instalación se erigía en una parcela cedida por el Ayuntamiento, entre viejas vías de tren que comunicaban vastas superficies destinadas al almacenaje de vagones de mercancías. El ambiente de la zona era industrial y nada concurrido, por lo que su edificación pasaba bastante desapercibida, salvo por la alta torre similar a las de telecomunicaciones.

Tras cerciorarse de que todo funcionaba sin complicaciones, Adolph cogió el tranvía de Komerci en el extremo de la línea. Recorrió todo el trayecto hasta llegar a la plaza de la Cornucopia. Al apearse, se abrochó su grueso abrigo y caminó, apoyado en su bastón, hasta el *Café Greco*, lugar donde, como recordó en ese momento, había conocido a Irene Berkel, la cual todavía no abandonaba sus pensamientos.

Pocos minutos después, justo a la hora acordada, Dania Venci entró en la cafetería y, con el ceño fruncido y gestos desabridos, se sentó frente a él, que disfrutaba de un humeante café que le había quitado el frío. La chica le hizo una seña al camarero y, con una rudeza impropia de la clientela de ese tradicional local, pidió una pinta de cerveza.

Al observar la actitud que Dania exhibía siempre con él, Adolph se preguntó si acaso a ella no la había intimidado. Quizás, la joven fuera inmune a su capacidad para apabullar al prójimo. No le preocupaba, de todos modos, puesto que Dania estaba sometida a un poder distinto: la extorsión. Él había utilizado dinero y contactos para sacarla de la cárcel y librarla de los cargos que la vinculaban al fracaso de "La noche escarlata", por lo que ella se veía forzada a llevar a cabo las tareas inmundas que él requería.

—¿Cómo ha ido? —dijo Adolph, sosegado.

En lugar de contestarle con palabras, Dania buscó algo en un bolsillo de su chaqueta. Encima de la mesa, colocó un par de relucientes dados de cristal, uno verde y otro violeta.

—Magnífico —anotó el hombre, satisfecho.

—¿Algo más? Quiero abrir la discoteca.

—¿Para qué, si nunca va nadie?

—¿Algo más? —repitió Dania, irritada.

—Solo una cosa. ¿Has tenido alguna noticia de la chica Berkel?

—No, ninguna. Ya volverá.

Más tarde, Adolph salió a la calle. Llevaba los dos dados, los cuales se unían al que su hermano le entregó. Anduvo hacia el Banco Fortuna. Entretanto, caviló que la chica Berkel no era, en absoluto, un simple peón, sino que bien podría encarnar un caballo o un alfil.

10

El sábado, Alexander durmió hasta tarde. Cuando despertó, se demoró bajo la manta. Meditaba cómo aproximarse a *Crisol Innovaciones* y Adolph Klausmann. No sabía por dónde empezar, por lo que postergaba la hora de levantarse. Las palabras que Frank pronunció el día anterior persistían en su cabeza: necesitaba ayuda de alguien con suerte.

Una sonrisa se dibujó en su rostro. Ese consejo reflejaba una de las valiosas enseñanzas que su padre adoptivo le legó: aprender a aceptar la ayuda de suertes superiores, no solo rehuir y desconfiar de ellas. Comprendió que Frank era un buen alumno, ya que esa lección la había aprendido de él. Se preguntó si eso le convertiría en buen maestro. Daba igual. Lo importante era que el joven tenía razón. Dos gafes no conseguirían nada bueno sin ayuda.

Dispuesto a aceptar la ayuda de alguien afortunado, por la tarde, mientras Frank trabajaba, Alexander buscó una tarjeta de visita en su gastada billetera. Marcó el número en su móvil. Al otro lado, un mensaje pregrabado le indicó que marcara una extensión. Él tecleó tres dígitos y aguardó un par de tonos, hasta que una voz femenina le habló:

—Buenas tardes. Oficina de la gerencia. ¿En qué puedo ayudarle?

—Buenas tardes. ¿Podría hablar con el señor Sócrates?

—Lo siento, el señor Sócrates se encuentra reunido.

—¿Podría dejarle un recado, por favor?

—Sí, por supuesto.

—Dígale que Marcus Sullivan, de la calle Barrilla, necesita verle.

—Así lo haré. ¿Necesita algo más, señor?

—Eso es todo. Muchas gracias. Buenas tardes.

Minutos después, Alexander recibió un breve mensaje de texto con una hora y un lugar. Ataviado para combatir el frío y no llamar la atención, comprobó que Trece tenía agua y comida y se fue a la calle. Paseó en dirección al centro. Se fijó en que cada día anochecía antes. Enseguida empezó a ver las primeras estrellas en el firmamento.

Los campos de Juno eran gemelos de los de Júpiter, con las mismas dimensiones, estructura, hermosa vegetación y refinados monumentos. Se encontraban en la mitad oriental del barrio de Confiterías. Esa tarde, en un discreto banco de piedra, detrás de una pequeña estatua cuya deidad no reconocía, Alexander tomó asiento y esperó.

Manuel Sócrates llegó a pie. Llevaba un largo abrigo oscuro que se presumía comodísimo. Caminaba con calma. Llegó al banco de piedra, se sentó al lado de Alexander, mirando en sentido opuesto, y comentó:

—¿Quién es Marcus Sullivan?

—Ni idea. Será un nombre inventado. No lo inventé yo.

—Ya veo. Me ha sorprendido que contactaras conmigo.

—Espero no haberte molestado.

—Que me sorprenda que contactes conmigo no significa que me moleste; al contrario, me alegra. ¿Puedo preguntar qué sucedió en la calle Barrilla?

A Alexander no le extrañó que el empresario se hubiera enterado del incendio de su antigua guarida. A ese hombre se le escapaban pocas cosas.

—Fue cosa de Zerbe. Hemos acabado a malas.

—Con ese tipejo solo se puede acabar a malas, tarde o temprano. ¿Estás bien?

—Sí.

—¿Dónde vives?

—Con un amigo.

—¿Necesitas dinero?

Esa pregunta le incomodó. Por supuesto que necesitaba dinero, pero la vergüenza le mortificaba. Su subsistencia actual era muy delicada. Poseía unos pocos ahorros, pero ahora, sin ningún empleo, ya fuera legal o ilegal, era consciente de que en un futuro no muy lejano tendría que irse de la ciudad.

En cualquier caso, prefirió dejar el tema del dinero a un lado y reconducir la conversación hacia lo que le preocupaba.

—Necesito ayuda de alguien con suerte para investigar a una empresa y a su dueño.

—Te escucho.

—Sospecho que algo turbio, tal vez peligroso, está ocurriendo en la ciudad. Quiero investigar a una empresa, *Crisol Innovaciones*. Es una de las integrantes de *Unión Global Fortuna*, el consorcio para *eFortuna Global*. Necesito tu ayuda no solo porque eres un hombre afortunado, sino porque sé que *La rueda de la fortuna* es otra de las empresas de ese consorcio.

Manuel reflexionó, y añadió:

—La infraestructura de *eFortuna Global* implica cablear y conectar la ciudad entera, mejorar el tendido eléctrico, homogeneizar las comunicaciones… Estoy poco implicado en el proyecto, pero sé que hacerlo realidad está siendo muy complicado. A mí me es indiferente. El Ayuntamiento me presionó para que colaborara debido a que, por razones arquitectónicas o arqueológicas, no se puede excavar el subsuelo de la plaza de la Cornucopia y necesitan el territorio del casino. Por eso, *La rueda de la fortuna* forma parte del consorcio, solo por eso. Reconozco que no me he interesado en el tema. Ahora, explícame, ¿qué crees que sucede con *Crisol Innovaciones*?

Alexander meditó cómo abordar el tema. Sócrates desconocía todo el relato en torno a su infancia y su identidad. Optó por remontarse a los orígenes.

—¿Recuerdas cuando nos conocimos? —interrogó. Sócrates asintió—. Yo investigaba lo que llamaban el "caso azafrán". Esta historia es mucho más larga y compleja. Te la contaré de principio a fin en otro momento. Ahora, la cuestión es que me metí en ese lío, y en todos los líos que han venido después, porque buscaba información sobre mi familia biológica. Tú ya sabes que Héctor era mi padre adoptivo. Crecí en un orfanato y, hace dos años, me ofrecieron información relativa a mis orígenes a cambio de resolver el caso.

—Ya veo. ¿Qué tiene que ver eso con *Crisol Innovaciones* y *eFortuna Global*?

—Eso es otra historia compleja, quizás la más compleja, que prometo contarte en otro momento. Solo te diré que crecí en un orfanato porque parte de mi familia me rechazó por nacer gafe. La culpa de que me separasen de mi familia la tuvo Adolph Klausmann, dueño de *Crisol Innovaciones*. Ese hombre realizaba experimentos terribles con la suerte. No me fio de lo que pueda hacer en la ciudad. Además, claro, quiero llegar a él para resolver los asuntos pendientes de mi niñez. Y no tengo ninguna otra manera de dar con él.

—Un momento —intervino Sócrates—. Mi implicación en el consorcio es circunstancial y no me he interesado mucho, pero sí he revisado los documentos más importantes y no he visto el nombre de Adolph Klausmann por ninguna parte.

—Bueno, es posible que lo pasaras por alto.

—Es posible, sí, pero me extraña. Ese apellido hubiera llamado mi atención. —Sócrates guardó silencio largos segundos. A continuación, agregó—: Te ayudaré, Alexander. Haré lo que esté en mi mano. Confío en tu intuición, a pesar de todo.

—Muchas gracias, Manuel.

—Eso sí, solo actuaremos por vías legales.

—Por supuesto. Te lo agradezco mucho. Necesito suerte de mi lado, aunque, Manuel, me preocupa perjudicarte con esta alianza. Debes tener un grado de suerte alto.

—Un cinco, pero olvida esas preocupaciones. Sé cómo proteger mi suerte. Mantendré las distancias. Héctor, tu padre, un gafe como tú, me ayudó en su día. Ahora, yo te ayudaré a ti. —Sócrates consultó su reloj, y concluyó—: Se me ha hecho tarde. Nos volveremos a ver. Repasaré toda la documentación a mi alcance y haré algunas llamadas. Ya te diré.

—De acuerdo. ¿Qué puedo hacer yo mientras tanto?

—No lo sé. ¿Se te ocurre otra manera de indagar sobre Adolph Klausmann?

Alexander no respondió. Se limitó a negar con la cabeza.

—Entonces, seguimos en contacto —sentenció Manuel.

Manuel Sócrates se fue con la misma tranquilidad con la que había llegado. Alexander aguardó unos minutos antes de levantarse y emprender el camino de vuelta.

De regreso al barrio de Saberes, la noche había caído por completo. El frío empeoraba. La bóveda celeste mostraba un espectáculo estrellado. Alexander fantaseaba con el calor de la casa de Frank. Antes, eso sí, debía afrontar algo que había demorado demasiado.

Manuel Sócrates le había preguntado si conocía algún modo de indagar sobre Adolph Klausmann. Y él se había callado que sí existía una manera que todavía no había explorado: hablar con Joseph. No podía postergar más la importante charla que debía mantener con él. Su padre biológico no solo era el hermano de Adolph, sino que todavía podía darle valiosa información acerca de su madre y cómo se produjo su desgraciada muerte.

Alexander miró su reloj. Aunque hubiese anochecido, estaba a tiempo de probar cierta posibilidad. Usó su móvil para llamar a un servicio de información telefónica. Pidió que le pusieran al habla con la centralita del Centro Penitenciario Este-II.

—¿En qué puedo ayudarle? —dijo la voz masculina que contestó.

—Buenas tardes —saludó Alexander, titubeante. Se había dejado llevar por un arrebato y no sabía qué hacer. Caviló unos instantes, y continuó—: Me gustaría hablar con un interno.

—Muy bien. ¿Es usted un contacto autorizado?

—No. ¿Qué significa eso?

—Verá, los internos tienen derecho a hablar por teléfono con las personas autorizadas a tal efecto. Ellos solicitan permiso y el centro debe autorizarlo.

—Entiendo —murmuró Alexander, desanimado. Era imposible que la prisión autorizase una llamada entre Joseph Klausmann y un prófugo.

—Caballero, ¿con quién deseaba contactar? —añadió el operador—. Podemos transmitir la petición al interno y, si él lo desea, tomar sus datos para considerar autorizar las llamadas.

—Deseaba hablar con Joseph Klausmann.

El operador guardó silencio un minuto. Alexander podía oír el ruido de un teclado. A continuación, la voz masculina vaciló, e indicó:

—Me temo que no va a ser posible transmitir su petición, caballero. El interno Joseph Klausmann no está ahora mismo en la prisión.

—¿Le han trasladado a otra cárcel?

—No, le han trasladado al sector penitenciario del Hospital Santo Damián.

Alexander se quedó mudo. Confuso, colgó al amable operador. ¿Por qué habían trasladado a Joseph al hospital? ¿Qué había sucedido?

En mitad de esa calle, de pronto desierta, bajo un cielo lleno de puntos brillantes, aterido por el frío otoñal, el temor y la incertidumbre, Alexander pensó en todo lo que sabía y lo mucho que desconocía. Evocó los siete días que había vivido en Aldea Moira. El viaje se desdibujaba en su volátil memoria con pasmosa rapidez. Había retornado a la urbe y esta le captaba con su influjo. Le magnetizaba. Y se preguntó que más le aguardaba, dentro o fuera de Ciudad Fortuna.

¿Qué otros mundos existían más allá?

12

Más allá, lejos, existía otra ciudad.

Ciudad Jano era magna y añeja. La componían dos mitades, una alta y otra baja, entre las cuales abundaban cuestas, torres, plazas, bulevares y hasta las ruinas de una muralla medieval. Existía un caudaloso río.

Ricardo Varone temía no acostumbrarse a esa nueva urbe de larga historia y, al mismo tiempo, actualidad cosmopolita y vanguardista, donde veía su poder menguado. Añoraba Ciudad Fortuna, lugar del que apenas había salido en años y que representaba su dominio. Desde hacía más de quince días, se encontraba en la capital del país, en su condición de aspirante.

Las diferencias entre las dos urbes eran numerosas y manifiestas. Ciudad Fortuna era una burbuja, un mundo aparte, territorio fascinante dotado de fronteras etéreas pero definidas. Habitarla inspiraba una sensación de pertenencia. Ofrecía un vínculo a quienes vivían en ella. Era un sitio hermoso, misterioso y, quizás, recogido y cerrado. Al contrario, Ciudad Jano era extensa, ensanchada hasta las dimensiones propias de una metrópoli principal. Sus confines eran abiertos. Invitaban a ir y venir. Poseía una historia longeva, encarnada en su arquitectura. Abundaban los espacios diáfanos.

Ricardo, que había nacido, crecido y vivido consciente de su poder y superioridad, se hallaba de repente ante un maremagno de novedades, rodeado por desconocidos, controlado por horarios e itinerarios elaborados por otros, y escrutado por un país entero. Casi se empezaba a encariñar con sus dos ubicuos asesores. Estos, aparte de Casandra, suponían lo único familiar para él en esa ciudad nueva. Le contrariaba entender que ya no mandaba o, por lo menos, no era el que más mandaba. Se había topado con la realidad: en esa campaña de la "doble elección", ocupaba el segundo puesto del escalafón. Sebastian Brenner, actual primer ministro y candidato para la presidencia de la república, dirigía la Unión Nacional y trazaba las líneas fundamentales.

Ricardo debía obedecer, algo muy infrecuente y casi desconocido en él. Siempre tuvo gente a su mando. Incluso en su breve paso por la empresa privada, durante su juventud, entró ya con un puesto intermedio y un equipo a su cargo, gracias a sus buenos contactos. Para él, lo natural e innato consistía en decidir y comandar. En la capital, todo lo que daba por sentado había cambiado. De todas formas, cuando el estrés era máximo, recordaba sus planes secretos, imaginaba el futuro, sonreía y se decía que todo el mal trago merecería la pena: vencería. La clave para ello residía en el veintisiete.

Hoy, sábado, tras un acto preelectoral con empresarios donde había presumido de la prosperidad de Ciudad Fortuna hasta en tiempos de crisis, regresó con su séquito al hotel donde se ubicaba el cuartel general del equipo de campaña.

Sebastian Brenner, inmerso en una agenda tan apretada como la suya, hizo una rápida visita a la lujosa *suite* de Ricardo. Hombre maduro de altura sobresaliente, físico imponente y fotogenia, desprendía una vitalidad incansable. Apretaba la mano con energía, se rascaba la perilla a menudo, clavaba sus ojos verdosos y seducía con su voz grave. Ricardo detestaba su simpatía y envidiaba su jovialidad. Se reunieron en el salón.

—¿Has visto el sondeo de esta mañana? —preguntó Sebastian, mientras arrojaba un periódico encima de la mesa de café y se desplomaba en una butaca.

El primer ministro Brenner no podía ocultar su nerviosismo. Se enfrentaba a la actual presidenta de la república, Martina Leone, una política muy afectada por un escándalo familiar de tráfico de intereses que, pese a todo, resistía igualada a él en las encuestas. Entretanto, Ricardo se enfrentaba a un joven y popular portavoz parlamentario de la Alianza Social, el partido de Leone, con unas encuestas igual de reñidas.

—Quedan tres semanas para las elecciones —contestó Ricardo—. Es cuestión de tiempo que les adelantemos en los sondeos. Todo se enderezará.

Ricardo sosegó a Sebastian con su temple calmado y confiado. Logró convencerle de un par de ideas que no le habían convencido en una conversación anterior.

Menos de media hora más tarde, Sebastian Brenner abandonó la *suite*. No sospechaba las inconfesables razones del buen ánimo de Varone.

Estas razones eran tan sencillas como infalibles: Ricardo Varone confiaba en su suerte; una suerte superior a la de Brenner. Siempre planeaba el porvenir, pensaba a largo plazo y se guardaba un as en la manga. Así, a solas en la *suite*, acarició a Nizza, otra de sus escasas presencias familiares en Ciudad Jano, y volvió a leer un hojeado ejemplar de la Constitución del país. En concreto, leyó el artículo veintisiete, que ya se sabía de memoria, en función del cual, ante la renuncia, destitución o fallecimiento del presidente, el primer ministro, ratificado por los dos tercios del parlamento, le sucedía en el cargo.

Capítulo VIII

Lazos de sangre

JUNIO 2016
(SEIS MESES DESPUÉS DEL FENÓMENO)

Personas como aquella mujer ponían en peligro los esfuerzos del último medio año.

Erik Dammer temía perder los nervios en cualquier momento. Acababa de someterse a una difícil prueba, una que por ahora creía haber superado, y no iba a tolerar impertinencias. Había dado una larga rueda de prensa. Había tratado de convencer a los periodistas de la veracidad y solidez de sus explicaciones sobre lo acaecido seis meses antes. Había lidiado con sus incansables e incisivas preguntas. No se le había dado mal.

Su versión de los hechos distaba bastante de la verdad. Servido de datos hipotéticos y tecnicismos impostados, había querido placar la inquietud de la población. Había reiterado que la situación estaba controlada. Y lo cierto era que ni siquiera él había visitado la ciudad a esas alturas. Los expertos en radiactividad no se ponían de acuerdo sobre si era precavido traspasar el perímetro de seguridad.

Erik se sentía satisfecho tras la rueda de prensa, pero toparse con Francine Moreau le enervó. La periodista se había colado en un pasillo al que el público no podía acceder. Impertinencias como esa eran las que le sacaban de quicio.

—¿Qué hace aquí? —inquirió él—. La prensa solo puede estar en el salón de actos.

—Quiero hacerle algunas preguntas más, señor Dammer —respondió ella.

—La rueda de prensa ha finalizado. La próxima vez gestione mejor su turno.

Adusto, Erik echó a caminar por el largo y vacío pasillo. El sonido de los apresurados tacones de Moreau retumbó a sus espaldas. La periodista le seguía mientras le interrogaba:

—¿Por qué se empeña en ocultar información a la ciudadanía? —decía ella, infatigable—. Lo único que quiere es anestesiar a la gente y que olviden el asunto. ¿Cuántos afectados hay realmente? ¿Quedan supervivientes en la ciudad? ¿Cuáles fueron los auténticos motivos de lo que pasó? No puede borrar el "fenómeno" de la memoria del país. —Escuchar el vocablo "fenómeno", denominación que periodistas como esa mujer habían acuñado, irritó a Erik, que no dejó de andar—. ¿Cuál es el alcance de las consecuencias? ¿Se recuperará la ciudad?

Erik llegó hasta el ascensor. Pulsó el botón para llamarlo. Exasperado, se dio la vuelta y, con un tono y un semblante mucho menos profesionales y contenidos que los que había mostrado en la rueda de prensa, se encaró con Moreau.

—La rueda de prensa ha finalizado —repitió—. No hay más preguntas. Y usted pregunta demasiado. Sea cuidadosa. La conozco. Sé quién es, la clase de cosas que investiga y el tipo de gente con la que está dispuesta a relacionarse. Su trabajo alarma a la ciudadanía. Déjeles en paz, por favor. El país ha sufrido y merece avanzar.

Francine le sostuvo la mirada sin amedrentarse, y contestó:

—Si de verdad me conociera, sabría que no me rindo ni me dejo intimidar.

Las puertas del ascensor se abrieron. Con talante agriado, Erik entró en el habitáculo, apretó un botón y clavó sus ojos en Francine Moreau hasta que las puertas se cerraron.

NOVIEMBRE 2015
(TRES SEMANAS ANTES DEL FENÓMENO)

1

Ciudad Fortuna asistió a la trasformación del mundo. Presenció la unión de tierras en reinos. Vio cómo patriarcas y terratenientes pasaban a ser barones, vizcondes, condes, margraves, duques y reyes. Conoció a señores, vasallos y enemigos. Atestiguó alianzas, disputas y guerras. Las demarcaciones de los países y las potestades de las instituciones variaron con asiduidad a su alrededor. La urbe, señora de su entidad, siempre se mantuvo al margen. Fue objeto de ambiciones, incluso ocupada, mas su auténtico poderío jamás fue dominado por ninguna corona o decreto. Y nunca fue escenario de persecución por su credo.

Alexander Berkel, varios siglos más tarde, sí era perseguido. Su regreso a Ciudad Fortuna implicaba volver a asumir que era un prófugo. Tal vez en Aldea Moira, o en cualquiera de esos mundos que aguardaban más allá de la urbe, pudiese olvidar esa carga, pasar inadvertido y empezar de cero como una nueva persona. Allí, aunque se sentía en casa, necesitaba ocultarse y actuar con cautela. Sus recursos escaseaban, justo ahora que tenía objetivos que afrontar y encuentros a los que enfrentarse.

Mientras esperaba noticias de Manuel Sócrates, quien le iba a ayudar a aproximarse a *Crisol Innovaciones* y Adolph Klausmann, Alexander pensaba el modo de reunirse con alguien que podía contarle cosas muy importantes de su pasado y su familia; aquel al que solo había visto en dos ocasiones durante su vida adulta: la primera vez, le estrechó la mano; la segunda vez, le mermó su suerte; entonces, supo que era su padre biológico. Debía enfrentarse a Joseph Klausmann, el hombre que nunca le quiso. No tenía sentido demorar ese momento. Esa clase de lazos no se desataban. La genética era una escritura indeleble.

Joseph Klausmann estaba en prisión. Fue encarcelado la misma noche que Alexander mermó su suerte. Era responsable de lo ocurrido en "La noche escarlata" y culpable directo de la muerte de dos personas que trabajaban en su empresa, *Kmann*. Puesto que el padre era un convicto y el hijo un fugitivo, organizar una reunión entre los dos se presentaba complicado, si no imposible. En cambio, ese otoño, una nueva posibilidad, aunque remota, podía posibilitar un encuentro entre ellos.

Joseph estaba ahora en el sector penitenciario del Hospital Santo Damián. Alexander se preguntaba qué había motivado ese traslado. ¿Padecía una enfermedad grave? ¿Le habían atacado en la cárcel? En el fondo, le daba igual. Lo importante era que el hospital resultaba mucho más accesible que la penitenciaría. Por ello, desde hacía cuatro días, Alexander maquinaba una arriesgada visita de incógnito.

Entretanto, Trece y él disfrutaban de la generosa hospitalidad de Frank Axel. Hoy era viernes. El frío otoñal había empeorado. No se preveían lluvias. Humano y felino compartieron algunas carantoñas, mientras Alexander cavilaba cómo sería el careo con su indeseado padre biológico. Los lazos de sangre a veces apretaban demasiado.

2

Luka Miller opinaba que no valía para mentir. Por ello, debía esforzarse si quería que su nueva aventura saliera bien. Por ahora, ese viernes por la mañana, había mentido a Clarisa sin que ella lo notara. No le había dicho que, en lugar de quedarse con el niño, iba a llevar a Marko a la guardería. Se había despedido de ella y, más tarde, de su hijo. Ahora, al fin solo, podía iniciar su misión. Y no podía ocultar la excitación que le avivaba. Se había propuesto demostrar la inocencia de Alexander.

Francine Moreau le había enviado documentos y anotaciones por correo electrónico. El material demostraba que la periodista se empleaba a fondo en las cuestiones que indagaba. Llenaba los papeles de glosas en los márgenes, apuntes con los que, con minúscula pero pulcra caligrafía, señalaba detalles minuciosos. Había repasado todos los atestados acerca de la muerte de Ismael Wagner. Las pruebas físicas contra Alexander, como huellas parciales o fibras halladas en la escena del crimen, eran una base floja y escasa. De no ser por la imagen de malhechor montada en torno a él, bastantes tribunales las desestimarían.

Hoy, Luka iba a investigar cierto cabo suelto señalado por Francine. Cogió el tranvía y, tras efectuar dos trasbordos, se bajó al noreste del Arco Clásico, en una parada de la línea de la media luna muy próxima a la calle del Alcalde Sidor. Esta era una de las vías más apacibles y privilegiadas de la urbe. Albergaba extensas parcelas, de dispar distribución y algunas edificaciones tan espléndidas como la mansión Wagner. No obstante, Luka no se dirigía a la decimonónica vivienda de la conocida familia, sino a la casa situada justo en frente.

El cabo suelto de Francine era un hombre llamado Víctor Greve, el vecino que residía en la acera opuesta a la mansión Wagner, en una casa menos vistosa y regia, aunque con el aire de alta sociedad del barrio. Víctor, un hombre ahora jubilado, quien había llegado al Arco Clásico no por efecto de las herencias, sino por obra de su trabajo, testificó en su día que no estaba en casa en el momento del asesinato del señor Wagner. De hecho, sorprendía la absoluta ausencia de testigos en ese caso. Sin embargo, Francine descubrió una posible grieta en su versión, motivo por el que contactó con él. Víctor se negó a charlar con ella en cuanto supo que era periodista. Por esa razón, ese día, Luka debía mentirle. Necesitaba embaucarle para conversar con él. Nervioso, había ensayado el diálogo a conciencia.

Llegó a la verja de la parcela de Víctor Greve. Vio un coche oscuro y grande parado en la entrada de la mansión Wagner. Por un instante, se le cortó la respiración al reconocer a su conductor: Isaac Wagner, a quien Francine y él engañaron en la Torre del Nimbo. Daba la impresión de que el vicealcalde, quien hablaba por su móvil, había efectuado una parada improvisada para contestar una llamada.

Luka dio la espalda a Isaac Wagner, respiró hondo y llamó al timbre de Víctor Greve. A través de la celosía metálica, avistó cómo un hombre salía de la puerta principal de la casa y cruzaba el espacio de césped hasta la calle. Era un sexagenario de estatura notable, rostro alargado, cuello nervudo y cabello cano. Se frotaba las manos con fuerza, como si intentase entrar en calor. Vestía un jersey anodino.

—Buenos días —saludó este, amable, con la voz un poco tomada—. ¿Puedo ayudarle?

—Buenos días. ¿Víctor Greve? Me llamo Luka Miller. Trabajo para la fiscalía regional y necesito hacerle algunas preguntas sobre Ismael Wagner —dijo Luka, a toda prisa, dispuesto a no titubear—. Disculpe que me presente sin avisar. Serán muy pocas preguntas.

Luka le dio una de las tarjetas que se había hecho el día anterior en una tienda. En la misma, había inscrito su nombre, su cargo falso y su número de teléfono. Hasta incluía un escudo real de la fiscalía. Víctor echó una ojeada a la tarjeta y, por un segundo, Luka temió que no se tragara su engañifa.

—Pensé que ese tema estaba superado —contestó Víctor, algo incómodo.

–Son unas cuestiones de control. No le robaré mucho tiempo.

Con visible desgana, Víctor se hizo a un lado.

–Pase –suspiró.

El hombre condujo a Luka hasta el interior. A este le llamó la atención la recargada y vetusta decoración. Notó frío allí dentro. Recordó un comentario socarrón de su abuela, la cual solía afirmar que nadie llegaba a rico gastando dinero. Se le ocurrió que, tal vez, a Víctor Greve no le agradase "derrochar" en calefacción.

Pasaron al salón. Víctor le invitó a sentarse en un sillón de pomposo estampado. Luka se fijó en varios retratos familiares que adornaban la estancia. Representaban a una familia compuesta por ese hombre, una mujer y un chico de aspecto adolescente. De pronto, el silencio del lugar le escamó. Nervioso, preguntó:

–¿Está solo?

–Sí. Mi hijo ya va a la universidad. Está en el segundo curso. Vendrá a casa por vacaciones –contó Víctor, y una sonrisa asomó en su mirada. Luego, más serio, añadió–: Y mi esposa falleció.

–Lo lamento. Usted trabajaba para la banca, pero se prejubiló, ¿no es cierto?

–Sí, así es. Me libré de los años más turbulentos del sector, la verdad –comentó, con una fugaz risa que sonó huera. Con menos simpatía, interrogó–: ¿De qué ha venido a hablar conmigo?

–Seré breve. –A Luka le tembló la voz, inquieto. Greve no parecía abierto a dialogar y a él no se le daba bien encandilar, así que fue al grano–. Necesitamos revisar la versión de todos los posibles testigos sobre la tarde que murió el señor Wagner.

Víctor se revolvió en su asiento, reflexionó unos instantes, y respondió:

–Todo esto ya lo expliqué cuando me interrogaron, hace dos años. Yo no tengo nada que testificar porque no estaba en casa esa tarde, cuando la tragedia sucedió.

–Sí, eso declaró. Así nos consta, pero, según el registro de la empresa que gestiona la alarma de su casa, esa tarde, dicha alarma fue desconectada. ¿Es posible que se equivocase y sí hubiese alguien en casa? Debemos tener en cuenta todos los extremos.

–Pues… –vaciló Víctor. Rehuyó la mirada de Luka–. No tengo ni idea, la verdad. Me olvidaría de ponerla y ya está. ¿Por qué vuelven con esto?

—Porque cabe la posibilidad de que Alexander Berkel no sea culpable de la muerte del señor Wagner, y debemos explorar otras vías —anunció Luka, pendiente de la reacción de su interlocutor, que se mostró desconcertado. No había previsto ser tan brusco. Mentía mal y lo estaba haciendo fatal. Sospechaba que la conversación iba a terminar en breve.

—Bueno, y ¿qué? —replicó Víctor, tenso—. Yo no vi nada.

—Cualquier colaboración es valiosa, señor Greve, aunque llegue con retraso.

—¡No vi nada! —repitió Víctor, con innegable desagrado, antes de levantarse—. Me temo que no puedo dedicarle más tiempo. Muchas gracias y buenos días.

A Luka no le quedó más remedio que despedirse de Víctor Greve. No había jugado sus cartas nada bien. ¡Menudo fracaso! Debía replantear su misión por completo.

Cuando salió a la calle del Alcalde Sidor, el coche de Isaac Wagner seguía allí parado. El vicealcalde ya no hablaba por su móvil. Parecía esperar a Luka, a quien dedicó una mirada ceñuda. Tal vez, le hubiese reconocido por su topetazo en la Torre del Nimbo. Temeroso, Luka se dio la vuelta y se alejó del barrio de los privilegiados.

3

Ricardo Varone comenzaba a desenvolverse en Ciudad Jano. La capital ya no suponía un entorno tan desconocido como al principio. Tres semanas después de su llegada, Ricardo y la ciudad dejaban de ser extraños. En esa nueva urbe, lo sensorial resultaba más intenso: el frío de la mañana, el color de los días, las luces artificiales de la noche, las voces que oía, los aromas a su alrededor…; como si, hasta ahora, hubiera experimentado el mundo a través del irreal tamiz de lo onírico.

También empezaba a familiarizarse con la gente del partido, el personal de su equipo y el frenético ritmo de la campaña, la primera a nivel nacional para él. En ocasiones, todavía se sentía una marioneta en manos de delirantes horarios e itinerarios, una atracción para un país que no le conocía tanto como Ciudad Fortuna, la cual echaba de menos. Los sondeos insistían en sus pronósticos igualados de cara a la "doble elección", pero Ricardo no perdía ni la confianza ni el optimismo.

Ese día, durante una maratoniana jornada, había desempeñado su papel de candidato en varios escenarios. Se había esforzado frente a asociaciones de padres y madres de alumnos, maestros y profesores, jubilados de diversos orígenes y uniones sindicales de diferentes gremios. Al acercarse el atardecer, recordó a sus asesores que quería la noche libre, solicitud que había repetido varias veces los días previos.

Los responsables de su milimétrica agenda tuvieron el detalle de complacerle, por lo que, llegada la noche, Ricardo pudo olvidar la campaña por unas horas y relajarse en la *suite*. Telefoneó al servicio de habitaciones y pidió cena para dos. Esperaba a Carlo Ferrara, quizás el hombre que mejor le conocía, lo más cercano a un amigo que tendría jamás y la única persona, la última ya, a quien apreciaba de verdad.

Carlo llegó puntual, como de costumbre. Golpeó la puerta de la *suite* con los nudillos, sonrió a su antiguo jefe y perpetuo patrono, estrechó su mano, limpió sus viejos pero pulcros zapatos en el felpudo, y carraspeó. Era un hombre alto, de aspecto normal y fisonomía alargada y corriente. Su vestimenta nunca destacaba. Su actitud era siempre comedida.

–Señor alcalde –saludó, con voz grave.

–Bienvenido a la capital –dijo Ricardo.

–He de reconocer, señor alcalde, que me resulta extraño encontrarle en otra ciudad.

–Lo sé. A mí también me ocurre. Muchas cosas quedaron atrás, en Ciudad Fortuna.

–Sea como sea, ¿el cambio ha sido para bien?

–Eso, desde luego, lo decidirá la ventura.

Ricardo y Carlo tenían opiniones distintas respecto a la verdadera suerte, pero los dos eran bien conscientes de su existencia y poder. Ricardo creía en la importancia de la filosofía y sus dogmas, se preocupaba por los cálculos de la genética y ocultaba su fervor por los enigmas de la religión. Carlo, en cambio, era una especie de creyente no practicante. Conocía la filosofía, la genética y la religión, pero no se preocupaba en exceso por el influjo de la fortuna. Era posible que su postura variara dos años antes, cuando un gafe, Alexander Berkel, mermó su suerte y le condenó durante una época al suplicio del infortunio; una merma de la que hoy día se había recuperado.

El servicio de habitaciones les subió la cena. Ricardo y Carlo descorcharon una buena botella de vino que el alcalde había pedido para la ocasión.

El reencuentro se producía tras un año en el que Carlo se había centrado en una larga investigación, un encargo de Ricardo relativo al mayor misterio de la religión: los Hijos del Siete, las figuras míticas sobre las que versaba el séptimo dogma. Se decía que los Hijos del Siete tenían la capacidad de quebrar el vínculo entre la fortuna y el destino, y así transgredir las normas de la suerte en el mundo. Esta mitología estaba ligada a la Palabra de la Sibila, el legendario pergamino que Ricardo robó a Ismael Wagner. Carlo se había embarcado en la búsqueda del hombre que, según archivos reservados de la Organización Heptágono, podía ser el último Hijo del Siete del que se tuviese conocimiento.

—¿Cuál era el nombre, Remiel o Ramiel? —preguntó Ricardo cuando, durante los postres, abordaron la cuestión—. En los archivos se le mentaba indistintamente con los dos.

—Hallé referencias a ambos por igual. En el fondo, son dos versiones del mismo.

—De modo que el hombre existió. No era un cúmulo de testimonios exagerados.

—En efecto, mi conclusión es que existió.

—¿Qué has averiguado?

—Ese hombre, Remiel o Ramiel, efectivamente existió. Utilizó varios apellidos e identidades, por lo que no puede saberse a ciencia cierta cuál era real. Se movió mucho. Nunca se estableció en ningún lado, pero, después de tantos viajes, indagaciones y preguntas, he entendido que todos aquellos con quienes hablé se referían siempre a la misma persona.

—¿Alguna alusión a algún tipo de capacidad especial o suceso extraordinario?

—Sí, algunos, pero pocos y nada claros. Todos los relatos coinciden en una constante: era buena persona, misterioso e introvertido.

—¿Ha muerto ya?

—Por algunas de las anotaciones que usted me dio e indicios que localicé, al principio, pensé que pudo fallecer a finales de los años setenta. Puede que estuviese equivocado, porque gente con la que hablé aseguró haber sabido de él con posterioridad. El rastro se pierde en los ochenta.

El alcalde guardó silencio un minuto, por lo que Carlo añadió:

—¿Qué piensa? ¿Cree de verdad que aquel hombre tan esquivo fue ese Hijo del Siete?

Ricardo reflexionó unos instantes, antes de responder:

—Creo que eso no importa, no en estos momentos. Si el séptimo dogma es cierto, entonces es posible que ese Remiel o Ramiel fuese un Hijo del Siete. Cuando murió, otro le sustituyó. ¿Quién? No lo sabemos, pero en ningún caso fue Alexander Berkel.

—Ismael Wagner opinaba que sí lo era —anotó Carlo.

—Así es. Y se equivocaba. Tu investigación lo prueba. Alexander Berkel nació cuando el tal Remiel o Ramiel continuaba vivo, y la religión defiende que el siguiente Hijo del Siete nace cuando muere el anterior. Misión cumplida, amigo mío.

—Lo celebro, señor alcalde.

Los dos hombres brindaron para zanjar el asunto.

La cena prosiguió. Más tarde, cuando ya habían finalizado y conversaban de materias más banales, Ricardo se puso más serio, y anunció:

—Carlo, necesito que vuelvas a trabajar para mí.

Ricardo siempre había tenido alguien a su lado, alguien en quien confiar lo que nunca confiaría a nadie más. Lo llamaba jefe de seguridad. Carlo fue su jefe de seguridad la mayor parte de su carrera en Ciudad Fortuna. Durante un tiempo, mientras Ferrara se recuperaba de la merma de su suerte, el puesto fue reemplazado por Travis Dixon, aunque hacía meses que Ricardo y Travis habían finalizado su relación laboral en términos amistosos. El pasado de Travis era peligroso para las aspiraciones electorales de Ricardo. Además, el chico, sin saberlo, representaba un "seguro" en caso de que cierto asunto se torciera. Por ello, había borrado todo rastro de su vinculación laboral con él.

—Cuente conmigo —aseguró Carlo—. ¿De qué se trata?

La prontitud y franqueza con las que Carlo se puso a su disposición removieron algo en Ricardo. Ese hombre, que por él hasta había perdido la suerte, no le defraudaba. Como tantas veces en el pasado, aceptaba sus cometidos sin cuestionar ni objetar. El que Ricardo iba a encomendarle hoy superaría con creces el resto.

—Es muy peliagudo —vaciló Ricardo—. En serio.

—Bien. ¿Cuál es?

Ricardo respiró hondo. Luego, habló del plan que había tramado en los últimos meses, aquel que se sustentaba en el artículo número veintisiete de la Constitución. Mientras lo explicaba, se dijo que era hipócrita e injusto con Carlo, pues sabía que Ferrara jamás rechistaría una orden suya, sino que la acometería sin flaquear. Aun así, hoy había vacilado. ¿Por qué? Tal vez, porque ese hombre era la única persona viva capaz de afectar a su conciencia.

4

Frank Axel cruzaba el barrio de Saberes a buen paso, poseído por sus anhelos. Intentaba no acordarse de todo lo que había aprendido sobre eso de la verdadera suerte.

Tener impulsos era humano. Y los gafes eran humanos con alma, pero sin suerte. Él era gafe y, por tanto, humano. Tenía impulsos y llevaba semanas pendiente de una tentadora posibilidad, embobado en un tonteo. Esa noche, la necesidad había rebasado los límites de su autocontrol. La razón había cedido el dominio al instinto. La caza dio comienzo. Esa parte suya estaba hambrienta. Iba a satisfacerse después de un largo tiempo de ayuno.

Quedar en territorio ajeno podía ser arriesgado, pero la idea de exponer su propia casa nunca le había agradado. En todo caso, su casa no servía porque Alexander aún seguía allí. No le importaba cobijar a su maestro. De hecho, le gustaba, pues así le agradecía todo lo que este le había ayudado. Entender que era gafe y aprender a vivir como tal había cambiado todo. Le costaba comprender la filosofía, le aburría la genética y no le interesaba la religión, pero estaba muy contento de haber descubierto su auténtico yo.

Esa noche, no obstante, había dado esquinazo a Alexander, a su compañía y también a sus enseñanzas. Se había inventado un pretexto baladí para salir de casa pasada la hora de cenar. De camino a la dirección donde le esperaban, procuraba no pensar en ciertos consejos sobre las relaciones, en especial las pasionales, del cuerpo o el corazón. Cuando llegó al lugar del encuentro, meneó su cabeza para apartar esos temores. Se entregó a sus pulsiones y apretó un botón del interfono de aquel portal. Una voz joven y masculina contestó:

—¿Quién es?

—Soy Frank —dijo él, incapaz de evitar que le temblase la voz. Estaba nervioso.

Subió a la planta indicada. Buscó la puerta correcta. Antes de llamar al timbre, reconoció una canción procedente del interior. Era *Blue Monday*, de New Order.

El chico con el que había chateado durante semanas abrió la puerta.

—¿Travis? —preguntó Frank.

El chico asintió con la cabeza y le dejó entrar. Frank y él dedicaron unos segundos en silencio a repasarse de pies a cabeza. A continuación, se miraron con fijeza a los ojos. Frank vio en los de Travis el mismo deseo que le había conducido a ese escarceo nocturno.

El ritmo de la canción iba en aumento. Llenaba el ansioso silencio de ese piso. Travis dio un paso hacia él. Los dos respiraban con intensidad, sin dejar de contemplarse. Pero, de pronto, algo perturbó al chico: acababa de fijarse en el amuleto que Frank llevaba al cuello.

—¿Qué es eso? —interrogó.

El instinto bloqueó la razón de Frank. Le obligó a desoír todo lo que Alexander repetía sobre los riesgos de las relaciones íntimas y la calamitosa verdad del tercer dogma.

—Un recuerdo de un amigo —se le ocurrió decir, y se abalanzó a besar a Travis.

Desde ese apresurado beso, ya no hubo vuelta atrás. El cuerpo obedeció las órdenes del instinto y no de la razón. El anhelo se unió al ritmo y al clímax de la canción. Se despojaron de lo innecesario. Saciaron sus apetitos con avidez. Se devoraron el uno al otro. Intercambiaron versatilidad y reciprocidad. Supieron lo que el otro quería sin necesidad de decirlo. Sus ojos jadeantes hablaban por ellos. Durante el apogeo, la pasión fue tal que Frank sintió las chispas que sus dedos irradiaban sobre la piel de ese chico.

5

Frank había salido, de manera que Alexander y Trece tenían el pequeño piso del maquinista para ellos solos. Alexander había hecho averiguaciones sobre el sector penitenciario del hospital. Su plan para verse con su padre biológico era sencillo. Lo llevaría a cabo la noche del domingo. No pensaba involucrar ni a Luka ni a Frank. Ninguno de los dos sabía que Joseph Klausmann era su progenitor, así que prefería manejar ese tema solo.

La perspectiva de reencontrarse con Joseph le inquietaba. Además, todo lo relacionado con la familia, ya fuera biológica o adoptiva, le hacía pensar en Irene. Tal vez por ello, a pesar del frío de aquellas semanas, de pronto, le pareció que en ese piso hacía mucho calor. Trece se encaramaba a un aparador para observar por la ventana. El gato añoraba sus salidas, pero Alexander no quería arriesgarse a que no supiese regresar. Y Frank podía enfadarse si dejaba una ventana abierta y el calor de la estufa se disipaba.

Pero él sí podía salir un rato. De hecho, lo necesitaba tanto como el minino. Así que, después de rascar el cogote de Trece y pedirle perdón por no permitirle marcharse, se puso su abrigo, cogió la copia de la llave que Frank le había prestado y se fue. Paseó por las lúgubres y desiertas calles del sur de la ciudad, hasta llegar al barrio que otrora fuese su hogar; en concreto, a la calle de los Tragaluces y *La herradura de plata*.

Con cautela, Alexander echó un vistazo a la taberna. A esas horas, el local se encontraba vacío. Con un viejo trapo y gesto ensimismado, Herbert secaba una larga fila de jarras recién fregadas, colocadas encima de la barra. Alexander abrió la puerta. El tabernero salió de su embelesamiento y, al reconocerle, sonrió.

—Entra —dijo.

Herbert aprovechó para echar el chirriante cierre metálico y apagar algunas luces, con lo que la taberna no llamaba la atención desde el exterior. Luego, regresó detrás de la barra, cogió su trapo y le dio otro a Alexander, quien lo utilizó para secar jarras junto a él.

—¿Cómo estás? —preguntó el tabernero.

—Como siempre, supongo. Me apetecía airearme. Te echaba de menos. ¿Y tú?

—Bien. Me alegra que te acuerdes de mí.

—Claro que sí, Herbert. Eres el mejor.

—Gracias. Hacía semanas que no me visitabas. Comenzaba a estar preocupado.

—Lo siento. Las cosas se complicaron un poco, pero intento controlarlas.

Pensativo, Alexander guardó silencio varios minutos. Con Herbert no le incomodaba estar callado. Los dos se dedicaron a terminar de secar la fila de jarras. Cuando acabaron, el tabernero las dispuso en una encimera cercana. Alexander respiró hondo, y añadió:

—¿Qué sabes de Irene?

Habló con apuro. Le avergonzaba llevar tanto sin saber de su hermana. Herbert calló unos segundos. Después, le miró a los ojos y, más serio que de costumbre, replicó:

—¿Qué sabes tú de ella?

Alexander desvió la mirada, incapaz de sostener la de Herbert. De repente, el rostro y el tono de voz del tabernero le habían recordado al difunto Héctor. La esencia de su padre adoptivo se percibía en esa soterrada reprimenda, la clase de reprimenda cargada de decepción que el hombre le hubiese dedicado.

—Hablé con ella hace un par de semanas. Fue muy breve. Ya no nos vemos.

—Ya —suspiró Herbert, sin decir nada más.

La tristeza asaltó a Alexander. ¿Cómo podía haber permitido que Irene y él llegasen a ese punto? Sus lazos, aunque no fuesen de sangre, se habían desunido demasiado.

—Tengo un mal presentimiento —reconoció.

—¿Referente a…?

—A todo y, sobre todo, a ella.

Entonces, Herbert volvió a mirarle con severidad, y preguntó:

—¿Qué vas a hacer al respecto?

Alexander buscó la respuesta en su interior, pero no logró encontrarla.

6

Irene Berkel se levantó con la peor resaca de su vida, y ya iban unas cuantas, incapaz de sentirse peor. Miró su reloj: era sábado. No supo discernir cuánto tiempo había transcurrido desde lo último que recordaba. Vivía de constante borrachera, refugiada en la bebida, en un intento por resistirse a la última droga que había probado. El enganche era muy fuerte y no quería caer. Ella controlaba. ¿O ya era tarde para contarse esa mentira?

En el fondo, más allá de la resaca por la bebida, ahora vivía las consecuencias de otra prolongada borrachera. Algo la embriagó mucho. ¿Qué fue? Tal vez, fue el encanto de una ficción, una que se empeñó en creer. Quiso convencerse de que otra vida era posible, incluso para una hija y hermana de gafes. Se desvió del camino con la primera oferta de la Organización Heptágono y la aparición de Isaac Wagner. De eso hacía más de un año. Se perdió en la vanidad pretenciosa del estilo de vida de ese hombre. Se convenció de que podía hallar la satisfacción con él y la Organización. Se recreó en las comodidades y petulancias que rodeaban semejante embuste. Pretendió cortar con todo y con todos. Quiso poder ser otra. Era lo que más deseaba. Sí, así era: ahí empezó la debacle.

Por ello, más tarde, después de esa estúpida borrachera de comodidades, embustes y petulancias, entender que se había encaprichado de un estilo de vida que no encajaba con ella, una verdad de la que solo ahora se percataba, no le sentó nada bien. La Organización Heptágono ni la aceptaba ni la aceptaría jamás como una de los suyos y, para colmo, Isaac se había limitado a utilizarla para intentar vengarse de Alexander. Eso le hizo sentirse como la persona más estúpida del universo. Vergüenza, culpabilidad y fracaso formaron un cóctel letal. Mas, de súbito, surgió ante ella el inesperado refugio de *El séptimo cielo*, donde fue encandilada por la sexualidad de Dania Venci y el éxtasis del H27; todo ello con el intrigante Adolph Klausmann de fondo.

A esa nueva tentación no intentó resistirse. No obstante, sospechaba que, aunque lo hubiese intentado, no lo habría logrado. Lo que experimentó esa extraña tarde, en *El séptimo cielo*, la cautivó de un modo ineludible. Habían transcurrido dos semanas, las cuales apenas recordaba con claridad. No dejaba de pensar qué la apresó con tanta fuerza. No lo entendía. ¿Fueron las enigmáticas palabras de Adolph Klausmann en torno a un mundo sin suerte, que todavía resonaban en su cabeza? ¿Fue el placer que recuperó con Dania, joven que le inspiraba una huidiza sensación de desconfianza? ¿Fue el H27, la droga que ansiaba desde el mismo instante que la probó? No lo tenía claro, pero se había enganchado. Y ser adicta a algo indeterminado era preocupante.

Irene se puso en pie tambaleante. Miró otra vez el reloj: era mediodía. Anduvo hasta el cuarto de baño para lavarse la cara. Lo que vio en el espejo la espantó, por lo que se desnudó, echó todo lo que llevaba al cesto de la ropa sucia y se dio una ducha. Eso la despejó, si bien aún acusaba un pesado malestar. Más tarde, se tropezó con Sam y estuvo en un tris de caerse. El hámster, fuera de su esfera transparente, se movía por el piso falto de ánimo. Ella comprobó que tuviera comida y bebida. No sabía qué le ocurría al bichillo, siempre tan alegre. Era posible que la suciedad del apartamento lo deprimiera.

Entró en la habitación que utilizaba como despacho, su lugar favorito de toda la casa. Se desplomó en el vistoso sillón rojo. Ver tan alicaído a Sam la avergonzaba. Debía llevarlo al veterinario. ¿Y si el animalillo había enfermado? ¿Y si había enfermado por su culpa? Era una inútil, una fracasada. Le había fallado a Alexander, al que se negó a ayudar cuando él la telefoneó. ¿Qué había sido de él? También se había fallado a sí misma, herida y desempleada. Y lo peor de todo: le había fallado al recuerdo de Héctor. Este no podría perdonar sus errores. La angustia la sobrecogió. ¡Ojalá dejase de pensar!

Respiró hondo. Se secó las lágrimas. Se frotó los brazos. A pesar de las capas con las que se había abrigado, el frío le había calado hasta los huesos. El apartamento era un auténtico iglú. Miró el enorme y moderno reloj de pared del despacho. No había transcurrido ni media hora desde que se levantó. Ese era su problema: el exceso de tiempo. No tenía nada que hacer. Sin su trabajo para Heptágono, puesto por el que había dejado todos sus clientes como autónoma, el naufragio de su trayectoria profesional era absoluto. Jamás había estado en paro. ¿Cómo podía rehacer su vida y su carrera?

La labor que desempeñaba como vínculo entre el proyecto *Sinergia* y *eFortuna Global* le gustaba. Iba a echarlo en falta. Dejarlo a medias la frustraba. Y, esa mañana de terrible resaca, al pensar en su trabajo perdido, recordó una vaga sospecha, un presentimiento indefinido que le suscitaban algunos datos con los que operaba. Su cerebro se picó de inmediato y desterró por un rato las molestias y los lamentos.

Se sentó delante de su escritorio. Encendió su potente ordenador de sobremesa. Buscó las copias sobre *Sinergia* que guardaba. Lo que la mosqueaba tenía que ver con los datos que Adolph Klausmann quería conocer de los ciudadanos. Muchos de esos datos se usaban para estimar el grado de suerte. Y había otro aspecto que también la incomodaba, algo relacionado con las centrales operativas de *Crisol Innovaciones* y la infraestructura eléctrica construida por toda la ciudad, pero ¿qué era?

Una teoría turbadora intentó tomar forma en su mente. Sin embargo, su malestar retornó e impidió que se consolidara. Irene podía buscar a

Adolph Klausmann e interrogarle. Podía ahondar en esa idea de un mundo sin suerte. O podía dejar de resistirse, pedirle más H27 y desencadenar una nueva debacle. Eso, sin duda alguna, sería maravilloso.

7

Adolph Klausmann confiaba en la estrategia, el largo plazo, la paciencia y la perseverancia. Le encantaba contemplar cómo las piezas se colocaban en las posiciones del tablero que él perseguía. Preparaba el ataque y cuidaba la defensa. La satisfacción de conseguirlo le nutría para seguir adelante. Hasta ahora, la fortuna siempre había recompensado sus cualidades. O casi siempre.

Ese día, por la mañana, había visitado las instalaciones de la sexta central operativa de su empresa. Esta se situaba al término de la avenida Abundo, en torno al túnel que conducía a la carretera de circunvalación, entre los confines del Arco Clásico y el barrio de Confiterías, con los cerros de fondo. El lugar era casi igual al construido al final de Persisto. Inspeccionó el exterior y el interior de la edificación, coronada por otra antena similar a las de telecomunicaciones. Todo funcionaba a la perfección.

Almorzó en un restaurante de la avenida Komerci, *El Imperial*. Joseph le habló en una ocasión del local, el cual le resultó bastante mediocre, como todo lo asociado a su hermano. Por la tarde, en lugar de volver a casa, refugiarse del frío bajo una manta y quizás jugar con Wotan, continuó con la lista de tareas que su gran plan requería. Se encaminó al noreste del barrio de Hornos.

Él, que en su juventud jamás pisó nada del estilo de una discoteca, se había acostumbrado a *El séptimo cielo*. La atmósfera psicodélica y decadente del negocio en quiebra estimulaba sus cavilaciones, por alguna curiosa razón. Además, era consciente de que su presencia allí sacaba de quicio a Dania Venci, lo cual le divertía un montón. Esa tarde, le recordó a la joven la importancia de la misión que debía cumplir. Cuando ella se fue a ejecutar el encargo, decidió esperarla allí.

La escena se le antojaba excéntrica. Estaba solo en la discoteca, sentado en un rincón anejo a la pista principal, donde las luces no cesaban de girar y la música se oía baja. Media hora después, mucho antes de lo que él pensaba, escuchó el sonido de una puerta al abrirse. Chasqueó la lengua: que Dania regresara temprano indicaba que algo había salido mal.

Para su sorpresa, la chica que acababa de llegar no era Dania, sino Irene Berkel.

—Señorita Berkel —saludó Adolph, intrigado, mientras la chica se acercaba a él.

—Señor Klausmann —contestó ella, con una entonación ambigua y monocorde.

La chica tomó asiento en una butaca como la suya, al otro lado de una mesa baja. Las horteras lámparas de lava mostraban su hipnótico fluir en torno a ellos. Irene no tenía buen aspecto. Daba la impresión de haberse vestido aprisa. Se la notaba muy delgada. Y un poco de maquillaje le hubiese sentado bien. De todos modos, algo en ella resultaba sospechoso. Se trataba de su actitud. Se la veía más envalentonada que otras veces.

—¿A qué debo la sorpresa? —preguntó Adolph.

—Vengo a atar cabos. No me gusta dejarlos sueltos.

—A mí tampoco. ¿Es por nuestra última charla?

—Puede que sí, aunque, en realidad, pensaba en mi trabajo para la Organización Heptágono. Se habrá enterado de que me despidieron.

—Sí. Me lo contaron y lo lamenté mucho. Esa gente no sabe el valor que pierde. ¿Qué cabos sueltos dejó? ¿Algún fallo en mi empresa?

—No, en absoluto, nada de fallos. Es más, usted no falla. Usted es muy listo. Es sagaz, capaz de ocultar sus auténticas pretensiones a los ojos de una ciudad entera.

Ni el tono ni el contenido de esa acusación agradaron a Adolph, que, por otra parte, sabía muy bien cómo domar a esa chica que hoy se había levantado insolente.

—Por cierto, respecto a nuestra última charla aquí… —comentó, y se incorporó.

Asido a su bastón, anduvo hasta la caja registradora, tras la larga barra en ele. Debajo de los huecos para las monedas, Dania había escondido una papelina con un deleitoso contenido. Adolph volvió a la mesa, se sentó y puso la papelina, con una pastilla de H27 en su interior, encima de la mesa. Al instante, Irene fue incapaz de despegar su mirada de ella.

—Sé que lo que probó esa tarde le encantó —añadió él, sereno—. Esa tarde, como hoy, era evidente que algo la atormentaba. Por ello, hoy, igual que ese día, le hago este regalo.

El comportamiento de Irene era el propio de un adicto en los primeros estadios de la dependencia, cuando todavía existe una endeble posibilidad de resistirse a la tentación.

—He venido para hablar, no para consumir —aseveró ella. De pronto, temblaba.

—Muy bien. ¿De qué vamos a hablar? —concedió él, seguro de que la chica se vendría abajo tarde o temprano.

—Ya se lo he dicho. Quiero hablar de lo que pasa desapercibido para todos.

—Para todos menos para usted, ¿no?

—Exacto.

—¿Qué es?

—Lo que busca.

—¿Qué busco?

—Los grados de suerte.

Adolph sostuvo la chulita mirada de Irene. Esta no iba nada mal encaminada. Eso le gustó, pues implicaba que, tal como él anticipó, la joven no sería ningún peón en la partida, sino un trebejo mucho más valioso, un caballo o un alfil.

—En apariencia —prosiguió la chica—, su empresa se encarga de parte de la infraestructura de *eFortuna Global*. La Organización Heptágono se ha aliado con usted. Le proporciona financiación, a cambio de los datos para su proyecto piloto del censo. Pero usted, en lugar de limitarse a construir la red, también se asegura de tener acceso a datos de los ciudadanos; en concreto, a los datos con los que alguien como usted, que sabe del tema, puede calcular el grado de suerte. Pretende mapear la suerte de la ciudad.

—¿Ah, sí? ¿Por qué piensa que me he propuesto eso?

—No lo sé, pero sé que algo trama. Oculta la verdad. Por alguna razón, quiere controlar el grado de suerte de todos nosotros. Se me escapa, pero es solo cuestión de tiempo que lo descubra. Está en el entramado eléctrico, su disposición, tantos transformadores, rectificadores… No es mi campo, pero puedo averiguar qué es.

—Interesante teoría, pero ¿por qué viene a contármela?

—Porque quiero que me lo cuente usted. ¿Qué pretende?

La firmeza con la que Irene se expresaba empezó a tambalearse. No dejaba de mirar el H27. Adolph lo advirtió. Supo que esa era su oportunidad para embaucarla.

—Ya le dije lo que pretendía: un mundo sin suerte —dijo—. He consagrado mi vida, del mismo modo que prácticamente toda mi familia, al estudio de la suerte en sus muy diversas facetas. Eso sí, yo, a diferencia de mis dos pobres hermanos, nunca he sido un fanático. Si no me cree, indague acerca de mí. Busque publicaciones mías. No hallará casi nada. He sido un trabajador discreto, más práctico que teórico. En lo poco que localice, no leerá atisbo de eugenesia o desvaríos de esa índole. Pero, ahora, en la cúspide de mi carrera profesional, sí, así es, tengo un plan, un propósito. He descubierto que las deleznables obras de mi sobrina Vera y mi hermano Joseph, empleadas de manera correcta, sirven de llave hacia un mundo mejor: un mundo sin suerte, un mundo sin diferencias. Imagínelo, Irene. ¿No sería extraordinario? ¡Imagine el fin de los grados de suerte! Créame: he logrado la fórmula para el equilibrio, para que todos poseamos la misma suerte, sin injusticias. No habrá más afortunados ni desgraciados. No habrá más gafes, como Héctor o Alexander. ¿Lo imagina?

Irene había estado a punto de rebatirle algo, pero enmudeció al escuchar esa alusión a su padre y su hermano. Su semblante permitía entrever que el discurso había calado hondo en ella. Consciente de ello, Adolph aprovechó para rematar su parlamento:

—Crea en mí, Irene. Crea en mi idea. Acompáñeme. Deje de soñar con un mundo sin suerte y hágalo realidad. Si no me cree, adelante, denúncieme, pero… —Adolph aproximó la papelina a la chica, y concluyó—: ¿No sería mejor relajarse y meditarlo con más calma?

8

Dania Venci se arriesgaba mucho. Se exponía a una clase de riesgos que, aparte de un loco o un necio, solo alguien coaccionado y chantajeado como ella acataría. Cada vez que lo pensaba, su odio hacia Adolph Klausmann se incrementaba un poco más.

La Comisaría Central de Policía se ubicaba en la avenida Abundo, cerca de la plaza de la Cornucopia. El año anterior, había sido objeto de un asalto y un atentado que sacudieron la ciudad. La consiguiente remodelación del edificio, una vieja y grande construcción de tres alturas, había llevado varios meses. La arquitectura renacentista de su fachada se mantenía. Las medidas de seguridad se habían perfeccionado.

Fue Dania quien colocó la bomba que provocó tantos destrozos y el fallecimiento del comisario Garmash. Aquella noche, se infiltró allí para sustraer ciertas pruebas para Joseph Klausmann. Nada salió según lo planeado. No pudo completar el robo y recurrió al explosivo. En un momento de esa noche, tropezó con Irene Berkel y se vio obligada a agredirla. Le asombraba que la chica nunca la hubiese reconocido.

Hoy, Dania había regresado a la Comisaría para cometer otro hurto, uno relacionado con Adolph. Este hurto, no obstante, se había ejecutado de manera muy distinta, con otras armas. Mediante una identidad falsa y una apariencia disfrazada, había encandilado durante semanas a un ingenuo cadete recién ingresado, a quien convenció de que era una periodista desesperada por información privilegiada. Así, a cambio del polvo con el que el joven policía soñaba desde que la conoció, Dania accedió diez minutos a solas al reconstruido departamento de archivología, donde hallaría los dos objetos que le interesaban.

Era curioso el tortuoso camino que dichos objetos habían recorrido hasta llegar a una carpeta de pruebas de esa sala. El rojo fue encontrado en los *Laboratorios Librae*. Alexander Berkel lo había utilizado para entrar allí. El comisario Garmash o, tal vez, la comisaria Miralles debieron colocarlo en esa carpeta junto a otras evidencias olvidadas. El naranja se localizó en el sitio donde Alonso Yazpik se escondió a lo largo de meses, después de la muerte de Lara Varone. En ese caso, como en el anterior, la comisaria u otro agente de la Policía lo debió almacenar en esa sala, como cualquier otra prueba carente de relevancia, sin ser consciente de la verdadera funcionalidad que ambos elementos escondían.

Así, hoy, cuando Dania los localizó, los sustituyó por dos réplicas bastante logradas y se llevó los originales: dos brillantes dados de cristal, uno rojo y otro naranja.

9

El Santo Damián era el hospital público de Ciudad Fortuna, un longevo, grande y heterogéneo complejo formado por tres pabellones de tamaño, estructura y antigüedad diferentes. Se situaba en la plaza del Sanatorio, extensión de la contigua calle del doctor Carrel. Su remodelación y modernización suponía una histórica reivindicación, si bien lo único que se había conseguido eran ampliaciones y remiendos parciales.

Alexander conocía bien el hospital. Había acudido a él como paciente, familiar y visitante. El año anterior, ya convertido en prófugo, se coló en sus saturadas instalaciones con ayuda de Luka. En esa ocasión, aprendió que, pese al ambiente ruidoso y concurrido, había noches en las cuales uno podía moverse por el recinto sin resultar llamativo. La clave, igual que para otras peripecias, residía en desenvolverse con confianza.

La página web del hospital contenía planos del mismo. Alexander los había usado para saber dónde se hallaba la sección destinada a los presos. Esperó a la noche del domingo, cuando el centro contaba con menos bullicio y vigilancia. Antes de medianoche, abandonó el piso de Frank, anduvo por el barrio de Saberes, cruzó Deziro y llegó al hospital. Accedió por el camino del Socorro, por la entrada de urgencias, donde veía más gente, y pasó desapercibido. Se adentró en el edificio. En un cuarto de lencería, cogió prestado un uniforme. En un aseo, se cambió y dejó su ropa escondida. En un control de enfermería desocupado, con total tranquilidad y sin vacilación, agarró un carro de curas y se lo llevó.

Subió en ascensor a la planta en la que ingresaban a los presos. Avanzó por un pasillo silencioso y en penumbra. Más allá, junto a una verja que dividía el pasillo, un vigilante leía una revista, sentado en una banqueta. Ese era el punto crucial del plan, la apuesta a todo o nada: o tenía éxito o tenía que echar a correr. Alexander contaba con un as en la manga, un maldito naipe con el que, con buen tino, podía trucar esa apuesta.

Esta vez, no erraría como en las últimas timbas de Zerbe. Ese vigilante no supondría un problema mayor que los pobres jugadores a los que había echado su mal de ojo. Decidido a usar su indeseada tara, a medida que andaba hacia el hombre, que no levantaba la vista de la revista, Alexander concentró su energía en la mano izquierda, como tantas veces había hecho. Al llegar junto a él, posó la mano en su hombro.

—Buenas noches —murmuró, y notó cómo se transmitía la pizca de mal fario al tipo.

El despistado vigilante parecía haberse quedado traspuesto mientras leía su revista. Se incorporó con torpeza y visible desconcierto. Alexander supuso que, de pronto, acusaría un indefinido malestar. Procuró mantener la compostura y actuar con total normalidad.

En efecto, el hombre se mostró aturdido. Ni siquiera miró a Alexander a los ojos, solo de refilón, lo justo para ver su uniforme y el carro de curas que empujaba. Rebuscó en el llavero que le colgaba del cinturón y abrió la puerta de la verja que dividía el pasillo.

—Buenas noches —saludó, con voz tomada, antes de volver a sentarse.

Alexander traspasó la puerta. Continuó sin vacilar. Aminoró el ritmo. Se asomó una a una a todas las habitaciones, donde varios desconocidos, la mayoría hombres, dormitaban, unos con mejor apariencia que otros. En una de las salas, halló a su padre.

Lo primero en lo que Joseph se fijó fue en el uniforme. Luego, reparó en el rostro de aquel que lo vestía. Tras un segundo de extrañeza, se quedó mudo e impávido. Alexander y él se observaron sin hablar. Con sigilo, Alexander dejó el carro de curas en un rincón, cerró la puerta de la habitación y se acercó a la cama. Joseph tragó saliva, se incorporó para sentarse y rompió ese silencio tan atronador:

—¿Qué haces aquí? —preguntó, tenso.

Alexander escrutó a ese hombre al que le unían unos lazos de sangre que él no sentía de ninguna manera. Pensó que no tenía pinta de encontrarse enfermo.

—¿Qué haces tú aquí? —replicó—. ¿Por qué te ingresaron?

—Sufrí una infección intestinal. Debí comer algo en mal estado.

—Ya —musitó Alexander. Una gastroenteritis se le antojaba un motivo exagerado para un trasladado al hospital, pero le daba igual.

Volvió a hacerse el silencio. Cada palabra no pronunciada retumbaba en las desconchadas paredes de la angosta habitación, repleta de mobiliario y parafernalia avejentada. Era curioso: después de haber anticipado tanto ese encuentro, de haber acumulado demandas y reproches, de repente, ninguno de los dos decía nada.

De nuevo, fue Joseph quien quebró el silencio:

—Hace tiempo que quería verte —reconoció.

—¿Sí? —contestó Alexander, incrédulo. Mantenía la distancia. Ese hombre no le inspiraba ninguna emoción positiva.

—Claro que sí. Hace un año, comenzamos una conversación que terminó mal. Quería volver a verte, hablar más, pero no sabía cómo dar contigo.

—Nadie puede. Vivo al margen de todo. Me escondo. La gente cree que soy como tú.

—¿Como yo?

—Un asesino —aclaró Alexander, incapaz de reprimir el reproche.

—No soy así.

—Sí lo eres.

Un sonido remoto les sobresaltó, pero no sucedió nada. Joseph debió asumir que no tenía sentido intentar defender su honorabilidad, ya que suspiró, e inquirió:

—¿Por qué has venido ahora y no antes?

—Porque me resultaba imposible verte en la cárcel. Hacerlo aquí es más factible.

—¿No crees que te descubrirán?

—Asumo el riesgo.

—¿Por qué? ¿Qué quieres?

—Unas cuantas respuestas.

Joseph suspiró otra vez.

—Por supuesto. Te las mereces —admitió.

El silencio surgió por tercera vez entre los dos hombres. Joseph se mostraba tranquilo, como si se entregase al interrogatorio. Alexander tomó aire, y desveló:

—He estado en Aldea Moira. Toda mi vida, he tenido la memoria hecha añicos. Solo recordaba escenas fugaces, sensaciones, detalles y no el conjunto. Allí, los pedazos se juntaron. —Calló. Todas las cuestiones amontonadas en su cerebro pugnaban por salir al mismo tiempo y se amontonaban en su boca, de modo que formuló la primera que se le ocurrió—: ¿Por qué me contaste que eras mi padre?

—Intenté explicártelo esa noche, antes de que dieras la charla por finiquitada. Un gran cambio obró en mí. Sucedió hace dos años, aquella mañana en los *Laboratorios Librae*, cuando gafaste a Vera. Vi al hombre en el que te habías convertido y comprendí por qué, durante años, tenía la impresión de haber vagado sin rumbo. Fuiste una revelación. Atisbé el auténtico propósito de mi vida, de mi carrera. Debía reparar la suerte de los desafortunados.

—¿Reparar? ¿Repararme? ¿Para qué?, ¿para no avergonzarte? ¿Para resarcirte de haber tenido un hijo gafe?

—Puede ser.

—No. Tú nunca me quisiste.

—No, no supe quererte. Negarlo es inútil. Fui educado en la pureza de la suerte. Engendrar un niño gafe era lo peor que alguien de mi familia podía esperar.

—Por eso, me rechazaste.

—Para ser más exactos, me desentendí. Dejé que vivieras en mi casa. Te di alimento y cobijo. Tu madre te cuidaba.

—Pero eso cambió.

—Sí —afirmó Joseph, un poco incómodo. Quizás, esa parte concreta de la historia perturbara su conciencia—. No te acuerdas, pero, a los cinco años, provocaste algo muy grave.

—Sí me acuerdo.

—¿Sí? ¿En serio?

—Si te refieres a lo que le pasó a la niña pelirroja que jugaba conmigo, sí, me acuerdo.

—En ese caso, debes saber que esa pobre cría estuvo al borde de la muerte. Fue por tu culpa, tu mal fario. No podía permitir que siguieras bajo mi techo. Tu tara era peligrosa.

—Y ordenaste que me sacaran de allí a la fuerza —espetó Alexander, con rabia.

—Fue complicado —susurró Joseph, todavía más incómodo—. Escucha, chico —señaló, con repentina firmeza, con la autoridad propia de un padre que él nunca había ejercido—, tú tendrás una imagen deplorable de mí, una que posiblemente me merezca, pero, en la vida, las cosas no son blancas o negras. La vida es gris. Tomar esa decisión fue jodidamente difícil. Tuve muchas dudas. Al final, me dejé convencer por el consejo de mi familia.

—No trates de justificarte. Nada te disculpa. Por cierto, cuando hablas del consejo de tu familia, me imagino que te refieres al de Adolph.

—En gran parte sí. ¿Por qué?

—Porque he ido a su casa y la he recordado. Estuve allí, ¿verdad? ¿Qué me hizo?

—No lo sé. Me creas o no, no lo sé. El día que te sacaron de la finca fue el día que me desconecté de todo aquello. Me aislé. Me desentendí del todo. No quise saber nada más. Lo único de lo que me enteré, con el tiempo, fue de que estuviste un año en su casa y luego te llevaron a un orfanato. ¿Qué pasó allí y por qué se hartaron de ti? No tengo ni idea.

—Ya se lo preguntaré a Adolph —anotó Alexander, amenazante.

—Haz lo que debas. Ten cuidado.

—¿Y mi madre? ¿Qué fue de Ingrid?

Esta vez, Joseph se tomó un minuto para reflexionar, y relató:

—No me perdonó jamás que te separara de ella. Es comprensible, desde luego. De ella también me desentendí. Fue el final de nuestro matrimonio. De hecho, nuestro matrimonio se acabó la noche que tú naciste. Después de lo tuyo, dejé de verla.

—Sé que ella me buscó.

—No puedo decirte nada, ni de esa búsqueda en particular ni de Ingrid en general. No te miento, Alexander. Me desentendí. Estaba harto. Creer que nuestro matrimonio se podía arreglar era perder el tiempo. Ninguno de los dos soportaba estar con el otro, cada uno por sus motivos. ¿Que te buscó? Claro que lo haría, ¿no? Era una madre. ¿Acaso no haría eso la madre de cualquier crío? Hasta la de un gafe. Pero no sé nada. Yo me distancié. Mi familia la cobijó, la controlaron un tiempo, pero yo me negué a que me contaran nada de ella.

—¿Tampoco te contaron que murió?

A Alexander se le quebró la voz al terminar esa frase. Se esforzó por no derrumbarse. La tristeza se mezclaba con la animosidad. Semejante cúmulo le oprimía la garganta.

—Sí, eso sí —asintió Joseph, apocado, con la mirada gacha—. No me dieron los detalles. Lo sentí por ella, de veras. Ella era buena. No nos merecía ni a mí ni a ti, ni mucho menos la muerte. Lo lamenté, pero me lo quité de la cabeza. No podía con más lamentos.

Alexander tragó saliva. Esas palabras de su padre biológico le escocieron. Pudo haber contestado con infinidad de reproches, pero un nuevo sonido del pasillo le recordó lo apurada que era su situación allí. Decidió avanzar.

—Vi el sótano de Adolph —narró, para cambiar de tema—. Me han hablado de lo que él hacía allí. Cometía atrocidades. Forzaba la suerte. Me he enterado de que ahora vive aquí y se ha implicado en las obras de *eFortuna Global*. ¿Qué pretende?

—Tampoco lo sé. Hace más de un año que no le veo, desde antes de que me encerraran. No sé qué pretenderá. Eso sí, te advierto que tengas mucho cuidado si vas en su busca. Adolph no es como yo.

—Algo debes saber —rebatió Alexander, que no confiaba en la sinceridad de Joseph.

—Nuestra relación no es precisamente idílica y fraternal. Nos hemos distanciado, pero le conozco. Si Adolph trama algo aquí, sea lo que sea, no dudes que estará relacionado con la suerte y será letal. Así es él: letal. Avisado quedas. Tú que puedes, huye.

—¿Huir adónde?

—Lejos de la ciudad.

El silencio regresó, por última vez en esta ocasión, y erizó todo el vello de Alexander. Si Joseph, alguien capaz de desentenderse de su esposa y su hijo, o de provocar las muertes por las que había sido encarcelado, opinaba que Adolph era peor que él, algo estremecedor se avecinaba. ¿Era hora de huir?

En otras circunstancias, si ese encuentro no se hubiese producido en condiciones tan difíciles, Alexander habría presionado a Joseph hasta descubrir qué callaba. Aunque, si pensaba con frialdad, ¿con qué iba a intimidarle? No podía amenazarle con gafarle otra vez. Además, otro ruido distante le recordó que debía irse pronto.

—Antes has dicho que vivías al margen de todo —agregó Joseph, cuando se percató de que Alexander se disponía a marcharse—. ¿Dónde queda eso?

—No te entiendo.

—Me refiero a que dónde te escondes porque, tal vez, pueda ayudarte.

Entonces, Joseph compartió con él una información que, en efecto, fue de gran utilidad. A continuación, quizás como única despedida posible, el hombre concluyó:

—Ojalá pudiera volver a verte. Soy consciente de que es poco probable. Dime una cosa: si volvieras atrás y supieras lo que sabes ahora, ¿me habrías gafado esa noche?

Alexander contempló a ese patético hombre sin pestañear, y aseguró:

–Sin dudarlo.

No hubo nada más que añadir, pese a todo lo que siempre quedaría pendiente.

Alexander salió de allí sin que el somnoliento vigilante le mirara a los ojos. Dejó atrás a Joseph Klausmann, el hombre que la fortuna había querido que fuese su padre biológico.

10

Con el tiempo, Alexander valoraría lo que había obtenido de la intempestiva reunión con Joseph. El lazo de sangre que les unía era indeseable, pero imposible de eludir. El reencuentro le había desagradado, pero había servido para obtener respuestas y aclarar lagunas, aunque sus temores sobre Adolph se hubiesen acrecentado.

De momento, esa noche en concreto, Alexander había obtenido una herencia inesperada por parte de su padre biológico: un nuevo escondite.

Joseph le había explicado que su casa en Ciudad Fortuna permanecía custodiada por las autoridades desde su detención. La Policía se habría olvidado del inmueble hacía meses, por lo que era ideal para que Alexander se ocultara. Solo debía procurar que el portero y los vecinos no reparasen en su presencia.

Cuando llegó a la calle de los Comendadores, al noreste del Arco Clásico, no se veía a nadie. Parecía una zona apacible y refinada. Alexander esquivó la luz de las farolas. Tal como Joseph le había avisado, la cerradura del portal estaba bastante suelta y fue muy fácil de abrir con una tarjeta. Dentro, con cautela, subió a la quinta planta a pie.

Forzó la cerradura sin que se percibiera el destrozo. El piso olía a cerrazón y humedad. El polvo colmaba el aire. La Luna proporcionaba la única iluminación. Alexander inspeccionó el sitio. Habían cortado la luz, no el agua corriente. Aunque su subsistencia fuera precaria e insostenible a largo plazo, por ahora, caviló que se las arreglaría.

Un objeto, cerca de la ventana, llamó su atención: una jaula vacía con la puerta abierta. De pronto, una idea vino a su mente: así se hallaba, esa misma noche, su corazón.

Joseph Klausmann no olvidaría jamás esa noche tan rara. Aguardaba con impaciencia el procedimiento que le habían prometido. Cuando, en torno a la medianoche, escuchó que alguien entraba en su habitación, Alexander era la última persona que esperaba ver. Hubiese departido durante horas con él, empeñado en demostrarle el porqué de todos sus malos actos. Deseaba alguna clase de reconciliación con ese hijo menospreciado, en quien hoy no hallaba ningún rasgo suyo. Lo deseaba de verdad, mas no sería posible. No se lo merecía.

Todo lo relacionado con el hospital le resultaba surrealista. Pasarse el día entero en la habitación le inducía un estado de sopor irreal. Ignoraba lo real y se entregaba a sus divagaciones. De hecho, todo allí era falso, pues su ingreso se basaba en una mentira. Él se indujo la infección intestinal por la que le habían llevado al Santo Damián. Adolph le había dicho que ideara el modo de salir de prisión unos días. Forzar el quinto dogma, recobrar la suerte arrebatada, era algo que no podía conseguirse en la cárcel; en el hospital, tal vez sí.

De madrugada, se quedó traspuesto. Se despertó al percibir que su cama se movía. Le trasladaban a otro lugar. Un camillero joven, un fortachón de cabeza afeitada y musculatura saturada de anabolizantes, le sacó al pasillo sin mediar palabra. Pasaron junto al vigilante, el cual no les prestó atención. Joseph se preguntó si le habían pagado para que hiciera la vista gorda. Nunca dejaría de sorprenderle el poder de ciertos hombres, como Adolph o algunos de sus colegas de atrocidades, para salirse con la suya en cualquier circunstancia.

Le llevaron a una desordenada sala de curas, en un sótano que no parecía emplearse a menudo. Un hombre esperaba allí. El camillero dejó la camilla en medio de la sala y recibió un pago en metálico del hombre. Este se llamaba Moritz Grima. Era un casi septuagenario de cabello gris y estropajoso, semblante arrugado y hosco, estatura escasa, hombros enjutos y chepa. Joseph le detestaba porque Moritz, estudioso de la suerte, estuvo en el prematuro nacimiento de Alexander y fue quien le comunicó que había tenido un hijo gafe, momento nefasto que siempre recordaría. Moritz había sido uno de los colaboradores más frecuentes de Adolph, uno de los pocos pseudocientíficos a quienes el primogénito de los Klausmann consideraría un colega a su mismo nivel. Ambos tenían en común una absoluta carencia de escrúpulos y un pragmatismo de lo más visceral.

Ni Joseph ni Moritz se saludaron. Aguardaron en silencio. Luego, otro camillero, uno a quien Joseph no vio bien, se presentó con otra camilla, donde portaba a una mujer joven, dormida o inconsciente, vestida con un pijama de hospital. La colocaron al lado de Joseph. Este escrutó el aspecto de la chica, y preguntó:

—¿Quién es?

—¿Acaso importa? —replicó Moritz.

—¿Duerme?

—Está sedada. No es lo preferible, pero aquí es mejor. No quiero ruidos.

Joseph emitió un sonoro suspiro. La situación le asqueaba. Moritz apuntó:

—Si tanto te incomoda el plan, puedes rendirte.

Eso enfadó a Joseph. Moritz se creía capaz de tratarle con condescendencia, mofarse de sus remilgos y señalarle como un pusilánime. Esa era la imagen que su propia familia, en especial sus dos hermanos, había fomentado de él.

—Adelante con el plan —repuso.

El segundo camillero se marchó. Moritz cerró la puerta y reguló la luz para conseguir un ambiente más lúgubre. Se aproximó a una mesa, dispuesta entre los cabeceros de ambas camas, y retiró un plástico oscuro, con lo que dejó al descubierto una máquina. Joseph tragó saliva. La reconocía, pese a haberla visto en contadas ocasiones. Se trataba de una de las máquinas de Adolph; en concreto, aquella que se asemejaba a un sistema de electrochoque.

Moritz colocó una serie de electrodos en determinados puntos de la cabeza, el torso y los brazos de Joseph, así como de la mujer inconsciente, la persona que ejercería de donante esa noche. También conectó a ambos pacientes a sendos monitores cardiovasculares.

—Una vez iniciado, el proceso no se detendrá —advirtió el hombre.

Joseph, cuyas pulsaciones se aceleraban, asintió con la cabeza.

Lo que sucedió a continuación supuso una de las experiencias más horripilantes de la vida de Joseph. Le introdujeron un protector en la boca para evitar que gritara o se mordiera la lengua. Las descargas empezaron a una intensidad baja, pero pronto se incrementaron y le hicieron querer detener la prueba, si bien no pudo articular palabra. Observó de reojo a la otra persona. Se percató de que sus convulsiones eran más violentas que las suyas. Buscó la mirada de Grima, pero este supervisaba el procedimiento sin hacerle ningún caso.

Perdió la noción del tiempo hasta que el quinto dogma obró su efecto. Sintió renacer una esencia fundamental en su interior. Abrió los ojos. Contempló a la mujer que yacía a su lado, sacudida por los electrochoques. Impresionado, vio cómo unas manchitas pardas, con una forma parecida a un trébol de cuatro hojas, surgían en su piel, junto a los electrodos.

Capítulo IX

Ventaja

MARZO 2016
(TRES MESES DESPUÉS DEL FENÓMENO)

Personas como aquel hombre eran incómodas pero necesarias para lograr el éxito.

Erik Dammer había obtenido el control en la convulsa situación. Le habían nombrado delegado especial, un cargo en apariencia insustancial, que sonaba como otro cualquiera, pero, en realidad, le otorgaba la autoridad para gestionar las consecuencias de todo lo sucedido. Solo respondía ante el presidente y el primer ministro, por encima incluso de los propios ministros del gobierno. Se le concedía una discreta oficina. Y le correspondían partidas presupuestarias opacas, exentas de controles inoportunos.

Si hubiese dependido de él, ese nombramiento se habría producido mucho antes. La provisionalidad e indeterminación de las primeras semanas, un tiempo muy valioso y poco aprovechado, había rozado el desbarajuste absoluto. Por eso, ahora, su mayor prioridad era controlar ese desarreglo. Debía traducir su poder institucional en capacidad real. Para ello, necesitaría personas conocedoras del terreno a su lado.

Ese era el motivo que había propiciado esa reunión de cariz clandestino. Puesto que algunos periodistas impertinentes no le dejaban en paz, Erik había programado el encuentro a primera hora de la mañana de un domingo, en un despacho de esa oficina desierta que le acababan de ceder, donde aún no se había instalado.

Al otro lado de una mesa redonda, sobre la que había dos cafés servidos en vasos de plástico, se sentaba un hombre que a Erik no le agradaba, consciente de los antecedentes y la reputación problemática que el tipo acarreaba.

—Podría contactar con cualquier otra constructora —comentó Erik, en un punto de la reunión. La nueva etapa empresarial de su interlocutor, en el ámbito de la construcción, se desarrollaba dentro de la legalidad, pero él todavía desconfiaba del origen de su dinero.

—Aun así, contacta conmigo —anotó el hombre. Además de beberse el café, se fumaba un cigarrillo. Vestía un traje demasiado elegante para una reunión como aquella. Pretendería aparentar, acostumbrado a otras cosas. Se había cortado al rasurarse del todo el bigote.

—Sí. Porque no solo busco medios y recursos, sino también ciertos requisitos.

—¿Cuáles?

—Busco alguien en quien poder confiar; alguien capaz y eficiente, cumplidor en lo que se le encomiende; alguien que no traiga quejas y dificultades, sino inconvenientes resueltos; alguien que conozca la ciudad.

—Yo cumplo todos esos requisitos —aseveró el hombre—. Si el pago que recibo satisface lo que he solicitado, cuente conmigo.

—Así será. Trato hecho, señor Tucker —decidió Erik, mientras se ponía en pie y tendía su mano al hombre del traje demasiado fino.

—Llámame Dragan —apostilló este, quien también se levantó, echó la colilla al vaso de plástico y estrechó su mano.

—Dime, Dragan —añadió Erik, antes de zanjar la reunión—, ¿cómo te salvaste? ¿Dónde estabas aquella mañana?

—Lejos de la ciudad. Tuve mucha suerte esa mañana. Todo me salió bien.

NOVIEMBRE 2015
(DOS SEMANAS ANTES DEL FENÓMENO)

1

Ciudad Fortuna abrazó la modernidad que, en el declive medieval, se extendió por el mundo. Acogió con regocijo el arte y la ciencia, con sus gentes siempre curiosas respecto a los misterios de la razón, el intelecto y la imaginación. La comunicación superaba fronteras e iluminó el oscurantismo pretérito. Se multiplicó la economía. Apareció la burguesía. Los poderes mutaron. La ciudad salvaguardó su autonomía ante los nuevos sentimientos y concepciones. Y, en última instancia, los súbditos se transformaron en ciudadanos.

Alexander Berkel se sentía como un ciudadano de segunda por su condición de gafe. En los últimos años, a las calamidades de su maldición se habían añadido la pérdida de su libertad y la persecución. Desde hacía un par de días, además, se había convertido en un okupa. Llevaba dos días en el piso de su padre biológico, en la calle de los Comendadores. Sin suministro eléctrico, todavía le quedaban algunos problemas cotidianos que solucionar. Lo peor era el frío, pues las temperaturas habían bajado más y se avecinaban tormentas. Al menos, sí tenía agua corriente. Ni los vecinos ni el portero debían percatarse de su presencia, aunque ese piso pudiese considerarse una especie de herencia, pero ¿cómo explicarlo?

En sus actuales circunstancias, en un domicilio que no le pertenecía, con sus escasos ahorros aún más menguados, y todavía perseguido por la justicia, Alexander podía cometer el error de creer que su posición ya no empeoraría. Sin embargo, sabía que algo sombrío se acercaba. Lo peor era no poder explicar de qué se trataba. Su encuentro con Joseph había acrecentado sus temores respecto a Adolph. Necesitaba moverse con presteza. Le mortificaba la sensación de que lo único que hacía era perder el tiempo.

Había avisado a Frank de su cambio de escondite y se había llevado a Trece. El colega felino se mostraba complacido en la nueva casa. Lo que más reclamaba su interés era la jaula de pájaro vacía, alrededor de la cual se paseaba a menudo, como si un aroma ya lejano incitase sus instintos. Por su parte, Alexander había indagado entre las pertenencias de Joseph. Lo que había hallado por ahora concordaba con la imagen aburrida y anodina que se había forjado de su progenitor. Al fondo de un cajón, había visto un libro de tamaño cuartilla con las tapas marrones que podía ser un diario, hallazgo que estudiaría con calma en el futuro.

En cuanto a la investigación acerca de Adolph, harto de aguardar noticias de Manuel Sócrates, decidió enviarle un mensaje a su afortunado aliado. Minutos después, recibió una escueta respuesta del empresario. El hombre le citó para esa misma tarde, en el mismo escenario de su última conversación.

Así, ese martes, después de comer, Alexander caminó hasta los hermosos campos de Juno, donde esperó en el mismo banco de piedra, al resguardo de una estatua algo desatendida. Manuel apareció poco después. Tranquilo y discreto, se sentó de espaldas a él, al otro lado del frío banco.

—Deja de mover tanto la cabeza —riñó Sócrates—. Si actúas así solo llamas más la atención. Se nota a la legua que estás nervioso.

—Recuerdo una vez en la que Héctor me dijo algo parecido —evocó Alexander.

—¿Sí? Me imagino la escena. Héctor era un hombre muy sabio, así que relájate.

—Lo siento. No suelo quedarme quieto cuando estoy en sitios abiertos. Me siento expuesto, a la vista de cualquiera que pueda reconocerme y correr a llamar a la Policía.

—Tranquilo. En fin, cuanto antes empecemos, antes podrás irte. ¿Qué pasa?

—¿Qué has podido averiguar sobre *Crisol Innovaciones*?

—No mucho, la verdad. Te pedí que fueras paciente. ¿Para eso me has escrito? Pensaba que habíamos acordado que el teléfono solo se utilizaría en caso de emergencia.

—Han pasado unos diez días —lamentó Alexander—. Lo lamento, pero esto para mí ya es una emergencia. Necesito actuar ya.

Se revolvió en su asiento. ¿Cómo explicar a Sócrates que sus temores habían empeorado después de su charla con Joseph? ¿Cómo contarle que había ido a verle porque, entre otras cosas, Joseph era su padre biológico? ¿Cómo justificar ese empeño por meterle prisa a su único aliado valioso?

—Sí, han pasado diez días, pero no creas que me he dormido en los laureles —comentó Manuel, que no le dio importancia a su pueril impaciencia–. El problema es que *Crisol Innovaciones* está rodeada de opacidad y hermetismo. Todo lo relacionado con *Unión Global Fortuna* es un verdadero enredo. El consorcio es un caos de empresas públicas y privadas, cada una con una función. Parece contradictorio: por un lado, todo está demasiado fraccionado; por otro, se comparten recursos, como muchos trabajadores. Por lo visto, *Crisol Innovaciones* se encarga de parte de la estructura técnica, de los protocolos de comunicación, el volcado de datos..., esas cosas.

–Eso es extraño –añadió Alexander– porque, según figuraba en el registro mercantil, su actividad principal es la investigación científica mediante fondos privados.

–Exacto. Todo esto de *eFortuna Global* no tiene pinta de ser su campo. Y hay algo aún más raro, un detalle que todavía no he podido aclarar.

–¿Qué sucede?

–El hombre al que buscas, Adolph Klausmann, no figura en ningún documento relacionado con *eFortuna Global* y *Unión Global Fortuna*.

–¿Cómo es posible? *Crisol Innovaciones* es su empresa y participa en el consorcio.

–Sí, pero él no aparece en ningún contrato.

–¿Entonces?

–Supongo que tiene un administrador o alguien con poderes legales para firmar en su nombre. Quizás, el propio Adolph ya se retiró y solo es dueño de la empresa, mientras que otros llevan a cabo el auténtico trabajo. La cuestión es que él no se ha vinculado legalmente a nada del consorcio.

–¿Dónde puede localizarse *Crisol Innovaciones*?

–Tampoco he avanzado en eso. Te insistí en que los métodos legales eran lentos. Esa empresa es muy inaccesible. No he encontrado la dirección de ninguna oficina ni nada por el estilo. Tanta cerrazón solo puede ser intencionada. Se han parapetado. Sea como sea, no nos demos por vencidos tan pronto. Seamos pacientes. Seguiré buscando información.

–Cuanto más sé, o menos sé, mejor dicho, menos me gusta todo esto –confesó Alexander, agobiado–. Sería estupendo descubrir dónde opera su empresa e ir a echar un vistazo. –Una idea rondó su cabeza. Decidió insinuarla–: Algunos jugadores de las timbas eran empleados del consorcio.

—No, ni hablar —replicó Sócrates, como un resorte, que descifró su insinuación enseguida—. No iremos por esa vía. Yo solo actúo desde el ámbito legal. No vamos ni a contactar con jugadores de las timbas ni a colarnos en ninguna oficina o instalación para husmear. Olvídalo. ¿Queda claro?

Alexander solo emitió un gemido. No quería mentir a Manuel. Su paciencia se había agotado. Era un ciudadano de segunda, si no algo peor, privado de casi todos sus recursos y sin ningún tipo de ventaja. Se había propuesto un objetivo, así que decidió que, si los medios legales de Sócrates no servían, él estaba dispuesto a aplicar sus propias tácticas.

<u>2</u>

Y se precipitó. Se dejó llevar por la nada recomendable inercia de un arrebato impensado. Fue una de esas ocasiones en las que sabía que no convenía pensar, sino dejarse conducir por el impulso. Si recapacitaba, sopesaría los riesgos y entendería que, a un gafe, aquella táctica solo podía dejarle en peor desventaja. Una débil voz dentro de él, algún resquicio de sentido común, así se lo advertía. Con todo, la impaciencia consiguió acallarla.

Por eso, más tarde, volvió a transitar la noche. Se montó en uno de los últimos tranvías de la línea circular. Recordaba el itinerario y el horario habitual del hombre al que buscaba. Su plan resultaba muy rebuscado, pero ese tipo podía facilitarle información de *Crisol Innovaciones*, siempre y cuando le conveciese la oferta que le iba a plantear.

El hombre se subió al tranvía en la parada de costumbre. Alexander le observó desde su asiento, al fondo del convoy. El tipo de la ceja partida parecía más demacrado y delgado que la última vez. Iba bastante abrigado, pero, por la inquietud con la que se meneaba, daba la impresión de tener mucho frío. Se apeó en la misma plataforma en la que, semanas antes, Alexander se aproximó a él y le echó mal de ojo por orden de Goran Zerbe.

Igual de inadvertido que esa noche, Alexander bajó del tranvía y anduvo detrás del de la ceja partida. La noche era gélida y cerrada. La calle se hallaba desierta.

Un par de manzanas más allá, carraspeó, y dijo:

—Perdona, tío.

El hombre de la ceja partida pegó un respingo. Se giró a toda prisa. Miró a Alexander con evidente desconfianza. Enseguida, su rostro mostró cierto atisbo de suspicacia.

—Disculpa que te aborde así —añadió Alexander, con calma. No deseaba ahuyentarle.

—¿Te conozco?

—Sí nos hemos visto, aunque es muy probable que tú ni te fijaras en mí.

—¿Cuándo?

—En las partidas que se montaban en aquel local, el de la parte trasera de un estanco.

La alusión a las timbas ilegales acentuó la tensión del de la ceja partida.

—Sí —susurró, abstraído—. De eso me suenas. Tú te movías por allí.

—Sí. Presencié muchas partidas, como una en la que te hice perder todo tu dinero.

—¿Cómo?

—Digo que yo provoqué que perdieras tu dinero.

—¿Qué? ¡Eso es imposible!

Era de esperar que un infeliz como ese no tuviese ni idea de la verdadera suerte. Alexander, no obstante, no estaba dispuesto a que le tomase por un chiflado o echase a correr, de modo que, con aire intimidante, dio un paso, clavó sus ojos en él, y aseguró:

—No para alguien como yo. Yo puedo robarte la suerte y es lo que hice esa noche. Te seguí, igual que hoy, y te hice algo que muy poca gente puede hacer, algo que te priva de lo más preciado durante un tiempo, el justo para que mis jefes pudiesen desplumarte, todo sin que tú te dieses cuenta de nada.

Alexander retrocedió un poco, despacio. El de la ceja partida respiraba con agitación. Le salía vaho de la boca. Tal vez no conociese la verdadera suerte, pero sin duda se creyó lo que acababa de escuchar. No lo entendería, seguro, pero se lo creyó. Eso le atemorizó.

—¿Qué quieres de mí? —preguntó, tembloroso.

—Es muy sencillo. Necesito localizar una empresa del consorcio para el que trabajas. Se llama *Crisol Innovaciones*. Estoy seguro de que podrás conseguir esa información para mí.

—¿Por qué lo necesitas?

—De eso no tienes que preocuparte. Tú limítate a enterarte de dónde están las instalaciones. Trabajando en el consorcio será más fácil.

—¿Por qué yo? —inquirió el tipo, agobiado.

—Porque has tenido la mala suerte de ser la única persona relacionada con esas obras con la que podía dar.

—¿Qué diablos saco yo de todo esto?

Alexander titubeó unos instantes. Esa débil voz interior le repetía que eso saldría mal, que se marchara, pero no la prestó atención.

Solo existía una cosa que un gafe pudiese ofrecerle a un desdichado como aquel para que le siguiese el juego, así que respondió:

—La revancha.

3

Ricardo Varone vivía a un ritmo cada vez más intenso. A dos semanas de las elecciones, la campaña oficial había empezado. Él no era un novato en cuestiones electorales, pero esta campaña no tenía parangón con aquellas que le convirtieron en alcalde de Ciudad Fortuna. En Ciudad Jano, sus mañanas, tardes y noches estaban llenas de eventos donde debía dar lo mejor de sí. Leía informes, memorizaba discursos, practicaba respuestas, obedecía guiones y sonreía a todo aquel que se le acercara. Con el paso de cada jornada, su alimentación empeoraba y sus horas de sueño disminuían. Y la capacidad de resistencia de su salud, la de un hombre que en dos años cumpliría sesenta, distaba mucho de ser la que demostraba cuando, con treinta y tantos, se bregó con su primera contienda como concejal.

Existían muchas clases de actos electorales: desde los que fingían desarrollarse en un ámbito más recogido, hasta los que le exhibían ante las masas, sin olvidar las intervenciones en los medios de comunicación. Todo valía para transformarle ante la opinión pública en el personaje que el equipo del partido había decidido crear; un personaje con unos rasgos muy diferentes a los que él poseía en realidad.

También variaban las compañías. Había actos protagonizados por él en solitario, pero en la mayoría se hallaba acompañado por otras personas. Los eventos de mayor alcance eran los que compartía con Sebastian

Brenner. Otras veces, coincidía con destacados políticos o personajes de renombre. Y luego estaban las ocasiones en las que el rol de *partenaire* era interpretado por Casandra.

Ese fue el caso del acto al que Ricardo asistió la mañana del miércoles, antes de una parada exprés en la *suite* de su hotel. Había sido uno de esos eventos que pretendían resultar íntimos. Casandra y él habían visitado uno de los colegios de mayor prestigio del país, donde habían charlado con una cuidada selección de estudiantes; todo ello rodeado de cámaras y micrófonos. Los chavales les habían guiado en un recorrido por las instalaciones del colegio y, más tarde, en un coloquio, habían formulado sus preguntas al candidato. Por supuesto, las cuestiones habían sido revisadas por el equipo del partido. Durante el acto, la simpatía e implicación de Casandra asombraron a Ricardo. No dejaba de sorprenderle su apoyo a la campaña, máxime en un escenario que tanto debía recordarle su maternidad cercenada.

Cumplido el trámite, otro más en la larguísima lista de aburridos encuentros en la que se había convertido su cotidianeidad, Ricardo, Casandra y el ruidoso séquito que casi nunca les abandonaba regresaron al hotel. Allí, mientras su esposa se refugiaba en una habitación que había solicitado para ella sola, Ricardo tuvo que cambiarse de camisa y corbata delante de más de cinco personas. La falta de intimidad le disgustaba.

—Acaban de publicarse los resultados de un nuevo sondeo *online* —comentó una mujer del equipo, quien se aproximó a él con un papel en la mano. Ricardo, que no había logrado aprenderse el nombre de sus dos asesores del Ayuntamiento, no tenía ni idea de quién era esa que ahora le hablaba. Tampoco le importaba.

Dejó el nudo de la corbata por un momento, cogió el folio que la mujer le tendía y le echó un vistazo.

—Es una bajada mínima, pocas décimas —opinó—. No son datos reales, sino matemáticas especulativas.

Devolvió el papel a la mujer. Esta se alejó con gesto poco convencido. A Ricardo no le amedrentaba la demoscopia barata. Él sabía muy bien cuál sería la clave de su victoria.

Terminó de hacerse el nudo. Debía engullir su comida, pero, desganado, fue al pasillo y llamó a la puerta de la habitación contigua, la de Casandra. Su esposa le abrió.

—¿Tienes la tarde libre? —preguntó él, que entró y cerró la puerta.

—Sí —replicó ella, lacónica y desinteresada—. ¿Por qué?

—Por nada. Gracias por venir a lo de hoy.

—Claro.

Casandra se dedicaba a colocar su ropa en el amplio armario de la habitación. Se movía alrededor de su esposo como si este no estuviera. Le ignoraba. Ricardo, desarmado por su ostracismo, buscaba el modo de volver a hacerle esa pregunta que tanto le obcecaba; esa que ya le había formulado antes sin obtener una respuesta convincente.

—Si quieres, puedes volver unos días a casa —dijo.

—¿Por qué?

—Por si te apetece.

—No, no hace falta.

Ricardo no lo soportaba. Ella ni le miraba. Así que volvió a preguntarle:

—Casandra, ¿por qué haces esto?

Como en otras ocasiones, ella se detuvo, le miró con calma, y respondió:

—Porque deseo verte triunfar, llegar a lo más alto. Por Lara.

4

Travis Dixon llevaba días con una sensación rara en el cuerpo. No lograba precisar en qué consistía, pero le evocaba algo que ojalá jamás hubiese conocido.

De todos modos, no entendía por qué le extrañaba tanto sentirse raro. La normalidad y él no casaban. Lo sabía de sobra. Él no podía ser convencional, jamás lo había sido. En el último año, aun así, se había acostumbrado a una situación bastante similar a la del resto de la gente, esa mayoría a la cual no creía pertenecer. Su relación laboral con el alcalde terminó de manera amistosa cuando este dio su salto a la política nacional. Travis aceptó la situación sin objeciones. Era consciente de que la confianza de Varone en él se había perdido poco a poco. Él jamás igualaría a Carlo Ferrara. Al menos, el alcalde le enchufó como operador de un servicio telefónico de atención a los ciudadanos, un empleo fácil, con un salario decente, que le alejaba de la vida delictiva de otras épocas. Asimismo, tenía una relación estable con Yuri y vivía con él desde hacía meses. Cada vez pensaba menos en Pete.

Pero le faltaba algo. ¿Qué podía ser? ¿Una transgresión, quizás? ¿Volver a saltarse las normas, como cuando era un delincuente buscavidas? El convencionalismo no le cuadraba. Por eso, había caído en el desliz. Le preocupaba lo que su fogoso escarceo con el chico del chat implicaba: que Yuri no le llenaba. Travis apreciaba a su novio, por supuesto, pero ¿y si solo se refugió en él para huir del dolor por la muerte de Pete? Demasiadas preguntas para una mente que hoy no se encontraba bien. Trataba de no plantearse cierta sospecha acerca de su malestar, algo relacionado con lo que Frank llevaba al cuello. No dejaba de evocar esa curiosa bellota de estaño. Pero no, eso no podía ser. Seguro que solo se le había contagiado el nerviosismo de Yuri, que estaba a punto de llevar a cabo un movimiento muy arriesgado en el trabajo; uno de esos movimientos en los que la suerte resultaba determinante.

5

Adolph Klausmann casi había olvidado la satisfacción de finalizar un trabajo con éxito. Aunque nunca se hubiese jubilado, en los últimos años, antes de entregarse a su proyecto actual, no se había dedicado a nada destacable. En cambio, hoy era una fecha importante para él: la última jornada de preparación en Ciudad Fortuna. El juego medio tocaba a su fin y se acercaba el final de la partida; un final que no se precipitaría y requeriría paciencia. Los trebejos ocupaban sus escaques. Adolph siempre antepuso la estrategia a la táctica. Pronto, obtendría los frutos de la ventaja material y posicional que había conseguido.

En dos días, *eFortuna Global* se haría, al fin, realidad. La mayor iniciativa municipal en lustros se pondría en marcha. Sin duda, la fecha escogida estaba muy relacionada con la campaña electoral nacional, puesto que tanto el alcalde Varone como el vicealcalde Wagner se beneficiarían de esa inauguración, del mismo modo que la Organización Heptágono y numerosos participantes e inversores, amén de los ciudadanos. De todos modos, ninguno de ellos sospechaba cuánto iba a beneficiarse el propio Adolph.

Ese miércoles, cerró su ronda de revisiones con la séptima y última central operativa de su empresa. Esta se situaba próxima a la Estación

Occidental de Ferrocarril, al final de la avenida Sageco. La instalación y su correspondiente antena se erigían cerca de las cocheras del recinto. Adolph había comprobado que, como en el resto de centrales, todo funcionaba sin problemas. Cuando acabó, un taxi le llevó al *Café Greco*.

En la elegante cafetería, mientras esperaba al impuntual con quien había quedado, le echó un vistazo a su teléfono móvil, un aparato con el que le costaba relacionarse. No tenía llamadas perdidas, aunque estaba convencido de que Irene Berkel acudiría a él tarde o temprano. En su último e inesperado encuentro en *El séptimo cielo*, la joven se resistió a la pastilla de H27 que él le ofreció, aunque el anhelo se advirtiera en su mirada. Adolph sospechaba que su dependencia y sumisión pronto empeorarían.

Jon Hosen apareció en ese momento, con ese aire apresurado que siempre iba con él. Se sentó frente a Adolph, quien le riñó:

—Nunca cambiarás.

—Ya. Lo siento.

—¿Cómo va todo?

—Como siempre.

Adolph bebió un sorbo de café. Observó a Jon de reojo. A pesar de los años que hacía que le conocía, ellos nunca habían trabado una verdadera amistad. Apenas tenían de qué hablar más allá del trabajo.

—¿Qué necesitas? —preguntó Jon, quien también debía opinar que charlar sobre temas fútiles no tenía sentido.

Adolph apuró su café, reflexionó un segundo, y respondió:

—Quiero el dado.

Aquello mudó el rostro de Jon. Palideció. Abrió la boca como si pretendiese decir algo, pero no logró articular palabra alguna. Adolph añadió:

—Apuesto a que lo llevas encima. —Jon asintió con la cabeza, en silencio, pero no se lo dio—. Sabes que no es solo un dado.

—Claro que no —replicó Jon, con una severidad infrecuente en él—. También es un recuerdo, uno muy importante.

—Lo sé. Sé lo que significa para ti, lo que te recuerda. Muy pocos lo sabemos, me hago cargo, pero lo necesito. Lo que te recuerda hace tiempo que lo perdiste. Lo lamento.

Al final, Jon puso sobre la mesa el dado de cristal amarillo, un curioso objeto que, para él, había adquirido un cariz sagrado, pues, como Adolph imaginaba, le ayudaría a evocar el único amor de su vida, además de la descendencia que jamás se le permitió reconocer.

Adolph se guardó el dado en un bolsillo. Antes de marcharse hacia la sala veintisiete, pensó que ya solo le quedaba uno para completar su ventaja: aquel que Irene Berkel podría encontrar para él.

6

El desdichado de la ceja partida había perdido una cantidad nada desdeñable de dinero, todo por culpa del mal de ojo de Alexander. En cuanto este le habló de la posibilidad de cambiar las tornas del juego, de la insospechada ventaja que él le podía proporcionar, el de la ceja partida se convirtió en su aliado o, mejor dicho, una especie de secuaz. El pavor que Alexander había sabido infundirle, sumado al hecho más que probable de que ese tipo fuese un ludópata, fueron la clave para que se adhiriera a su causa contra *Crisol Innovaciones*.

Acordaron que el de la ceja partida descubriría cómo localizar la empresa. A cambio, Alexander le echaría mal de ojo a su próximo oponente en una timba. Antes de despedirse, intercambiaron sus números de teléfono para mantenerse en contacto. Alexander sospechó que el de la ceja partida se había dado cuenta de que era un prófugo, por lo que le amenazó con gafarle de por vida si osaba traicionarle fuera como fuese. Por la bocanada de vaho que el hombre exhaló, la intimidación tuvo éxito. Se despidieron sin apretones de manos.

Durante todo el miércoles, el de la ceja partida envió varios mensajes a Alexander para informarle de sus avances. Al parecer, se dedicó toda la jornada a hablar con conocidos y conocidos de conocidos, trabajadores de diferentes sectores de *Unión Global Fortuna*, con el fin de localizar las instalaciones de *Crisol Innovaciones*. Dejó caer en un par de ocasiones que le interesaba apuntarse a una partida de Goran Zerbe esa misma semana. Su deseo de ganar era mayúsculo. La rapidez con la que se desarrollaba el plan convenció a Alexander de que había hecho bien al llevar a cabo esa táctica ilícita. Necesitaba mejorar su posición.

El jueves, los avances del de la ceja partida se ralentizaron. En el piso de Joseph, Alexander tuvo tiempo para reflexionar. No recapacitó acerca de su arriesgada táctica de juego, sino sobre otros asuntos que le atormentaban desde su regreso de Aldea Moira. Así, por la tarde, a medida que el cielo se cubría de bruna nubosidad, decidió que, aparte de su reunión con Joseph, había otro encuentro familiar que no debía postergar. Salió de allí, caminó con la cabeza gacha y, mientras la inminente noche se avecinaba carente de estrellas, recorrió un camino que hacía tiempo que no recorría.

Desde que Héctor le adoptó, de lo que hacía casi veinticinco años, había contado con pocas constantes en su vida. Una de ellas, aquella de la que jamás pensó que pudiese separarse, era Irene. Ella siempre estaba ahí, tal vez no a su lado, pero sí cerca, pendiente, incluso cuando Alexander creía que no la necesitaba. Ahora, sus lazos se habían enredado en un nudo maltrecho que les distanciaba y dañaba. ¿Cómo pudo permitirlo? Se habían desligado demasiado, pero deseaba solucionarlo.

Por eso, atravesó la ciudad, desapercibido para los viandantes, con frío y temeroso de las lluvias, hasta el barrio de Saberes. Tenía que reencontrarse con Irene. Había postergado esa cuestión por miedo, por cómo le habló ella el día de la Torre del Nimbo, pero necesitaba compartir con su hermana todo lo descubierto en Aldea Moira. Quería que fuera la primera en conocer su verdadera identidad. Era muy importante arreglar su deteriorada relación. Se lo debía a Héctor.

Al llegar a la calle de Alan Turing, Alexander se detuvo en un punto cercano al portal de Irene. Cuando vio que alguien salía, corrió y se coló en el interior antes de que la puerta se cerrase. Subió a la cuarta planta a pie. Aproximó la oreja a la puerta del apartamento y no oyó nada. Llamó al timbre.

Tras un lapso de tiempo que le pareció muy largo, escuchó pisadas al otro lado. Luego, hubo silencio. No estaba seguro, pero intuyó que alguien miraba por la mirilla. Se sintió observado. Entonces, la puerta se abrió despacio. Irene asomó la cabeza. Ambos hermanos se contemplaron el uno al otro. A ella debió sorprenderle su ruda apariencia.

—Pasa —indicó Irene, con voz queda, quizás enferma, después de asimilar su llegada.

—Gracias —susurró él. Una terrible corazonada le sobrecogió: las cosas no iban bien.

Alexander siguió a su hermana hasta el desatendido salón del piso, donde la luz escaseaba. En un rincón, reconoció al gracioso Sam, que estaba fuera de su esfera.

Irene se detuvo en mitad de la estancia. De pronto, su nerviosismo y perturbación resultaron evidentes. Observó a su hermano. Debió parecerle que el ambiente era demasiado lóbrego, pues abrió las cortinas, aunque ya hubiese caído la noche. Encendió la luz. Frunció el ceño en un gesto de molestia, como si la luminosidad le hiciese daño. Alexander estudió su aspecto: descuidado, todavía más delgado de lo que recordaba, con ojeras y sin el *piercing*. La chica daba la impresión de temblar. No estaba bien, nada bien. Él lo sabía.

—Lo siento —dijo él. Carraspeó para aclararse la garganta, tenso por el reencuentro. A continuación, concretó—: Siento venir. Lo siento. Sé que te pongo en peligro.

—¿Por qué? —preguntó ella, con cara de estar algo ida. Evitaba la mirada directa de sus ojos. Los dos continuaban de pie en mitad de la estancia.

—Por la Organización Heptágono.

—No.

—No ¿qué?

—No me pones en peligro. Ya no trabajo para ellos.

—¿No? ¿Por qué?

—Porque la Organización Heptágono no era para mí.

La respuesta sonó tajante. A pesar de que Alexander sospechaba que el asunto no era del agrado de su hermana, no pudo evitar ahondar en ello:

—¿Cuándo dejaste el trabajo?

—Fue el día que me llamaste y usaron mi teléfono para localizarte.

Cierto resquemor impregnó esa contestación. Irene se empeñaba en rehuir la mirada de su hermano. Alexander prefirió dejar a un lado el día de la Torre del Nimbo. Se le ocurrió que el hecho de que ella ya no trabajase en la Organización Heptágono significaba que podían resolver sus diferencias y reconciliarse.

—Espero que el cambio haya sido para bien —añadió, en un intento de sonar empático y conciliador. Enseguida se dio cuenta de que había dicho una simpleza.

—Eso está por ver —replicó ella. ¿Hablaba con rencor o desesperanza?

—Irene, ¿cómo estás? —interrogó Alexander, asustado. Ella le miró un fugaz instante y le volvió a esquivar, así que él la reprendió—: Mírame, Irene. ¿Cómo estás?

Esta vez, la joven sí sostuvo su mirada.

—Voy tirando. Saldré adelante —afirmó.

—No te enfades. Es lo último que quiero, pero no tienes buena pinta.

—No eres el primero que me lo dice, pero créeme: soy más fuerte de lo que os creéis.

—¿A quiénes te refieres?

—A todos. En fin —suspiró—. ¿Por qué estás aquí, si puede saberse?

Alexander aceptó el cambio de tema. Tomó aire, y desveló:

—He descubierto quién era mi familia.

Sin duda, esa revelación sorprendió a Irene, cuyo rostro se suavizó con una mueca de asombro. Él tragó saliva, y prosiguió:

—Mi padre es Joseph Klausmann.

En vez de quitarse un peso de encima, en cuanto pronunció esas palabras en voz alta, Alexander se cargó uno encima, puesto que ya nunca podría ignorar tan cruel verdad.

—¿El tío de Vera Klausmann? —inquirió Irene, atónita—. ¿El que provocó aquello que pasó en *El séptimo cielo*? ¿Ese hombre no terminó en la cárcel? ¿De qué estás hablando?

—Es mi padre, mi padre biológico. Es raro y es increíble, pero es cierto. Él mismo me lo dijo. Hace poco, pude volver a verle y él me lo confirmó. He estado en el lugar de mis recuerdos. Lo he encontrado y he corroborado la historia. Esta es mi identidad, Irene. No os lo he contado a ninguno de vosotros, a quienes me conocéis, hasta ahora. —Alexander se percató de que casi se había emocionado. La voz le temblaba. Respiró hondo una vez más, y confesó—: Y me supera. Me siento solo, más que en toda mi vida. Es una historia enorme, muchas cosas, demasiadas a la vez. No se lo había contado a nadie y te lo necesitaba contar a ti. Eres mi hermana, adoptiva pero auténtica, y te echo muchísimo de menos, Irene.

Irene volvió a moverse con intranquilidad y evitar sus ojos.

—¿Por qué me cuentas esto, Alexander?

—Ya te lo he dicho. Lo necesitaba.

—Pero ¿por qué?

Alexander no sabía cómo expresarse, no porque no hallara la respuesta a esa pregunta, sino porque esta le parecía demasiado obvia como para requerir una explicación: ¿cómo no iba a necesitar compartir el mayor descubrimiento de su vida con quien más quería en el mundo? ¡No lo comprendía! ¿Qué cambio habría obrado en Irene?

—Tenía que contártelo. —Titubeó. Buscaba las palabras oportunas—. Tú debías saberlo. Te echo de menos. Echo de menos tenerte a mi lado. He descubierto cosas tan grandes… Mi madre, mi familia…

—¿Sabes quién es tu madre?

—Sí. Se llamaba Ingrid.

—¿Dónde está?

—Murió.

Irene, cuya propia madre también falleció, cerró los ojos un segundo, en un gesto de tristeza. Después, susurró:

—Lo siento mucho.

—Gracias.

—¿Qué más sabes?

—Muchas, muchas cosas, muchas cosas por contar. Algo muy malo se acerca.

—¿Qué?

—El hermano de Joseph, Adolph, se ha trasladado a la ciudad. Trama algo peligroso, algo que aún no soy capaz de explicar, pero que pienso descubrir cueste lo que cueste.

Esa última frase suscitó que Irene temblase como si la hubiese asaltado un escalofrío. Tenía la mirada perdida. Murmuró algo que su hermano no logró escuchar.

—Te quiero —prosiguió Alexander, ante su mutismo—. Te quiero y te quiero a mi lado. Estoy solo. Me escondo en la casa de Joseph Klausmann. Te necesito, Irene.

Alexander había procurado escoger las palabras correctas, pero pronto temió haberse equivocado, pues Irene empezó a negar con la cabeza y apretar los labios en un esfuerzo en balde por no romper a llorar. Las cosas no iban bien. Las cosas iban mal.

—Me alegro por ti —declaró ella, y una lágrima cayó por su mejilla.

—¿Por eso lloras? —cuestionó él.

—Sí —sollozó ella.

—¿De verdad?

—De verdad.

Pero no era verdad. Al menos, Alexander no se lo creía. Irene temblaba y lloraba. Se frotaba los brazos como si estuviese aterida de frío, pese a que en el apartamento se notaba buena temperatura. El relato de su hermano la había afectado con una intensidad que él no había previsto.

—No has debido venir —agregó ella, afligida—. Tú y yo ya no somos nada.

Esa frase hirió a Alexander en lo más hondo de su ser.

—¡Irene! ¿Cómo puedes decirme eso?

Irene lloraba con la cara contraída. Él no discernía si lo hacía con rabia o pesar.

—¡Irene, por favor! ¿Qué te pasa? ¿Qué te ha pasado?

Dio un paso adelante y abrió sus brazos, ansioso por rodear con ellos a su hermana, pero ella retrocedió para zafarse de su cariño, lo cual le rompió el corazón. La chica hipaba.

—¿Qué te pasa, Irene? Yo te ayudaré —aseguró él, quien ahora también lloraba.

—No —negó ella, entre aspavientos, y volvió a mirarle con los ojos anegados.

—¿Cómo que no? ¡Somos hermanos!

—¡No lo somos! Ya tienes tu familia, la que tanto anhelabas. Ya lo tienes, Alexander.

—Pero esa familia es solo genética y no la quiero. Mi familia eres tú. Tú y yo tenemos algo en común. Héctor es nuestra unión y no se puede romper. Él fue el padre de los dos.

—No, no fue de los dos. Era mío, pero te lo quedaste para ti solo.

—¿Cómo? —exclamó Alexander, roto por lo que escuchaba.

—¡Ni siquiera me llamaste! —estalló Irene, con un grito que retumbó en el salón y provocó que Sam se marchase a otra habitación. Alexander contemplaba a su hermana estupefacto, y ella le aclaró—: Cuando murió, ni siquiera me llamaste. No me avisaste. Yo no pude despedirme de él en sus últimos minutos, cómo tú sí hiciste. ¡Eso fue lo que pasó! ¡Te quedaste ese momento para ti solo! Te quedaste con un padre que no era tu padre, que era solo mío. ¡Y no me pude despedir de él! Siempre has sido tú, tú y tú. ¡Y nadie más!

Alexander enmudeció. ¿Desde cuándo Irene se guardaba aquel horrible reproche?

—Irene, ¿qué te pasa? —suplicó, sobrecogido por la gravedad de la discusión—. Irene, te puedo ayudar. Te lo juro. No sé qué ha pasado. No sé quién es esta persona que hay delante de mí. No la reconozco, pero me da igual. Déjame ayudarte. Puedo hacerlo.

—No —negó ella, por enésima vez. No dejaba de llorar—. Vete ya, Alexander. Sigue tu camino. Es lo mejor. Es tu sino. Yo tengo el mío.

Eso no era así, desde luego que no. Sin embargo, después de tanto daño, ¿qué más se podía hacer? A Alexander no le quedaban fuerzas. ¿Qué más podía intentar?

—Irene —musitó.

Ella fue hacia el ventanal y se quedó allí, impávida, de espaldas a él, como si él no estuviese presente.

Él se dio por vencido, con el alma en los pies. No podía sufrir más. Se arrepentiría de esa flaqueza momentánea, seguro, pero, en ese instante, se rindió y se marchó.

Miró a Irene antes de irse. Ella contemplaba la ciudad desde la ventana. Poco a poco, hipaba menos. Él salió de allí, pero tardó mucho en consolar su propio llanto.

7

Irene Berkel tardaría tiempo, mucho tiempo, en comprender cuánto había descendido la tarde que, poseída por la irracionalidad, rompió con la cordura, viró de un extremo a otro con una celeridad patológica y terminó de estropear su porvenir. Se había convertido en una adicta. De eso ya no le quedaba ninguna duda. Además, ahora sabía a qué era adicta: a algo más que al maravilloso éxtasis del H27.

Esa aciaga tarde, antes de que Alexander apareciera en su puerta, no dejaba de pensar en sus sospechas sobre Adolph Klausmann, en lo que este podía pretender al participar en *eFortuna Global* y su cautivadora idea de un mundo sin suerte. Se paseaba de un lado a otro, por toda su casa. No se encontraba bien. Había enfermado. Su dolencia era el síndrome de abstinencia, para lo cual ella conocía la mejor cura.

La revelación de Alexander, el hecho de que hubiese hallado a su familia, cortocircuitó sus emociones. No estaba preparada. No importaba que su hermano insistiese en que su auténtica familia era ella y que sus parientes de sangre le desagradaban. En su mente, Irene se topó con un pensamiento venenoso: él por fin tenía familia, mientras ella se quedaba por completo sola. La ilógica tomó el control de su ser. Nada tenía sentido, pero Irene no podía comprenderlo. Escupió reproches funestos y, cuando Alexander se fue, se derrumbó.

Sufrió una fuerte crisis de ansiedad. Arrojó cosas por los aires. Lloró y chilló. Sintió el impulso de echar a correr detrás de Alexander, de buscarle, rogar su perdón y suplicar su auxilio. Irene se sentía fatal. Lo que más deseaba era dejar de sentir, vivir en un mundo sin emociones. Eso la condujo a esa noción de un mundo sin suerte, donde Alexander dejase de ser gafe y ellos pudiesen reescribir su historia como hermanos no genéticos pero auténticos. Eso era lo que necesitaba. Quería creerlo. Lo hizo. Y la sensatez la abandonó.

Se vistió con lo primero que vio. No cayó en lavarse la cara para borrar las huellas de su llantina. No se abrigó suficiente. Antes de salir, estuvo a punto de trastabillar con Sam. El bichillo se asustó. Ella le reprendió, de repente dominada por la prisa. En la calle, montó en su moto. Circuló de manera temeraria por el este de la ciudad, bajo la llovizna. Más tarde, aparcó en la cuesta del Serrín, junto a *El séptimo cielo*.

El ambiente de la discoteca, igual que en veces anteriores, era un decadente espectro de lo que fue en su mejor época. La visión del local desierto, con su música y luces todavía en funcionamiento, resultaba surrealista. Los únicos allí, tal como Irene había previsto, eran Adolph, quien hojeaba unos papeles en uno de los espacios anejos a la pista central, y Dania, que estaba detrás de la barra. Se dirigió al hombre.

—Este es el lugar más raro del mundo para leer —dijo Irene, al llegar junto a Adolph—; el más raro del mundo para lo que sea, de hecho. Ya no debería ni existir.

—Aun así, sigue existiendo —comentó Adolph, campante, como si esa irrupción fuese de lo más normal—. Y, no sé por qué, me ayuda a meditar. ¿Qué hace aquí?

De pronto, Irene se percató de que ese extraño hombre, con quien había trabado un vínculo también extraño, estaba emparentado con Alexander. Este había comentado algo en relación a los planes del hombre en la ciudad, por lo que le interrogó:

—¿A qué se dedica aquí? ¿No tiene una familia con la que estar?

—No, la verdad.

—¿No tiene familia?

—Sí, la tengo, pero solo me queda un hermano del que me avergüenzo y dos hijos que ya no veo tanto como quisiera.

—¿Ningún familiar más?

—Ninguno —contestó Adolph, quizás algo secante—. Y a usted ¿le queda alguien?

Irene no supo qué responder. Le quedaba un hermano. ¿O no? Tal vez, ya estaba sola, sola del todo. Y Adolph, ¿era posible que no supiera que el gafe Alexander Berkel era su sobrino? La abstinencia nublaba por completo su juicio. Nada a su alrededor parecía tener sentido. No pensaba con claridad. Solo quería escapar de todo.

—¿Qué hace aquí? —repitió el hombre—. Dígamelo.

—Creo en lo que dijo y quiero que sea realidad.

—¿Qué dije? ¿En qué cree?

—En un mundo sin suerte.

Adolph asintió con la cabeza. Señaló una butaca que había a su lado. Ella se sentó, se percató de lo nerviosa que estaba y procuró sosegarse.

—Hoy es un día de celebración —comentó él—. He culminado un proyecto importante, una gran obra que creía improbable a estas alturas de mi vida. Mañana, empezará a hacerse realidad. Y le demostraré a mucha gente, a usted incluida, que nada es inalcanzable. —En ese momento, Adolph guardó silencio y posó sus ojos sobre Irene. Eso la intimidó. Se sintió analizada y escudriñada. Él conocía su interior. De improviso, temió volver a llorar. ¿Qué le sucedía? ¿Cuándo podría dejar de sentir?—. Irene, nada es inalcanzable —repitió él, con tranquilidad—. La suerte es eludible. Un mundo sin suerte es posible. Lo que la suerte desunió puede recuperarse. Eso es lo que quiere, ¿cierto?

Sí, era eso. Irene deseaba olvidarse de todo lo que la suerte le había arrebatado. Si su padre y su hermano no fuesen gafes, todo hubiera sido más fácil. No estaría sola. No habría errado tanto. No habría sufrido. Y tendría madre.

—Eso quiero —admitió.

—Pues deje de resistirse.

Entonces, Irene percibió una presencia junto a ella: Dania estaba allí. No tenía ni idea de cuándo había llegado. Esa guapa y descarada joven la sonreía, la seducía. Ofrecía algo en su mano extendida: H27. Ella observó la pastilla. La ansiaba, claro que sí. Era a lo que su cuerpo se había vuelto adicto. Pero luego existía otra adicción, la más fuerte, la que ataba su corazón: el ansia por honrar a Héctor, lograr que este estuviera orgulloso de ella, y enmendar y recuperar todo lo que el mal fario le había quitado a su familia. Para honrar a su padre y recuperar a su hermano, acometería todo cuanto fuese preciso para construir aquel nuevo mundo.

8

Isaac Wagner había recuperado el buen ánimo. Ese viernes marcaría el fin de su mala racha y el inicio de una buena. Tenía que ser así, puesto que la suerte gobernaba el mundo. Hoy, él protagonizaba el mayor evento político del año en Ciudad Fortuna. En medio de la grandiosa plaza de la Cornucopia, se había alzado un escenario para celebrar la puesta en funcionamiento de *eFortuna Global* con la pompa que el acontecimiento merecía. A partir de esa misma mañana, la urbe se convertía en la primera "ciudad electrónica e inteligente" del mundo. Todos los servicios y registros públicos se conectarían mediante un extenso entramado tecnológico. Por medio de elementos como la huella dactilar, los ciudadanos accederían a toda clase de posibilidades.

La inauguración tenía lugar en mitad de la campaña electoral. Alababa los años de Ricardo Varone al frente del Ayuntamiento y encumbraba a Isaac como sucesor. El acto estaba a punto de comenzar. Más de un centenar de ciudadanos, así como periodistas, aguardaban el inicio de la ceremonia. Se iba a escenificar un encendido simbólico del sistema. En el escenario, Isaac sonreía a la espera de la señal para pronunciar su discurso. Echó un vistazo al cielo nublado. Esperaba que la lluvia no desluciese la ocasión. Por un instante, algunos pensamientos empañaron su optimismo. Recordó al hombre que había visto pasar a la casa de su vecino, Víctor Greve. El tipo le sonaba de la Torre del Nimbo. Algo en todo ello daba muy mala espina.

Pronto, se acordó de otro gran acontecimiento que iba a producirse esa mañana, casi a la misma hora, en la Organización Heptágono. Su sonrisa se ensanchó. Tenía un grado de suerte cinco. Y una mujer como Selena Myers, por mucho que también poseyese el mismo grado, no iba a conseguir derrotarle. Hoy, ella iba a caer. Hoy, para él, comenzaba su buena racha, su remontada.

Selena Myers siempre pensó que las cosas podían fragmentarse y la vida se componía de compartimentos estancos. Estaba muy equivocada. Era demasiado racional, y la realidad rara vez respondía a planteamientos racionales; al contrario, se burlaba de ellos. En el mundo real, todo se mezclaba, incluso se confundía. El caos representaba una verdad absoluta. Los elementos se fusionaban. Las intersecciones ocurrían por doquier. Ella se empeñaba en aislar los sucesos, en separar y formar dicotomías. Esas obsesiones suponían su perdición.

El triunfo profesional que hoy iba a disfrutar era otra prueba de cómo se equivocaba, de que los mejores logros se alcanzaban uniendo, no separando. *eFortuna Global*, ese colosal proyecto del Ayuntamiento, y el programa *Sinergia*, la principal apuesta de Selena al mando de la Organización Heptágono, se disponían a iniciar su andadura de la mano. De hecho, la palabra "sinergia" ya lo dejaba claro: las posibilidades se multiplicaban si se combinaban los recursos. Todos se iban a beneficiar de la idea, aunque unos más que otros.

Selena dirigía la operación que se llevaba a cabo en la sala de juntas, en la sexta planta de la sede de la Organización. Entre directivos y técnicos, había una decena de personas en la estancia, la cual solía dedicarse a reuniones de alto nivel y entrevistas selectas, si bien hoy centralizaba los trabajos de todo el edificio. Uno de los presentes era Colin Sawyer, quien se encontraba en constante comunicación con el departamento de centinelas, los responsables de recolectar la información para diseñar el censo.

El móvil de Selena vibró encima de la mesa: otro mensaje de Mathias Jacobi. Molesta por la insistencia del hombre, silenció el teléfono. Un televisor emitía el acto organizado en la plaza de la Cornucopia con un sonriente Isaac Wagner. Selena le hizo una seña a Colin y todos se prepararon: la puesta en marcha del sistema era inminente. Colin, más arisco de lo habitual, apenas le hizo caso. Ella achacó su actitud a los nervios del día.

Durante los siguientes minutos, el equipo de Heptágono, en coordinación con la gente del Ayuntamiento, supervisó la activación definitiva de los sistemas. La información empezó a circular. Las infraestructuras conectaron los diferentes servicios públicos, así como algunos privados.

A la vez, la Organización Heptágono, que había financiado y participado en el diseño de *eFortuna Global* con el programa *Sinergia*, comenzó a recibir los datos necesarios para confeccionar el censo de grados de suerte de la ciudad.

Cuando los presentes en la sala de juntas corroboraron que el sistema funcionaba sin incidencias, algunos aplaudieron, pero la reacción general resultó más contenida que lo que Selena, deseosa de saborear su victoria, hubiese preferido. De nuevo, supuso que la tirantez del ambiente se debía al nerviosismo acumulado. Echó un vistazo a su móvil, vio que tenía más llamadas perdidas de Mathias y, agobiada, salió de allí.

Pasó a un aseo. Se mojó la cara y respiró hondo. Era consciente de que, tarde o temprano, debía dar una respuesta a Mathias. Este, cansado de su prolongado y aséptico flirteo, le había propuesto una relación estable. Ella no sabía qué decirle. O, tal vez, sí lo sabía. Lo que pasaba era que no se atrevía. Otra vez, se obcecaba en racionalizarlo todo en exceso, en dividir las cosas como si la vida no fuese a mezclarlas.

¿Por qué tal afán? ¿Creía que aquello la protegía? Si no se hubiese aislado en sus peores épocas, tal vez no hubiese sufrido tanto. De hecho, ahora que lo recapacitaba, recordaba haber charlado sobre Djoser con Ariel. Sí, era verdad. A pesar de que su memoria había separado por completo la historia de su antiguo amante y la de su hermana, las dos se intercalaron. Cuando conoció a Djoser, habló con Ariel de ese hombre que la había cautivado. ¡Era natural! ¿Cómo dos hermanas tan unidas no iban a compartir vivencias de esa índole? Luego, la relación entre Selena y Djoser se complicó. Ella se ofuscó en ocultarlo, en separar a Ariel de todo su malestar. Por eso, lo pasó peor. Por eso, se obsesionó. Por eso, no asimiló la gravedad de lo que le sucedía a Ariel, a quien acababan de diagnosticarle una enfermedad grave. Selena, bloqueada por lo de Djoser, no prestó atención. Se aferró a la ilusa posibilidad de que todo saldría bien gracias a la suerte. Descuidó a Ariel. Jamás se lo perdonaría. Más tarde, lo suyo con Djoser se acabó. El dolor restalló en su pecho. Casi al mismo tiempo, Ariel falleció. Y esos dos pesares, el de su amante y el de su hermana, se unieron para formar unos sentimientos funestos. Entonces, Selena deseó la muerte.

Pese al suplicio que padeció, Selena no aprendió nada, dado que, pasado el tiempo, se enganchó y se equivocó de nuevo. Eso le sucedió con

Alexander. De no haberse entregado a él, lo de Lara Varone nunca hubiese ocurrido. Sira le evocaba a Alexander, pero ella había aprendido a sobrellevar esos sentimientos. Se alegraba de tenerla.

Dispuesta a celebrar su éxito profesional, más relajada, salió del aseo y regresó a la sala de juntas. Allí, una desagradable sorpresa la enervó de inmediato. Los técnicos y la mayoría de los altos cargos habían desaparecido. El único que permanecía en su puesto, igual de serio, era Colin. Junto a él, de pie y con gesto grave, se hallaba Mario Alberto Castillo. A su lado, había tres letrados de Heptágono, incluido Mathias.

—¿Se puede saber qué es esto? —interrogó Selena—. ¿Dónde está el equipo?

—Toma asiento, Selena —respondió Castillo, adusto.

Castillo era el secretario del Consejo de la Organización, un hombre de unos cuarenta y tantos años, piel morena, rasgos rectos y perilla puntiaguda. Selena no le caía bien.

—Estoy bien de pie —replicó ella, con altanería. Se sentía amenazada.

Selena escrutó el huidizo rostro de Mathias. Comprendió que el hombre había intentado contactar con ella para advertirle lo que iba a suceder.

—Selena —dijo Castillo—, por la presente te informo de que, en las últimas horas, se ha interpuesto una moción de censura contra ti. Por resolución urgente de la presidenta de la Organización Heptágono, quedas suspendida cautelarmente de tus funciones. Yo asumiré el despacho ordinario de tus asuntos como directora general hasta nueva orden.

—¿De qué coño hablas? —increpó Selena, estupefacta e iracunda.

—Dos letrados te acompañarán a la salida del edificio —prosiguió Castillo, inmune a su ira—. No se te permitirá entrar en tu despacho sin supervisión legal ni acceder a archivos de la Organización. Lo antes posible, en cuanto se apruebe el calendario, se te informará de la fecha en la que se celebrarán el debate y la votación de la moción.

—¿Quién es el promotor? —demandó Selena, furiosa. La moción requería varias firmas y una de ellas debía figurar como el principal responsable—. ¿Isaac Wagner? —añadió, segura de que Ricardo Varone y él habrían instigado esa infamia.

—Yo soy el promotor de la moción —desveló una voz, a su espalda. Selena se giró. La bilis ascendió por su esófago cuando se topó con Yuri

Anton. Este continuó–: Yo he aportado las pruebas en las que se basan las acusaciones contra ti. Deberás responder de ciertos tratos tuyos con Joseph Klausmann. Esta copia es para ti.

Yuri le entregó un grueso dosier a Selena, quien lo cogió con desprecio y, presa de la rabia, no se detuvo ni a leer la primera página.

–¿Y quién propones que ocupe mi cargo si tus mentiras y la moción prosperan? ¿Tú? –preguntó Selena, con condescendencia.

–No, en absoluto –contestó Yuri–. Se propone a otro de los firmantes de la moción, alguien de mucho más rango que yo.

Mosqueada, Selena escudriñó la primera página del dosier, donde constaba el nombre y la firma de quienes presentaban la moción. A primera vista, le pareció que se cumplían los mínimos reglamentarios. Cuando descubrió a quién se proponía como su sustituto, quién la había traicionado más que ningún otro, la desolación desterró toda su cólera. Miró a Colin con la cara desencajada. Este rehuía su mirada.

–Las acusaciones y las pruebas son serias –agregó Colin–. Lo siento.

Selena abrió la boca dispuesta a objetar algo, pero no halló las palabras.

–La totalidad del Consejo de Heptágono, en sesión plenaria, en el salón de claustros, votará la moción de censura –concluyó Castillo.

Selena hojeó el dosier. Había multitud de documentos. Tanto su nombre como el de Joseph Klausmann aparecían en mayúsculas y negrita varias veces. Iba a tener que explicar muchas cosas, algunas injustificables. Sintió que se mareaba. Contempló uno por uno a los hombres que la asediaban. Vio la decepción de Mathias, la vergüenza de Colin, la insolencia de Yuri, la estoicidad de Castillo... Su etérea coraza comenzó a desintegrarse.

10

El viernes, su táctica comenzó a proporcionarle la ventaja que Alexander buscaba. El de la ceja partida le telefoneó y le sorprendió con que ya sabía dónde se situaban las instalaciones de *Crisol Innovaciones*. Sin embargo, cuando Alexander solicitó conocer esa ubicación, el de la ceja partida, con una firmeza que no exhibió la otra noche, exigió que, antes de desvelarle esa información, él hiciese realidad su esotérica promesa sobre las timbas y la suerte. Alexander cedió a proporcionar su recompensa por adelanto, por poco que eso le gustase. Le indicó al tipo que se apuntara a una partida lo antes posible y le avisara.

Horas después, Alexander recibió otra llamada del de la ceja partida. El codicioso jugador, a esas alturas un ludópata confirmado, había contactado con Goran Zerbe para participar en la próxima timba que se celebrase. Envalentonado, había presentado una cuantiosa cifra como aval para ser autorizado en la partida y había solicitado tener un contrincante igual de acaudalado. Al otro lado de la línea, Alexander puso los ojos en blanco al escucharle. Se preguntó qué habría hipotecado ese infeliz para asegurar semejante fianza.

La importante partida en la que el de la ceja partida se había enrolado sería esa misma noche. Las prisas pusieron nervioso a Alexander, pero no tuvo más remedio que resignarse. Su desbocado secuaz, cegado ante la suculenta perspectiva de recuperar sus pérdidas y hasta multiplicarlas, lo tenía todo pensado. Le explicó a Alexander dónde se jugaban ahora las partidas y dónde solía entonarse su contrincante antes de las mismas. Hubo instantes de la conversación en los que Alexander se preguntó quién obedecía a quién y, por primera vez, empezó a temer que la táctica ilícita que había aplicado no fuese buena idea.

En cualquier caso, en ese punto, su única alternativa consistía en continuar. Así lo hizo. Esa misma noche, a la hora aconsejada, salió de su nuevo escondite en Comendadores y puso rumbo al este del barrio de Hornos, donde Goran Zerbe ahora organizaba las timbas en la parte trasera de una mercería en quiebra, sin duda otro de los locales del que se habría adueñado de manera subrepticia. Cerca del sitio, había un bar, un antro donde el de la ceja partida aseguraba que su contrincante solía beber antes de jugar.

Alexander merodeó por esa zona tan poco recomendable. Echó un vistazo fugaz por un ventanal del antro. En efecto, su objetivo, un hombre larguirucho con una coleta que no le favorecía nada, al que el de la ceja partida había descrito con detalle, estaba allí. Bebía al lado de la barra y departía con otro parroquiano.

Solo había una oportunidad. El fracaso o el desliz eran imposibles. Alexander lo tenía claro. Su víctima podía ponerse en marcha de un momento a otro. Al menos, el firmamento se veía nublado y la calle carecía de buen alumbrado público. Las tinieblas le ampararían. Y así fue. En torno a la hora de inicio de la partida, el de la cola de caballo salió del antro y, ya entonado, caminó hacia la mercería, a escasas manzanas de allí. Alexander anduvo detrás de él con pies de plomo. Firme, concentró unas chispas de mal fario en una moneda que su mano izquierda manoseaba. Casi con temeridad, se acercó bastante al de la cola de caballo, lo necesario para deslizar la moneda en un bolsillo del abrigo del hombre, que se tambaleaba un poco, y prosiguió sin detenerse. No oyó nada a su espalda.

Más tarde, de madrugada, mientras deambulaba por la ciudad, Alexander recibió un mensaje del ludópata de la ceja partida. Este había arrasado en la timba y le indicaba dónde se hallaban las instalaciones de *Crisol Innovaciones*. Conocer la ubicación provocó una mustia carcajada irónica en Alexander. ¿Cómo no se lo imaginó?

11

Alonso Yazpik presentía que su suerte se iba a reparar pronto. Hoy iba a dormir bien. Tumbado en su camastro, recordaba la cara de susto y pavor de Joseph Klausmann y casi le daba la risa. Por fin, había tenido una buena oportunidad para abordarle.

Los discontinuos chaparrones que cayeron durante la tarde le ayudaron. Ningún preso podía salir al patio, por lo que las zonas comunes de la cárcel se atestaron. Los relámpagos afectaron al tendido eléctrico, lo cual provocó bajadas de tensión momentáneas. Alonso vio a Joseph, a quien había acechado desde que este regresara del hospital, en un rincón del comedor. Con disimulo, se acercó a él. Se sentía fatal. El infortunio cada vez le mortificaba más. Era, sin duda, la peor de las enfermedades. Necesitaba el quinto dogma ya.

Con la multitud aglomerada en el comedor, los guardias no podían vigilarlo todo, así que, entre idas y venidas de la luz, Yazpik se situó al lado de Klausmann. Le arrimó un pincho, que él mismo se había fabricado, al costado. El sexagenario se puso rígido enseguida.

—Como se te ocurra gritar o llamar la atención, te lo hundo hasta el fondo —susurró, intimidante, con voz ronca, pegado a su oído—. Necesito algo de ti.

La faz de Joseph se quedó nívea. Inmóvil, le miró de reojo.

—No tengo nada. No puedo darte nada —dijo, amedrentado.

—Sí lo tienes. Tienes suerte. —Al escuchar esa palabra, el hombre abrió los ojos impresionado—. A mí un gafe me la quitó —relató Yazpik—, pero me han hablado del quinto dogma y me han dicho que tú sabes usarlo. Y vas a hacer que yo recobre mi suerte.

—Mira a tu alrededor. Aquí es imposible —rebatió Joseph, con desesperación—. No hay suerte en un sitio como este. No puede hacerse. Es imposible.

—Pues hazlo posible —ordenó Yazpik, y le clavó un poco el pincho, lo que suscitó un rictus de dolor en Klausmann—. Hazlo posible o ni la suerte te salvará de morir.

Ahora, tumbado sobre ese camastro que le parecía cómodo por primera vez en mucho tiempo, Yazpik rememoró la escena. Se preguntó si su amenaza era certera o un mero farol. Y se contestó que era muy, muy certera, pues mataría si no recuperaba su suerte.

12

Las instalaciones de *Crisol Innovaciones* en Ciudad Fortuna se ubicaban en una nave del área industrial y empresarial, en una edificación como cualquier otra, en una de esas idénticas y rectas calles de aquel barrio, todas ellas paralelas y perpendiculares. Disimulada entre tanta monotonía y tosquedad, Adolph Klausmann había ocultado el cuartel de sus misteriosas actividades igual que su sobrina, Vera, un par de años antes.

Esa misma madrugada, nada más conocer la situación de la empresa, Alexander puso rumbo al suroeste sin pensarlo, de nuevo dominado por su ímpetu. Fue una larga caminata. Por el camino, recordó el "caso azafrán" y su incursión en los *Laboratorios Librae*. Se enfadó por no haber adivinado desde el principio que Adolph se habría escondido en un sitio similar. No estaba dispuesto a errar en su táctica ni una sola vez más.

La lluvia, que ya había caído durante la tarde, volvió a empapar la ciudad, en esta ocasión con más virulencia. Alexander llegó a la desierta y oscura calle donde estaba la nave de *Crisol Innovaciones*. Un relámpago le sobresaltó. El destello iluminó el edificio, que poseía un enorme número siete, pintado en azul oscuro sobre su muro frontal. El subsiguiente trueno amedrentó a Alexander por un instante.

Mojado por la tormenta, se dirigió a la puerta principal de la nave, que halló cerrada. Corrió hasta uno de los laterales, donde revisó un par de entradas más, hasta que encontró una abierta. Unas pocas luminarias de emergencia intentaban alumbrar el interior del lugar. No obstante, Alexander pronto se dio cuenta de que aquello no era sino un espacio diáfano y del todo vacío. No había nada. ¿Se había equivocado…?

No. No se había equivocado. Aquello era una trampa.

—Berkel —habló Goran Zerbe, en algún punto de esa lobreguez, detrás de él.

La puerta por la que había entrado se cerró de golpe. La escasa luz del exterior se esfumó. Alexander dio un brinco. Aprisa, sacó su móvil del bolsillo y activó la linterna, con la que barrió la negrura que le cercaba. Atisbó la larga figura de Zerbe a muy pocos metros de él. No creyó divisar a nadie más. El mafioso no temía enfrentarse a él en solitario. Portaba un arma blanca en la mano. Su filo reflejó el haz de la linterna.

¿Cómo era posible que un maldito como él fuese tan crédulo? ¿Cómo podía creer en la suerte, cuando esta era lo último en lo que debía confiar? En esa partida a la que Alexander se había visto abocado, jamás debió apostar por una táctica tan arriesgada. Carecía de estrategia. Su ventaja era casi inexistente y, ahora, su desventaja se desvelaba terrible. Acababan de acorralarle en un rincón del tablero. Solo le quedaba defenderse.

—Zerbe —replicó Alexander, sin arredrarse—. ¿Qué haces aquí?

—¿Y tú? ¿Qué es eso de *Crisol Innovaciones* que buscas?

—¿A ti qué te importa?

—Me importa una mierda, tienes razón. Estoy muy harto de ti.

—Y yo de ti. ¿Qué ha pasado? ¿El de la ceja partida me ha vendido o le habéis pillado?

—Le hemos pillado. ¡Menudo descarado! No se ha molestado en disimular ni un poco. ¡Qué pena dan los ludópatas! ¡Qué transparentes son! Se puso pesadísimo para participar en la timba de hoy. Estaba muy impaciente. Y, después de lo que pasó la última vez, va y gana por goleada. Joder, no había que ser ningún genio para ver que el otro jugador llevaba mal de ojo encima. De no ser así, ese infeliz nunca hubiera ganado tanta pasta.

Alexander maldijo su insensatez. La culpa de lo que le hubiera sucedido al desgraciado de la ceja partida era toda suya. Con miedo a la respuesta, interrogó:

—¿Qué le habéis hecho? Aparte de quitarle el dinero ganado, me imagino.

—No, no. No te equivoques. El dinero se lo queda. Es lo mínimo que merece por haber confesado tan rápido, el muy cagado. Además, lo va a necesitar. La ceja ya no es lo único que tiene partido. Es una putada ser un tullido en los tiempos que corren.

—¡Qué cabrón! —masculló Alexander, furioso. El amenazante cuchillo de Zerbe reflejó la luz de su móvil otra vez—. Matar a un gafe da muy mala suerte —advirtió.

—Que le den a la suerte. Voy a darme el gusto. Podré superarlo.

—De eso nada, malnacido. Ni podrás ni lo harás. Estás perdido.

Un gruñido de ira anticipó el movimiento de Zerbe, que blandió su arma y se abalanzó contra él. Alexander se echó a un lado. Tropezó con su enemigo y el móvil se le cayó al suelo. Escuchó ruido de cristales. La linterna se apagó. Solo las débiles e insuficientes luminarias de emergencia de la nave perfilaban las formas de la atosigante penumbra. La vista y el oído de Alexander se aguzaron. Previó otro envite de Zerbe y lo esquivó, aunque estuvo en un tris de trastabillar. El mafioso lanzó varias cuchilladas al aire, sin lograr darle. Él respondió con puñetazos que no dieron en el blanco.

De súbito, el dolor asaltó a Alexander. Zerbe le había herido en el bíceps derecho. El corte escocía mucho. Chilló. Otra cuchillada traspasó su ropa y, por poco, gracias a que dio otro salto atrás, no se hundió en su vientre. Creyó que no estaba lastimado, pero el abdomen empezó a palpitarle y comprendió que sí se había lacerado. Zerbe y él intercambiaron más ataques sin dar al otro. Esa lucha era a muerte y Alexander tenía claro cómo luchar.

En otra ofensiva de Zerbe, Alexander forcejeó con él, aun a riesgo de que su cuchillo le atravesara, hasta que logró posar su mano izquierda sobre el torso del mafioso.

Percibió al instante cómo el cuerpo de Zerbe se puso en tensión. Entre tinieblas, oyó un alarido ahogado. El cuchillo calló al suelo, cerca del pie de Alexander, a quien el brazo y el abdomen dejaron de dolerle de momento. Se centró en escudriñar el inmundo interior de ese mafioso, cuya suerte, aunque reducida y apestosa, no escapó a su rastreo.

La diminuta brizna de suerte que extrajo de Zerbe fulguró unos segundos en la cerrazón de esa nave. Tras la merma, el mafioso se desplomó en el suelo. Podía oírse su respiración extenuada. Temeroso del período de castigo, Alexander recuperó su dañado teléfono y regresó a la calle, dispuesto a no toparse con ese mafioso nunca más.

Calado por la lluvia, examinó los agujeros de su abrigo. Salía sangre de su brazo derecho y su vientre. Malherido, echó a correr bajo la fuerte tormenta, que arreciaba.

Capítulo X

Tempo y jaque

ENERO 2016
(UN MES DESPUÉS DEL FENÓMENO)

Personas como aquel fracasado habían confiado en exceso en el poder de su suerte.

Erik Dammer esperaba que nunca le sucediese lo mismo que a ese tipo. Se prometió que jamás se hallaría en una situación similar: derrotado, humillado y señalado. Observó al pobre desdichado desde una sala contigua, a través de un monitor. Había decidido darle un respiro del prolongado interrogatorio, por respeto al rango del hombre y a lo afectado que, un mes después, se mostraba por lo ocurrido.

La ventura había sido inclemente con Isaac Wagner, que, tras los trágicos eventos del día siguiente a la "doble elección", se había visto en la espinosa tesitura de convertirse en el alcalde en funciones de Ciudad Fortuna. Su partido y los medios le utilizaban como cabeza de turco. Volcaban en él las dudas y temores de los ciudadanos, pero el pobre fracasado no tenía respuestas para nada.

Minutos después, Erik regresó a la sala y retomó el interrogatorio. Le dio una lata de refresco a Wagner para que se aclarara la garganta. El hombre bebió con ansia.

—¿Usted cómo se salvó? —preguntó Erik.

—Estaba en un refugio subterráneo —respondió un ojeroso Wagner—. La radiación no afectó al subsuelo. Si no, sí me habría alcanzado.

—Eso ha sonado como un lamento. ¿Hubiera preferido que le alcanzara?

—¿Quién sabe? No lo sé. A lo mejor, así no tendría que aguantar situaciones como esta ni insolencias como las que me dicen todos a diario. ¡Yo no sabía nada!

—No lo pongo en duda. Por desgracia, al entrar en política, usted aceptó una responsabilidad, no solo poder y fastos. *eFortuna Global* era su principal proyecto político.

—En realidad, siempre fue el proyecto de Varone.

—Sí, cierto, pero él no está aquí. Usted sí.

—Por desgracia.

—¿Entonces?

—¿Entonces qué? —se enojó Wagner, agotado—. ¿Qué quiere que le diga?

—Explíqueme cómo ese gran proyecto municipal pudo convertirse en la tapadera de un evento como el del día después de la "doble elección" —exigió Erik.

—Ojalá lo supiera, se lo prometo, pero me limité a ser el tonto que sonreía y lucía ante la cámara. *eFortuna Global* iba a ser mi primer gran éxito, no mi perdición.

Erik calló unos segundos para permitir que Wagner respirara hondo, bebiera otra vez y recuperara la compostura. Luego, inquirió:

—¿Sabe a quién se halló en el punto central?

—Sí —suspiró Isaac—. De eso tampoco sé nada.

Erik calló de nuevo. A continuación, con un talante más suave, añadió:

—Disculpe mi vehemencia, señor Wagner. No era mi intención importunarle. Esto no es un interrogatorio, solo una conversación. Solo pretendo comprender lo que sucedió para que aquella barbaridad quede enterrada para siempre.

—¿Con qué autoridad, si puede saberse?

—Perdóneme. Debí explicárselo antes. Mi nombramiento se ha concretado hoy, pero todavía no es público. Soy el delegado especial, dependiente del presidente de la república y del primer ministro, encargado de gestionar esta triste eventualidad. Así que continuemos.

NOVIEMBRE 2015
(UNA SEMANA ANTES DEL FENÓMENO)

1

Ciudad Fortuna vivió su reconstrucción más reciente tras la Primera Guerra Mundial. Antes, la urbe había extendido su territorio casi hasta los límites actuales. Fue testigo de la peligrosa escalada de tensión en el mundo. Los bombardeos fueron despiadados con aquello que tanto había costado alzar. Diferentes poderes se disputaron el dominio de la ciudad. Tras la contienda, se configuraron los siete grandes radios de la urbe. Y se comprendió que, mientras algunas cosas permaneciesen a salvo, cualquier daño podría enmendarse.

Alexander Berkel, casi un siglo después, dudaba mucho de poder enmendar los desatinos que había cometido. Había pasado cuatro días recluido en el piso de Joseph, donde el frío le helaba la sangre. Había padecido el período de castigo después de quitarle la suerte a Goran Zerbe, de quien dudaba que volviese a tener noticia. Procuraba que la cuchillada del bíceps derecho, la cual le escocía todo el rato, no se le infectara. La herida del abdomen era superficial, aunque bastante escandalosa por cómo sangró en un primer momento.

Cuanto más pensaba en las decisiones que había tomado en los días previos, más entendía lo imprudente que se había mostrado. Manejó los tiempos muy mal. Se precipitó. Su insensatez se volvió en su contra. Y, si bien no le disgustaba haber mermado a Zerbe, sentía el detrimento que había provocado al ludópata de la ceja partida, además de los peligros vividos, la pérdida de energías y el malgasto de tiempo.

La madrugada de su encontronazo con Zerbe, la fuerte tormenta le empapó, lo cual, unido a la falta de calefacción en casa de Joseph y al suplicio del periodo de castigo, le había supuesto un fuerte resfriado. Llevaba días postrado en la cama. Para entretenerse, se había dedicado a buscar más información relacionada con su infancia por la casa. Había hojeado antiguos cuadernos, documentos, trozos de diarios y fotografías. Estas, de distintas épocas, estaban recopiladas en álbumes sin ningún orden.

Un zumbido de su teléfono le indicó que había recibido un mensaje. Lo consultó. El texto era de Manuel Sócrates. El empresario le informaba de que sus indagaciones en torno a *Crisol Innovaciones* habían dado resultado: ya sabía dónde se localizaba la empresa. Al leerlo, Alexander no pudo sentirse más necio, por enésima vez en su vida. El éxito de los medios de Sócrates, lentos pero legales y seguros, recalcaba la magnitud de su temeridad. Contestó al empresario para rogarle que se reunieran ese mismo día. Debería confesarle sus errores y aguantar la reprimenda que, con toda probabilidad, este le echaría. Merecida la tenía.

Entretanto, echó un vistazo a unas cuantas fotografías más. Una de ellas, que parecía tener más de treinta años por su estado de conservación y el tono de sus colores, inmortalizaba alguna clase de reunión laboral en una oficina o entorno parecido. Se veía a unos diez tipos. Alexander reconoció a un Joseph treintañero, quien no sonreía a la cámara. En un extremo, se fijó en otro individuo: un hombre de semblante y pose anodinas, con un fuerte mechón de pelo blanco encima de la frente.

2

Trece profirió un arisco maullido cuando observó que su colega humano se disponía a salir. El minino no se molestaba en disimular su descontento. No le gustaba vivir en casa de Joseph Klausmann, donde no podía disfrutar de sus escapadas y, para colmo, hacía cada vez más frío. Alexander le entendía. Se preguntaba si el gato también añoraría los tiempos de la buhardilla de Tragaluces. Triste, le acarició para disculparse y se marchó.

Manuel Sócrates había contestado a su mensaje. Iban a reunirse en el mismo sitio que en ocasiones anteriores. Aunque todavía padecía los últimos efectos del período de castigo, Alexander decidió pasear hasta los campos de Juno, pues las tormentas habían cesado. Allí, ocupó su lugar en el mismo banco de otras veces. Manuel le esperaba, sentado hacia el lado contrario. Parecían dos personajes de una película de espías.

—Misión cumplida —anunció Sócrates, satisfecho—, al menos por mi parte. Ya sé dónde puedes encontrar las oficinas de *Crisol Innovaciones*.

—Muchas gracias, Manuel —dijo Alexander. Su voz no solo reflejaba el resfriado por el que había pasado, sino su decaimiento anímico—. ¿Cómo lo has conseguido?

—Con paciencia, como te dije. En casos así, lo menos recomendable es llamar la atención. Si me hubiera puesto a repartir preguntas a diestro y siniestro, habría llamado la atención. La dirección de esas oficinas no consta en ningún documento y casi nadie sabe de su existencia. Muy pocos la utilizarán. Desde luego, tanta opacidad es intencionada.

—Gracias de verdad, Manuel.

—No tienes por qué darlas. —Alexander, a quien el frío aire de la calle no le había sentado bien, se quedó callado, por lo que Sócrates interpeló—: Bueno, ¿no quieres saber dónde están las dichosas oficinas?

—Sí, sí, por supuesto.

—No están muy lejos de aquí. Te lo he apuntado. —El hombre se giró hacia Alexander para entregarle un pedazo de papel doblado. Al hacerlo, debió reparar en su gesto mustio, y anotó—: ¿Estás bien?

—Estoy enfermo, por partida doble.

—¿Por qué?

Alexander tomó aire. Confesar su temeridad iba a resultar tan dolorosa como retirar un endiablado esparadrapo demasiado adherido a la piel. Lo mejor era quitarlo de un tirón y superar el mal trago de una vez.

—Porque he estado resfriado y porque hace unos días tuve que gafar a un hombre…, a Goran Zerbe.

Hubo unos segundos de silencio. Alexander se armó de valor y miró a Sócrates. Este, que se mostraba boquiabierto, le interrogó:

—¿Por qué tuviste que gafar a Zerbe?

—Porque le molesté.

—¿Cómo?

—Interfiriendo en una de sus partidas.

—¿Para qué?

Manuel formulaba cada cuestión con un tono de voz muy duro, mientras mantenía el gesto ceñudo clavado en Alexander. Este, por su parte, contestaba cabizbajo.

—Para que uno de los jugadores, un trabajador de las obras, desplumase a los demás y, a cambio, me dijese dónde estaba *Crisol Innovaciones* —detalló, avergonzado.

—O sea, que ya has estado en las oficinas.

—No. Zerbe descubrió la treta y me tendió una trampa. Me atacó en una nave del área industrial y empresarial. Casi me mata a puñaladas. Por eso, tuve que gafarle. Y del jugador no he sabido nada, ni creo que vuelva a saber, porque le han dado una tunda. Todo ha salido mal. Fatal.

–¡No me lo puedo creer! Lo tuyo es incorregible, ¿verdad? ¡Te atrae la boca del lobo! –exclamó Sócrates, que, por su rostro, no lograba contener ni su asombro ni su enfado.

–Lo siento –anotó Alexander, como un colegial al que reñían por una buena trastada.

–No lo sientas. A mí no tienes que pedirme perdón. Ya eres mayorcito y, con la tara con la que cargas, ya deberías haber aprendido.

–Lo sé.

–¡Te dije que solo usáramos la vía legal!

–Lo sé –insistió Alexander.

Sócrates guardó silencio. Respiró hondo para tratar de serenarse. Después, añadió:

–Ahora ¿qué?

–Ahora, me olvidaré de Goran Zerbe. Gracias a ti, iré a la oficina real de *Crisol Innovaciones*, algo por lo que siempre te estaré agradecido. Te pido perdón. Lo siento, en serio. Me equivoqué. Me precipité. Estaba desesperado.

–Ojalá fuera tan sencillo, Alexander.

–¿Qué significa eso?

–Significa que aún no te has librado de Zerbe. Ese mafioso es muy peligroso y, con o sin suerte, tarde o temprano se vengará de ti.

–Ya, y ¿qué puedo hacer?

–Solucionar el problema.

–¿Cómo?

–Como siempre te he dicho: por la vía legal. Vamos a reunir toda la información que tengamos sobre ellos y sus negocios y se la vamos a desvelar a las autoridades.

–Yo no puedo hacer eso. Soy un fugitivo. No puedo testificar contra ellos.

–Yo sí. Y lo haré. Cargaré con el peso de este asunto. No pueden seguir libres.

–Eso es peligroso, Manuel.

–Sí, lo es, pero no lo hago solo por ti, sino por mí. Sus timbas perjudican mi negocio. El juego ilegal es sucio. Ya me he hartado de esa gente. Y no me apetece que te maten.

—De acuerdo —concedió Alexander, aun molesto por el riesgo que Sócrates asumía.

—En cuanto nos quitemos a Zerbe y su panda de en medio, podrás seguir con tu cruzada contra *Crisol Innovaciones* y Adolph Klausmann. Sé que no puedo impedir que te metas en más líos, así que solo te diré que tengas cuidado. No te precipites otra vez.

—No lo haré. Esperaré a superar el castigo. Esta vez, manejaré el tempo.

—Y luego ¿qué harás?

—Hacer jaque y asumir lo que la ventura me depare, pase lo que pase.

3

Luka Miller no se rendía. No se había despreocupado. Se había propuesto demostrar la inocencia de Alexander y no cejaría en su objetivo, menos ahora que sí había encontrado algo. Había indagado con empeño, escamado desde que visitara la casa de Víctor Greve. El lugar le dio la impresión de poseer algo huidizo y a la vez evidente que se le escapaba, solo visible a quien supiese lo que debía buscar.

En los últimos días, mientras Marko se divertía en la guardería y Clarisa no se enteraba de a qué se dedicaba su marido, Luka había buceado en los archivos municipales. Ayer, al fin, efectuó un hallazgo muy valioso. Hoy, jueves, dispuesto a testar su hipótesis, combinó las líneas del tranvía para ir al noreste del Arco Clásico. Anduvo por la calle del Alcalde Sidor. No ver coches junto a la mansión Wagner le tranquilizó.

Según se aproximaba a la casa de Víctor Greve, vaciló. Se preguntaba cómo convencer al hombre para que volviese a hablar con él. Al llegar al enrejado de la vivienda de Víctor, le vio en el patio delantero. Greve barría las hojas secas que habían caído de sus árboles. Las recogía con un oxidado rastrillo. Se movía sin vigor. Vestía un desteñido abrigo de plumas. Más que un nuevo rico, parecía un simple empleado.

Luka respiró hondo, se detuvo junto a la reja, y saludó:

—Señor Greve.

Víctor se dio la vuelta. Tardó un instante en reconocer a Luka. Cuando lo hizo, chasqueó la lengua y torció el gesto. Tiró el rastrillo, caminó hacia la reja, y protestó:

—¿Otra vez aquí?

—Así es. Lamento importunarle, se lo prometo, pero esto es muy importante.

—Yo no puedo ayudarle.

—Sí, sí puede, señor Greve. Permítame pasar. Hablemos un poco, se lo ruego.

—No tengo tiempo —negó Víctor, impertérrito.

Luka ya contaba con que abordar a ese hombre de nuevo iba a ser complicado, si no imposible. No obstante, tener que preguntarle a través del enrejado no iba a desmotivarle.

—Desearía contrastar algunos datos con usted —insistió.

—Buenos días, señor —replicó Víctor, y se giró con intención de ignorarle.

—Usted no es como sus vecinos, ¿verdad? —añadió Luka.

La frase debió intrigar al señor Greve, quien se volvió.

—¿Qué significa eso?

—Usted y yo llevamos en esta ciudad casi toda nuestra vida. Los dos sabemos que este es un barrio de herederos. Es de los más antiguos, casi el origen de la ciudad. El Tyche pasa muy cerca de aquí. Todo comenzó con el río. Los que poseen casas en calles como esta las han heredado de sus padres, sus abuelos, sus bisabuelos… Pero usted no.

—Pues no. Yo me la compré con el sudor de mi frente —contestó Víctor, quien tal vez se sintiera ofendido por el inesperado discurso de Luka.

—Lo sé. Me consta que así fue —aseguró este, que había memorizado varios datos clave de las notas de Francine Moreau—. Usted sabe lo que es trabajar y construirse una vida y un futuro con el fruto de su trabajo. Muchos de sus vecinos ni sabrán lo duro que es eso. Y usted se merece esta vida más que ellos, pero el mundo no funciona así.

—¿A qué viene esto?

—¿Qué tal le va a su hijo en la universidad?

—¿A mi hijo? Bien ¿Por qué? No le entiendo.

—Sé que está matriculado en la más prestigiosa y cara del país.

—Sí. ¿Y qué? —inquirió Greve, cada vez más suspicaz y huraño.

Luka decidió dejarse de rodeos, de manera que respondió:

—Pues resulta que me pregunto cómo se las arregla para pagar la matrícula y los gastos de esa universidad tan selecta cuando, hace dos años, estuvieron a punto de desahuciarle. —Ese fue el punto de inflexión de la conversación. Greve enmudeció. Su actitud gruñona se esfumó. Luka prosiguió—: Me he enterado por los registros municipales. Esta casa, la que tanto esfuerzo debió costarle, estuvo a punto de ser subastada hace dos años. Hacía tiempo que usted no pagaba las letras. Y, de pronto, de la noche a la mañana, todo se solucionó. Se puso al día con sus pagos. Ocurrió muy poco después de la muerte de Ismael Wagner.

—¿Qué intenta decirme? —replicó Greve, mucho más manso ahora, incluso timorato.

—Que apuesto a que eso no fue obra de su suerte, sino de la de otra persona. —Luka guardó silencio unos segundos. Estudió a Víctor: este tenía la mirada perdida en el césped y murmuraba algo, como si hablase para sí mismo o para alguien ya ausente. Intuyó que ese hombre dudaba y estaba a punto de derrumbarse. Para propinarle el último empujón, apeló a sus emociones más frágiles—: Lamento mucho que su mujer falleciera. Lo siento de todo corazón. Me pongo en su pellejo. Ese tratamiento debió costar un dineral. He estado en su casa y ahí hace demasiado frío. ¿No puede pagar la calefacción? ¿Lo ha invertido todo en la universidad de su hijo? Lo entiendo. Yo lo daría todo por el mío. ¿Es por él por quien dijo que no estuvo en casa aquella tarde? ¿Quién pagó esas letras atrasadas?

Víctor Greve alzó la vista. Su faz reflejaba un interior quebrado, derrotado y, al mismo tiempo, desesperado. Luka comprendió que cargaba con un peso terrible que le hundía.

—Cuéntemelo —rogó Luka—. Quíteselo de encima. Usted sí estuvo en casa la tarde que asesinaron a Ismael Wagner. Debió ver algo, pero no se lo confesó a la Policía. ¿Qué fue?

—¿Presentarán cargos contra mí? —quiso saber Greve, alicaído.

Luka, que nunca sirvió para mentir, admitió:

—No lo sé. Le he mentido. No soy de la fiscalía. Discúlpeme, por lo que más quiera. No soy abogado. Solo soy un amigo que intenta ayudar a un hombre inocente.

Greve abrió la boca. Tomó aire. Farfulló sin pronunciar nada inteligible.

—¿Va todo bien, señor Greve? —dijo, de repente, una voz detrás de Luka.

Este casi ahogó un alarido. Se dio la vuelta, seguro de con quién iba a encontrarse.

En efecto, allí estaba Isaac Wagner, quien le fulminaba con sus bonitos ojos grises.

—¿Va todo bien, señor Greve? —repitió el joven heredero.

—Isaac, ¿qué tal? —saludó Víctor, cuya inquietud era imposible de disimular—. Sí, sí, va bien —respondió, titubeante—. Charlábamos, pero ya hemos terminado. No puedo ayudarle, señor —dijo a Luka—. Buenos días. Buenos días a ti también, Isaac.

—Buenos días, señor Greve —correspondió Isaac, afable—. Me alegra haberle visto.

Greve se escabulló. En cuanto entró en su casa, la afabilidad de Isaac se esfumó. Este se dirigió a Luka con severidad:

—¿Por qué molestaba a mi vecino?

Luka no pudo evitar tartamudear. No había previsto un encontronazo de ese tipo.

—No le estaba molestando —objetó.

—¿Sabe quién soy?

—Sí.

—Sí, sí lo sabe, como yo sé quién es usted. Sé que le vi en la Torre del Nimbo. Ahora mismo, voy a hablar con la comisaria. El señor Greve me dirá su nombre. Váyase de aquí.

Luka se quedó en blanco, bloqueado. Notó la intensidad con la que respiraba. Cohibido, se dio la vuelta, bajó la cabeza y echó a andar a paso apresurado. Unos segundos después, se detuvo, se giró, y agregó:

—Culpa a la persona equivocada.

Acto seguido, reanudó la marcha. Mientras se alejaba del barrio de la gente afortunada, temió que Clarisa descubriese sus pesquisas por culpa de lo que acababa de suceder.

4

Isaac Wagner regresó a su mansión, acalorado tras el topetazo con ese hombre. ¿Que culpaba a la persona equivocada? ¡Mentira! Él tenía muy claro quién asesinó a su padre. O, mejor dicho, se había forjado una teoría al respecto.

Hallar los diarios de su padre había arrojado luz al asunto de su muerte. Isaac había descubierto aspectos y pasajes de la vida de Ismael Wagner que nunca imaginó. Lo que más le había intrigado era saber que su padre empleó durante décadas a un tipo llamado Martin Krane, a quien, por lo que parecía, acogió a modo de protegido. Si lo pensaba, Isaac creía haber visto en alguna ocasión a ese personaje, pero no recordaba ningún instante concreto.

Martin Krane estaba muerto. Falleció el año anterior. Fue el aparente artífice del asalto a la Comisaría Central de Policía, un truculento suceso en el que, según algunos, Alexander Berkel también estuvo implicado. Eso suponía un vínculo entre Krane y el gafe.

El diario más reciente de los que Isaac había localizado relataba la búsqueda por parte de Ismael Wagner de un legendario pergamino, una antigualla, vinculada con la religión de la suerte, llamada Palabra de la Sibila. Isaac no comprendía que su padre, aquel hombre tan empírico y cabal, mostrase interés en supersticiones y esoterismos como el *Libro de los Días*. Su progenitor, con la colaboración del tal Martin, se hizo con aquel pergamino, pero este ya no se encontraba en la librería subterránea. Lo habían robado, junto a otros bienes.

La teoría de Isaac estaba clara. Al menos, él la veía con meridiana nitidez. En su opinión, de alguna forma, Martin Krane y Alexander Berkel se conocieron. Confabularon para robar los tesoros secretos de Ismael Wagner, en especial la Palabra de la Sibila, y le asesinaron. Asaltaron la Comisaría por lo que el entonces comisario Garmash pudiese saber sobre ellos. El asalto salió mal, sobre todo para Krane, que murió, si bien Berkel escapó.

Lo veía clarísimo. Hoy, de regreso a casa, Isaac había vuelto a ver al hombre que, en compañía de Francine Moreau, le despistó en la Torre del Nimbo. El tipo estaba en el jardín del bueno del señor Greve, su vecino de toda la vida. ¡Se atrevía a decir que él culpaba a la persona equivocada! Eso no iba a quedar ahí. Isaac pensaba charlar con Víctor, enterarse de qué ocurría y poner el tema en conocimiento de la comisaria Miralles.

Isaac le dijo a la sirvienta que guardase su comida y, si había terminado sus tareas de la jornada, se fuese a casa. Los nervios le habían quitado el apetito. Quería estar solo. Meditabundo, deambuló por la casa, esa decimonónica construcción, de las más vistosas y vetustas de la urbe. De no ser por el frío, hubiera salido a pasear por el bosquecillo que se alzaba tras la edificación. Entre aquellos muros, caviló acerca de su padre.

Hasta que leyó los diarios, Isaac pensaba que su padre y él compartían opiniones respecto a la suerte. Seguían la filosofía por medio de la enseñanza de los dogmas. Conocían la genética sin perderse en fanatismos. Y la religión les parecía una superstición pretérita. Sin embargo, por lo que había leído, su padre era un creyente secreto, seguidor de la religión. Eso no le cuadraba. Todo lo que la Palabra de la Sibila representaba contradecía el primer dogma, aquel que tanto repetía Ismael: la suerte ni se creaba ni se destruía.

Isaac había llegado a plantearse que el primer dogma fuese una falacia. Consideraba que el funcionamiento de la suerte se había distorsionado. Alexander Berkel había causado un desequilibrio al matar a su padre, un hombre afortunado víctima de un impío gafe. ¿Era posible que hubiese dejado de confiar en la fortuna? No lo sabía. Todavía le faltaba información. No había encontrado el último diario de su padre, aquel donde el hombre reflejara sus últimos días. Quizás, la clave de todo se ocultase en esas páginas extraviadas.

Isaac respiró hondo y logró sosegarse. No podía perder la perspectiva. Él también era afortunado. Costara lo que costase, su suerte restauraría el equilibro trastocado por Alexander Berkel. Se haría justicia. Vengaría la muerte de su padre. Descifraría los enigmas. Al fin y al cabo, su remontada había comenzado. Volvía a estar en racha. *eFortuna Global* marchaba a la perfección en sus primeros días de funcionamiento. El proyecto representaba su primer gran triunfo político. Pronto, ascendería de vicealcalde a alcalde. Y la caída de Selena Myers en la Organización Heptágono se adivinaba estrepitosa.

5

Yuri Anton no se encontraba bien. Tenía la impresión de que incubaba una enfermedad, una que no había sufrido antes, con síntomas que le costaba establecer. Se sentía raro. De hecho, lo raro le rodeaba. Todo lo que acontecía a su alrededor se le antojaba raro desde hacía días, como si experimentase la realidad sin plenitud, a distancia. Ocurría desde que se levantaba hasta que se acostaba. Incluso lo acusaba en sueños. ¿Qué virus le había atacado? Fuera cual fuese, sus manifestaciones eran físicas y psíquicas. Y no solo le pasaba a él. Travis también estaba raro; desde antes, de hecho. ¿Sería que este le había pegado algo?

No podía permitirse enfermar ahora. Afrontaba el momento más crucial de su carrera. Había apostado muy alto. Se había descubierto con un órdago. Lo había hecho porque Selena Myers era la clase de gente cuyo egoísmo y corrupción perjudicaban el bien común. Yuri creía en los grandes fines de la Organización. Debía protegerlos. Esos días, por ejemplo, se recopilaban innumerables datos muy útiles para elaborar el censo. Objetivos de esa clase eran los que debían potenciarse, al contrario de las conquistas personales.

Hoy, en el trabajo, Yuri intercambió mensajes con varios compañeros de Heptágono, todos ellos proclives a la moción de censura. Con prudencia, sus contactos habían tanteado a otros miembros. Para su fastidio, más gente de la esperada eludía desvelar el sentido de su voto, lo cual podía significar que iban a apoyar a Selena, pero, conscientes de que la directora general no gozaba de buena prensa en esos momentos, evitaban admitirlo.

Eso frustraba a Yuri. No lo entendía. Él había preparado su acusación durante meses. Había recopilado datos y pruebas. ¿Tan poderosa era la suerte de Myers?

De pronto, se dio cuenta. Pasmado y asustado, lo negó para sus adentros: no, eso no podía ser. ¿O sí? Travis llevaba una época un tanto distante. ¿Y si…? Yuri analizó esos síntomas indefinidos que padecía. Los contrastó con sus conocimientos sobre la fortuna. ¿Y si le había transmitido algo, algo indeseable que no era una enfermedad, sino algo peor? Pensó en la suerte. Y un temor inaudito tomó forma en su interior.

6

El viernes, tan solo dos días después de hablar con el dueño y gerente de *La rueda de la fortuna*, Alexander recibió un nuevo mensaje. Al principio, ignoró el teléfono, centrado en estudiar los álbumes fotográficos de Joseph, ahora que se encontraba recuperado del período de castigo. Cuando se fijó en el mensaje, halló un enlace a una noticia. Esta desvelaba la detención de varias personas en relación a una red de juego y apuestas ilegales en la urbe. El principal acusado no era otro que Goran Zerbe.

En pocos minutos, el móvil volvió a vibrar, esta vez por una llamada.

—¿Dígame? —contestó.

—¿Has leído la noticia? —preguntó Manuel Sócrates, al otro lado de la línea.

—Sí. La he leído y releído, de hecho. ¿A quién han detenido?

—A varias personas. Aparte de Goran Zerbe, también te sonará Dragan Tucker.

—¿Cómo ha podido ocurrir todo tan deprisa?

—Tengo en nómina a unos cuantos picapleitos muy entregados a su trabajo. Tampoco te engañes: evidentemente, hace tiempo que venía reuniendo datos sobre esa trama mafiosa, pero lo que me contaste fue la clave para presentar una buena acusación y pillarles.

—¿Qué va a pasar ahora?

—De momento, Zerbe, Dragan y demás cómplices están en Comisaría. Les están interrogando. Supongo que se celebrará una vista preliminar para determinar los cargos y si se les encarcela provisionalmente. Seré el principal testigo. Asumiré esta carga.

—Es muy arriesgado, Manuel.

—Ya lo sé. Ya lo hemos hablado. Asumiré este peso. En el fondo, tenía que quitármelos de en medio por el bien de mi negocio. Ahora, espero que actúes con cautela. Aprovecha que te has librado de esa gentuza. Ten cuidado.

—Tendré cuidado. Lo prometo.

Al mediodía, Alexander recibió la visita de Frank, el primero que acudía a ese escondite. Alexander le había pedido que fuese sigiloso para que los vecinos no descubriesen que había okupado el piso del señor Klausmann. Le había invitado para explicarle lo de Adolph y solicitar su ayuda.

A su llegada, Frank saludó a Trece, que fue menos arisco que con su colega humano, y no tardó en notar el terrible frío que hacía allí.

—No te quites el abrigo —dijo Alexander. Señaló un sillón del salón para que Frank se sentara. Él se acomodó en otro—. Tengo que solucionar el asunto de la calefacción.

—Ya te digo. O lo solucionas o morirás congelado —añadió Frank, que tomó asiento y no pudo evitar tiritar—. Deberías volver a mi casa.

—Gracias, pero es más seguro que viva aquí.

—¿Tú crees? Aquí no aguantarás el invierno.

Alexander prefirió callarse, muy consciente de que su aprendiz estaba en lo cierto. El joven, entretanto, le echaba una ojeada a las viejas fotografías, esparcidas encima de la mesa de café. Una de las imágenes en concreto parecía despertar su curiosidad.

—¿Quiénes son estas personas? —interrogó.

—No conozco a casi ninguno. ¿Por qué?

—Por nada.

La respuesta de Frank sonó extraña, pero Alexander no le dio importancia. Tenía que explicarle muchas cosas al chico, y comentó:

—El hombre que vivía en esta casa es uno de los de esa foto. De hecho, es el único de la foto al que conozco —aclaró, y señaló al joven Joseph en la imagen—. Todo esto tiene que ver con lo que encontré en Aldea Moira y con mi identidad. Sé que apenas te he contado nada. ¡Es tan difícil! Pero necesito tu ayuda. Me he metido en una partida sin darme cuenta de cómo. Mi oponente es Adolph Klausmann, al que ya te he mencionado. Ese hombre me lleva ventaja. Yo me he manejado mal, pero ahora tengo algo. Necesito que me acompañes en una excursión.

Aunque la perorata de Alexander había resultado abstracta y obtusa, Frank, campante y dispuesto, añadió:

—Vale. ¿Dónde vamos?

Gratificado por tan buena voluntad, Alexander olvidó por un instante el frío, la miseria, el castigo, los desatinos y las interminables complicaciones, y sonrió.

7

Irene Berkel regresaba a casa con la sensación de estar perdida en muchos sentidos y cautiva de un dilema. Sentía el cuerpo roto en mil pedazos y la mente partida en dos mitades. Una de ellas, la más poderosa y que más gritaba a cada zigzagueante paso que daba, le repetía que recurriera al H27. Habían pasado días desde que lo tomara por segunda vez, pero ella todavía notaba la droga dentro de su organismo, como si esa maravillosa sustancia hubiese sustituido a su sangre y ahora irrigase cada milímetro de su cuerpo. Había procurado templar la abstinencia con consumos más mundanos, sin éxito. Nada podía compararse a esa nueva pastilla azul. Por mucho que huyese, un anzuelo invisible la había atrapado. Sin piedad, tiraba de ella para conducirla de regreso a *El séptimo cielo*.

Luego, tenía la otra mitad, la que poco a poco hablaba más bajo, tapada por la primera. Esa segunda mitad era su razón, su instinto de supervivencia, que entre tanto ruido insistía en los peligros que corría. Decía que todo estaba mal, que parase de inmediato, antes de que fuese demasiado tarde, si no lo era ya. Suplicaba que no dedicase ni un pensamiento más a la idea sobre un mundo sin suerte: ¡no era sino una falacia, un eslogan vacuo! Adolph Klausmann maquinaba algo temible y perverso. Irene no podía discernirlo, pero sospechaba que podía empequeñecer las atrocidades de Joseph y Vera. Había repasado el trabajo de *Crisol Innovaciones*: las centrales operativas, su ubicación, los datos que cosechaban, las conexiones, la energía que manejaban…

Tal vez la primera voz no tuviese razón, tal vez solo la condujese a la perdición, pero sonaba más alta, mucho más alta. Irene no podía encontrarse peor. Volvía a casa con resaca. Solo tenía ganas de dormir y no despertar en años.

Cuando llegó a su piso, encontró un panorama en penumbra, desordenado e invadido por el polvo. Abrió las cortinas y las ventanas de par en par. El helador aire de la mañana inundó la casa. Aunque le hizo tiritar, por un instante, se le pasaron las náuseas. Cuando cerró, advirtió algo: el silencio; un silencio muy infrecuente. ¿Dónde andaba Sam? ¿El animalillo no correteaba? Hacía tiempo que el hámster se movía con menos vigor, pero de una manera u otra jamás se detenía. Era adicto, como su ama; en su caso, al movimiento. Ella lo buscó. Lo halló en un rincón de su cuarto, hecho una bolilla de pelo dorada, al lado de su esfera, quieto, inmóvil, dormidito…

—¿Bichillo? —susurró Irene, temblorosa. Empezó a marearse.

Se acercó a Sam y se acuclilló. Lo observó. El animalillo ni dormía ni se iba a despertar. Ya no corretearía nunca más. Ella no se atrevió ni a tocarlo.

Se acordó de cuando lo compró, tres años antes; de la primera vez que el hámster entró en su esfera trasparente; de esa vez que estuvo a punto de batir la barrera del sonido en una de sus carreras; de la alegría con la que se zampó unos arándanos rojísimos; del traqueteo que siempre se oía en la casa; y de la pérdida de apetito y fuerza que el bichillo manifestó en las últimas semanas, sin que ella, una drogadicta sola y fracasada, hiciese nada por él.

Irene se incorporó y corrió hasta el salón. Volvió a abrir la ventana para aspirar varias bocanadas de aire helado. Le costaba respirar. Las emociones bullían dentro de ella. Pugnaban por salir. Un agrio reflujo en su esófago la avisó de que otra cosa se disponía a salir de inmediato. Fue al baño a toda prisa. Vomitó en el retrete. Después, lloró sin consuelo posible. El corazón le ardía. Quería morir.

La culpa era de la suerte. ¡Tenía que ser de la suerte! El tercer dogma la había condenado. La suerte la privó de una madre. La suerte maldijo a su padre y su hermano, y la distanció de ellos. La suerte la había arrastrado por un sendero de errores y agravios. La suerte la había dejado sola. La suerte…

¡Odiaba la suerte! Odiaba su mundo. Deseaba un mundo sin suerte. Quería retornar a un sueño reciente, donde tan bien se había sentido. Y, así, la voz gritona acalló a la sensata.

8

Adolph Klausmann no dudó ni un segundo al leer el mensaje de Irene Berkel. Su estrategia y su manejo del tempo empezaban a dar resultado. Satisfecho, respondió a la joven para darle las señas de su casa. Su vivienda pertenecía a un conjunto de casas bajas de una sola planta, situadas al oeste del Arco Clásico, en la calle del Regidor Garbai, una vía curva que discurría pegada al cauce del río. El rumor de las aguas del Tyche agradaba y sosegaba.

Wotan, la única compañía que Adolph toleraba, campaba a sus anchas por la casa. El hurón, de larguirucho cuerpo y suave pelaje plateado, con una mancha más oscura a modo de antifaz, dormía en abundancia, si bien se mostraba juguetón cuando despertaba. Su amo no le enjaulaba. Procuraba, no obstante, que no se escabullera hacia el patio.

Adolph se tomó un té bien caliente mientras esperaba a Irene, cuya visita le intrigaba. El mensaje de la joven destilaba una profunda desesperación, el tipo de sentimiento que él necesitaba para captarla. Si la chica Berkel volvía a tomar H27, droga creada por él mismo, no existiría retorno posible en su sendero de dependencia y sumisión. Su voluntad le pertenecería. El ingrediente secreto, la belladona, se encargaría de ello.

271

Antes de que la joven llegara, Adolph leyó unas pocas páginas más de *Siete días de mayo*, de Fletcher Knebel. Había dedicado la mayor parte de la jornada a analizar los datos que su empresa recibía de *eFortuna Global*. Los cálculos que realizaba resultarían de gran utilidad cuando llevase a cabo su acción definitiva.

Irene no llamó al timbre. Golpeó la puerta tres rítmicas veces con los nudillos. Cuando él la abrió, entró en el amplio salón y escrutó la estancia sin decir nada. Tal vez, el buen gusto de la decoración llamara su atención. Rodeó el mullido sofá blanco y se sentó en él. Su extraño comportamiento era el propio de una trastornada.

—Si está pensando que se me da bien la decoración, olvídelo —comentó Adolph, que se sentó en un sillón, junto a Irene, y dejó su bastón a un lado—. Los muebles venían ya con la casa. —Ella, cuyo aspecto daba pena, siguió sin hablar, por lo que él continuó—: Soy celoso de mi privacidad; un insociable, la verdad. No me gusta invitar a nadie a venir aquí.

—¿Por qué me ha invitado a mí? —contestó la joven.

—Porque confío en usted. Y usted ¿confía en mí?

Ella obvió su pregunta. También rehuía su mirada directa. Se la veía enajenada.

—¿Por qué ha venido, Irene? —interrogó Adolph.

Entonces, la chica Berkel salió de su abstracción, le miró a los ojos, y le increpó:

—¿Es verdad que mi hermano es hijo de Joseph?

Adolph no se esperaba eso, aunque disimuló su asombro.

—Sí, es verdad. Pensé que no lo sabía. Por eso, no le dije nada. Es algo delicado, pero me alegro de que lo sepa.

—¿Por qué?

—Porque ahora confiará más en mí.

—¿Eso cree? Debería saber que mi hermano va a por usted.

—¿De verdad?

—Sí. Está investigando *Crisol Innovaciones*.

—Interesante. Le estaré esperando.

—No sé por qué se lo he contado.

—Yo sí. Porque confía en mí. Porque mi sino y el suyo están unidos, Irene.

—¿Qué sino? ¿Cómo están unidos?

—El logro de un mundo sin suerte. Ya se lo dije: un mundo sin desafortunados, sin el yugo de la ventura; un mundo justo, regido por la equidad, sin desigualdades, sin grados de suerte. He visto la maldición del infortunio en mi propia familia, en Alexander, en el hijo de mi hermano. Deseo terminar con esas desgracias.

—¿Para qué?, ¿para no tener que repudiar a ningún niño más, como hicieron con Alexander? —replicó Irene, altiva.

—Eso fue terrible, pero fue el error de Joseph, su grave error, con el que deberá cargar toda su vida. —Irene no objetó nada, por lo que Adolph dedujo que desconocía lo que ocurrió en realidad—. Precisamente por Alexander, que es de mi familia, persigo un mundo sin suerte. Un mundo sin gafes, sin parias como su difunto padre, Irene, como Héctor.

Una vez más, mentar a Héctor Berkel fue el golpe de gracia con el que Adolph derribó las defensas de Irene. Esa yonqui se derrumbaba con la sola alusión a su padre. Se debía sentir muy atormentada por su recuerdo. Empezó a temblar. Las lágrimas resplandecían en sus ojos. En ese momento, Wotan hizo su aparición en el salón. Mantuvo las distancias con la recién llegada, pero la observó intrigado, con su simpática carita. Por el motivo que fuera, la presencia del hurón afectó aún más a la joven.

—Antes le he preguntado que por qué había venido —añadió Adolph—. No me ha respondido, pero no es necesario. Ha venido porque cree en un mundo sin suerte. Me lo dijo. ¡Ah! Por eso y por esto.

Adolph sacó algo de su bolsillo: un pequeño pastillero. Se lo entregó a Irene. Esta lo abrió y halló una pastilla de H27. Su temblor se acentuó. Su pugna interna entre la adicción y la entereza debía ser máxima. Él asistió a la escena expectante. Por fin, ella se entregó a la droga. Se tragó la pastilla con avidez. Después, su felicidad fue visible. Todos sus males se habían desvanecido. Él se convenció de que ya no había vuelta atrás. Esa chica le pertenecía y haría lo que él dijera.

—Me recuerdas a mi hija —dijo Adolph, mientras ella escuchaba con un extático embelesamiento—. También es informática. Hace tiempo que apenas hablamos. Hubo una época en la que participaba en mis experimentos. Compartía mis ideales. Fue un periodo gozoso. Lo añoro. En una ocasión, fabricó un interesante artilugio para un proyecto en el que trabajábamos. Fabricó siete dados de cristal. En apariencia, servían para abrir ciertas cerraduras, como una especie de llaves secretas. Mi sobrina

Vera los cogió prestados y Joseph también los utilizó. Pero eran más que eso, porque la mayor cerradura es la que abren juntos. Abren la puerta hacia el mundo sin suerte. Y, ahora mismo, solo me falta un dado.

—¿Cuál? —balbució la chica, captada por el influjo de la belladona.

—El que tú puedes conseguirme —explicó él.

Adolph contempló el absoluto sometimiento de Irene Berkel y se sintió muy dichoso. Se percató de que sus elucubraciones anteriores fueron erróneas, pues la joven no encarnaba ni un caballo ni un alfil en su partida. Irene había llegado al final del tablero, a sus dominios, a su propia casa. Eso la convertía en su dama. Ella sería su reina.

2

La auténtica oficina de *Crisol Innovaciones* en Ciudad Fortuna no se encontraba ni en el área industrial y empresarial ni en algún otro rincón igual de inhóspito, sino en un edificio de oficinas en la frontera entre el centro de la urbe y el barrio de Hornos. El inmueble, en una perpendicular a Fabriko, albergaba entidades públicas y privadas, sobre todo asociaciones y fundaciones. En su origen, había servido de centro cultural y social. Se trataba de una construcción corriente y anodina, en la que nadie repararía de no ir en su busca; un lugar en el que instalarse sin llamar la atención.

Alexander y Frank llevaron a cabo su incursión ese mismo viernes, por la noche. Dejaron a Trece en casa de Joseph, donde el frío resultaba cada vez más difícil de sobrellevar. Deambularon en torno al edificio, que poseía espacios comunes que las distintas entidades compartían, para decidir la mejor manera de colarse. Hallaron un punto débil: una oficina desocupada, en la planta baja, cuyos accesos se habían descuidado. Un simple pestillo era lo único que protegía una salida secundaria, en un lateral de la edificación. Abrirla fue sencillo. Dentro, atravesaron la oficina vacía, pasaron a las zonas comunes, forzaron otra puerta mal protegida y llegaron a *Crisol Innovaciones*.

La distribución del espacio era diáfana, moderna y funcional. En la parte central de la oficina, había una gran mesa redonda con sillas a su alrededor. Estanterías y cajoneras separaban los escritorios de cada empleado. No obstante, Alexander pronto se percató de que la mayor parte de ese lugar no se utilizaba, pues los polvorientos papeles y carpetas que había sobre las mesas eran de una empresa diferente. Daba la impresión de que Adolph empleaba ese sitio como almacén, ya que abundaban las cajas con materiales de construcción y componentes electrónicos. Había varias puertas y algunas cristaleras translúcidas.

Acompañado de Frank, Alexander inspeccionó la oficina guiado por la linterna de su móvil, cuya pantalla agrietada le recordaba su topetazo con Goran Zerbe. En la mesa del espacio central, abrió carpetas y repasó papeles. Los hojeaba y se los daba a Frank. Localizó contratos, autorizaciones, órdenes de obra y demás documentación sin, en principio, nada sospechoso. Minutos después, desanimado, imaginó que alguien tan taimado como Adolph nunca dejaría nada incriminatorio a la luz de cualquier asaltante como él…, hasta que reconoció una estructura familiar.

A Alexander se le heló la sangre. Acababa de encontrar un esquema dibujado a mano alzada sobre un folio, debajo de una pila de documentos. Iluminó su contenido con el móvil. ¡No podía creerlo! Se trataba de un boceto compuesto por siete largos radios, cada uno de ellos rematado en un círculo en el extremo final, que partían de un núcleo común, en el centro del esquema. ¡Se trataba de los mismos elementos y la misma disposición que se veía en el dibujo insistente de Marko Miller! Aquello le estremeció. Sin duda, eso demostraba la teoría de Luka: su hijo volvía a tener un sueño premonitorio, uno que no debían descuidar.

Inquieto, examinó con interés otro taco de papeles, unidos por una grapa, que estaba debajo del esquema. La textura del papel se había deteriorado y, pese a la poca luz, se intuía que habían amarilleado. Tenían bastantes años. Mostraban croquis y planos de un armatoste muy extraño. Se le ocurrió que parecía una versión estrambótica de una especie de cabina de rayos UVA, dotada de elementos inverosímiles, como planchas de plomo y un sistema para la medición de constantes vitales.

Tendió los croquis a Frank para que les echase un vistazo si quería. Se dio cuenta de que el joven miraba uno de los papeles con el ceño fruncido.

—¿Qué ocurre? —quiso saber.

—Este es mi jefe —indicó Frank. Señalaba el documento.

Confundido, Alexander dirigió el haz de luz al papel y leyó el nombre escrito debajo de una firma: Jon Hosen.

—¿Ese es tu jefe?

Frank no respondió. En las tinieblas, Alexander escrutó su rostro abstraído. El joven daba la impresión de intentar comprender algo muy complejo.

—¿Qué pasa? —interrogó Alexander—. Me pones nervioso.

—Lo siento. Intento recordar. He visto algo esta tarde, en esa casa donde vives ahora, en la fotografía vieja que tenías encima de la mesa. Me daba la sensación de conocer a uno de los hombres que salía en ella, pero… Sí, ahora me doy cuenta. ¡Es increíble! Jon Hosen, mi jefe, el que firma este documento, salía más joven en esa foto.

—¿Estás seguro?

—¡Sí! ¡Qué tonto soy! Habrá envejecido, pero hay algo que no le ha cambiado: un mechón de pelo blanco que tiene en el pelo, justo encima de la frente.

—¿Cómo dices?

Alexander pensó que nada de eso tenía sentido. Sin embargo, de inmediato, le dio un vuelco el corazón. Ató muchos cabos sueltos a la vez. Una reacción en cadena se inició en su cerebro. El hombre del mechón blanco, quien también le intrigó la primera vez que miró esa foto, se llamaba Jon Hosen, era el jefe de Frank y estaba implicado en *Crisol Innovaciones* y, por lo tanto, ligado a Adolph Klausmann. Lo más inaudito era que Alexander, de repente, le reconocía. Le recordaba de la mañana en la que le secuestraron, pues Jon Hosen era el tipo que conducía la furgoneta en la que se lo llevaron. Ahora que recapacitaba, se percató de que, semanas antes, vio cómo Frank departía con la versión mayor de ese hombre, en la estación de trenes de mercancías.

—Ese hombre está en mis recuerdos —explicó, aturdido.

—¿Mi jefe? —replicó Frank, anonadado.

—Sí —asintió Alexander, asombrado. Acababa de atar otro cabo más—. Te contrató para la ruta que pasa por Aldea Moira, la ruta en la que se coló la mujer no identificada.

Por el rictus boquiabierto de Frank, él también encajaba poco a poco las piezas perdidas de tan inconcebible rompecabezas.

Tras un silencio, Alexander agregó:

—¿Sabes cómo localizar a Jon Hosen?

—Sí, claro. ¿Por qué?

—Porque tengo que hablar muy seriamente con él. Y tú vendrás conmigo.

10

Ricardo Varone se planteaba echarse atrás, algo que casi nunca había hecho, y anular uno de sus planes más ambiciosos. Las últimas jornadas de la campaña electoral en Ciudad Jano se complicaban por momentos. El estrés le avasallaba. Cuando peor le venía, un indeseable contratiempo relacionado con Ismael Wagner había propiciado su inseguridad.

Víctor Greve, el hombre que vivía en frente de Ismael, desde donde se percató de detalles que era mejor no desvelar, había llamado a Carlo Ferrara, algo que se le indicó que no hiciera salvo en caso de extrema necesidad. Greve amenazaba con derrumbarse y confesar lo que vio desde el porche de su casa la tarde que asesinaron a su vecino. Esa opción horripilaba a Ricardo, quien ya le había indicado a Carlo que hiciera lo que fuese necesario para apagar ese fuego. Intranquilo, se planteaba si no debería recapacitar sobre el plan del veintisiete, una apuesta titánica con la que corría muchos riesgos. ¿Y si no estaba en racha?

Esa noche, en horario de máxima audiencia, Ricardo pensaba lanzar un osado órdago frente a millones de espectadores. Iba a jugársela ante sus electores. Solo él lo sabía. Hoy, se celebraba el duelo definitivo de la campaña. A solo cuatro días de los comicios, los candidatos a presidente y primer ministro de los dos grandes partidos se veían las caras en el debate más esperado. Por parte de la Unión Nacional, Sebastian Brenner y Ricardo se enfrentaban a Martina Leone y su joven y popular compañero de ticket de la Alianza Social. Ante ese reto, Ricardo pensaba que, si el órdago salía bien, se lanzaría a lo del veintisiete.

El resultado del debate doble se anticipaba crucial, en especial con un empate técnico en los sondeos. Ricardo estaba ansioso por carearse con la actual presidenta de la república, Martina Leone, con quien aún no había tenido ocasión de medirse. Leone, una mujer madura, de imagen elegante e imponente, que defendía sus posiciones con vehemencia, acostumbrada a escenarios adversos, llegaba perjudicada por un escándalo de tráfico de influencias que afectó a su ex yerno; asunto espinoso que Ricardo propició que la prensa destapara. Con todo, Leone, que también era la prima de Casandra, se mantenía en pie.

Decenas de focos y varias cámaras apuntaban sin piedad a los cuatro atriles que, dispuestos en mitad del plató, ocuparon los cuatro protagonistas. El moderador dio comienzo al espectáculo. Los cuatro contendientes demostraron haberse preparado bien. Se repartían golpes y reveses con habilidad, como dos parejas de tenistas en un partido de dobles.

Durante la mayor parte del debate, Ricardo se mantuvo comedido. Presumió de moderación, experiencia y éxitos frente a la juventud y pasión de su rival. Sebastian se encargó de Martina. En la última media hora del programa, la presidenta empezó a ganarle terreno a Brenner, que no encajó bien un ataque relacionado con su gestión como primer ministro.

—Su visión de la política es sectaria y partidista, señor Brenner —señalaba Martina, con ímpetu—. Ha utilizado los recursos y competencias de su cargo para servir a su propio beneficio, muy interesado en crispar la cohabitación entre su oficina y la mía. Eso se denomina "vergüenza institucional".

—Señora Leone —intervino, entonces, Ricardo—, resulta muy atrevida, temeraria de hecho, su postura. Usted más que ninguno de esta sala, más que ningún político de este país, debería tener cuidado con el concepto de la vergüenza.

Un tenso silencio siguió las palabras de Ricardo.

—¿Me está llamando sinvergüenza? —inquirió Martina, lejos de arredrarse.

—No, de ningún modo —repuso Ricardo—, pero creo que no está usted dignificada para hablar de "vergüenza institucional", y mucho menos hablando de mi compañero de partido, si tenemos en cuenta cómo ha utilizado usted los recursos de su cargo, el más alto de este país, para servir a intereses personales.

—¿Se puede saber a qué se refiere?

—Me refiero al ilegal tráfico de información con el que la ex pareja de su hija se benefició, como supimos el año pasado.

Esa frase, sin duda, elevó la temperatura ambiente. Martina contestó con coraje:

—¿Eso es todo lo que se le ocurre? Porque ya expliqué lo suficiente ese asunto.

Ahí estaba. Ese era el punto clave. O Ricardo lanzaba su órdago o se apartaba.

—No, no lo explicó lo suficiente —objetó, decidido a seguir adelante—. Puede que su ex yerno dimitiese y terminase por admitir su culpabilidad ante el juez, pero usted ha ocultado al país que su hija se reunió en secreto con él y un abogado del estado, en varias ocasiones a lo largo de tres meses, para asesorar a ese delincuente sobre su defensa.

El silencio volvió a hacerse en el plató. Esta vez, Martina se quedó sin habla. Hasta el propio Sebastian enmudeció. Nadie conocía de antemano esa revelación, que Ricardo había mantenido en secreto durante semanas, a la espera del instante justo para desvelarla.

El debate concluyó en breve, con la impresión generalizada de que Ricardo había noqueado a la presidenta y, de paso, había defendido a un Brenner acorralado. Las cámaras se apagaron y los miembros de cada partido se reunieron con sus respectivos equipos. Ricardo recibió felicitaciones del suyo. Brenner, aunque descolocado, no le reprochó nada.

Rumbo a su camerino, reconoció a Casandra a lo lejos. La vio de pie, en el pasillo, al lado de su puerta. Analizó su mirada: era gélida. Desde luego, su órdago contra Martina, su prima, la habría desagradado sobremanera. Temió su reacción, pero, antes de que él llegara donde ella aguardaba, la mujer se dio la vuelta y se marchó con aire impasible.

Ricardo prefirió olvidarse de Casandra y celebrar su triunfal órdago. Entendió que no debía temer a la fortuna. Sintió que estaba en racha, igual que cuando se quitó de en medio a Ismael Wagner. Como en esa ocasión, debía confiar en su grado de suerte.

Por ello, a solas en su camerino, telefoneó a Carlo Ferrara, y le dijo:

—Sigue adelante con el veintisiete. Este es un sí definitivo. Que todo sea como lo hablamos. ¡Ah! Y encárgate de que Víctor Greve haga lo que tiene que hacer.

11

Joseph Klausmann casi se arrepentía de haber recuperado su suerte. Volver a tenerla en un entorno como la prisión podía suponer un arma de doble filo, pues otro desgraciado, Alonso Yazpik, se había fijado en él. Amenazado, Joseph se veía obligado a poner en práctica los procedimientos de Adolph sobre el quinto dogma, en los cuales él nunca se interesó, ni siquiera cuando su único hijo le salió gafe. La situación poseía un cariz paradójico que le irritaba. La ventura se reía de él por haber llevado las normas al límite.

Alonso Yazpik no atendía a razones. El contrabandista estaba desesperado por recobrar la suerte que le habían arrebatado. Ni él ni su pincho aceptarían un no por respuesta. Nada importaban las razones que Joseph había aducido para desaconsejar un procedimiento de ese tipo en la cárcel. En el fondo, empatizaba con Yazpik porque había padecido el mismo trance maldito que él. Pese a ello, Joseph estaba convencido de que todo eso iba a terminar muy mal, y temía las consecuencias.

Rendido a las amenazas, Joseph le había explicado a Yazpik qué se necesitaba para ejecutar unos de los métodos extremos para restaurar la suerte. Este había utilizado contactos y trapicheos para organizarlo. Ese viernes por la noche, podían usar una enfermería de la penitenciaría sin preocuparse de que les sorprendieran. Contaban con una vieja máquina de diálisis, traída desde un centro médico clausurado, así como todo el material de enfermería requerido. Otro recluso, quien Joseph estimaba que poseería un tres o un cuatro de grado de suerte, se prestaba al proceso a cambio de buen material para colocarse.

Así, tras la medianoche, Joseph se las arregló para llegar hasta la enfermería sin que le descubrieran. El donante de suerte, un colgado de aspecto descarriado, ya estaba allí. Incluso se había tumbado en una de las camillas. Al verle, Joseph se acordó de la mujer que donó su suerte, voluntaria o involuntariamente, para que él recobrase la suya. Un escalofrío le sacudió. Imaginó que el colgado no tenía ni idea de lo que iba a pasar. Optó por no contárselo. Se limitó a cogerle una vía intravenosa y colocarle el pulsómetro.

Cuando Alonso Yazpik llegó, Joseph, resignado, lo tenía todo listo. El colgado de la primera camilla se había quedado dormido.

—¿Está bien? —preguntó Alonso, que se tumbó en otra.

—Le he inyectado un sedante. No quiero distracciones.

De mala gana, temeroso de todo lo que podía torcerse, Joseph colocó un pulsómetro a Alonso y le cogió una vía. Igual que al colgado, le conectó a la máquina, la cual había modificado para pervertirla y que sirviera a sus peligrosos fines.

—Es mi obligación recordarte los graves riesgos que corres —susurró Joseph.

—¡Déjame en paz! —protestó Alonso—. Me aburres. Cállate y empieza.

—¡Silencio! —chistó Joseph, con severidad, sin importarle por un momento las amenazas de Yazpik—. Escucha y te dejaré en paz. No quiero que luego me vengas con que no te lo advertí, así que atiende. Lo que vamos a hacer es una chapuza asquerosa, una copia mala del verdadero procedimiento. Este pirado de aquí no es alguien afortunado, así que hazte a la idea de que habrá que repetir lo de esta noche varias veces. El proceso no será ni rápido ni agradable. Y no puedo garantizarte nada.

–Vale, ya lo has dicho –replicó Alonso–. Ahora, cállate y empieza.

Malhumorado, Joseph encendió la máquina e inició la transfusión.

Minutos después, una leve tos, un gesto insignificante en otro contexto, fue el primer signo de que algo se complicaba. Joseph miró a Alonso. Este sudaba, a pesar del frío de la sala. Empezaba a temblar y, por sus ojos, parecía estar mareado.

–Me arde –se quejó el tipo, y señaló la vía intravenosa.

Joseph se puso alerta de inmediato. Observó los pulsómetros: el del colgado iba bien; el de Yazpik, en cambio, descendía de manera preocupante.

–¿Estás seguro de que este tiene tu grupo sanguíneo? –interrogó Joseph.

Alonso asintió con la cabeza. Se le cerraban los ojos. Su cara perdía color.

–¿Me has ocultado algo? –insistió Joseph–. ¿Alguna enfermedad? Dímelo.

–Me infectaron –murmuró Alonso.

–¡Estúpido! ¡Debiste contármelo! ¡Te advertí que esto era una chapuza!

No tenía sentido regañar a Yazpik, pues ya había perdido el conocimiento. El procedimiento, tal como Adolph lo diseñó, conllevaba muchos riesgos y exigía mucha exactitud. La precaria versión que Joseph había apañado multiplicaba los peligros. Fuera cual fuese la enfermedad que Yazpik había ocultado, había interferido con el proceso.

Aterrado, Joseph revolvió toda la enfermería en busca de una ampolla de adrenalina, pero no halló nada que se le pareciese. Golpeó el pecho de Alonso con fuerza, pero este no volvió en sí. Acorralado, apagó la máquina, la ocultó en un rincón, retiró las vías a los dos hombres y abandonó la enfermería mientras renegaba de su suerte recobrada.

12

Esta vez, había manejado mejor los tiempos y, pese a su desventaja, estaba dispuesto a hacer el primer jaque. Así, el sábado por la tarde, Alexander y Frank fueron a la Estación Oriental de Ferrocarril, que no estaba lejos del piso de Joseph Klausmann. Dado el día y la hora, el ambiente en la estación era bastante tranquilo, casi desierto. Frank y él entraron en el edificio de oficinas y esperaron en una de ellas. A medida que la tarde avanzaba, un manto de niebla caía sobre la ciudad y acentuaba las frías temperaturas.

—¿Es seguro estar aquí? —preguntó Alexander, mientras estudiaba la oficina, un cuarto de reducidas dimensiones, con el espacio justo para una mesa, algunas sillas y unos cuantos archivadores; todo ello muy viejo.

—Sí. Casi nadie suele pasar por aquí, mucho menos un sábado por la tarde —respondió Frank, que le había enviado un mensaje a Jon Hosen para pedirle una reunión urgente. Este se encontraba en la ciudad y le había dicho que se encontraran allí.

Mientras aguardaban, apenas hablaron. Alexander observó a Frank. Le sorprendió la calma que el joven transmitía. No parecía preocuparle que, después de lo que sucediese esa tarde, pudiese quedarse en el paro. No había dudado en ayudarle. Su lealtad resultaba emocionante. Se habían hecho amigos.

La puerta se abrió y, con las prisas propias de quien suele llegar tarde a los sitios, Jon Hosen irrumpió en el cuarto. El hombre tardó un instante en asimilar la escena. Primero, se fijó en Frank, que estaba al lado de la puerta. Luego, reparó en Alexander, que se hallaba al fondo, detrás de la mesa. De inmediato, su rostro se puso níveo y su cuerpo se quedó petrificado. Reaccionó con movimientos torpes, anonadado. Frank cerró la puerta a su espalda.

—¿Qué pasa aquí, Frank? —interrogó Jon, asustado, sin dejar de mirar a Alexander.

Frank no contestó. Fue Alexander quien tomó la palabra:

—Es Jon Hosen, ¿verdad? —dijo. Estudió el fuerte mechón blanco que crecía sobre la frente del tipo. Los recuerdos del día de su secuestro centelleaban en su memoria.

—Sí —afirmó Jon, con un hilo de voz.

Con paso lento, Alexander bordeó la mesa y se acercó a él, a tan corta distancia que, sin duda, amedrentó a Hosen, quien temblaba y tragaba saliva.

—¿Sabe quién soy? —interrogó Alexander.

–Sí. He visto su foto en las noticias.

–Sí, puede ser, pero usted me conoce de algo más, de hace tiempo, ¿verdad?

Jon no tuvo el valor de admitir la verdad; al menos, no tan pronto. Dedicó una mirada acongojada a Frank, en busca de explicación o auxilio.

–No, no le mire a él –añadió Alexander–. Olvídele. Me ha traído hasta usted porque yo se lo he pedido. A Frank y a mí nos une un rasgo poco frecuente, una circunstancia difícil que pocos compartimos. ¿Sabe a qué me refiero? No me diga que no.

Jon titubeó unos segundos antes de asentir con la cabeza.

–Dígalo –agregó Alexander, en voz baja, muy tranquilo, consciente de lo mucho que amilanaba a ese triste hombre–. ¿Qué somos Frank y yo?

–Son gafes.

–Eso es. Somos gafes. Usted sabe qué es un gafe, así que sabe lo que puede ocurrirle si no colabora. No se preocupe: solo quiero hablar. Vamos a hablar. Me va a contar todo lo que quiero saber. Siéntese, por favor.

Jon obedeció. Tomó asiento en la silla que había delante del escritorio. Alexander se acomodó en la que había detrás. Frank se quedó al margen, en la puerta.

–Le recuerdo del día que me raptaron, que me sacaron de mi propia casa y me arrancaron de los brazos de mi madre –relató Alexander, asombrado de lo sosegado que se sentía. En cualquier situación de ese calibre, la ira le hubiera dominado–. Usted trabaja para los Klausmann, ¿no?

–Sí. Para Adolph, sobre todo, aunque alguna vez he tenido que colaborar con Joseph. También conocía a Esther.

–¿Qué hacía para ellos?

–Siempre les he ayudado. Nunca me ha faltado trabajo. Tienen muchas empresas. He colaborado en varias cosas.

–Por cómo lo cuenta, casi se diría que todos son buenas personas y que lo que usted haga para ellos sea algo digno.

–No soy una mala persona.

–Si no lo es, ¿cómo pudo participar en el secuestro de un niño?

–Yo siempre he hecho lo que me pedían, sin preguntas.

–Y aquí, en esta estación, ¿qué hace? ¿A qué se dedica?

–Es un trabajo como otro cualquiera. Gestiono mercancías. Hace tiempo que casi no colaboro con los Klausmann.

—Vuelve a hacerlo: da la impresión de que es inofensivo. Es posible que piense que al no hacer preguntas estaba exento de responsabilidad, pero no es así.

—¡Yo no soy mala persona! —insistió Jon, rabioso, con los ojos vidriosos—. Sí, lo sé: he contribuido a que se hicieran cosas malas. He tomado malas decisiones. No supe desvincularme. Al final, era igual de culpable que ellos. Pero he dado mucho por esa familia, aunque nunca me vieron como uno de ellos. He dado mucho y también he perdido.

Al terminar esa frase, la voz de Jon se quebró y apartó la mirada, quizás avergonzado. Alexander intuyó que ese tipo se guardaba algo muy doloroso en su interior.

—¿Para qué utiliza en realidad los trenes? —inquirió—. Hace más de un año, una mujer en estado lamentable llegó a esta ciudad como polizona de uno de ellos. Mi amigo Frank se la encontró. Hace poco, descubrí que esa mujer, que murió, se llamaba Rebecca Faymann y era de Aldea Moira, el mismo lugar de donde soy yo, de donde proceden los Klausmann y de donde imagino que es usted. ¿Cómo acabó esa mujer en el tren?

—Tampoco hice preguntas esa vez —reconoció Jon, cabizbajo.

—Algo sabrá. Conozco las atrocidades que se realizaban en el sótano de Adolph. Sé que forzaba el quinto dogma. ¿Qué le hicieron a Rebecca?

—No lo sé. Fuera lo que fuese, salió mal o, quién sabe, a lo mejor se pretendió que la pobre acabara así adrede. La metieron en el tren para alejarla de Aldea Moira. Era molesta. Se dedicaba a escarbar en el pasado. Incordiaba.

—Eso ya había pasado antes, ¿verdad?

—Sí. A veces, los procedimientos de Adolph salían mal, demasiado mal, y era necesario hacer desaparecer a la gente.

Esa información estremeció a Alexander. Una sospecha muy desagradable se formó en su mente.

—Usted conoció a mi madre, ¿verdad? Claro que tuvo que conocerla, si trabajaba para los Klausmann. ¿Le hicieron lo mismo a ella? ¿Cómo murió?

—No lo sé —manifestó Jon, que alzó su rostro, con lágrimas en las cuencas de los ojos, y continuó—: Señor Berkel, le ruego que me perdone. No sé qué pretende de mí, pero dudo que yo pueda darle algo, sea lo que sea. Sí, he hecho cosas malas. Sí, puede que sí sea mala persona. Pero créame si le digo que la vida, la suerte mejor dicho, me ha castigado ya.

—¿Cómo le ha castigado?

—Me privó de algo preciado.

—¿La suerte? ¿De qué le privó?

—De una hija.

—No le entiendo.

Jon se revolvió en su asiento. Respiraba hondo. Iba a confesar su gran tormento.

—Fui padre, pero nunca se me permitió ejercer como tal. Mi hija llamaba padre a otro hombre. La quise, a pesar de todo, y ella murió —narró, con visible pesar.

—¿Qué hija?

—Vera, la hija de Esther. Era hija mía.

De todo cuanto Alexander pensó que podía averiguar con ese interrogatorio, algo tan íntimo era lo último que hubiese previsto.

—¿Vera Klausmann era hija suya? ¿Está muerta?

—Sí y sí —confirmó Jon, entre tenues sollozos, los de un hombre que empezaba a asimilar su derrota definitiva—. Amé a Esther. Lo más seguro es que ella nunca me amase. Me utilizó en sus cábalas sobre el grado de suerte. Buscaba alguna clase de combinación entre el suyo y el mío, que es muy corriente. Debía ser alguna quimera o superstición de las de su familia. Se quedó embarazada de mí aposta. Me dejó claro desde el comienzo que su marido, un tipo adinerado a quien ella no quería, pero al que le convenía casarse, sería el padre de Vera a todos los efectos. Así que yo amé a mi hija secreta en secreto. Traté de acercarme a ella en alguna ocasión, pero Esther me lo prohibió. Y sí, Vera está muerta, igual que Esther. Murió el año pasado, en la cárcel, por culpa de una sobredosis. Era una yonqui.

Jon se tomó un momento para intentar sosegarse. A continuación, dijo:

—¿Qué pretende de mí?

Alexander meditó la cuestión.

—¿Qué planea Adolph en la ciudad? —preguntó.

—No lo sé. No sé qué planeará, pero sí sé cómo es. Si usted ha bajado al sótano de su casa, también debería saberlo. Sea lo que sea, conociendo a Adolph, eso que planea tendrá que ver con la suerte y será colosal. De todos modos, aunque supiera en concreto qué planea, no se lo contaría, porque a Adolph le tengo más miedo que a usted.

Esas palabras turbaron a Alexander. Advirtió el temor sincero que Jon profesaba a su patrono, al hombre por quien había participado en atrocidades toda su vida, con toda seguridad por miedo, un miedo que sentía desde hacía décadas. Todo ello agitó sus angustiosos y oscuros recuerdos. Una cerrazón insondable se avecinaba.

En cuanto a Jon, si este desconocía las temibles intenciones de Adolph, lo único que Alexander podía obtener de él era un modo de localizar al científico. No obstante, era muy improbable que Jon le contase dónde vivía Adolph, en vista del pavor que le tenía. Aun así, ese hombre podía ayudarle a dar con Adolph por otra vía. El quinto dogma sería la clave y, para ello, Hosen debía ser castigado.

—Usted es un hombre triste, Jon —declaró Alexander. Se puso en pie. Acobardado, su interlocutor hizo lo mismo sin quitarle ojo de encima—. Es un hombre patético. Ha tomado muy malas decisiones. Que temiera a Adolph no justifica ninguna de ellas. Merece su condena y va a recibirla.

Cuando Jon entendió el horripilante significado de lo que se acababa de decidir, con una mueca suplicante, rogó:

—No lo haga, por favor.

Mas no había vuelta atrás. La sentencia estaba dictada. Jon Hosen iba a ser gafado…, pero no por Alexander Berkel.

—Hazlo tú —decretó este, mirando a Frank.

El joven, que se había mantenido en un discreto segundo plano, tragó saliva al comprender lo que su maestro le encomendaba. Vaciló, pero luego debió asumir que esa prueba debía llegar tarde o temprano. Su aprendizaje solo podía culminar de una manera: mermar la suerte de otra persona. Jon Hosen merecía ser su conejillo de indias.

Jon no opuso resistencia. Se sometió a su sanción con derrotada docilidad. El nerviosismo principiante de Frank era evidente, pero no se arredró. Alexander, consciente de que no debía intervenir, se apartó de ellos en silencio.

De pie en mitad de la estancia, delante de un Jon con los ojos vacíos, Frank extendió su mano izquierda a la altura del pecho del hombre. Abrió y cerró los dedos despacio. Moldeaba el aire. Escudriñaba energía y átomos. Rastreaba una brizna atrayente, algo sin igual de lo que él carecía. Había aprendido a detectarla. Habitaba en el huero interior de Hosen. La encontró. Reguló su respiración. Dominó los latidos de su corazón. Liberó su cabeza de pensamientos. Concentró todo su ser en la etérea esencia que estaba a punto de detraer.

De improviso, como si una fuerza superior le poseyese, tal vez la voluntad de la maldición con la que había nacido, Frank puso su mano izquierda en el pecho de Jon. El hombre se tensó de la cabeza a los pies. Ahogó un alarido. Abrió los ojos espantado. Una solitaria lágrima de deslizó por su faz. Frank debía requerir un esfuerzo hercúleo. Una burbuja intangible separaba a gafe y gafado del resto del universo. La bombilla del techo titiló. El frescor tornó en gelidez. Frank, con movimientos muy pesados, despegó la mano del torso de Hosen. Con ella, extrajo de su interior un hilillo luminoso, el cual irradió su maravillosa energía unos instantes fugaces y se volatilizó.

El mundo volvió a la normalidad. El aprendiz había finalizado su adiestramiento. Una porción de suerte había sido arrebatada.

Frank se arrodilló, abatido por el agotamiento de su primer período de castigo. Jon se tiró al suelo, extenuado y sollozante.

Alexander se dirigió a Frank para asistirle, orgulloso del logro de su pupilo. Mientras le ayudaba, escuchó el murmullo lastimoso de Jon, que le puso los pelos de punta:

—Se ha ido. Ya no la tengo —decía Hosen—. Pero, pronto, nadie tendrá nada.

CAPÍTULO XI

La doble elección

DICIEMBRE 2015
(UNA SEMANA DESPUÉS DEL FENÓMENO)

Por mucho tiempo que pasara, jamás olvidaría aquella primera imagen del espanto.

Erik Dammer iba concentrado en la carretera. No hablaba. Apenas pestañeaba. Se dirigía a la zona donde se encontraba el hospital de campaña, una improvisada acumulación de instalaciones prefabricadas en mitad de un paraje agreste. Según se aproximaba, aminoró la velocidad. Llegó a un control militar. Le enseñó su valiosa autorización a un soldado, quien le permitió continuar a campo través. Anochecía.

Albert Nissen iba en el sitio del copiloto. Tampoco hablaba. De vez en cuando, señalaba con el índice para decirle por dónde seguir. Erik dudaba de la alianza que había fundado con él. No le conocía lo suficiente, pero había advertido trazos de un carácter obsesivo. Desconfiaba de sus verdaderos propósitos. Por ahora, eso sí, debía reconocer que los contactos del hombre, sumados a los suyos, habían resultado infalibles.

Dejaron el coche en un improvisado aparcamiento. Cruzaron una hilera de vallas hacia el hospital de campaña. No era posible adentrarse en la ciudad, encerrada en un estricto perímetro de seguridad. Pisaron el barrizal que la lluvia había provocado. Los potentes focos instalados casi deslumbraban. Entraron en el módulo prefabricado más grande. Algunos soldados miraban su vestimenta civil con recelo. Erik no se arredró. Junto a él, Albert avanzaba con altivez, otro rasgo que no le agradaba.

Erik observó a los militares que iban y venían a su alrededor. Estudió sus indumentarias y galones y, pese a no ser un experto en la materia, abordó a uno que parecía poseer un rango superior al de la mayoría. Con actitud cautelosa pero determinada, le mostró su autorización y preguntó por la persona a la que buscaba. La firma y el sello que destacaban en el documento convencieron al oficial, quien le dijo adónde ir.

Buscaba a un doctor del cuerpo médico. Albert y él le localizaron en medio de un pasillo. El galeno, un hombre maduro, de hombros anchos, barba de varios días y faz ojerosa, tomaba notas en una carpeta, al lado de una puerta cerrada. Les escrutó con seriedad.

—Buenas tardes —saludó Erik. Se dispuso a exhibir de nuevo su autorización, mientras se presentaba—: Soy…

—Sí, sí —le interrumpió el doctor, no con malos modos, aunque sí con visible cansancio—. Me avisaron de que vendría. Este es el paciente que les interesa, por lo que me contaron por teléfono —añadió, e hizo un gesto hacia la puerta a su lado.

—¿Se refiere al "paciente cero"? —interrogó Albert, incapaz de disimular su acentuado interés. Su afición a tomar la palabra sin permiso exasperaba a Erik.

—Definirlo así es erróneo —replicó el doctor, sin ocultar su desdén por el dramatismo de Nissen. Erik rio para sus adentros—. Eso sería en una infección y este no es el caso. Sí es la persona más cercana, que sepamos, al punto central.

—¿Cuál es su estado? —preguntó Erik.

—Comatoso. Le hacemos pruebas.

—¿Qué pronóstico tiene?

—No sabría decirle. Esto es nuevo.

—¿Podemos entrar?

—No, por el momento. Confórmense con echar una ojeada por el cristal.

El médico se apartó para que Albert y Erik se asomaran al ojo de buey de la puerta, como dos niños que contemplaban por primera vez una excéntrica atracción de feria.

Esa fue la primera imagen del espanto que Erik Dammer no olvidaría, la de un cuarto en penumbra, en el que una persona en coma, sobre una cama de hospital, malvivía conectada a un sinfín de cables y vías. La visión le estremeció. La paciente era una mujer.

1

Ciudad Fortuna, rincón de amparo para misterios y secretos, combatió los fanatismos y refugió a los perseguidos. En la Segunda Guerra Mundial, guareció a personas en peligro y salvaguardó sus pobres esperanzas. Cuando el nazismo dominó la región, la urbe sirvió de escondite para aquellos a quienes se exterminaba. Estos soportaron calamidades. Convivieron con el miedo. Y aguardaron hasta el momento de alzarse. Por fin, próximo el desenlace de la guerra, los invisibles emergieron de sus guaridas y protagonizaron una de las más gloriosas y heroicas insurrecciones contra los ocupantes. La suerte estuvo de su parte.

Alexander Berkel no contaba con la suerte, jamás había podido hacerlo, pero no por ello pensaba rendirse. Ciudad Fortuna también había sido su escondite. Hacía dos años que le protegía. La urbe era su aliada. Por eso, pese a las oportunidades que se le habían presentado, él nunca la había abandonado. Eran uno solo. Durante su tiempo de huida, Alexander había aguantado calamidades de toda clase. Ahora, se había alzado y revelado. Había iniciado su jaque. Estaba a punto de localizar a su contrincante. Jon Hosen y el quinto dogma le llevarían hasta el escondrijo de Adolph Klausmann.

Después de que Frank gafara a Hosen, Alexander aconsejó que su aprendiz se fuera a casa y descansase, pues le esperaban unos días muy difíciles. Él se quedó en la oficina de la estación de mercancías. Contempló con displicencia a Jon: se retorcía en el suelo, hecho un ovillo, y lamentaba entre murmullos la desaparición de su suerte. Le pareció el hombre más patético del mundo. No sintió pena por él. No le habló. Sabía lo que iba a hacer, cómo le iba a utilizar. Salió del edificio y lo vigiló desde fuera.

Enseguida, un tambaleante y macilento Jon abandonó la oficina. Alexander empezó a seguirle. El tipo debía encontrarse tan trastornado por la merma que no se percató de nada. Zigzagueante, Hosen anduvo hasta un motel cercano, al norte de Confiterías. Alexander se preguntó si sería el lugar habitual donde pernoctaba cuando viajaba a la ciudad. Paciente, se apostó delante de la entrada del establecimiento. Aguardó. La niebla se espesaba más y más a medida que caía la noche. Avanzada esta, decidió pasar a la exigua recepción. Charló con el chaval que vigilaba el negocio. Le sonsacó el número de habitación de Hosen y le sobornó para que le avisara si el hombre se ponía en marcha.

Cansado, Alexander se fue al piso de Joseph. Regresó a primera hora del domingo y volvió a ocupar su discreta posición delante del hotel, junto a la entrada del garaje de un edificio de oficinas que, ese día, no tenía actividad. No acababa de confiar en el chaval de la recepción, por lo que llamó por teléfono a la habitación de Jon. Este contestó a los cuatro o cinco tonos. Su voz era la propia de alguien que pasaba una terrible enfermedad. Alexander colgó. Sin descanso ni vacilación, continuó su vigilancia durante toda la jornada. Sabía que, tarde o temprano, Jon acudiría a Adolph Klausmann para suplicarle aquello que solo el científico podía proporcionarle.

Entretanto, había contactado con Eddie Baltz. Quería que el subinspector averiguase todo lo que pudiera acerca del papel de *Crisol Innovaciones* en *eFortuna Global*. También mantenía a Frank al tanto de sus movimientos. No podía arriesgarse a que le sucediese algo sin que nadie conociese su paradero. El joven no había respondido a ninguno de sus mensajes. Era comprensible, dado que se enfrentaba al primer período de castigo de su vida.

El lunes, la niebla se convirtió en un manto que caía sobre toda la ciudad. No se veía nada a pocos metros de distancia. El frío era helador. Por su parte, mientras vigilaba el motel de Jon Hosen, Alexander revisitaba una y otra vez los quebradizos recuerdos de su estancia en casa de Adolph Klausmann. En ellos, la angustia se había acentuado. Evocaba la huida por el pasillo y la angosta escalera; la llegada al sótano de los horrores; los alaridos que oyó; reflejos de luz en los trebejos de un ajedrez de metacrilato, uno de los cuales resbalaba por el suelo, manchado de sangre… Demasiadas lagunas en penumbra. Para arrojar luz sobre la negrura, debía perseverar.

2

Selena Myers se trasladó en taxi hasta la avenida Sageco. Solicitó al conductor que parase a unas cuantas manzanas de la sede de la Organización. De pronto, quería caminar. Le sorprendió ver pocos viandantes por la calle, aunque bien podría haberlos rozado sin darse cuenta. Ese martes, la ciudad había amanecido inundada de niebla. El brumoso paisaje daba la impresión de envolverla hasta aislarla del mundo entero. Ella misma se confundía con el ambiente, pues vestía un abrigo de paño que la tapaba casi hasta los pies y, con una tonalidad gris muy clara, casi parecía del mismo color que la bruma. El níveo manto intensificaba el frío de esas primeras mañanas de diciembre.

A pocos metros de Heptágono, empezó a ver la actividad habitual del centro. Recordó que hoy, aparte de su proceso inquisitorial, también se celebraba la "doble elección". Se preguntó si le daría tiempo a acudir a su colegio electoral. Quería votar por Martina Leone, no por afinidad con su programa, sino por el simple deseo de ir contra Ricardo Varone. La entrada, que por norma general carecía de ajetreo y pasaba desapercibida, llamaba la atención por la cantidad de gente de formal vestimenta que franqueaba sus puertas. La convocatoria de una sesión extraordinaria había atraído a los insignes y afortunados miembros del Consejo de la Organización, venidos de todos los rincones del globo sin importar la niebla, las fronteras, las distancias, los comicios u otras obligaciones. Al fin y al cabo, hacía décadas de la última moción de censura en Heptágono.

Selena no evitó ese primer cara a cara con los cientos de hombres y mujeres de edades, lenguas y orígenes distintos que hoy colmaban la sede de la Organización hasta lograr que pareciese un sitio exiguo. Realizó el recorrido habitual para ir a la séptima planta. A la mayoría de los integrantes del Consejo de Heptágono les había visto en contadas ocasiones. Intuyó la enemistad en la mirada de muchos. Otros se comportaban con indiferencia. Casi nadie manifestó simpatía por ella. Estar de su parte debía considerarse arriesgado. Aun así, ella confiaba en que sus tanteos fuesen acertados y todavía contase con apoyos.

El vestíbulo de la sexta planta, la antecámara del salón de claustros, se hallaba abarrotado. El personal de la Organización, que había hecho horas extras durante los días previos, se esforzaba para que la sesión comenzase con puntualidad e indicaba a los presentes que accediesen al salón sin demora. Mario Alberto Castillo se acercó a Selena para pedirle que aguardase en una sala aneja hasta ser llamada. Yuri Anton, el encargado de defender la moción de censura y su oponente en el debate, ya esperaba en una estancia similar. Ella, sin dignarse a contestar a Castillo, a quien cada vez detestaba más, obedeció.

En la sala, se cuestionó el porqué de su sosiego. ¿Se debía a que no tenía miedo o, en realidad, a que se había dado por vencida? ¿Era eso? ¿Aceptaba su derrota sin conmoverse? No, no era eso. Lo que ocurría era que estaba muy acostumbrada a saberse juzgada porque ella misma había sido siempre su mayor y más impía inquisidora.

Todo lo que hoy sucedía reflejaba la gravedad de su caída en desgracia. ¿Cómo no lo vio venir? Había ascendido demasiado rápido. Hacía tiempo que, en muchos sentidos, huía hacia delante, o hacia arriba, mejor dicho. Sus faltas no podían quedar impunes. Confió en exceso en su suerte. Solo recordaba una temporada igual de oscura en su vida.

Fue, por supuesto, el fallecimiento de Ariel. El mazazo coincidió con su ruptura con Djoser y, encima, con un contratiempo del todo indeseado: descubrir que se había quedado embarazada. El cúmulo de emociones la venció. La arrolló. El duelo por su hermana muerta se sumó al duelo por su amante perdido. La tristeza se confundió con el rencor. Las malas emociones se multiplicaron. Odió a ese ser que se había colado en su vientre. Se sometió a un aborto para olvidarse de él. En ese instante, construyó su coraza. Se prohibió volver a sentir. Se parapetó para no volver a añorar. Nació la Selena de la actualidad, una mujer que casi no se acordaba de cómo fue en el pasado.

La coraza funcionó hasta que Alexander Berkel la quebró. Profanó su interior. Penetró en ella. Resucitó el descontrol que Selena había contenido tanto tiempo. Se le fue de las manos. Y la historia se repitió: se volvió a quedar embarazada y quiso volver a abortar.

No lo consiguió. Pidió ayuda a Adolph Klausmann. El científico, además de prácticas muy discutibles sobre la suerte, conocía algunas maneras de terminar con lo que se llamaba "embarazo desafortunado". Selena se sometió a sus procedimientos, pero nada surtió efecto. La ventura no permitió que Selena se desprendiese del vástago que crecía dentro de ella. Ese fue el motivo de su larga ausencia. Tuvo que vivir todo su embarazo y algunas semanas posteriores en aquella finca de Aldea Moira. Odió a su hija nonata, algo que ahora la avergonzaba. Hasta que, la noche del parto, en cuanto vio a Sira, la cual nació sin maldición, la amó. La separó del recuerdo de Alexander y las malas emociones. Algo bueno surgió.

Así, en la sala auxiliar, Selena halló una fortaleza a la que aferrarse. Sira probaba que ella podía obrar el bien y vencer la adversidad. Podía evocar sin dolor a Ariel y dejar atrás a Djoser y Alexander. Algún día, quizás, incluso pudiese compensar lo de Lara Varone.

La llamaron para que se personase en el salón. Antes de acudir, motivada por esa idea de fortaleza, buscó un número en la agenda de su móvil. Aguardó algunos tonos. Desde el interior del salón, Mathias contestó con susurros:

—¿Qué haces? Te esperan.

—Lo sé. Seré breve —dijo ella—. Solo quiero pedir perdón por no haberte respondido. No era mi intención despreciar tu propuesta. Si después de todo esto, de todo lo que oigas sobre mí, la proposición sigue en pie, cuando esto acabe, será un placer aceptarla.

Sin más, Selena colgó y dejó la sala.

El salón de claustros presentaba la disposición característica de un hemiciclo. Revestido en su práctica totalidad de vetusta madera de ébano, con barrocos ornamentos, poseía una atmósfera umbrosa capaz de agobiar. La estancia, con su forma de herradura, ocupaba la altura de dos pisos y dedicaba la mayor parte de su planta a los asientos de los más de cuatrocientos miembros electos del Claustro. Enfrente, en un nivel superior, delante de un gran heptágono en relieve, se ubicaban la presidenta, el secretario, letrados y demás asistentes. Bajo ellos, estaba la tribuna de oradores. Una enorme bóveda, con simbólicas y mitológicas pinturas, coronaba el salón y sobresalía en el exterior del edificio.

La primera fila del hemiciclo estaba dividida en tres bancadas: una central y dos laterales. La dirección general y su equipo solían ocupar la central. Ese día, en cambio, Selena tuvo que acomodarse en una de las laterales, en solitario. Yuri Anton, también solo, se sentaba en la opuesta. Selena le miró de reojo. Repasó con disimulo a los presentes. Localizó a muchos conocidos. Cruzó una mirada inescrutable con Mathias. Se fijó en que el centro del salón se había dejado libre para, al día siguiente, colocar el Colector.

Yan Lien, la presidenta del Consejo, una mujer madura, de anatomía menuda, mirada incisiva, formas serias y reputación estricta, dio dos golpes de mazo para acallar los murmullos reinantes. Carraspeó, se inclinó hacia delante, y habló:

—Se abre la sesión. El único punto del orden del día es el debate y votación de la moción de censura presentada contra la directora general, Selena Myers. En la jornada de hoy, el promotor de la moción y la directora argumentarán sus posiciones. En la de mañana, se llevará a cabo la votación. En primer lugar, ruego al promotor de la moción, Yuri Anton, que se aproxime a la tribuna de oradores.

3

Isaac Wagner, desde su discreta posición en la sala, no daba crédito. ¿De dónde había sacado Selena Myers esa inesperada fortaleza? Sentado en la galería de invitados, en la parte más elevada del salón, se revolvía en su asiento. Le costaba no proferir improperios en voz alta. Que la sesión no se desarrollase como él hubiera querido le exasperaba. La jornada era crucial. Coincidían la "doble elección" y el debate contra Selena. El triunfo de Ricardo Varone en los comicios afianzaría el ascenso de Isaac como alcalde. Y el triunfo de la moción de censura le serviría la dirección general de la Organización en bandeja de plata. Pretendía que Colin Sawyer fuese un simple tecnócrata, un interino que tomase las riendas de Heptágono hasta la siguiente sesión anual, cuando él presentaría su candidatura, sin ninguna oposición en esa ocasión. Así, gobernaría al mismo tiempo en la Organización Heptágono y en Ciudad Fortuna, igual que Ricardo Varone en el pasado.

Sin embargo, el debate en el salón de claustros le había deparado dos ingratas sorpresas. Por un lado, Yuri Anton había pronunciado un discurso impreciso, dubitativo e incluso inconexo. ¿Qué le sucedía? Daba la impresión de estar enfermo o ser un párvulo intimidado por la magnitud de esos acontecimientos. Isaac confiaba en Anton, pero tal vez fue un error otorgarle tanta responsabilidad en el proceso. El joven no había desarrollado bien las acusaciones contra la directora general. Por otro lado, la propia Selena, que había tomado la palabra a continuación, sorprendió a todos los presentes con un implacable e incisivo alegato en defensa de su gestión. Su vehemente oratoria lograba que las acusaciones en su contra pareciesen carentes de base y una mera revancha. ¡Esa mujer conseguía tergiversarlo todo!

La intervención de Selena se acercaba a su conclusión cuando el móvil de Isaac vibró. Malhumorado, masculló una palabrota, se puso en pie y salió al pasillo para contestar.

—¿Quién es? —preguntó, una vez fuera.

—Vicealcalde, soy el subinspector Baltz. Le llamo de parte de la comisaria.

—Bien. ¿Qué hay de lo que les encargué? ¿Han detenido ya a ese tipo?

—En realidad, le llamo por otra cosa.

—¿Qué pasa?

—La comisaria me ha pedido que le informe de un soplo muy raro recibido hace pocas horas. Adolph Klausmann, el hermano de Joseph Klausmann y tío de Vera Klausmann, podría estar detrás de una empresa de *eFortuna Global, Crisol Innovaciones.*

—Eso es imposible. Conozco al dedillo todo lo relacionado con *eFortuna Global.* Ningún Klausmann consta en ningún documento de ninguna empresa. No lo hubiese permitido. ¿De dónde ha salido ese soplo?

—En efecto, señor, el nombre Adolph Klausmann no está en ningún documento oficial, pero podría haber enmascarado su identidad. La comisaria dice que, teniendo en cuenta el historial criminal de esa familia, merece la pena investigar a fondo *eFortuna Global.*

Eso agrió aún más el mal humor de Isaac. ¡Era el colmo! Miralles tenía la desfachatez de contarle, por medio de un subordinado, que pensaba inmiscuirse en su proyecto político estrella. ¡Era absurdo! ¿Qué pintaba otro Klausmann en el consorcio de *eFortuna Global?*

—¿Qué hay de lo que pedí que se investigara? —interrogó Isaac—. ¿Qué hay del hombre que ayudó a Alexander Berkel en la Torre del Nimbo y que acosa a mi vecino?

—También estamos en ello, por supuesto, pero la comisaria piensa que hay que considerar todas las posibilidades. No podemos precipitarnos.

—¿Eso qué narices significa? —replicó Isaac, harto de tonterías.

—Tendrá que hablarlo con ella, señor.

—Así lo haré.

Minutos después, Isaac regresó al salón de claustros. Se encontró con que las réplicas habían sido más escuetas de lo esperado. El debate se daba por finalizado. Se levantaba la sesión hasta el día siguiente. Selena Myers se marchaba con semblante sonriente. Él, airado, se negó a creer que su buena racha fuese un espejismo.

4

Luka Miller se encontraba en la Comisaría Central de Policía. Esperaba junto al escritorio del subinspector Baltz mientras este hablaba por teléfono con Isaac Warner. Imaginaba el contenido y el tono de las respuestas del vicealcalde.

—Ha preguntado por ti —desveló Eddie, al colgar.

—¿Por mí?

—Sí. Te tiene calado. Dice que acosas a su vecino. Y, según cómo se mire, puede que sí lo hayas hecho, así que ojalá esto acabe bien.

—¿Víctor ya está aquí?

—Sí. Contactó con Miralles. Se ha presentado acompañado por un abogado de los que no todo el mundo puede permitirse. Le están interrogando ahora mismo. Ha pedido firmar un acuerdo antes. Pero no te he pedido que vinieras por eso, sino para pedirte tu opinión.

—¿Mi opinión?

Luka no entendía qué sucedía. El día anterior, Víctor Greve le telefoneó para admitir que sí estuvo en casa la tarde que mataron a Ismael Wagner. Reconoció que, desde allí, vio algo que podía dar un vuelco al caso y, hasta ahora, no se había atrevido a contarlo. Luka le rogó que hiciese lo correcto y testificase. También habló con Eddie. Hoy, al parecer, Greve por fin había dado el paso. Esta mañana, cuando Eddie llamó a Luka para pedirle que fuese a la Comisaría, este supuso que el motivo era Greve. En cambio, a su llegada, Eddie le indicó que esperara mientras él hablaba por teléfono con el vicealcalde Wagner.

—Sé que, como amigo de Alexander, le ayudas con sus líos, y necesito que me cuentes lo que sepas de Adolph Klausmann y *Crisol Innovaciones* —explicó Eddie—. Alexander me ha pedido que averigüe todo lo posible sobre esa empresa. Asegura que pertenece a ese hombre y que utiliza la infraestructura de *eFortuna Global* para algo malo.

Luka tardó unos segundos en asimilar la información. Luego, admitió:

—No puedo ayudarte. Soy amigo de Alexander, pero no nos vemos tanto como antes. Las cosas se complicaron. No sé de qué me hablas. No sabía ni que había más Klausmann. Y no sé cómo ha terminado Alexander interesado en ese asunto.

—Ya veo. La cuestión es que sonó muy insistente cuando me llamó. El hecho en sí de que me llamara demuestra que esto, sea lo que sea, le parece grave, porque hace tiempo que le pedí que evitara contactar conmigo.

—Supongo que Alexander se ha quedado solo poco a poco. Y los demás, por distintos motivos, lo hemos permitido —dijo Luka, que se sintió fatal. Luego, meditó, y añadió—: No sé en qué andará metido, la verdad, pero creo que debes darle una oportunidad, creer en él y hacer todo lo que puedas. Él no se merece ninguna de las cosas malas que le han pasado.

—Tranquilo. Estoy de acuerdo contigo. Se lo he contado a Miralles. Por algún motivo, ella confía en Alexander, así que tenemos a un par de agentes indagando en el tema. Ahora, ven conmigo. Como parece que eres el responsable de que Greve haya venido a declarar, te dejaré escuchar su testimonio desde otra sala, sin que sirva de precedente.

Eddie se levantó. Luka le siguió. El cubículo del subinspector se situaba en la amplia sala diáfana, siempre concurrida y bulliciosa, que ocupaba casi toda la planta baja del edificio. Otros policías de diferentes rangos, unos de uniforme, otros de paisano, trabajaban en sus respectivos huecos. Ellos se adentraron en un laberinto de pasillos.

—Si Greve declara lo que tú dices que va a declarar —anotó Eddie, mientras tanto—, tal vez, no hayamos abandonado tanto a Alexander después de todo.

Eddie y Luka pasaron a una penumbrosa sala, iluminada por el brillo de dos monitores de televisión, ubicados encima de una mesa alargada. Uno de los monitores recibía imágenes de la cámara de vigilancia de otra habitación. De esa manera, Luka pudo ver a Víctor Greve, acompañado por un hombre maduro que llevaba un traje impoluto, sentados ambos a un lado de una larga mesa. Minutos más tarde, la comisaria Miralles y un policía entraron en la sala y se acomodaron al otro lado.

—Señor Greve —habló la comisaria—, tras analizar la descripción que usted ha dado del hombre que vio salir de la casa de Ismael Wagner, dos años después de que ese asesinato se cometiera y para sorpresa de todos…

—Entiendan que tenía miedo —se apresuró a intervenir un nervioso Greve, a quien su abogado hizo un rápido gesto para que callara.

—Tranquilo, señor Greve. Recuerde que, gracias a la mediación de su abogado, hemos acordado no solicitar ninguna clase de explicación o sanción por este inesperado cambio de testimonio —replicó Miralles, quien, por su tono, no debía estar conforme con la situación—. Ahora, si es tan amable, dígame si alguno de estos hombres es el que usted ha descrito.

La comisaria extendió una serie de retratos por toda la mesa. Greve los escrutó largos minutos. Al final, señaló uno de ellos.

5

Después de más de cuarenta y ocho horas de espera, cuando Alexander comenzaba a pensar que su plan era absurdo, las piezas volvieron a moverse sobre el tablero. Jon Hosen se puso en marcha. Salió del motel en el que se había aislado. Su aspecto era terrible. Cualquiera que le hubiese visto le habría tomado por un enfermo o un yonqui. Pocos habrían adivinado que solo era un pobre hombre al que habían arrebatado la esencia de la vida.

Alexander siguió a Jon. El tipo se dirigió a la avenida Abundo, donde subió al tranvía de Abundo-Deziro, rumbo al norte. Alexander le imitó y, en el convoy, ocupó un sitio alejado de Hosen. El abrigo y las gafas negras le ayudaron a camuflarse. Hicieron trasbordo al final de la línea. Enlazaron con la de la media luna, en esta ocasión hacia el oeste.

Se apearon más tarde. Jon se encaminó a la calle del Regidor Garbai, que discurría sinuosa, casi en línea con el Tyche. Casas bajas se alzaban a ambos lados de la vía. Alexander, desde una distancia cautelar, en la acera opuesta, vio cómo Hosen franqueaba la cancela de una de esas bonitas viviendas. Un murete de ladrillo circundaba la parcela e impedía atisbar más si uno no se acercaba. El hombre se adentró en el porche.

Alexander escribió a Frank para que este supiera dónde se encontraba. Se fijó en que tenía mensajes sin leer, pero no se detuvo a abrirlos en ese momento. Nervioso, atosigado por las imágenes de sus recuerdos sombríos, contempló esa casa. Se preguntó si su contrincante, el otro rey de esa endiablada partida, moraba en ella y ese era el final del tablero.

6

Adolph Klausmann había perdido el hábito de escribir un diario, pero, por algún motivo que no acababa de comprender, ese día se sentía más meditabundo que de costumbre. Recluido en su casa, a la espera de reunir todos los elementos necesarios para su proyecto, ese que le había animado a continuar después de la tragedia, el que había canalizado toda su inquina y resentimiento, se entregó a revisar recuerdos y decisiones pasadas.

Adolph era racional y pragmático. No obstante, hoy, después de almorzar, se acomodó en una butaca, en la habitación que empleaba como despacho, para rescatar fotografías y cuadernos antiguos del olvido de las cajas de mudanza nunca desembaladas. Arduas emociones florecieron. Cuando se dio cuenta, la tarde estaba avanzada. La espesa bruma envolvía la casa. Entonces, llamaron a la puerta.

Experimentó una aprensión insólita en él. ¿Quién podía ser? ¿Quién sabía que allí estaba el final del tablero? Irene Berkel, su reina, le había avisado de que Alexander Berkel, el otro rey, iba a por él. Adolph no se acongojaba por nada. Aun así, al escuchar el timbre, le dio la impresión de que el sonido retumbaba en toda la vivienda, cual eco endemoniado. A esas alturas, quedaban muy pocos trebejos en pie.

Se puso en pie con ánimo remiso. Con pies de plomo, apoyado en su bastón, caminó hasta el recibidor. ¿Debía abrir? Se preguntó si era posible ignorar la llamada. Como si pretendiese aumentar su nerviosismo, el timbre volvió a sonar. Adolph tuvo el presentimiento de que, si abría esa puerta, daría paso a algo que cambiaría su vida para siempre.

El timbre sonó una tercera vez. Se oyó una débil voz desde el otro lado:

—Abre, Adolph —suplicaba.

Identificó a Jon Hosen, su torre. Algo en su voz le dio muy mala espina.

Abrió la puerta. Examinó al despojo humano que aguardaba en el umbral. Jon nunca había sido un dechado de virtudes, pero su aspecto actual no podía ser más lamentable: tez anémica, temblor constante, cuerpo encogido… Estaba claro qué había sucedido. Entendió que el final de la partida había llegado.

—Pasa —concedió Adolph, con asco y desprecio, seguro, sin el menor atisbo de duda, de que abrir esa puerta había sido un error.

Llevó a Jon al salón. Le dijo que se sentara en un sillón. Pensó que, cuando todo eso acabase, si era posible, incineraría todo cuando ese infeliz hubiese tocado.

—¿Ha sido el gafe al que contrataste como maquinista? —interrogó, insensible, y tomó asiento en el extremo del sofá más alejado.

—Sí. Y tu sobrino le dijo que lo hiciera —contestó Jon, abatido pero insidioso a la vez, como si acaso culpase a su patrono de que le hubiesen gafado.

Más allá de la conexión entre los dos gafes, la cual se le antojó curiosa, lo que intrigó a Adolph fue que Alexander hubiese ido a por Jon. Sin embargo, enseguida caviló que nada debía asombrarle. De hecho, ese movimiento demostraba mucha astucia por parte de Berkel. Con toda seguridad, este estaba usando a Jon para averiguar dónde se escondía él. Eso significaba que no había nada que hacer, que estaba perdido. Todo había terminado. Había terminado por culpa del imbécil que ahora se hallaba ante él.

—¿Por qué has venido? —inquirió, sin compadecerse.

—Ya sabes por qué. Ayúdame, Adolph, por favor. Me lo debes —respondió Jon, entre la exigencia y la súplica.

—¿Quieres usar el quinto dogma?

—Sí, por favor.

—Ya —suspiró.

Adolph se levantó. Observó a Jon. Hacía décadas que le conocía. Ese desenlace no le debía extrañar. Podía reñirle, gritarle o hasta arrearle con el bastón. Podía acusarle de ser un mediocre y un ignorante. Podía culparle de su propio final, pero no merecería la pena.

—Levántate, Jon. Ven —dijo.

Guio al tembloroso gafado hasta un cuarto donde, aparte de un armario y un montón de cajas apiladas, solo tenía una cama. Le indicó que se recostara allí y descansara.

Volvió al salón con la intención de ir a la cocina, pero se detuvo en mitad de la estancia. Contempló la niebla a través del cristal de la terraza. Tuvo una revelación: ese velo de cenicienta oscuridad, que había surgido en torno a la ciudad, no era sino la capa de la parca, la cual venía a por él.

Así era el final. O así empezaba. Adolph añoró a sus hijos: él le detestaba; ella se había dejado llevar por él. ¿Comprenderían el porqué de su afán cuando su mayor y más indeleble legado tomase forma? ¿Honrarían su memoria *a posteriori*? También evocó a esa dulce niñita que su familia había perdido. Recapituló sus logros. Lamentó no ejecutar por sí mismo su proyecto definitivo. Mas una corazonada le confortó: la certeza de que este se llevaría a cabo, incluso sin él. Ella se encargaría.

Resuelto, sin miedo, pasó a la cocina. Rebuscó en una alacena, machacó algunas pastillas y las disolvió en un gran vaso de agua. Luego, regresó al cuarto. Jon se irguió y observó en silencio ese vaso que él le ofrecía.

—Bébetelo todo —añadió Adolph, calmado.

Jon permaneció inmóvil, sin dejar de mirar el vaso. Quizás, se temiese la verdad.

—Bebe, Jon, y tranquilízate —insistió Adolph.

El hombre, que jamás se había atrevido a contradecir a su superior, obedeció. Apuró el vaso de un trago y se recostó en la vieja cama.

A continuación, Adolph buscó a Wotan, al que había dejado libre para que correteara por la casa. Lo encontró en su dormitorio. Se arrodilló para cogerle. El hurón no se resistía a su contacto. Él le acarició. Había apreciado su compañía.

Con Wotan en su regazo, salió al patio trasero de la vivienda, donde la niebla impedía ver el río, si bien el rumor de las aguas siempre se escuchaba. Hacía frío. Tiritó de repente, aunque no le importó. Abrazó por última vez al hurón, al que tenía tanto cariño, mayor que el que profesaba a muchísimos seres humanos, y lo posó en el suelo. El animal le miró.

—¿Por qué no das un paseo? Vive alguna aventura. Sé libre, Wotan —susurró Adolph.

Se giró. Caminó. Entró en la casa y cerró la puerta corredera de la ventana tras de sí. Le dolió hacerlo. No se dio la vuelta. Deseó con todas sus fuerzas que Wotan se marchase muy lejos de allí, lejos de su casa, lejos de él, y escapase del fatal destino que aguardaba a su solitario amo.

7

No vio ninguna placa en la cancela o el buzón. Ningún distintivo señalaba quién vivía en esa casa de apariencia tan apacible. Con todo, la probabilidad de que fuese la vivienda de Adolph Klausmann era altísima. ¿A quién si no iría a visitar Jon Hosen en esas circunstancias? El hombre solo acudiría a quien pudiera devolverle lo que había perdido. Por si acaso, Alexander prefirió aguardar, apostado en la acera opuesta. Cuando su paciencia se agotó, tal vez al cabo de una media hora o poco más, decidió actuar.

Cruzó la calle. Se acercó al murete que rodeaba la parcela. En efecto, tal como había creído avistar, existía un minúsculo jardín delantero con un hogareño porche frontal. Todas las ventanas tenían las cortinas corridas. Abrió la cancela y entró. Bordeó la casa. En la parte trasera, descubrió un agradable jardín, separado de los colindantes por altos y frondosos setos. El mismísimo Tyche fluía pegado a la fila de jardines de la urbanización, separado de la misma por un enrejado. La cercanía del río acentuaba el espesor de la niebla. Con cautela, agazapado junto a una puerta corredera de cristal, Alexander inspeccionó el interior. Vio un salón normal y corriente, incluso acogedor, desierto. Temió haberse precipitado al pensar que Adolph Klausmann vivía allí.

Hasta que vio algo que reconoció al instante. El corazón le golpeó el pecho con brío, frenético ante el hallazgo. En una estantería, al fondo de la estancia, descubrió un juego de ajedrez, un original set de trebejos fabricados en metacrilato: unos, transparentes; los otros, blancos. Supuso que la gruesa lámina encima de la cual reposaban era el tablero.

Ese ajedrez pertenecía a Adolph Klausmann. Alexander lo sabía con absoluta certeza. Sus recuerdos se lo decían, por lo que se dejó de miramientos y presionó la puerta corredera hasta lograr deslizarla. Como si aquel ajedrez le atrajera, magnetizado, anduvo hacia él. A medio camino, oyó un ruido a su derecha, el de una puerta que acababa de cerrarse. Se detuvo y, despacio, se giró. Al final de un corto distribuidor, vio a un hombre, igual de quieto que él, que le miraba con semblante impávido. Alexander le observó: el cuerpo alto y flaco, las facciones afiladas, el gesto severo, el cabello cano y ese bastón con el que compensaba la cojera. No tuvo duda de que se trataba de Adolph. Una parte de él jamás le había olvidado. Los dos se contemplaron unos segundos sin hablar.

—Vi su esquema —dijo Alexander, sereno. Fue lo primero que le vino a la cabeza.

—¿Mi esquema?

—Sí, el de los siete radios y el núcleo central. Lo encontré en *Crisol Innovaciones.*

—¿Ha estado allí?

—Sí. ¿Qué es ese esquema?

—Es solo un dibujo. Lo hice una noche. Me desperté en mitad de un sueño.

—No me lo creo. Es algo. ¿Qué significa? ¿Qué hace usted en esta ciudad?

—Alexander, considerando que acabo de sorprenderte allanando mi casa, igual que mi oficina, ¿no deberías explicarme tú lo que haces aquí?

—Sabe quién soy.

—Claro que lo sé. Y tú sabes quién soy yo. No hace falta tratarnos de usted. Nosotros ya nos conocemos. Seguro que tú ya no te acuerdas porque han pasado unos cuantos años. Yo, por desgracia, nunca olvidaré cómo terminó nuestro último encuentro –añadió Adolph y, con el bastón, se tocó la pierna mala–. Fuiste un crío insoportable y peligroso.

Alexander se percató de un detalle muy inquietante: en la mano izquierda, aquella que el sexagenario no usaba para apoyarse en el bastón, Adolph sostenía una jeringa terminada en una fina aguja.

–¿Dónde está Jon Hosen? –preguntó–. Le vi venir.

–En el cuarto.

–¿Qué le has hecho?

–Ya no sufre.

La indolencia de Adolph estremeció a Alexander.

–¿Por qué lo has hecho?

–Por tu culpa. Tú le has condenado. Además, sabía demasiado.

La actitud de ese hombre resultaba espeluznante. No solo no parecía perturbado por la muerte de Hosen, muerte que él había perpetrado, sino que tampoco mostraba signos de alarma o temor por esa irrupción en su casa. ¿Carecía de sentimientos?

–Llega un punto crucial en la vida en que uno debe aceptar su sino –añadió Adolph.

Alexander se preguntó si ese hombre se refería al sino de Jon o al suyo propio.

Siempre con el soporte de su bastón, Adolph dio unos pasos hacia él. Ninguno de los dos le quitaba el ojo de encima al otro. Desconfiaban como los enemigos que eran. El mayor se detuvo a corta distancia del joven.

–¿Sabes jugar al ajedrez? –agregó, contra todo pronóstico. Hizo un gesto hacia el juego de la estantería, colocado entre libros y adornos.

–Conozco las reglas –respondió Alexander.

–Una partida sería interesante. El ajedrez depende de la destreza y no de la suerte.

–Qué va. Todo depende de la suerte.

–Bien dicho. Aun así, ¿jugarías?

La embaucadora verborrea de Adolph mosqueó a Alexander, que, adusto, ordenó:

–Siéntate. Vamos a hablar.

–¿Como hablaste con Jon?

–Exactamente igual.

Adolph se mantuvo impasible. Su proximidad acrecentó la viveza de los recuerdos de Alexander, esos destellos que refulgían en la oscuridad de su memoria.

—¡Siéntate! —exclamó, harto.

Adolph obedeció. Renqueó hasta un sillón, se acomodó y dejó el bastón al lado. Por su parte, Alexander se sentó en un sillón similar, situado al otro lado de una mesita de café, perpendicular a un sofá de tres plazas. Cuando lo hizo, le pareció oír una disimulada risita por parte de Adolph. Lo ignoró.

—¿Por qué cojeas? —interrogó—. Acabas de insinuar que eres cojo por mi culpa.

—Alexander, permíteme que te plantee algo: ¿alguna vez ha sucedido algo malo cerca de ti que no fuese culpa tuya?

Eso fue un golpe bajo, pero Alexander supo devolvérselo con creces:

—Claro que sí: las cosas malas que me han sucedido por tu culpa.

—¿Mi culpa? ¿De qué hablas?

—De que me secuestraron, me sacaron de mi casa y me separaron de mi madre.

—No. Te equivocas. Eso lo decidió Joseph, tu padre. Yo solo hice lo que él me pidió.

—Para mí, eso no cambia nada.

—Eso es problema tuyo. Eres mayorcito: supéralo. Yo no te debo nada. No me tengo que disculpar por nada. Culpa a Joseph. O mejor: culpa a la fortuna. Ella sí que es culpable.

—¿De qué?, ¿de hacerme gafe?

—De todo. Ella es la culpable. No es una madre magnánima, sino una tirana vejatoria. A mí me ha herido y a ti te hizo gafe. Te privó de ser un Klausmann.

—Yo no soy un Klausmann.

—¡Qué pueril! Sí lo eres. Llámate como quieras, pero tú eres Alexander Klausmann.

Escuchar ese nombre provocó que las entrañas de Alexander restallaran de repulsa. Lo peor fue asumir que ese detestable señor tenía razón: esa era su identidad.

—De no haber nacido tarado, habrías crecido en el seno de una familia insigne. Ojalá hubieses conocido la historia de tus tatarabuelos, tus bisabuelos, tus abuelos o tu tía abuela, la mujer que nos crio a mis hermanos y a mí… Siempre estuvimos destinados a la grandeza. Ciencia, negocios, reputación… —El iluminado gesto de Adolph se agrió, y anotó—: Con las últimas generaciones, desde luego, las cosas han sido decepcionantes.

—Ya. Imagino que tanta grandeza no digirió bien un niño gafe.

—¡Pues claro que no! Fue una desgracia, una maldición, lo peor que le podía pasar a la familia. Joseph fue el que peor lo llevó, claro, siendo el padre de la criatura. Tu existencia lo nubló todo. Eclipsó la grandeza. Fuiste una mancha.

—Y había que borrar esa mancha.

—¿Recuerdas a una niña pelirroja?

—Sí. Sé quién es y qué le pasó.

—Vale. Pues, cuando tu halo gafe estuvo a punto de suponer la muerte de esa niñita, a tu padre se le agotó la paciencia. Ingrid, tu madre, se había empeñado en quererte, en amarte, en mantenerte en la familia. Ella misma enfermaba a menudo. Padecía períodos de quebranto frecuentes por culpa de ese inexplicable apego a un niño con tu mácula. Y, después de lo de la niña, Joseph se hartó. Debió hacerlo antes, pero así es él. Vino a mí. Solicitó mi ayuda y fuimos a por ti. Te sacamos de allí. Al principio, te llevamos a mi casa.

—¿Cuánto estuve allí?

—Un año. No te aguanté más.

—¿Y mi madre? Sé que luchó por recuperarme.

—Sí, ya lo creo. Ingrid era terca. Joseph eligió mal a su mujer. Él suele hacer todo mal, de todos modos. Cuando te sacamos del caserío, ella se negó a aceptar que alejarse de ti era lo mejor para todos, incluida ella. Se volvió loca, histérica. Por supuesto, le ocultamos que estabas en mi casa. No dejamos que se acercara por allí. Nos costó contenerla.

—¿Por qué me llevaron a tu casa?

—Al principio, fue por improvisación. Tu padre no se aclaraba con qué hacer contigo. Yo propuse que vinieras conmigo por el momento. He consagrado mi carrera profesional al estudio de la suerte, así que me planteé si podría aprender algo de un gafe.

—Estuve en Aldea Moira. Fui a tu casa. Hablé con gente. Sé que llevabas a cabo procedimientos que cualquiera en su sano juicio consideraría barbaridades. No eres más que un fanático, como Esther, Vera, Joseph y el resto de tu familia.

—Tu familia, no lo olvides —recalcó Adolph, con malicia.

—Me da igual. ¿Qué hacías allí? ¿Por qué me llevaste?

—Tú mejor que nadie debes ser consciente de la relevancia de la suerte. Muchos pasan toda su vida sin enterarse de cómo nos gobierna. La fortuna escribe nuestros designios. Tú sabes lo que implica tener o no tener suerte. Tú puedes restar suerte. Ese es el atroz poder de la gente como tú. Yo, en cambio, inspirado por mi familia, por quienes me criaron, opté por lo contrario, por hacer el bien, por reparar el mal de perder la suerte.

—Conozco la filosofía. Lo que hacías era usar el quinto dogma; forzarlo, mejor dicho.

—No. No seas imprudente. Si de verdad conoces la filosofía, aceptarás que lo que yo hacía no era forzarlo. Yo lo expandía. Devolverle la suerte a alguien es lo más caritativo que se puede hacer en el mundo en que vivimos. Experimenté con las posibilidades del dogma y logré que más de un desgraciado se recuperase.

—A costa de otros, por lo que me contaron. Solo trasfundías la suerte de unos a otros. Eso es una aberración. Antes del quinto dogma va el segundo: la suerte de uno es la que es.

—Llevo décadas estudiando la suerte, así que no me ganarás en un debate de esa clase. Sí, mis detractores siempre me echaban en cara el segundo dogma, que la suerte no varía en el tiempo, pero el segundo dogma solo define la situación de partida. Otros, como el tercero o el cuarto, nos muestran que, en la práctica, la suerte es voluble y varía. Yo aprovechaba el significado del quinto para reparar el daño de personas que sufrían.

De pronto, Alexander no lo pudo evitar: se echó a reír. Fue una carcajada cargada de sarcasmo y aversión.

—¿Qué te hace gracia? —inquirió Adolph, ofendido.

—El absurdo: este debate sobre filosofía —replicó Alexander—. A mi padre le hubiese encantado escucharme. Siempre renegué de los dogmas.

—¿Hablas de Joseph?

—Pues claro que no. Hablo de Héctor Berkel.

—Tu padre adoptivo.

—Mi padre auténtico.

—Ya. Lo que tú digas.

—¿Qué pasó en ese año que viví en tu casa? —continuó Alexander, para reconducir esa conversación con tantas ramificaciones.

—Lo creas o no, traté de enderezarte. Me planteé enseñarte a dominarte, pero eras un cabezota y un insufrible. No hacías más que pedir volver a casa con tu mamá. Esa mujer te consintió. Estaba claro que la maldición con la que naciste había plantado la bajeza en ti. Tenías odio. Eras peligroso.

—No más que tú, seguro. Recuerdo un sótano, el sitio donde hacías tus barbaridades. Recuerdo agujas y gritos. ¿Qué le sucedió a Rebecca Faymann?

—¡Esa mujer! Era igual de testaruda que tu madre y tan incorregible como tú. Su error fue no saber superar el pasado. En su día, se empeñó en ayudar a Ingrid. Fueron dos incordios. Ya casi la había olvidado y, de repente, el año pasado, reaparece con la misma historia. ¡Después de tantos años! Volvió a incordiar y a hacer preguntas. No podía tolerarse. Yo ya no estaba para esas tonterías. Tenía asuntos que atender en mi propia familia. La obsesión de esa mujer resultaba insufrible.

—Te la quitaste de en medio, como acabas de hacer con Hosen.

—Usamos una de mis máquinas para quitarle la suerte. Realizamos el procedimiento al contrario de lo normal. Quedó enajenada. Recibió su merecido por acosarme. La subimos a uno de los trenes de mercancías de Jon. Ya habíamos aprovechado ese recurso otras veces, cuando algo se torcía. Desapareció.

—Vino a Ciudad Fortuna y murió. —Los recuerdos angustiosos empeoraban en el interior de Alexander. De súbito, caviló algo, y preguntó—: ¿Mi madre llegó a saber que estaba en tu casa, en Aldea Moira?

Adolph guardó un pensativo silencio antes de admitir:

—Sí. Ocurrió una vez. No llegó a verte ni a enterarse de nada, que yo sepa. Y no lo sé con certeza, pero tengo la impresión de que tú la viste o sentiste su presencia. Esa noche, te volviste loco. Fue la noche que me cansé.

—¿Qué ocurrió?

—Que calculé mal mi ventaja y realicé un movimiento equivocado. ¿No te gusta jugar al ajedrez? —interrogó Adolph—. A mí siempre me ha encantado. La vida es una gran partida de ajedrez. Hoy, los dos somos reyes y tú has alcanzado mis dominios.

—¿Qué ocurrió? —repitió Alexander, cansado de las digresiones del hombre.

—Estabas desatado. Te bajé al sótano. Me sacaste de mis casillas. Decidí inyectarte un sedante. Tenía allí el ajedrez porque, en mis descansos, me entretenía ensayando las jugadas que publicaban en revistas. De repente, tú, fiera salvaje, echaste a correr. Huiste por la escalera estrecha. Salí detrás de ti. No me fijé en que habías agarrado un trebejo. Cuando casi te iba a pillar, en lo alto de la escalera, te giraste, me miraste con una furia que hoy te avergonzaría y me tiraste el trebejo con todas tus fuerzas. Buena brecha me abriste en la frente, sí, aunque fue lo de menos. Lo peor fue esto —concluyó Adolph, y se señaló la pierna mala.

—Yo te dejé cojo —resolvió Alexander. Sí, ahora comenzaba a recordar.

—Me caí y me partí la pierna. Supuso la gota que colmó el vaso. Te abandonamos en el orfanato. Me olvidé de ti. Me centré en mi esposa, que en paz descanse, y en mis hijos.

Alexander observó la estancia a su alrededor. Miró por los cristales que daban al patio trasero. Mientras ellos hablaban, la tarde cedía paso a la noche. La niebla camuflaba la trasmutación. El salón se sumía en las tinieblas, igual que su corazón y sus recuerdos.

—¿Cómo murió mi madre? —exigió saber, con voz temblorosa.

Adolph sostuvo su mirada con semblante inescrutable. ¿Qué pensaría?

—Ingrid fue una mujer muy terca. Como ya te he dicho, no aceptó que te separáramos de su lado. Rebecca y ella te buscaron. Esa cocinera era una mala influencia. No comprendo qué interés tenía en meterse en los asuntos de nuestra familia. La cuestión es que costó mucho doblegar la voluntad de Ingrid. Al final, ella se calmó. No sé si lo hizo de verdad o, tal vez, solo fingía. Ahora que lo pienso, sabiendo cómo era Ingrid, seguro que lo único que hacía era fingir. Esa mujer no cejó nunca. Un día, volvió a ponerse histérica. Los que estaban con ella trataron de sosegarla, pero fue inútil. Ella se marchó. Iba tan desbocada que tuvo un accidente. Murió. Eso fue todo.

Alexander respiró hondo. Sobrecogido, experimentó una revelación: no quería saber más. Era consciente de que conocer más detalles solo le proporcionaría dolor. Sintió rabia y pena por el destino de su madre, pero, poco a poco, su angustia se disipó. Aclaró sus ideas. Dispuesto a retomar la charla, templado, planteó:

—Vale. Dejemos el pasado donde está. ¿Y el presente?

—¿Qué presente?

—El aquí y el ahora. Ciudad Fortuna, *eFortuna Global* y *Crisol Innovaciones*.

—¿Por qué te interesa eso?

—Cuéntame qué vas a hacer.

—Culminar el mayor empeño de mi carrera. Mis procedimientos con el quinto dogma combinaban conocimientos de filosofía y genética de la suerte con la medicina común. Yo curaba a la gente que recurría a mí. Aplicaba transfusiones de sangre, el electrochoque... Y pensé: ¿por qué no las radiaciones? Debía existir un modo de usar ciertas radiaciones con el fin de modificar el grado de suerte. Me emocionó la posibilidad. Era un propósito colosal que trascendía los dogmas y lo probado hasta entonces. Testé muchas opciones. Reconozco que fracasé en todas. Llegué a fabricar una máquina del tamaño de una persona. Mi hija, muy habilidosa con la electrónica, diseñó un sistema de seguridad divertido y curioso: los siete dados de cristal. Solo si los siete se encajaban en la consola de control, como si fuesen siete llaves, el invento operaba.

—¿Los siete dados de cristal de Vera?

—Sí. Los ideó mi hija. Vera, su prima, se los pidió prestados hace unos años para que sirvieran de llave de seguridad de su laboratorio. Eso, en realidad, no es más que una anécdota. El "azafrán" de Vera, por cierto, fue esencial para que, hace unos meses, yo retomara mi plan maestro de la radiación. El azafrán combinaba los componentes químicos idóneos, con las proporciones más o menos exactas, que influían en la suerte del individuo. Joseph y su gas escarlata perfeccionaron el planteamiento, debo reconocerlo. Y yo, gracias a todo lo anterior, he trasformado la sustancia de Vera y el gas de Joseph en radiación. Oculto dentro de la estructura de *eFortuna Global*, subyace un enorme sistema de energía, con siete grandes tubos de radiación, preparado para emitir un espectro que, por primera vez en la historia, borrará para siempre los grados de suerte.

—¡No es posible! —negó Alexander. ¡No podía ser cierto! ¡Ese loco deliraba!—. Fracasarás, igual que fracasaste hace años con aquel armatoste.

—No. Esta vez es diferente. Esta vez tengo todo el conocimiento y los medios. Todas las piezas están a punto de reunirse. Y, esta vez, mi ambición ha sido máxima.

—¿Por qué?

—Porque deseo vengarme de la suerte, plantar cara a esa tirana. Y lo haré.

—¿Qué?

—Lo he dicho antes. Te dije que si a alguien debías culpar por tus calamidades era a la suerte. La suerte también me ha dañado, a pesar de mi buen grado. —Adolph, que hasta ese punto había conservado la compostura, se revolvió en su asiento. Se le veía afectado por lo que estaba a punto de relatar—: Mi hijo se casó hace unos años. Se casó con una buena muchacha. Ella se quedó embarazada. Tuvieron una hija, una niñita maravillosa, mi nieta. Pero la criatura enfermó. Los médicos no acertaron con su cura. Yo le insistí a mi hijo y mi nuera que la solución no estaba en los hospitales, que la clave de todo era la suerte y que la niña tenía su suerte dañada. Yo podía remediarlo. Mi hijo no quiso atender, pero a mi nuera sí le convencieron mis soluciones. Ella donó su suerte. Hice todo lo que estuvo en mi mano por sanar a la cría. No fue suficiente. La fortuna me la quitó. Jamás se lo perdonaré.

—¿Tu nieta murió y por eso creas ese sistema? ¿Qué hará ese artefacto?

—El artefacto emite la radiación que terminará para siempre con los diferentes grados de suerte. Ya no habrá afortunados y desafortunados. El mundo será un sitio mejor. Partirá de la equidad, del equilibrio de la homogeneidad.

—Desvarías. Eres un viejo amargado. Mientes. No te creo.

—Irene sí me cree —espetó Adolph, con una vil sonrisa.

Eso fue el colmo. Poseído por la ira, Alexander se puso en pie y fue a por el hombre. Le agarró de la pechera y tiró de él para levantarle.

—¿Qué pasa con Irene? —exclamó.

—No te lo diré.

—¡Dímelo!

—No. La conversación ha finalizado. Sabes demasiado. Ahora, yo afronto mi sino.

—¡Dímelo!

Su cólera resultó inútil. Adolph guardó silencio y Alexander abandonó la razón para ceder el dominio a sus más siniestros instintos. Ese fue su jaque.

Con ímpetu, dio un corto paso atrás, lo justo para poder extender su brazo y abrir su mano delante del pecho de Adolph. Debía escudriñar el interior de ese hombre en busca de la esencia de su suerte. No fue preciso rastrear sus adentros mucho tiempo, siquiera un solo segundo. La energía de Klausmann era inmensa. Debía poseer un cinco de grado de suerte o, con toda probabilidad, un seis. Alexander se acordó de cuando mermó a Joseph. En esa ocasión, también se asombró por la abundancia que halló. La situación actual era similar. O no. No lo era. ¡Era superior! ¡Adolph rebosaba suerte! La codicia cegó a Alexander. Tuvo la sensación de que podría detraer cuanto desease. Se sintió todopoderoso.

Una niebla más espesa e insondable que la bruma que envolvía la ciudad tomó forma en ese salón. Separó lo que allí acaecía del resto del universo. La gelidez se extendió. Pese a ello, gafe y gafado sudaban como si habitasen el mismísimo averno. Los cuerpos estaban en completa tensión. El aliento faltaba. Las luces se intuían lejanas, inalcanzables. El mundo a su alrededor ya no era real. Con violencia, Alexander posó su mano en el pecho de Adolph. Este ahogó un grito que nunca hubiese conseguido proferir. Sus ojos se inyectaron en sangre. Su verdugo murmuró palabras ignotas. Advirtió dos latidos dentro de su víctima: el de su cansado corazón y el de su ingente y palpitante suerte, la cual reclamó.

Alexander despegó su mano de Adolph. Notó con una nitidez indescriptible cómo, al hacerlo, extraía la brizna etérea, brillante y maravillosa de su fuero interno. Algo sucedió de manera distinta a las ocasiones previas: por unos fugaces instantes, la brizna, en vez de volatilizarse de inmediato, fulguró y se plegó hasta formar una minúscula esfera. Alexander la anheló con avidez. Trató de cerrar la mano en torno a ella para contenerla. Eso conllevó un denuedo titánico. Le dolió el corazón. Repelido, abrió la mano, soltó la esfera y esta, ahora sí, se evaporó. El mundo retornó a la normalidad.

Adolph se desplomó en el sillón. Su garganta emitía un resuello agónico. A Alexander le costó no desmoronarse también. Tambaleante, logró sentarse en el tresillo. Lo que había acontecido le pasmaba. Nunca había gafado a alguien tan afortunado. Sabía que ahora vendría el período de castigo, pero no podía irse sin recabar más datos.

–¿Dónde está el artefacto? ¿Cómo se anula?

Adolph pareció no oír su pregunta. Como un pobre demenciado, se retorcía en su sillón. Miró en dirección al ajedrez de metacrilato.

–Juguemos –farfullaba–. Acaba la partida. La luz se apaga. La oscuridad llega y no se marchará. La era de la suerte llega a su final.

Alexander contempló la ciudad a través de los ventanales. Se había hecho de noche.

8

Irene Berkel actuó sin remilgos. Le habían encomendado una misión e iba a cumplirla. Forzó la cerradura de la casa de Joseph Klausmann. La estropeó. Había llamado antes. Si Alexander hubiese estado allí, habría fingido una visita, pero agradeció que no fuese así. No quería ver a su hermano. Echó un vistazo a ese piso casi abandonado. No le conmovió que Alexander viviese allí con evidentes penurias. No sintió ninguna curiosidad por la identidad del padre de su hermano. Todo le inspiraba indiferencia. Ya no pensaba ni juzgaba.

Estaba vacía; vacía y feliz. El vacío era la felicidad. Si no sentía, no sufría. El H27 había aclarado tanto sus ideas como sus emociones. Adolph había curado sus tormentos. Irene le debía mucho a ese hombre. Creía en su mundo sin suerte y lo haría realidad.

Por eso, estaba allí. Faltaba una pieza para reunir todos los componentes de la estructura. Estaba segura de que Alexander lo tendría en algún lado. Fisgó por el piso. No le costó localizarlo. El dado de cristal azul se hallaba en una repisa del salón. Irene se lo guardó y se dispuso a marcharse. Percibió un movimiento junto a ella. Oyó un maullido. Era Trece. Humana y felino se miraron en silencio. Segundos después, la chica se marchó.

Bajó por las escaleras. Había conseguido que ningún vecino la viese entrar en el edificio y quería irse del mismo modo. Descendía con tanta premura que, ya en el portal, estuvo en un tris de chocar con una joven de apariencia pija. Irene, comparada con la pija, parecía una pobre quinqui. Se hizo a un lado, masculló una disculpa y continuó su camino.

El incidente despertó algo en su memoria. Salió a la calle. Miró a Dania, que esperaba en el coche, aparcado en doble fila. La extraña incomodidad que la chica le inspiraba desde hacía meses halló su explicación. Irene lo recordó. Rememoró un topetazo similar, ocurrido el año previo, la noche del atentado en la Comisaría. ¡Ahora lo veía! ¡Fue Dania! Entonces, pese a la indiferencia que la subyugaba, deseó devolverle la jugarreta, y se le ocurrió cómo.

9

Dania Venci mascaba chicle y se quejaba del frío mientras esperaba a Irene dentro de su coche. Hoy no se sentía de buen humor. De hecho, hacía mucho que no estaba de buen humor. Lo único que le apetecía era acabar con aquello e irse a su casa.

—Vamos —dijo Irene, cuando se montó en el asiento del copiloto.

Dania arrancó el viejo motor y condujo hacia el sureste. Odiaba esos barrios de ricos.

—Muy generoso por tu parte lo de encubrir a Adolph —comentó Irene, poco después.

—¿Encubrirle? —preguntó Dania, al volante. No le apetecía hablar.

—Sí, en los registros oficiales.

—¿Qué? No sé de qué hablas.

—Sí, como testaferro. Muy generoso y muy valiente, desde luego.

Llegaron a un semáforo. Dania pegó un frenazo, se giró hacia Irene, e increpó:

—¿De qué diablos hablas?

—¡Ah! Pensé que lo sabías. Tú misma lo firmaste —contestó Irene, que fingió muy mal su asombro—. Cuando investigué a Adolph, vi que tú figurabas como responsable de todos los acuerdos entre *Crisol Innovaciones* y *eFortuna Global*. A todos los efectos, penales incluidos, eres responsable de lo que pase.

El semáforo se puso en verde. Dania miró al frente y aceleró.

¡La sangre le hervía! Adolph le dio un montón de papeles cuando la sacó de la cárcel. Ella los firmó todos, la mayoría sin leerlos, pues no los entendía. ¿Qué iba a hacer? Y, ahora, ¿ella figuraría como responsable penal de todo lo que él hiciese?

Cargada de ira, se tragó el chicle y pisó aún más el acelerador.

10

Frank Axel no podía soportar más sufrimiento. Temía que ese castigo acabase con él. ¿Cómo pudo ser tan necio de renegar de la suerte? ¿Cómo pudo vivir tanto tiempo sin conocer su maldición? Eso fue mucho antes. Ahora, sabía cuál era la incuestionable verdad en torno a la fortuna. Era consciente de su tara, sus temibles capacidades y sus funestas consecuencias, tanto para él como para otros.

Desde hacía tres días, era víctima de la más dura prueba de lo que significaba ser gafe: el período de castigo. Tras mermar a Jon Hosen, tal como Alexander le enseñó, su cuerpo había reaccionado a esa brizna de suerte que, durante un instante, había poseído. La fortuna no era para él. Por eso, como una reacción alérgica o la peor dolencia que hubiese padecido, sentía languidecer sus fuerzas y nublarse su percepción.

Y su cuerpo no era el único que penaba. Su mente y su corazón también atravesaban su particular tormento. Su teléfono pitaba y pitaba. Los mensajes no cesaban. Había echado un vistazo al aparato y, aparte de los de Alexander, casi todos eran de Travis. Frank sabía lo que ocurría: el tercer dogma le había alcanzado. No debieron caer en la tentación. Él nunca debió hacerlo. En cambio, desoyó las advertencias y, hoy, la culpabilidad asfixiaba. Deseaba huir con todas sus fuerzas, borrar aquello de su memoria y convencerse de que jamás hizo nada malo. ¿Sería posible? Quiso quitarse su amuleto, pero no fue capaz ni de eso.

De pronto, un estridente e inaguantable fragor aguijoneó su cabeza. Era el telefonillo de casa. Torpe, Frank salió de la cama. Se tambaleó hasta la entrada. Le dio la impresión de que se hacía de noche. Notó náuseas. Apretó el botón del portero automático, y contestó:

—¿Quién es?

—Hola —oyó decir—. ¿Eres Frank?

—Sí. ¿Quién es? —repitió él. De verdad iba a vomitar.

—Soy Luka.

—¿Quién?

—Luka, el amigo de Alexander. Me dio tu dirección y me contó que dormía aquí. Necesito localizarle de inmediato. Es muy, muy importante.

11

Carlo Ferrara siempre se refería a Ricardo Varone como "señor alcalde", pero, en los últimos tiempos, este solía dirigirse a él como su "amigo". Ese detalle le incomodaba.

No se consideraba amigo del alcalde. Cuando le conoció, unos veinticinco años atrás, ocupaba un puesto de vigilante de seguridad en una empresa en la que Varone trabajó antes de meterse en política. Ahora, tanto tiempo después, Carlo apenas lograba recapitular cómo comenzó el contacto entre ellos, ni siquiera cuál fue el motivo de su primera conversación. Aunque habitasen el mismo espacio físico, el joven y prometedor ejecutivo y el larguirucho y serio currante existían en universos totalmente diferentes. Fuera como fuese, hablaron en varias ocasiones. Luego, Ricardo dejó la empresa para concentrarse en su prometedor futuro en la Unión Nacional. Transcurrieron dos años, quizás tres, y, un buen día, el ya concejal de Ciudad Fortuna se dejó caer por aquella empresa para ofrecerle un trabajo. Según dijo, necesitaba alguien de máxima confianza, una persona que velase por su seguridad.

Carlo tenía poca suerte. Gracias a Varone, o por su culpa, había aprendido qué significaba eso. En cualquier caso, antes de conocerle, la vida ya le había mostrado que el mundo no era un sitio bonito, sino el escenario de frecuentes penurias. Tal vez por eso tuviese pocos escrúpulos. O tal vez sí tuviese escrúpulos. Tal vez lo que le ocurría era que la vida le había enseñado a ser práctico. Por eso, jamás puso peros a los encargos de su jefe. Cumplía con pulcritud. Cuidaba los detalles de sus encomiendas con exhaustividad, igual que al limpiar sus zapatos, viejos pero en todo momento lustrados. No se quejó ni cuando Alexander Berkel le mermó. Su perpetuo sometimiento desesperaba a su sufridora esposa.

Sin embargo, el cumplidor y, en opinión de su mujer, ingenuo Carlo, tras más de dos décadas, empezaba a temerse que para Varone no hubiese límites posibles: los sobrepasaba todos. Se sentía muy descontento con la jugarreta que le habían hecho a Travis Dixon. Todo lo referente a Ismael Wagner le desagradó desde el comienzo, si bien, como de costumbre, no objetó nada. El colmo era el veintisiete. Esa misión suponía el culmen de los encargos de su jefe. ¿Cómo había llegado el alcalde hasta ahí? ¿Y Carlo? ¿Por qué considerarse amigos?, ¿por los secretos y la deshonra compartida? Que Ricardo hubiese posibilitado una vida digna para su familia, si acaso era digna, no justificaba tanta lealtad.

Hoy, la jornada de la "doble elección", al caer la noche, Carlo se tomaba una copa en el bar del hotel de Ciudad Jano donde Varone estaba instalado. Acababa de recibir una llamada de confirmación. El último paso dependía solo de él.

Entonces, Casandra Varone entró en el bar. Caminó hasta el rincón donde él se había sentado. Se acomodó en la butaca de en frente. Carlo se puso nervioso. Admiraba a Casandra. Su presencia le cohibía. Ella le habló con una recatada sonrisa:

—¿A ti también te agobia tanta gente? —preguntó ella.

—Sí —asintió él, sin sostener su mirada.

—¿No echas de menos a tu mujer?

—Sí, claro. Volveré pronto.

—Pensaba que te habías jubilado.

—Me he jubilado, señora.

—Aun así, aquí estás, Carlo. Siempre estás. No me malinterpretes: me encanta que estés aquí. Me agrada tu presencia. Me inspira melancolía, pero me agrada —añadió Casandra. Carlo rememoró cuando Lara era una niña. Él le daba caramelos a escondidas, con la complicidad y permiso de su madre. Se le rompió el corazón—. Siento pena por tu mujer. Ella es una buena persona. Es paciente. Ha soportado mucho. ¿No se merece que te jubiles de una vez? —interpeló, sin alterar el calmado tono de su voz—. ¿Y tú? Todavía estás a tiempo.

—¿A tiempo de qué, señora? —interrogó Carlo, inquieto por esa inesperada charla.

—De parar lo que él planea.

Él agachó la cabeza. No contestó.

—O, al menos, de desentenderte —anotó la mujer—. No le dejes arrastrarte otra vez.

—Me iré mañana o pasado.

—Carlo, mírame a los ojos.

Sonó como una orden. Lo era. Carlo fue incapaz de negarse. Alzó la cabeza y la miró a los ojos. Casandra Varone le cohibía porque le hacía sentirse indigno.

—Cuéntamelo todo —exigió la señora del alcalde.

12

Ricardo Varone esperaba recibir dos buenos resultados esa noche. Aquello que tanto había anhelado podía empezar a hacerse realidad. Lo primero era ganar la "doble elección". Lo tenían fácil: para la Unión Nacional en general, y para él en particular, el final de la campaña había sido un paseo. El golpe de efecto en el debate supuso una fatalidad para Martina Leone y la Alianza Social. Hoy, el esperado día de los comicios, Ricardo había ido al colegio electoral para votar. Allí, había evitado regodearse en el escándalo para no resultar excesivo. Aunque los sondeos a pie de urna pronosticaban el triunfo de Brenner y Varone, el todavía alcalde de Ciudad Fortuna no quería celebrarlo antes de tiempo. Además, continuaba pendiente de otro tema: las sigilosas gestiones de Carlo Ferrara para llevar a cabo su plan respecto al veintisiete.

Ricardo no tenía intención de pasarse cuatro años como primer ministro. Ese no era el cargo que perseguía, pero eso solo lo sabía él. Su objetivo no era otro que la presidencia. Pensaba conquistarla por un procedimiento abreviado. Si Carlo conseguía hacerlo posible, a la mañana siguiente, durante el gran evento de celebración de la victoria del partido, Sebastian Brenner, recién elegido presidente de la república, sería asesinado, víctima de un atentado que jamás se esclarecería. En virtud de lo dicho por los ciudadanos en las urnas y del artículo veintisiete de la Constitución, Ricardo, como primer ministro electo, ascendería a la presidencia. Había dedicado meses a maquinar su plan. Había leído la Constitución hasta llegar a memorizarla. Había estudiado varios ensayos de derecho constitucional. Había buscado los precedentes de situaciones equiparables.

Solo faltaba la confirmación final. Carlo estaba a la espera de una llamada. Si Ricardo recibía un sí, el plan del veintisiete obtendría su aprobación definitiva y no se podría deshacer. En cuestión de pocas horas, una bala acabaría con la vida de Brenner y catapultaría la carrera política de Varone hasta lo más alto.

Entonces, los vítores llenaron la *suite* de Ricardo, abarrotada de gente del partido. La televisión acababa de dar resultados provisionales, según los cuales la Unión Nacional ratificaba su doble victoria: Brenner, presidente de la república; Varone, primer ministro. Asimismo, parecía que Ricardo ganaba por un margen más holgado en el parlamento que el de Sebastian para la jefatura del estado. Encantado, el inminente ex alcalde de Ciudad Fortuna inició un aplauso que sus subordinados secundaron.

En ese momento, Ricardo se fijó en que Carlo se encontraba en la entrada de la *suite*. Con disimulo, se acercó a él y fueron al pasillo, donde hablaron en un rincón.

—¿Tienes algo para mí? —preguntó Ricardo, susurrante.

Observó a Carlo. Algo en él le turbó, pero no supo discernir de qué se trataba. Daba la impresión de estar más paliducho y cabizbajo de lo normal.

—¿Has recibido la llamada? —insistió, impaciente.

Carlo seguía sin despegar la mirada del suelo. Ricardo empezó a temer que el plan se hubiese truncado, hasta que su ex jefe de seguridad alzó la vista, y anunció:

—Confirmación final. Se hará.

Ricardo ensanchó su sonrisa con la mayor de las satisfacciones.

13

Había llegado la noche. Alexander encendió una lámpara de mesa para iluminar el salón. Temía la inminencia del período de castigo, pero todavía no podía dejar a Adolph.

—No me iré hasta que me digas cómo funciona el sistema y cómo puede desactivarse —declaró, entre resuellos, fatigado por la merma—. ¡Y qué pasa con Irene!

Adolph, abatido, en el suelo, ignoró sus demandas. Balbucía cosas que Alexander no discernía. A gatas, comenzó a arrastrarse hacia la estantería en la que tenía su ajedrez.

—¡La última! ¡La última partida! —musitó.

Alexander no entendía la fijación de Adolph por ese ajedrez. ¡Desvariaba!

—Cuéntame qué va a pasar y cómo evitarlo —repitió—. ¡Y qué hay de Irene!

Adolph no le prestó atención. A rastras, llegó a la estantería, se agarró a las baldas para erguirse y alcanzó los trebejos de metacrilato.

—Un último movimiento —murmuraba.

Alexander resopló, irritado por la enajenación del sexagenario. Este, con torpes movimientos, derribó varias piezas del ajedrez, cuyo tablero reposaba encima de una caja.

Un sonido inesperado siguió al estruendo originado por los trebejos. Alguien llamaba al timbre de la casa. Alexander dio un brinco. Miró a Adolph, pero este, como si no hubiese oído nada, continuaba ofuscado con el ajedrez. Alexander le hizo un gesto para que guardase silencio y esperó varios segundos por si volvían a llamar. Fuera quien fuese, aparecía en muy mal momento y era mejor que se marchara. Al ver que no llamaban de nuevo, anduvo hasta el recibidor. Oteó por la mirilla. Abrió la puerta. Quien hubiese llamado había desistido y se había ido, lo cual le alivió. Enseguida, otro sonido le alarmó.

Alguien hablaba en el salón. No era Adolph. Se trataba de una voz femenina y joven, la cual se oía muy enfadada. Desconcertado, Alexander se acercó a la entrada al salón. Debido a los nervios, se dejó la puerta principal de la vivienda abierta.

—¡Me engañaste! ¡Estoy harta de ti! —exclamaba la mujer.

Tras la puerta del salón, que estaba entreabierta, Alexander solo veía a Adolph, de pie delante de la estantería. El hombre miraba hacia el patio. Confundido, sin sopesar la situación, Alexander pasó al salón. De pronto, se quedó helado: la mujer, quien había irrumpido allí por la puerta corredera del patio, igual que él, sostenía una pistola y apuntaba a Adolph. La llegada de Alexander distrajo por un segundo a la joven, instante que Adolph aprovechó para efectuar un movimiento del todo insospechado: apuntarla con otra pistola. ¿De dónde la había sacado? Alexander lo adivinó: de la caja que había bajo el set de ajedrez. El soliloquio de Adolph no había sido más que una farsa para llegar hasta ella. La mujer, entretanto, volvió a apuntar a Adolph, mientras vigilaba de reojo a Alexander.

—¿Qué hace este aquí? —increpó, muy alterada. Observó a Adolph, caviló algo, sonrió con vileza, y dedujo—: Te ha gafado. Te ha quitado tu bonita suerte.

—Esta visita es de lo más inoportuna, niñata —replicó Adolph.

Alexander no daba crédito a lo que ocurría. De repente, presenciaba un duelo que no comprendía entre Klausmann y la joven inesperada, la cual no le resultada desconocida.

—¡Eres un cabrón! —espetó la joven—. ¡Me las vas a pagar! ¡No seré tu testaferro!

—Tranquilízate, Dania —dijo Adolph. Al oír el nombre de la mujer, Alexander recordó de quién se trataba: la camarera de *El séptimo cielo*—. No puedes ganar. Ni lo intentes.

—¿Cómo que no?

—Mi suerte es superior a la tuya y, aunque seas una ignorante que nunca ha entendido la verdadera suerte, te aseguro que, si los dos disparamos, yo saldré mejor parado.

—¿Qué suerte, gilipollas? ¡Si te acaban de gafar! Yo ganaré.

—¿Quieres comprobarlo? —retó Adolph, con odio en la voz. La debilidad que mostraba minutos antes se había desvanecido ante esa amenaza.

Alexander, a corta distancia de los dos duelistas, sin saber cómo actuar, miró a ambos de hito en hito y se percató de cómo empuñaban sus armas con fuerza y aguzaban la vista. Vio tensarse los dedos de esos dos dementes. Presintió lo que iba a ocurrir.

—¡No! —gritó.

Primero, los hechos sucedieron muy deprisa.

Hubo tres disparos. Alexander sintió cómo las balas pasaban alrededor de él. Adolph y Dania se dispararon e hirieron el uno al otro. Un tercer disparo, proveniente de detrás de Alexander, abatió también a Dania. Los duelistas cayeron fulminados. Aterrado y aturdido, Alexander se encogió y se llevó las manos a la cabeza.

Después, los acontecimientos se ralentizaron.

Alexander se giró para descubrir que la responsable del tercer disparo era la comisaria Miralles, quien acababa de aparecer. Detrás de ella, el subinspector Baltz, que también había sacado su arma, corrió hacia Dania, se arrodilló junto a ella y la examinó. La joven convulsionaba con violencia y emitía unos sonidos horrendos, como si se atragantara.

Muy poco después o, al menos, a Alexander le pareció que el desenlace se había producido a una velocidad terrible, las convulsiones y los ruidos de atragantamiento cesaron de súbito. Eddie se giró hacia Miralles.

—Está muerta —determinó.

La realidad recuperó su ritmo normal, mas el cerebro de Alexander no asimilaba todo lo acaecido. ¿Qué había ocasionado ese duelo entre Adolph y Dania? ¿Qué relación existía entre ellos? ¿Qué hacían Miralles y Eddie allí? ¡Dania había muerto! ¿Y Adolph?

Desorientado, se aproximó adonde Adolph yacía boca arriba. La bala de Dania le había atravesado el pecho. La herida sangraba en abundancia. Tiritaba, sudoroso y macilento. Alexander, que escuchó cómo Miralles solicitaba refuerzos y asistencia sanitaria urgente, se arrodilló ante Klausmann y trató de taponar la hemorragia con su mano desnuda.

—Mi legado está a salvo —masculló Adolph, entre agonizantes convulsiones.

—No, no puede ser —contestó Alexander—. Dime cómo puede desactivarse.

—No podrás.

—¿De qué está hablando, Alexander? —interrogó Miralles, detrás de ellos—. Una ambulancia está en camino.

—¿Cómo funciona el sistema? ¡Dímelo! —insistió Alexander, que ignoró a la comisaria, consciente de que a Klausmann no le quedaba tiempo.

—El mundo será un sitio mejor —fantaseó Adolph, con la mirada perdida. Sus sacudidas disminuían poco a poco. Su cuerpo se notaba helado.

—Adolph, ¿qué pasará?

—No habrá afortunados y desafortunados. No más desgracias.

—¿Cómo? ¿Cómo se pueden igualar los grados de suerte de todo el mundo?

—No. No se igualan —suspiró Adolph. Se le cerraban los ojos.

—¡Adolph, despierta! —exhortó Alexander, que zarandeó al moribundo. Tenía la mano empapada de sangre. Klausmann abrió un poco los ojos. Él añadió—: ¿Qué significa eso?

—Los grados de suerte no se igualan.

—¿Entonces cómo dejará de haber diferencias entre afortunados y desafortunados?

—Porque no habrá desafortunados.

—¿Cómo?

—Esta radiación solo afectará a los desafortunados. Desaparecerán. El mundo será de los afortunados. Será un sitio mejor.

Adolph clavó sus vacíos ojos en Alexander. Ya no se estremecía. Ya no sangraba. Esa partida había acabado. El jaque era mate. Sin embargo, para un gafe, toda victoria solo anticipaba una derrota cruel y temible.

Alexander lo supo cuando, en sus últimos estertores, Adolph sonrió de manera terrorífica, y murmuró:

—Ingrid.

—¿Qué? ¿Qué pasa con Ingrid? —preguntó Alexander.

Y Adolph respondió:

—Ingrid está viva.

El tórax de Adolph se hundió, como si se desinflara por completo. Emitió un mortecino suspiro. Sus ojos se abrieron de par en par. Se quedó estático. Su sangre, extendida por el suelo, manchó los trebejos desperdigados en torno a su cuerpo sin vida.

CAPÍTULO XII

El fenómeno

Aquel acontecimiento definiría el destino de su vida si tomaba la decisión correcta.

Erik Dammer siempre se había ubicado entre las bambalinas de la política. No era un cargo electo. Trabajaba para quienes los ostentaban. Manejaba estrategias, mensajes, imágenes, beneficios y riesgos. Se sentía bien en esa labor. Era leal y tenaz. Vivía con comodidad. Gozaba de buena reputación y disfrutaba del éxito. Ahora, de pronto, su lealtad, la lealtad a su principal valedor, le había colocado ante el mayor reto imaginable.

Se había producido un fenómeno sin precedentes. Veinticuatro horas después, nadie, ni los ciudadanos ni las autoridades, conmocionados por el atentado acaecido casi a la vez en la capital, sabía cómo afrontarlo. Lo ocurrido anticipaba un traspaso y un vacío de poder caóticos. Y Erik había aceptado ser aquel que intentara poner orden en semejante situación. Las informaciones procedentes del lugar del fenómeno dibujaban un panorama anárquico. Ir allí no se estimaba seguro, lo cual forzaba a actuar desde la capital.

Ese descontrol desorientaba a Erik, quien, en esos momentos, asistía a una conversación de alto nivel, convocada de modo extraoficial, con la máxima urgencia y sin orden del día. Miembros de diversas instituciones, tanto de equipos salientes como entrantes, enfrentados por liderar el impensable escenario, hablaban en una sala poco iluminada. Erik asistía al encuentro como representante del equipo del primer ministro saliente. A pesar de su alta cualificación, casi no intervino. No estaba acostumbrado al protagonismo. Otros asistentes, más curtidos en esas lides, le avasallaron. Sentirse así le ofuscó.

Algunas personas, asistentes de segundo nivel, presenciaron la conversación desde un plano más discreto y secundario. Una vez la reunión acabó, los allí presentes se marcharon; todos excepto Erik, que rumiaba su enfado consigo mismo, y uno de esos asistentes secundarios, que se acercó a él. Erik le observó. El hombre, que aparentaba cuarenta años o más, poseía un cuerpo alto y delgado, con facciones afiladas y el pelo castaño claro, cortado con rectitud, en consonancia con la seriedad de su gesto, casi sombrío.

—Comparto sus prioridades —dijo el hombre.

—¿Perdón? ¿Las mías?

—Sí, las que ha venido a exponer. Le he escuchado. Viene de la oficina del primer ministro saliente. Deduzco que le han enviado a contener los daños.

—¿Quién es usted? ¿A quién acompañaba aquí? —inquirió Erik. Le escamaba la sobrada desenvoltura de ese tipo.

—Me llamo Albert Nissen. Usted es Erik Dammer, ¿verdad? No acompañaba a nadie. Vengo en nombre de cierta institución muy influyente. Se me ha facilitado el acceso. Le he escuchado, como digo, y opino que es con quien debo hablar. Está llamado a mandar aquí. Ha tenido esa suerte.

—¿Suerte? No creo que esto sea cosa de suerte.

—Sí, sí lo es. Usted tiene suerte, aunque no sea consciente de ella. Y lo que ha sucedido está basado en la suerte. Existe una relación inversamente proporcional: a más suerte de los afectados, efectos menos perniciosos; a menos suerte, efectos más perniciosos. El tipo que ideó todo esto pensó que no afectaría a los más afortunados, pero erró gravemente.

Erik pensó que debía llamar a alguien para que echara a ese personaje de discurso tan misterioso. En cambio, por algún motivo, sus palabras le habían intrigado, e interrogó:

—¿Por qué comparte mis prioridades?

—Porque lo más importante ante este atroz fenómeno, más que cualquier otra cosa, es contener el daño: cercarlo, aislarlo, borrarlo y hacerlo olvidar. No puede quedar nada.

—¿Por qué?

—Se lo explicaré. Se lo explicaré todo. Y usted comprenderá lo que muchos no llegan a comprender en toda su vida. Permítame exponer mis planteamientos. Quiero trabajar con usted. Hay que hacerse con el mando. Hay que ir a esa ciudad. No es solo una ciudad.

—¿Qué es?

Albert miró fijamente a Erik. En la penumbra de esa habitación, respondió:

—Esa ciudad es más que una ciudad. Entra en ti, y tú en ella. Es un todo, una simbiosis. Es más que tierra, aire, belleza y personas. Es adonde deseas ir, antes incluso de saber dónde está; donde los astros se alinean, los relojes duermen y todas las certezas aguardan.

La respuesta cautivó a Erik. Albert y él pasaron horas en esa sala. Departieron acerca de multitud de temas. Al final, hicieron un trato. Lo firmaron con un apretón de manos.

DICIEMBRE 2015
(UN DÍA ANTES DEL FENÓMENO)

1

Alexander Berkel temía acostumbrarse a la muerte. Había presenciado el fallecimiento de demasiadas personas, sobre todo de personas queridas. Vio morir a su padre adoptivo y estuvo junto a Betina Sikorski el día que la anciana feneció. No llegó a tiempo de evitar la muerte de Lara Varone. Y otros fallecimientos pesaban sobre su conciencia. Hoy, día de la "doble elección", al caer la noche, había visto perecer a Dania Venci y Adolph Klausmann.

La comisaria Miralles, cuyo temple resultaba digno de admiración, se arrodilló al lado del cuerpo inmóvil de Adolph Klausmann, le buscó el pulso en la carótida, y certificó:

—Ha muerto. La herida era demasiado grave. —La mujer se incorporó, se alisó la ropa, respiró hondo, y se dirigió a Alexander—: Más le vale poder explicar lo ocurrido.

Él no conseguía articular palabra. La última frase de Adolph le había dejado atónito. ¿Su madre vivía? Sonaba inverosímil. Aun así, la perversa sonrisa de Adolph le inspiró una certeza muy dolorosa: el viejo loco había dicho la verdad justo antes de morir, por increíble que esta resultara. Ingrid Klausmann vivía, pero ¿dónde? Resultaba difícil pensar otra cosa. Con todo, Alexander trató de centrarse en contestar a la comisaria Miralles.

—No estoy seguro de tenerlo todo claro —confesó. De pronto, sintió cómo la caída de la adrenalina le provocaba un bajón tremendo. Empezaba el período de castigo—. Lo último ha pasado muy rápido. ¿Por qué habéis venido?

—Te buscábamos —indicó Eddie, que permanecía junto al cadáver de Dania—. Hablamos con Luka Miller. Él acudió a otro amigo tuyo, un tal Frank, si no recuerdo mal, y este le contó dónde estabas. ¿Qué hacías aquí?

—Debe explicarnos todo sin tardanza —añadió Miralles, con gravedad—. Los refuerzos vienen en camino y quiero manejar la situación antes de que haya más gente alrededor. Se puede formar una buena con este asunto.

–En ese caso –titubeó Alexander, al reparar en cierto detalle–, debe saber que es muy probable que en una habitación del fondo haya otro muerto.

El gesto de Miralles se volvió más tenso si cabía. Anduvo a grandes zancadas hasta la habitación a la que Alexander se refería. Entró, estuvo allí unos pocos segundos y volvió.

–Sí, está muerto –afirmó, sin disimular su irritación–. ¿Se puede saber quién es ese?

–Su nombre es Jon Hosen. Trabajaba con Adolph. Adolph le ha matado antes de que yo llegara. Me ha parecido que le había inyectado algo.

Alexander miró hacia el sillón donde Adolph se había acomodado durante su conversación. Su bastón continuaba apoyado en él. Vio la jeringuilla en el asiento. La señaló con el dedo. Miralles le hizo una seña a Eddie, el cual se dispuso a custodiarla con precaución.

–Alexander, préstame atención –solicitó la comisaria–. Las patrullas aparecerán de un momento a otro. Debe explicarme qué ha sucedido aquí para que yo pueda protegerle. No puede volver a meterse en problemas, menos ahora.

–Si están al caer, ¿no debería irme antes?

–No, Alexander. Ya no tiene que huir.

–¿Qué?

–Se ha aclarado su inocencia. Ya no se le acusa del asesinato de Ismael Wagner.

Alexander se quedó estupefacto, como si no hablara el mismo idioma que la mujer.

–Por eso te buscábamos –agregó Eddie, que se acercó a él–. Luka ha conseguido que un nuevo testigo declarara. Su declaración te ha exculpado. –Alexander no reaccionaba, por lo que Eddie sonrió, y anotó–: Luka te ha salvado. La huida ha terminado. Eres libre.

Las emociones confundían a Alexander. El pasmo inicial aturdía su juicio. El período de castigo, innegable ya, consumía su energía. Se le hizo un nudo en la garganta. Deseaba que lo que acababa de escuchar fuese cierto. Lo deseaba con todas sus fuerzas, pero tenía miedo de que fuese un espejismo.

–¿Cómo me ha exculpado? –acertó a preguntar, aún anonadado.

–Ya trataremos ese tema más tarde. Ahora, céntrese en las tres personas muertas que hay en esta casa –acució Miralles.

Incitado por la inquietud de la comisaria, Alexander se esforzó por sobreponerse a la sorpresa, la incertidumbre y las señales del período de castigo. Procuró ordenar sus pensamientos. Detalló, de la manera más breve y lúcida que fue capaz, por qué se encontraba allí y cómo se sucedieron los hechos previos a la irrupción de Miralles y Baltz. A continuación, insistió en la magnitud del peligro que se cernía sobre la ciudad.

Después de escuchar su relato, lleno de datos muy difíciles de asumir, Miralles guardó un concentrado silencio. Su circunspecta mirada connotaba la rapidez con la que procesaba la información. Al final, tomó aire, y concluyó:

—Alexander, vendrá con Eddie y conmigo a la Comisaría. Prestará declaración por lo que ha pasado aquí. No se callará nada. Yo le apoyaré. Nos ocuparemos del plan del difunto Klausmann. No hay tiempo que perder.

Entonces, se oyó el timbre de un teléfono. Alexander se percató de que procedía del pantalón de Adolph. Se arrodilló, buscó en sus bolsillos, sacó un móvil y observó la pantalla. El corazón le dio un vuelco al leer "Irene Berkel" en ella. Sin pensárselo, apretó el botón para contestar. Se acercó el aparato a la oreja:

—¿Irene? ¿Eres tú? —llamó a su hermana, muy intranquilo.

No escuchó nada al otro lado. Tras unos segundos de silencio, la llamada se cortó.

Las sirenas de unos coches patrulla perturbaron la calma de aquella urbanización.

2

A la patrulla de refuerzo se sumó otra más, así como el equipo de forenses y especialistas. De pronto, la apacible casa de Adolph estaba atestada por decenas de personas, tantas que resultaba difícil no sentirse un estorbo. Unos se encargaban de los cadáveres; otros, de recoger casquillos y pruebas relacionadas con el fuego cruzado. También se efectuó un registro de la vivienda. Pese a todo, el que más miradas atraía era, sin duda, Alexander. Tanto los policías como los de criminalística le observaban de reojo, sorprendidos por su presencia. Él siguió el consejo de la comisaria y se mantuvo quieto y callado todo el rato.

Alexander, Miralles y Baltz partieron hacia la Comisaría, mientras el resto permanecía en la casa de Klausmann. Alexander padecía todos los síntomas del período de castigo. Las horas siguientes iban a suponer una experiencia difícil. Ya en el cuartel de la Policía, donde no había estado desde el asalto del año anterior, prestó declaración en relación a lo sucedido. Se centró en sus pesquisas acerca de *Crisol Innovaciones*. Obvió lo relativo a su parentesco con Adolph. Luego, Eddie fue a la sala de interrogatorios en la que se encontraba, le llevó un refrigerio y le prometió que no tendría problemas.

A la espera de novedades, a solas en esa sala fría e incómoda, víctima del castigo de la fortuna, Alexander, todavía impactado por la revelación acerca de su madre, reflexionó por primera vez sobre la noticia que le habían dado: su inocencia se había demostrado. Después de dos años de persecución, no era ningún proscrito. Había recuperado su buen nombre; el de un gafe, sí, pero el de un hombre honesto al fin y al cabo. De nuevo, le aterró la posibilidad de que aquello fuese una ilusión. Pensó en Luka. Sintió una profunda gratitud. Deseó reunirse con él y con muchos otros lo antes posible.

Más tarde, la comisaria, que había hablado con la fiscalía y la oficina de asuntos internos, le comunicó que el asunto de Adolph, Dania y Jon podía aparcarse por ahora, si bien tendría que volver a declarar en el futuro, con toda seguridad ante un juez. Aseguró que ella le ayudaría. Entretanto, debían investigar la sospechosa implicación de Klausmann en *eFortuna Global*. Alexander volvió a contarles lo poco que sabía. Dejó a un lado el vínculo con la supuesta clarividencia de Marko Miller. Sospechaba que, por muy dispuestos que Miralles y Eddie estuviesen a confiar en él, era mejor no sacar a relucir un aspecto tan esotérico.

Los tres trabajaron en una sala contigua al despacho de la comisaria. Repasaron la información que algunos agentes habían obtenido a raíz del aviso de Alexander a Eddie. Los datos eran escasos. Debían ahondar más. Antes de la medianoche, Miralles decidió que era hora de informar al Ayuntamiento.

Así, en un momento dado, Alexander, extenuado por el cansancio y el castigo, casi se había quedado traspuesto, cuando oyó que la puerta de la sala se abría y se giró para mirar. De inmediato, se irguió. Isaac Wagner acababa de llegar. Al reconocerle, la cara del vicealcalde no pudo ocultar su enorme animadversión.

—¡Alexander Berkel! ¡Al fin le han detenido!

—No está detenido —anunció Miralles, con una serenidad que Alexander envidió.

—¿Cómo que no?

—El señor Berkel está aquí porque ha descubierto una potencial amenaza para la ciudad. Debemos valorarla con urgencia —detalló la comisaria—. Y no está detenido porque ya no existen cargos contra él. Su inocencia se ha aclarado. Víctor Greve ha declarado que vio salir a otra persona de su casa, vicealcalde: un tal Travis Dixon, un delincuente fichado.

Wagner abrió tanto la boca que casi se le desencajó la mandíbula. Su estupefacción se convirtió enseguida en exasperación. Comenzó a respirar con fuerza, y exclamó:

—¿A qué se refiere? ¡Eso no tiene sentido! ¡Detenga a este malnacido!

—Vicealcalde, le ruego que se tranquilice y me escuche —exhortó la comisaria, que elevó el tono de voz y se acercó a él. Irradió tanta autoridad que el hombre se calló—. Tanto el juez como el fiscal han validado el nuevo testimonio de Víctor Greve. El señor Berkel queda libre de toda acusación. Es otro problema el que nos ocupa ahora.

—¿Cuál?

—La ciudad está en peligro —dijo Alexander, para pasmo de todos, incluido él mismo. Actuó sin pensar, convencido de la temible amenaza que avecinaba sobre la urbe. Intervino en la tensa escena. Nadie se lo impidió—. Adolph Klausmann, tío de la mujer culpable de las muertes por el "azafrán" y hermano del hombre que causó "La noche escarlata", ha usado una empresa de *Unión Global Fortuna* para esconder un sistema de radiación. Su fin es modificar la suerte de la gente. Sus daños pueden ser letales. Usted sabe bien qué es la verdadera suerte y conoce a esa clase de fanáticos. Hay que hacer algo ya.

Wagner tardó varios segundos en asimilar la inesperada alocución de Alexander.

—¿Otra vez con *eFortuna Global*? —censuró, intratable—. El subinspector ya me molestó esta mañana con eso —anotó, y dedicó un huraño gesto a Eddie, el cual se mantenía en un comedido segundo plano—. ¿Para eso me hacen venir a estas horas?, ¿para eso y para inventarse que este tarado no asesinó a mi padre? ¡No lo toleraré! Voy a llamar ahora mismo al juez y al fiscal para desmontar este penoso fraude.

Isaac abandonó el despacho con un fuerte portazo. La comisaria Miralles suspiró con desidia, se aproximó a Alexander, y susurró:

—Va a ser una noche muy larga.

<u>3</u>

Sí, lo fue. Y la cosa empeoró cuando Isaac se enteró de que Adolph Klausmann estaba muerto y Alexander había sido testigo de su violento desenlace. El vicealcalde, cada vez más frenético, insistió en culpar a Berkel del asesinato de su padre. También le acusó de la muerte de Klausmann. Se negó a escuchar las explicaciones de una exasperada Miralles. Tal como había prometido, despertó al juez y al fiscal. Ambos tuvieron que acudir a la Comisaría, pasada la medianoche, para repasar con él las pruebas y testimonios de ambas causas.

Mientras tanto, en esa madrugada de inusual actividad, sin que Wagner se percatase, Eddie lideró un grupo de agentes que indagó en los entresijos de *eFortuna Global* y lo construido por *Crisol Innovaciones*. Alexander, pese al período de castigo y los pensamientos sobre su madre, procuró sobreponerse para echarles una mano. Repasaron todo tipo de planos y documentos. Identificaron siete centrales en los extremos de las siete avenidas. Unos policías se repartieron para inspeccionarlas. En todas, descubrieron que el sistema que las operaba no se podía manipular, pues actuaba dirigido desde algún punto remoto. El estudio de los planos reveló una infraestructura eléctrica específica que los alimentaba.

—¡Debe haber un núcleo! —dijo, de súbito, Alexander, al evocar el esquema de Adolph y el sueño de Marko: si existían los siete puntos radiales, existiría el central—. Debe haber un interruptor o algo así, un centro de mando desde donde se gobierna la estructura. Tuvo que construir algo en alguna parte del centro.

—No es posible —objetó Eddie. Continuaban en la sala contigua al despacho de Miralles—. No constan obras en el centro.

—Puede que no sea algo que construyeron, sino un sitio desde donde se controla todo por wifi o algo parecido.

En ese momento, la comisaria y el vicealcalde entraron en la habitación. Ni la mujer podía disimular su cansancio ni él su mal humor.

—Señor Berkel, el juez y el fiscal confirman que queda usted en libertad —anunció Miralles—. En cualquier caso, debe permanecer localizable para declarar en los próximos días.

—Gracias, comisaria —anotó Alexander.

—¿Cómo va el asunto de Klausmann?

—Hemos hallado cosas muy sospechosas —respondió Baltz—. La empresa de ese hombre montó un tendido por toda la ciudad que no era lo que se encargaba en la licitación. La teoría que manejamos es que haya algún centro de control oculto.

—Hay que evacuar la ciudad —manifestó Alexander, quien, por segunda vez esa noche, habló antes de cavilar—. No podremos detenerlo. Adolph lo dejó todo listo por si le sucedía algo. La gente debe escapar.

—¡No diga locuras! —replicó Isaac, que hasta entonces ni le había mirado, con marcado desprecio en su voz—. ¿Evacuar la ciudad? ¡Usted delira! Ni siquiera sabemos si existe una amenaza real.

—Vicealcalde, lamento la muerte de su padre —manifestó Alexander, con ánimo conciliador. Se aproximó a Wagner, que se mantuvo impávido—. Era buen hombre. No le juzgué bien cuando tuve la ocasión. Él trató de ayudarme, de protegerme. Yo no le maté. No soy su enemigo. Y no deliro.

—Tal vez no, pero siempre será un maldito —contestó Isaac.

—Lo sé. Conozco el segundo dogma. Pero eso no me convierte en asesino o loco.

Isaac mantuvo la vista fija en Alexander unos segundos. A continuación, sentenció:

—No puede quedarse aquí. ¡Márchese!

Alexander miró a la comisaria en busca de apoyo. Ella le dedicó una sucinta sonrisa, se acercó a él, le ofreció su mano, y decretó:

—Es mejor que se vaya. Es libre. Cuídese. Prometo no darme por vencida.

Él estrechó la mano de Miralles, se despidió de Eddie con una sonrisa, ignoró a Isaac Wagner y dejó la sala.

En la calle, las primeras luces del alba despuntaban en el firmamento. A Alexander le sobrecogió la extraña sensación de no necesitar ocultarse. Se rascó la barba, que le picaba a menudo, y se dijo que estaba harto de ella y se la iba a afeitar. Volvería a ser el de antes y vivir en la legalidad: tener su casa, buscar un empleo… Y recuperaría las buenas enseñanzas de Héctor.

4

Al principio, deambuló por el centro. Pensaba en su madre y en la recobrada libertad. El amanecer le espabiló. La mañana no trajo niebla, sino un cielo despejado y, por lo tanto, más frío. Alexander tiritó. Era miércoles, el día de Mercurio, un astro que, como él, resultaba difícil de ver, y un dios que, como su hermana Fortuna, descendía del padre Júpiter.

Llegó a la plaza de la Cornucopia. ¿Qué podía hacer? Podía irse y dejar que las autoridades se ocupasen de la amenaza que se cernía sobre todos, pero él no era así. El frío, el sueño y el período de castigo le mortificaban, pero no se rendiría. Era libre, volvía a serlo, y escogía aprovechar su libertad para salvar a las personas que le importaban.

Cogió el tranvía de Fabriko hasta la conexión con la línea circular. Se apeó en la calle de las Pizarras. Aunque era muy temprano, confió en que los Miller se hubiesen levantado. Llamó al timbre. Un minuto después, Luka, abrigado con un forro polar, abrió la puerta y le miró con evidente sorpresa.

—Soy inocente. Todo se ha aclarado —dijo Alexander, antes de que su amigo abriese la boca, incapaz de contenerse.

—Lo sé —contestó Luka, con una enorme sonrisa—. La comisaria y Eddie te buscaban. Hablé con Frank y me contó adónde habías ido. ¿Qué ha pasado?

—Es difícil de contar. Lo más sorprendente es que ya no me busquen. ¡Y ha sido gracias a ti! ¿Cómo podré agradecértelo?

—No tienes por qué. Quería cumplir una promesa que hice.

—Y lo has hecho. Betina estaría orgullosa. Jamás lo olvidaré.

Los dos se quedaron allí de pie, cada uno a un lado del umbral, sonrientes. Como ya sucediera en la Torre del Nimbo, una boba noción de la hombría les impidió abrazarse.

—Pasa —invitó Luka, y se apartó. Alexander le siguió hasta el salón.

—¿Cómo conseguiste que el vecino cambiase su declaración?

—Eso también es difícil de contar. Todo comenzó gracias a Francine Moreau. Ella me puso tras la pista del vecino de Ismael Wagner, Víctor Greve. Está clarísimo que alguien, ya sabes a quién me refiero, compró su silencio hace dos años para incriminarte. Ahora, ya sea por mi insistencia o por su conciencia, ha reconocido que te vio salir de la casa de Wagner cuando la alarma saltó, pero que después vio salir a Travis Dixon y que este se llevaba pertenencias del pobre hombre.

—Ya veo. Me da a mí que el mismo que compró su silencio le ha convencido para que cuente eso. Y ese alguien no va a pagar nunca por lo que hizo.

—No. Y, por si no has oído las noticias, nuestro alcalde es el nuevo primer ministro.

—Genial —suspiró Alexander, con animadversión.

El sonido de las pisadas anticipó la aparición de Clarisa y Marko. La mujer bajaba las escaleras con el niño de la mano. Al toparse con Alexander, no disimuló su asombro.

—Hola —saludó, tal vez recién levantada. Iba en bata. Observó a su marido y al inesperado visitante, quienes se habían callado y hasta rehuían sus ojos, en especial Luka.

—Perdona que aparezca aquí a estas horas —rogó Alexander, cohibido—. Tenía que ver a Luka lo antes posible.

—Trae muy buenas noticias —añadió Luka, apocado—. Por fin se ha aclarado que él no mató a Ismael Wagner.

—Gracias a Luka —anotó Alexander, bienintencionado.

En cuanto lo dijo, supo que acababa de meter la pata, pues captó la tensa mirada que Clarisa dedicó a su esposo. Deseó que se le tragara la tierra. Temió estar a punto de presenciar una discusión matrimonial, pero Clarisa forzó una sonrisa, y comentó:

—Enhorabuena, Alexander. Luka, encárgate del niño —ordenó—. Voy a llegar tarde.

—Espera —solicitó Alexander—. Escuchadme los dos, por favor. —Luka y Clarisa le miraron con expectación. Él tomo aire, y continuó—: Puede que ir al trabajo hoy no sea buena idea. Creo que debéis salir de la ciudad.

—¿Qué? —interrogó Luka, tan anonadado como su esposa.

—Escuchadme, por favor. Sé que esto suena a locura, pero tanto la comisaria Miralles como Eddie Baltz lo investigan. No puedo explicaros ahora cómo lo he descubierto. Es una historia muy larga. La cuestión es que Adolph Klausmann, tío de Vera y hermano de Joseph, va a propagar una radiación muy peligrosa. Puede empezar de un momento a otro. Ha construido una estructura muy especial por toda la ciudad: la del sueño de Marko. Siete radios, siete extremos, un núcleo central... –Habló con tanto apremio que casi se quedó sin aliento. Volvió a respirar hondo, y concluyó–: No es una locura. Es real. Está sucediendo.

Luka y Clarisa se quedaron boquiabiertos. Ni siquiera el pequeño Marko emitió sonido alguno. Clarisa fue la primera en reaccionar. Lo hizo sin atemperar su escepticismo:

–¿Se puede saber cómo te metes en líos tan raros? ¡Es el colmo! Enhorabuena por tu libertad, Alexander, pero aleja tu mal fario de nosotros, por favor.

Exasperada, se giró hacia su marido. Este la ignoró, y dijo:

–Si coincide tanto con el sueño de Marko, es posible que sea...

–¡Una señal! –agregó Alexander, desesperado por defender la veracidad de su relato–. ¡Betina lo hubiese interpretado como una señal! Debemos huir antes de que sea tarde.

–¡No puedes hablar en serio! ¡Luka, entra en razón! –recriminó Clarisa a su marido, el cual resopló, atrapado ante un dilema complicado. Marko, sensible a la tensión del ambiente, señaló a Alexander y balbució palabras de su propia cosecha. Harta, Clarisa zanjó–: Yo me voy a trabajar. No quiero saber nada de este tema. Habéis perdido la cabeza los dos.

–¡Un segundo! –intervino Luka–. Espera. Mantengamos la calma. Haremos esto. Clarisa, vete al trabajo. Seguro que no sucederá nada. Alexander, quizás la amenaza no sea tan grave ni tan inminente. Tengo turno de tarde, así que puedo ir contigo y ver qué averiguamos. Podemos hablar con Eddie o con quien sea. Todo será mejor de lo que parece.

–¿Qué hay de Marko? –inquirió Clarisa.

–Él estará bien conmigo –aseveró Luka.

Enfadada pero resignada, Clarisa besó a su hijo en la frente y se fue arriba.

El plan de Luka no contentaba a Alexander. Presentía que la amenaza sí era inminente. Creía que había que escapar. Temía que demorar la partida fuese una decisión que luego lamentaran. Por desgracia, la fatiga y el período de castigo afectaron a su ímpetu.

–No te preocupes, Alexander –anotó Luka–. Creo en ti, pero confiemos en que esto se resuelva sin tener que adoptar medidas extremas. Enseguida, me arreglo, visto a Marko y nos vamos. ¿Dónde podemos ir?

Alexander caviló. Una opción era regresar a la Comisaría para buscar novedades. Localizar a Irene también importaba. Pronto, no obstante, recordó alguien a quien debía proteger y supo adónde ir primero.

<u>5</u>

La comisaria Miralles había dedicado más de un año de esfuerzo a limpiar una ciudad maravillosa contaminada por la corrupción.

Había hecho todo cuanto estaba en su mano y un poco más para sanear esa Comisaría. Creía haberlo conseguido, pese a los quebraderos de cabeza que le había supuesto. Había prejubilado, apercibido o dispersado a la gente afín al difunto Garmash, epicentro de las prácticas innobles de años previos. Había ascendido a oficiales valiosos como Baltz. Vigilaba de cerca a los nuevos. Se distanciaba de la política.

En cambio, ese miércoles, se le estaba agotando la paciencia ante Isaac Wagner, el vicealcalde llamado a heredar el gobierno de esa ciudad.

Después de una noche en vela y una mañana sin descanso, todo lo que descubría en torno a la amenaza descrita por Alexander Berkel la inquietaba más. Estaba claro que *eFortuna Global* era una desmedida ambición política que nadie había vigilado. No hubo supervisión ni de la titularidad de *Crisol Innovaciones* ni de lo que el hombre detrás de esa empresa, el finado Adolph Klausmann, había construido. Sus centrales resultaban incontrolables, cuando no inaccesibles. No ubicaban el lugar desde donde se operaba todo el sistema. Y la manipulación de la infraestructura eléctrica de la urbe resultaba de lo más sospechosa, por no decir temible. ¿De verdad iba a ocurrir lo augurado por Berkel?

Antes del mediodía, el vicealcalde seguía allí. El subinspector Baltz entró por enésima vez en el despacho para informarles de nuevas averiguaciones:

—No es posible cortar el suministro eléctrico de esas centrales. Poseen su propia red y aún no ubicamos las fuentes de alimentación. Todo el sistema escapa a cualquier intento de intervenir en él. Los informáticos no consiguen desactivar los cortafuegos de su interfaz.

Miralles meditó unos segundos. A continuación, respiró hondo, y decretó:

—Vicealcalde, puede que sea hora de llamar al ministerio de seguridad y defensa y, si ellos lo aconsejan, poner en marcha medidas excepcionales.

Sin esperar a que Wagner respondiera, se acercó a un archivador y extrajo uno de sus largos cajones. Al fondo, en un hueco disimulado tras una lámina, guardaba ciertas carpetas especiales. Las hojeó en busca de una concreta. Entonces, escuchó cómo Wagner decía:

—Llame al ministerio y siga sus instrucciones, comisaria. Manténgame al tanto.

Confusa, Miralles se giró, justo a tiempo de ver cómo el vicealcalde abandonaba la sala en plena crisis. Miró a Eddie, quien se había quedado tan atónito como ella.

Sin embargo, la comisaria Miralles, harta de la ineptitud y la cobardía de tantos hombres, no se arredró. Halló la carpeta que buscaba, una de cubierta granate, y la puso encima de su escritorio. Al leer el título que rezaba en la portada, Eddie preguntó:

—¿Qué hacemos, señora?

Ella respondió sin titubear:

—Llamar al ministerio para iniciar la evacuación de la ciudad.

6

Isaac Wagner no entendía cómo pudo pensar que la política fuese para él. Su vida actual, ahora que lo veía, no podía ser más irreal. Si su padre creía en los dogmas, ¿por qué él creía en mentiras? Ismael repetía que la suerte ni se creaba ni se destruía, pero su muerte torció el curso normal del mundo por culpa de un gafe. ¿Fue ahí cuando Isaac comenzó a creerse las mentiras que él mismo se inventaba? Tal vez, rabioso por el asesinato de su progenitor, quiso honrarle con una carrera respetable en la Organización Heptágono, un exitoso reconocimiento en política y una venganza que le hiciera justicia.

¡Nada de eso había salido bien! Ahora, el coche de Isaac surcaba el arbolado camino que conducía a la longeva mansión Wagner. Cada rincón y detalles de esa extensa construcción inspiraban señorío y esplendor. Él se sentía un heredero indigno de su ascendencia. Su andadura en la Organización Heptágono trastabilló. Su paso por la política prometía terminar fatal. No pudo cumplir su venganza. Y, para colmo, ahora decían que Alexander Berkel no mató a su padre. ¿Cuál era el auténtico designio de su suerte?

Su móvil no dejaba de sonar. Lo dejó sobre una mesita a su paso por el barroco recibidor. Fue a cierto pasillo del ala este de la casa. Con una vieja y larga llave, abrió una puerta mimetizada con la madera que revestía la pared. Descendió una angosta escalera de caracol. Tras una antesala, accedió a la biblioteca privada de su padre. Se acercó al secreter. Una idea le rondaba desde que, menos de media hora antes, se fijase en cómo la comisaria Miralles buscaba algo en el disimulado doble fondo de un cajón de archivador.

Se sentó en la silla que había frente al secreter. Lo abrió. Examinó a conciencia todos los pequeños cajones que contenía. Al fin, en uno de ellos, descubrió un doble fondo debajo de una tablilla. La levantó. Halló un librito de tamaño cuartilla, con tapas duras, pintadas de color morado y lomo negro. Se trataba del último diario de su padre, el que le faltaba.

Isaac olvidó todo lo demás. Se olvidó del mundo entero. Leyó con emoción la narración autobiográfica de los últimos días de su padre. Y entendió que quien alteró el rumbo normal de la suerte no fue ningún gafe, sino alguien tan afortunado como el propio Ismael.

7

Travis Dixon comprendía ahora, cuando ya no existía rectificación posible, las consecuencias de todos sus actos. Sus errores le habían conducido al mal fario y la persecución. Le habían endosado el asesinato de Ismael Wagner. Era cuestión de tiempo que su errático camino terminase así. Fue un necio por pensar que Ricardo Varone le apreciaba como jefe de seguridad. Él no llegaba ni a la suela de los cuidados zapatos de Carlo Ferrara. Tal vez le cayera bien al alcalde, sí, pero este siempre debió verle como un seguro, la persona a quien cargar el muerto si la trampa para inculpar a Alexander Berkel fracasaba. Así había sucedido: ayer, a primera hora, un mensaje anónimo le advirtió de que Víctor Greve iba a implicarle. El autor del aviso le apremiaba a salir de casa de inmediato y esconderse en el rincón más apartado del mundo, muy lejos de Ciudad Fortuna.

Todas las malas decisiones que había tomado a lo largo de su vida desembocaban en ese desenlace. Un factor funesto había contribuido a su desgracia: el período de quebranto. Había tardado en darse cuenta de qué le ocurría: la falta de apetito, la extraña sensación de no percibir la realidad en toda su plenitud, el malestar indefinido y una serie de traspiés y desgracias. Se trataba de los aciagos efectos de su escarceo con Frank. Este le escondió que era un gafe. ¿Por qué no actuó con más sensatez? ¿Por qué se dejó llevar por los instintos? ¿Por qué no se protegió? Ahora, su imperdonable desliz no solo le emponzoñaba a él, sino también a Yuri, algo que no se perdonaría.

Travis caminaba por callejas desiertas, con la cabeza gacha y el cuerpo helado. Pensaba en cómo salir de la ciudad. La Policía le buscaba, como antes buscó a Berkel. Ahora, era su turno de huir.

8

Frank Axel no podía soportarlo. Las emociones le aplastaban. Su penumbra innata ya no era algo abstracto que le costaba asimilar, sino una maldición concreta cuyos filos y púas podía palpar. Después de gafar a Jon Hosen, había pasado días de auténtico tormento. Su cuerpo, su mente y su conciencia habían conocido las tinieblas de la punición. Sin duda, el peor sufrimiento fue el de su conciencia. No concebía cómo Alexander era capaz de sobrevivir con su tara.

Esa mañana, al despertar, se notó mucho mejor. Al fin, había superado el período de castigo. Iluso, lo que antes le angustiaba ya no le parecería tan malo. ¡Grave equivocación!

Encendió la televisión. Además de la doble victoria electoral de la Unión Nacional, la principal noticia de Ciudad Fortuna era la identificación de Travis Dixon como culpable del asesinato de Ismael Wagner, en vez de Alexander. Al ver la fotografía de la ficha policial de Travis en pantalla, Frank se desplomó en un sillón. La culpabilidad le abatió. Su mal fario y su fogosa imprudencia habían propiciado aquel desastre.

La retahíla de mensajes de Alexander en su teléfono tampoco le ayudó a sentirse mejor. Conocer la muerte de Jon Hosen le espantó. Más allá del convencimiento de que iba a quedarse desempleado, se dijo que su jefe habría esquivado la muerte de no haber perdido la suerte que él le había arrancado.

Gritó, lloró y vomitó. En pleno ataque de furia contra sí mismo, recibió otro mensaje de Alexander, el más asombroso de todos. Su mentor le aconsejaba que saliese de la ciudad sin demora. Afirmaba que algo terrorífico iba a suceder.

A pesar de lo increíble de la situación, de repente, Frank se sosegó y se convenció de que, en efecto, dejar la ciudad era lo mejor. Marcharse lejos, muy lejos, paliaría su tormento. Borraría el horrible rastro de su mal fario. Tal vez, incluso lograse olvidar todo el infortunio que había provocado. Por eso, henchido de una insospechada energía, se aseguró de que su madre estuviera a salvo y se dispuso a escapar, no solo de la ciudad, sino de sí mismo.

2

Selena Myers intentaba apaciguar un mal presentimiento mientras seguía la sesión de votación, con la mirada fija en el curioso Colector. Tras el debate de la jornada anterior, ese día, se iba a dirimir su futuro como directora general de la Organización. El Claustro completo iba a votarlo por medio de un antiguo y complejo sistema. La liturgia de esta votación era similar a la utilizada para nombrar a cada nuevo director o directora.

La sesión de hoy se había iniciado con un imprevisto que preocupaba a Selena: Yan Lien, presidenta del Consejo, no se encontraba presente. Mario Alberto Castillo ocupaba su puesto y había atribuido la ausencia de la máxima autoridad de Heptágono a cierta "emergencia ineludible" que no se explicó. La eventualidad inquietó a todos, si bien nadie tuvo el valor de objetar nada.

La votación dio comienzo a la orden del secretario Castillo. Los centenares de miembros del Consejo, elegidos para representar a los socios de la Organización de todo el mundo, debían emitir su voto uno a uno, razón por la que el proceso solía resultar largo y tedioso. Al oír su nombre, cada hombre o mujer del Consejo abandonaba su asiento y se dirigía al centro del salón de claustros, donde ya se había instalado el Colector. Este era el antiguo objeto en el que, desde hacía siglos, se depositaban los votos. Se trataba de un voluminoso armazón con forma cilíndrica de vetusta madera oscura, decorada con simbólicos grabados. Se colocaba encima de una robusta peana. Contenía un preciso mecanismo basado en una balanza. En la parte superior, poseía tres aberturas, dos de ellas circulares y la otra alargada. Cada miembro del Consejo tenía una esfera de metal del mismo tamaño, cuyo peso dependía del grado de suerte de esa persona. Se metía la esfera en una de las aberturas circulares, la del reborde blanco o la del reborde negro, según si se estaba a favor o en contra de aquello que se dirimía. Un sistema de conductos transportaba la esfera al recipiente correspondiente. De la abertura alargada sobresalía el marcador, que se inclinaba hacia el lado blanco o negro de una escala y mostraba el veredicto. El Colector se sometía a concienzudos controles y revisiones antes, durante y después de ocasiones como las de ese miércoles.

De momento, la votación arrojaba un resultado tan reñido como aquel que otorgó el cargo de directora general a Selena, tan solo unos meses antes, cuando venció a la candidatura de Isaac Wagner. La aguja del marcador se había desplazado varias veces desde la zona blanca, lo cual significaba la permanencia de Selena, a la negra, lo cual implicaba su deposición. Ahora, en los últimos compases del proceso, después de varias horas, apuntaba hacia la zona negra, pero tan próxima a la mitad que Selena pensaba que le podía dar un infarto.

Por fin, el letrado que llamaba a los electores se acercó al micrófono, y pronunció:

—Myers, Selena.

La votación, por mucha solemnidad y trascendencia que tuviese, no dejaba de ser un auténtico aburrimiento. Por eso, lo normal era percibir el rumor de las conversaciones *sottovoce*. Aun así, cuando Selena se puso en pie, todos los cuchicheos se acallaron. El silencio se escuchó tan repentino y sepulcral que ella creyó que los demás podrían oír los latidos de su corazón. Dispuesta a mantenerse impasible, se obligó a caminar despacio, con la cabeza alta y el gesto vacío. Se detuvo junto al Colector. Sopesó la esfera que llevaba en la mano, consciente de que solo faltaban dos o tres personas por votar y de que el ajustado resultado iba a resolverse en el instante final. Extendió la mano, la colocó sobre la abertura blanca y soltó la esfera. Despacio, la aguja del marcador se desplazó hacia la zona blanca y se quedó justo en el medio. Entonces, un ruido del todo inesperado interrumpió la sesión.

A Selena, como al resto, le costó identificarlo. Procedía del exterior y sonaba encima de sus cabezas. A medida que se acercaba al edificio, lo identificó: el atronador rotor de un helicóptero. ¿Qué ocurría? El suceso había captado la atención de todos los asistentes, que miraron hacia la cúpula del salón y reaccionaron con estupor cuando notaron cómo el aparato se posaba en la azotea del edificio. Unos segundos de pasmo colectivo siguieron a ese evento. Luego, ante al atónito mutismo de todos, Yan Lien entró en la sala. Con movimientos prestos, subió a la tribuna de oradores y, siempre recta, proclamó:

—Señoras y señores, ruego presten máxima atención. Se suspende la sesión. Las autoridades de la ciudad van a ordenar la evacuación de la ciudad en breves minutos. Todas las personas de esta sala y este edificio deben salir de la ciudad, de modo ordenado pero con la mayor diligencia posible, antes de que cunda el caos. Recibirán información e instrucciones próximamente. Extremen las precauciones. Pueden irse ya.

Esta vez, Selena no mantuvo la compostura, sino que se quedó tan aturdida como los demás, quienes no tardaron en reaccionar y desalojar el salón con nerviosismo. Entretanto, Yan Lien bajó de la tribuna y, con aire autoritario, le dijo:

—Tú vienes conmigo.

Lien, seguida de cerca por una Selena que no acababa de asimilar lo que pasaba, utilizó el pasadizo que, en la parte superior y central del salón, comunicaba con el despacho de la dirección general. Dos hombres de unos cuarenta años también acompañaban a la presidenta. En el despacho, esta se sentó tras el escritorio y conectó el ordenador.

—¿Qué pasa? —preguntó, al fin, Selena.

—¿No lo sabes? —replicó Lien, enojada—. Diriges una de las instituciones más poderosa y mejor posicionada, y ¿no lo sabes? ¿O no lo has querido saber?

—No tengo ni idea de qué me hablas.

—Los centinelas han interceptado llamadas y señales de radio de la Policía. Un sistema radiactivo, construido a lo largo y ancho de la ciudad, puede estar a punto de propagar una radiación que afecta a la suerte. Esto es obra de Adolph Klausmann. Llevo toda la mañana investigando si el temor de la Policía está fundado, y lo está. Al parecer, habría un artefacto para poder controlar esta ignominia, pero no lo localizan. Lo que sí he averiguado es que tú —añadió, muy enérgica, y apuntó a Selena con su dedo índice— pagaste una elevada suma de dinero a Adolph Klausmann el verano del año pasado; un dinero con el que él ha financiado en parte su empresa.

Selena estuvo en un tris de desmayarse. ¡La habían descubierto! ¿Cómo podría justificarse? Pagó esa suma para que Adolph atendiera su "embarazo desafortunado". ¿Cómo iba a saber que él utilizaría ese dinero para sufragar esa sinrazón?

—No es cierto —contradijo. Enseguida se arrepintió. Negarlo no llevaría a nada bueno, ¡pero no sabía qué responder!—. Seguro que esto no es más que alguna exageración o algún malentendido.

—Ahora, tus explicaciones son irrelevantes. Ya las darás cuando y donde corresponda. En estos momentos, lo importante es dar con ese maldito artefacto.

Así, una adusta Yan Lien ignoró a Selena y, mientras tecleaba a toda prisa en el ordenador, se puso a dar órdenes a los dos hombres que la acompañaban.

Por su parte, Selena fue a un rincón apartado de la sala. Se percató de que temblaba. Asustada, buscó un número en la memoria rápida de su teléfono.

—¿Selena? —contestó Miranda, desde casa.

—¿Miranda? Escúchame. Tienes que escucharme con atención.

—¿Qué pasa?

—Calla. Escucha. Sira, Sibylle y tú vais a coger lo imprescindible y salir de inmediato de la ciudad.

—¿Estás loca? ¿Qué pasa?

—¡Haz lo que te digo, maldita sea! ¡No hay tiempo para preguntas!

10

Yuri Anton tuvo que aceptar una terrible evidencia: el mal fario había impregnado su fortuna. Solo una calamidad así podía explicar lo ocurrido. Durante la jornada anterior, sus intervenciones en el debate contra Selena fueron fallidas. De improviso, la directora general exhibía una fortaleza inesperada y él se vio amilanado por ella. Hoy, durante el tostón de la votación, navegó con su móvil y se topó con una noticia que le cortó la respiración: Travis había sido señalado por el asesinato de Ismael Wagner. Alarmado, salió al vestíbulo y telefoneó a su novio, pero este no contestaba. Angustiado, regresó al salón, donde asistió a la espectacular entrada de Yan Lien y la suspensión de la sesión. ¿Qué sucedía? ¿Selena se iba a librar? ¿Estaban en peligro? ¡Nada tenía sentido!

Semejante cúmulo de fiascos solo encontraba una explicación válida. El mal fario había penetrado en él. En su día a día, Yuri solo tenía contacto con personas de suerte elevada. La única vía por la que el infortunio le podía haber alcanzado era Travis. Si analizaba la actitud de su chico en las últimas semanas, sospechaba que este le había engañado: se había relacionado con alguien poco afortunado de un modo muy íntimo. Por eso, a Yuri le había salido mal su órdago en la Organización Heptágono. Por eso, ahora la Policía perseguía a Travis y no a Alexander Berkel.

¿Por qué tuvo que enamorarse? No lo sabía, pero se había enamorado. Eso era indiscutible, de manera que, en plena avenida Sageco, Yuri tomó una decisión. Decidió no irse de la ciudad sin Travis. Se puso a cavilar cómo localizarle. Y el resto ya lo solucionarían.

11

Dragan Tucker había invertido muchos recursos y esfuerzos para prosperar. No iba a permitir que nada ni nadie frustrasen sus aspiraciones.

Aliarse con Goran Zerbe en su mafia de las timbas ilegales había sido un movimiento arriesgado. Eso no lo negaba. Después de años desencantado con *El séptimo cielo*, estancado en los negocios de la noche, se había propuesto medrar. Lograrlo requería liquidez, algo de lo que él andaba escaso, y el mundo del juego sumergido le había parecido una oportunidad peligrosa pero lucrativa. Ese ambiente de apuestas, ludópatas, engañifas y un gafe proscrito era un paso intermedio en su evolución. Su intención era acumular una importante cantidad de pasta y luego desentenderse. Su futuro estaba en otros sectores. Desde hacía tiempo, le daba vueltas a la idea de meterse en la construcción.

Su plan había sufrido un traspié considerable por culpa de Goran Zerbe y su empeño de utilizar a Alexander Berkel para estafar a algunos jugadores. Tanto contacto con el gafe había perjudicado al propio Dragan. Como consecuencia, había estado detenido setenta y dos horas en la Comisaría Central de Policía. Su abogado, pese a tratarse de un picapleitos barato, le había conseguido la libertad provisional, una medida que Zerbe no iba a disfrutar. Su defensa se fundamentaba en negar cualquier asociación con el mafioso y afirmar que él se limitaba a jugar en esas timbas. Estaba dispuesto a fingir ser ludópata. De momento, los cargos en su contra seguían en pie.

La piedra angular de la acusación consistía en el testimonio de Manuel Sócrates. Este declaraba que Dragan sí era socio de Zerbe. Y él no iba a tolerar que el refinado empresario le importunase. La Policía acababa de ordenar la inesperada evacuación de la ciudad, pero él no pensaba marcharse sin zanjar ciertas cuestiones.

12

Alonso Yazpik, mortificado por infinitud de dolores, tardó en comprender que estaba despierto. Darse cuenta de que continuaba vivo le sorprendió y le disgustó. La supervivencia suponía una desilusión. Lo último que recordaba antes de quedarse inconsciente era el convencimiento de que iba a morir. Fue un trance físicamente doloroso y psíquicamente crudo, aunque lo afrontó con alivio. A continuación, lo único que era capaz de rememorar era el vacío, la nada. Había sentido esa nada, la cual le había colmado de un gran regocijo.

Pero no había muerto. Eso estaba claro, entre otras razones porque un muerto nunca sufriría tantas molestias. Notaba el cuerpo entumecido, los labios secos, la garganta áspera y la cabeza palpitante. Se retorció con suplicio. Quiso hablar en vano. Estaba sediento. Abrió los ojos despacio. Vio que se hallaba en otra enfermería de la prisión, en una más limpia e iluminada que aquella donde desfalleció. Estaba solo. Era de día. Y se oía mucho bullicio.

Le costó recobrar la plenitud de sus sentidos. Conforme lo hacía, le avergonzó haber querido morir. Ya estaba bien de ser tan desdichado. Recapituló lo que había sucedido con Joseph Klausmann. No solo no había recobrado su suerte, sino que había estado en un tris de palmarla por una muy oportuna y misteriosa reacción. El odio inundó sus venas, seguro de que el maldito científico había intentado matarle para librarse de él.

El bullicio aumentaba. Alonso logró erguirse. Tenía una vía endovenosa conectada a un gotero. Bebió un poco de agua. Fue a la ventana. Las prisas y el caos que vio en el patio le convencieron de que algo grave sucedía. ¿Acaso evacuaban la cárcel? ¿Por qué motivo?

Daba igual. Esa situación era perfecta para escapar de la enfermería e ir a por Klausmann. ¡Ese tipejo se las iba a pagar!

Si hubieran sabido lo rápido que se descontrolaría todo, habrían cogido el coche desde el principio, pero Alexander, Luka y Marko optaron por acortar en tranvía para ir al piso de Joseph Klausmann, donde recogieron a Trece. Encontrarse la cerradura forzada alarmó a Alexander, quien no pasó cierto detalle por alto: lo único que habían sustraído de la casa era su dado de cristal azul. Espantado por muy desagradables presentimientos, telefoneó a su hermana por enésima vez. Irene siguió sin contestar.

Mientras un entusiasmado Marko perseguía a un escurridizo Trece por todo el salón, los adultos debatían cómo proceder. En ese momento, Alexander recibió un parco mensaje de Eddie Baltz: la ciudad iba a ser evacuada. Se lo enseñó a Luka, quien se quedó paralizado y, segundos después, susurró:

—Así que todo es verdad.

De pronto, las incansables carcajadas de Marko, que no dejaba en paz al gato, eran lo único que se oía en esa fría casa. Su padre y su amigo gafe se habían quedado mudos.

—¿Qué hacemos? —preguntó Luka, nervioso—. Teníamos que haberte escuchado. Debí hacer que Clarisa confiara en ti. ¿Qué hacemos?

—Espera. Déjame pensar —rogó Alexander. Debía mantener la calma, aunque se sentía tan inquieto como su amigo. Caviló a toda prisa, y dijo—: Podemos volver a tu casa y coger tu coche. Llamaremos a Clarisa para recogerla donde podamos. Iremos hacia Saberes. Pararemos en casa de Irene por si ella estuviera allí y saldremos por Persisto. Si de verdad van a evacuar la ciudad, hay que darse prisa, antes de que todo sea un lío. ¿Te parece bien?

Luka asintió y fue en busca de su hijo. Alexander agarró al gato. Este, como si advirtiera la amenaza que se cernía sobre ellos, no se opuso a regresar al interior de la mochila de su colega humano.

A pesar de que se apresuraron, no pudieron evitar toparse con el caos. La gente reaccionaba con temor, enfado e incredulidad al insólito anuncio de las autoridades. Había policías por todos lados.

Volvieron a la calle de las Pizarras antes de que Luka pudiese contactar con su mujer. Decidieron continuar con su plan y seguir llamándola, de modo que se montaron en el viejo utilitario de los Miller y emprendieron rumbo al sur. Los embotellamientos que hallaron eran los peores que se hubiesen visto en el barrio de Hornos. El ruido de cláxones resultaba ensordecedor; la lentitud de la marcha, desquiciante. Patrullas policiales tomaron el control del tráfico. Unos autobuses municipales, a los que los policías aconsejaban subirse para agilizar el éxodo, circulaban con prioridad. A lo lejos, creyeron ver un vehículo del ejército y unos cuantos soldados.

Pese a las advertencias de las autoridades, Alexander y Luka siguieron en coche. Alexander no podía marcharse sin localizar a su hermana. Y Luka por fin había hablado con su esposa, quien trabajaba al oeste y creía poder reunirse con ellos en algún punto intermedio.

Para desazón de Alexander, tras un agobiante viaje, en la calle de Alan Turing, nadie respondió al portero automático del piso de Irene.

—¿Qué hacemos? —volvió a preguntar Luka.

Alexander no podía abandonar a su hermana. Le prometió a Héctor que jamás lo haría y, aun así, lo había hecho en el pasado, así que no cometería ese mismo error de nuevo. No sabía dónde se había metido Irene, pero no se rendiría. No obstante, no podía arrastrar a Luka y su hijo en su búsqueda desesperada. Entonces, a unos pocos metros, aparcada en un hueco del arcén, reconoció la moto de su hermana.

—Luka, Marko y tú coged el coche, recoged a Clarisa y salid de la ciudad —determinó—. Trece y yo vamos a darle otra oportunidad a Irene.

—¿Estás seguro? ¿Qué vas a hacer?

—Sabré apañármelas solo. Tengo experiencia.

—Deberíais venir con nosotros.

—No te preocupes. Salva a tu familia, Luka. Gracias por todo.

Los dos amigos se miraron afligidos, como si temiesen no verse nunca más, y no hubo vergüenza varonil suficiente para disuadirles de, esta vez sí, darse un fuerte abrazo. Ambos se emocionaron al hacerlo.

—Cuídate mucho, Alexander.

—Y tú. Cuida a tu familia.

Los dos se mantuvieron la mirada unos instantes, antes de emprender sus respectivos caminos y separarse del mejor amigo que pudieran conocer. A su alrededor, la urbe se sumía en el desorden y el pavor. Cualquiera hubiese podido gritar "¡Sálvese quien pueda!".

Irene Berkel había perdido a demasiadas personas por culpa de la suerte. Solo en un mundo sin suerte alguien como ella podría tener una oportunidad de ser feliz. La primera a la que perdió fue a su madre. Nunca la conoció. La mujer murió durante el parto, a causa del mal fario que el amor de Héctor le inoculó. El propio Héctor terminó por sucumbir a la maldición con la que había nacido. La malaventura lo sacó del mundo de los vivos sin que su única hija pudiese despedirse de él. Y esa mala fortuna, que toda su vida había rodeado a Irene, la separó de su hermano adoptivo o de personas como Lena Cascio.

Ese maldito miércoles, Irene lamentaba el fallecimiento de otro hombre en quien había hallado una especie de guía o, tal vez, un paliativo a su sufrimiento: Adolph Klausmann. Comprendió que este había muerto, sin ningún atisbo de duda, cuando una voz inesperada, al mismo tiempo muy conocida, contestó al teléfono del científico la noche anterior. Reconocer a Alexander al otro lado acrecentó su turbación. ¡Estaba harta! ¿No había manera de librarse del mal fario?

Sin embargo, aunque no tuviese ni idea de lo que había ocurrido, Irene no culpaba a Alexander por la caída de Adolph. Ella entendía que su hermano adoptivo no controlaba su tara. Estaba convencida de que su mayor deseo sería no haber nacido gafe. Incluso Héctor, quien tanta entereza respecto a su maldición demostró siempre, hubiese elegido ser alguien normal de haber tenido la oportunidad. Ella lo sabía. Entendía el dolor de su padre y de su hermano. Anhelaba un mundo donde nadie soportase sus tormentos.

Por todo ello, iba a culminar la obra maestra de Klausmann. Este le confió el funcionamiento secreto de su estructura. Ella homenajearía su muerte cumpliendo sus deseos.

No recordaba dónde había pasado la noche. Tampoco le importaba. Tomó su última dosis de H27 hacía mucho tiempo, o al menos eso le parecía a ella, y tanto su cuerpo como su espíritu imploraban un poco más de ese bálsamo. Sin Adolph, Irene no podía conseguir otra de esas maravillosas pastillas. De hecho, ahora que lo pensaba, ni siquiera sabía cómo las obtenía Klausmann. ¿Se las pasaba alguien o las creaba él mismo? Intentaba rememorar la primera vez que el hombre se la ofreció, pero no lo lograba. Su mente transitaba distintos niveles de realidad. Ya no discernía lo verídico de lo imaginado o lo deseado. Lo único que tenía claro era que, sin H27 ni Adolph Klausmann, el sosiego que había hallado se desvanecería a una velocidad horripilante. La mala fortuna vendría a por ella. No lo podía permitir.

Solo había una solución para los males que habían castigado a su familia y para todas las personas tiranizadas por la despótica fortuna. Lo veía, sí, ahora lo veía: ella era la llave. Adolph Klausmann le habían enseñado qué cerradura debía abrir. Al otro lado, aguardaba un mundo mejor.

Esa mañana, había merodeado por el vecindario de Adolph. Comprobó que su casa estaba tomada por la Policía. Interrogó a algunos vecinos curiosos, que no le contaron más que chismorreos. Más tarde, fue al local alquilado como sede de *Crisol Innovaciones*. No llegó a entrar, pues descubrió que el lugar era objeto de un registro policial mucho más ajetreado que el que se producía en el domicilio. No poder acceder le dio lo mismo. No lo necesitaba. Klausmann le había explicado cómo y dónde se activaba el sistema que con tanto ingenio había construido en la ciudad. No existía ninguna posibilidad de que las autoridades se enterasen de lo que solo ella sabía.

El trayecto hasta la plaza de la Cornucopia fue una lata. El mundo a su alrededor había enloquecido. ¿Adónde iba tanta gente con tantas prisas? ¡Menuda anarquía! La putrefacción de la sociedad resultaba innegable. Un nuevo orden era preciso.

Cruzó la suntuosa entrada del Banco Fortuna. Lo encontró muy tranquilo, casi vacío. Las pocas personas a las que vio, hombres trajeados y vigilantes uniformados, corrían de un lado a otro y no se fijaron en ella. Irene se topó con su propio reflejo en un espejo. Su mal aspecto le impactó. Se detuvo unos segundos, pero luego continuó.

Atravesó el extenso vestíbulo, traspasó un arco, llegó a una galería y bajó en ascensor hasta el primer sótano, donde tecleó el código personal de Adolph en un panel digital, con lo que una puerta se abrió y le permitió el paso a una sala ovalada, donde aguardó. Llevaba consigo el dado de cristal azul y la larga llave con el veintisiete grabado en el llavero.

La elegante jovencita que acudió a recibirla fue incapaz de disimular el repelús que le suscitaba su pinta. Debía preguntarse cómo había llegado hasta esa sala. Trazó una sonrisa torcida y temblorosa en su rostro de niña pija, y dijo:

—¿En qué puedo ayudarla?

—Quiero ir a una bóveda —contestó Irene, con brusquedad, y exhibió la larga llave.

—¿Ahora? —titubeó la pija tonta—. Disculpe, ¿no ha oído lo que la Policía ha…?

—¡Ahora! —gritó Irene.

15

Si Irene no estaba en casa, ¿dónde encontrarla? ¿Dónde trabajaba? ¿Con quién se relacionaba? ¿Adónde le gustaba ir? Alexander no podía responder a ninguna de esas preguntas, y la culpabilidad le avasalló. ¡Cuántos errores cometidos! ¡Todo se había estropeado!

Aun así, no pensaba rendirse. La última vez que vio a Irene, esta tenía muy mala cara. Algo terrible le había sucedido: se había perdido de nuevo. ¡Debía rescatarla! Y se le ocurrió algo. Acarició a Trece dentro de la mochila para sosegarlo. Corrió hacia la moto de su hermana, que ella había dejado con el candado mal cerrado, y consiguió hacerle un puente.

La situación en la ciudad se complicaba. La gente discutía por subirse a los autobuses que evacuaban a la población. El alboroto angustiaba. Policías y soldados procuraban mantener el orden. Alexander condujo de regreso al barrio de Hornos. Con la moto pudo evitar los embotellamientos. Enfiló Tragaluces, la calle que fue su hogar. Una ilusión surgió en él: volver a vivir en la buhardilla del portal 91, ahora que ya no le perseguían.

Circuló por la acera para atajar. Llegó a *La herradura de plata*, donde Herbert echaba el estrepitoso cierre metálico en ese momento. El hombre sonrió al verle.

—Herbert, ¿estás bien? —preguntó Alexander, apresurado, al bajarse de la moto y acercarse al tabernero. Trece se revolvía en la mochila—. Tienes que marcharte ya mismo.

—Alexander, ¿qué diantres está pasando? Primero, escucho lo de tu inocencia. De repente, hay que salir de la ciudad. Me apuesto lo que sea a que tú sabes qué pasa aquí.

—Sí, lo sé, a mi pesar. Es una historia muy complicada. Te la contaré, lo prometo. Te contaré muchas cosas. Pero ahora tienes que marcharte. ¿Has sabido algo de Irene?

—No. ¿No sabes dónde está?

—No —admitió Alexander, y le avergonzó hacerlo—, pero voy a encontrarla.

—Encuéntrala, Alexander.

—Lo haré. Ahora, vete. Nos veremos pronto y será como antes —dijo Alexander, y se emocionó, pues temió que algunas cosas nunca volviesen a ser iguales.

Herbert le dio una cariñosa palmada en el brazo y echó a caminar hacia Fabriko.

Alexander se enjugó las lágrimas, comprobó que Trece seguía bien e intentó adivinar dónde se había metido su hermana. Al cabo de unos minutos, pensó en esa extraña relación que parecía haber surgido entre Adolph Klausmann y ella, y decidió qué hacer.

Veloz, arrancó la moto y se dirigió al oeste. Según se adentraba en el centro, la ciudad se mostraba más despejada. Lo achacó a que la mayoría de la población vivía en la periferia, lo cual desplazaba la confusión a esas zonas y facilitaba que el centro se vaciara.

Efectuó una parada en *Crisol Innovaciones*, donde no halló a nadie. Prosiguió su camino hacia Confiterías y el Arco Clásico, dispuesto a ir a la casa de Adolph Klausmann. Cuando atravesaba la calle Mayor, algo captó su atención.

El caos de esa parte de la ciudad se asimilaba al de Hornos. En particular, la estrecha calle Mayor estaba sumida en un grave atasco. Alexander tuvo que detenerse en mitad de la calzada, entre un montón de coches que se pitaban unos a otros. A escasos metros, al lado de la acera, vio a una mujer joven, con una criatura de meses en brazos, que observaba con congoja el motor de su coche, cuyo capó había abierto. La criatura lloraba. A la joven también se le saltaban las lágrimas. La escena conmovió a Alexander.

Se coló entre los coches, paró junto a la joven, se bajó de la moto y fue hacia ella. Se trataba de una veinteañera de cuerpo menudo, tez mulata y cabello moreno, corto y ondulado. En sus brazos llevaba a una niña de menos de un año, piel canela y unos ojos de iris marrón claro que se clavaron en él en cuanto notaron su presencia.

—Perdona, ¿necesitas ayuda? —ofreció Alexander.

—¡El coche no arranca! ¡No sé qué hacer! —lloró la pobre joven, presa de la desazón. En cambio, en sus brazos, la niñita se había calmado y miraba a Alexander embelesada.

Alexander echó un vistazo al motor, resopló, y comentó:

—Pueden ser tantísimas cosas: la batería, las bujías…

—¡Tenemos que irnos! —insistía la joven—. Hemos salido corriendo. No hemos cogido casi nada, solo a la gata y poco más. —Alexander reparó en un trasportín que la chica había dejado encima del coche—. ¡Y tanta prisa para nada! ¡No vamos a escapar a tiempo!

Alexander resopló otra vez. Deseaba ayudar a esa joven, pero no podía demorarse en la búsqueda de Irene. Temía por su hermana. Sin embargo, contempló a esa preciosa niñita, cuyos bonitos ojos fijos en él hipnotizaban. No podía dejarla. No entendía el porqué, pero sabía que no podía, así que suspiró, y añadió:

—¿Cómo te llamas?

—Me llamo Miranda —respondió la joven.

—Miranda, soy Alexander. Yo os ayudaré.

16

Luka Miller volvió al coche tras despedirse de Alexander. Aseguró a Marko en la silla infantil y se montó al volante. Condujo hasta Deziro, donde el tráfico era lento pero fluido. La Policía obligaba a circular hacia el sur para salir de la ciudad, lo cual le impedía reunirse con Clarisa en Persisto. Nervioso, a la vez que manejaba el volante, telefoneó a su mujer.

—¿Dónde estáis? —contestó Clarisa—. Os he intentado llamar, pero las líneas están saturadas. ¿Estáis bien? ¿Y Marko?

—Marko y yo estamos bien. Alexander va a buscar a su hermana. Estamos en Deziro. Nos obligan a ir hacia el sur.

—No te preocupes —dijo Clarisa. Hablaba fuerte, ya que se oía mucha algarabía a su alrededor—. Por eso te llamaba. Me han hecho subir a un autobús. Vamos hacia la salida sur.

—¿La de Persisto?

—Sí, así que vosotros seguid tranquilos. Nos veremos al otro lado. ¡Esto es de locos!

—Sí, lo sé. Lo es. Te quiero. Nos veremos muy pronto. Todo saldrá bien, mi amor.

—Os quiero mucho. Ojalá no nos hubiésemos separado. Pronto estaremos juntos.

El sonido se entrecortaba, por lo que la conversación terminó enseguida. Antes de lo esperado, Luka vislumbró el final de Deziro. Se había habilitado un acceso de emergencia al túnel de circunvalación, cerca de una central eléctrica y unos edificios a medio construir.

Ya en el saturado túnel, se alejaron de la ciudad poco a poco. Entonces, Marko rompió a llorar sin motivo aparente. Luka, que temía por su esposa, pensó en la larga cadena de clarividencia que conectaba a Betina y su hijo, y un mal presentimiento encogió su corazón.

17

Clarisa Miller procuraba mantener la calma en su asiento del autobús, angustiada por la cantidad de personas que los policías y los soldados habían hacinado allí dentro.

Le agobiaban las aglomeraciones. Mucha gente se dirigía a la salida de Persisto. El autobús aún no había llegado a la entrada al túnel. El tráfico discurría con pesadez.

De pronto, un estruendo la asustó. Delante del autobús, dos vehículos habían chocado y bloqueaban el carril. Clarisa empezó a asustarse. Lamentó haber sido tan intransigente con Alexander Berkel y tan escéptica con lo que Betina y Marko representaban.

Asustada, miró en rededor. Algunos carriles sí avanzaban, pero el suyo no. Contempló una tosca edificación, erigida encima de la boca del túnel, cerca del autobús. Una enorme antena, similar a las de telecomunicaciones, la coronaba. ¿Para qué serviría?

18

Manuel Sócrates tenía secretos y tesoros que proteger. Cumplió con sus obligaciones sin perder la calma. Ni a las puertas de aquel caos iba a dejar de ser meticuloso.

Siempre era pragmático. Ese día no había supuesto una excepción. En cuanto oyó las noticias de la evacuación, que le llegaron por cauces privilegiados, antes que a los demás, se puso en movimiento. No importaba que los motivos para la evacuación pareciesen demenciales. Lo importante era salvaguardar sus posesiones más preciadas. Solo quedaba él en la oficina en la que gestionaba su negocio, en el Edificio Zita, una refinada construcción decimonónica de inmaculada fachada, conservados ornamentos e impolutas cristaleras, sita en una corta calle entre las avenidas Deziro y Majstro, muy próximo a la plaza de la Cornucopia y conectado con *La rueda de la fortuna*.

A pesar de no perder la calma, sí cometió un descuido. Acuciado por la prisa y receloso de cualquiera, ordenó a su guardaespaldas que se fuese sin él. El guardaespaldas vaciló, pero Manuel insistió en que no ocurriría nada malo. ¡Craso error!, pues así fue como Dragan Tucker pudo asaltarle en plena calle.

Sucedió al salir del portal. Caminaba apresurado. Por eso, no se dio cuenta de que alguien le aguardaba, agazapado a un lado de la salida. De pronto, notó cómo un fuerte brazo le aferraba con malos modos mientras, en su costado derecho, sentía la punzante amenaza de una navaja. Se quedó sin respiración.

—Vamos dentro y hablamos un poco —dijo una voz cargada de ojeriza, que soltaba un apestoso mal aliento en su oreja.

—¿Quién eres? —inquirió Manuel. Observó en todas direcciones y vio la calle desierta. El centro se había evacuado.

—Ya lo sabes. ¡Vamos!

Manuel miró de reojo. Reconoció a Dragan Tucker, contra quien había declarado, y comprendió el porqué de ese ataque. Temió que su buena suerte se hubiese malogrado. El tipo le clavó un poco más la navaja, lo que le convenció para obedecer y entrar. A las órdenes de su captor, fueron hasta su despacho.

—Abre la caja —ordenó Dragan, antes de empujarle hacia una estantería, en cuya balda inferior, a ras de suelo, se hallaba su caja fuerte.

—¿Eso quieres?, ¿dinero? —preguntó Manuel, sin darse la vuelta, arrodillado. Le dolía el costado por el pinchazo de la navaja. Tenía miedo.

—Tú abre la caja, dame la pasta y no me verás nunca más.

Por un instante, un ingenuo instante, Manuel creyó que se iba a salvar, que ese tipejo solo le desvalijaría y se marcharía, tal vez para no regresar a la ciudad y, con ello, escapar de sus delitos. Por eso, abrió la caja fuerte. Extrajo varios fajos de billetes, todos muy gruesos, y se puso en pie. Entonces, antes de girarse, recibió la primera puñalada.

El dolor fue brutal. La navaja se hundió en su costado. Un alarido recorrió su garganta. Sus fuerzas se extinguieron. Se derrumbó. Soltó los fajos. Sus ojos se anegaron en lágrimas. Se concentró en no dejar de respirar. Y vino la otra puñalada.

Se desmayó. Cuando recobró el conocimiento, aunque todavía entre tinieblas, no vio rastro ni de Dragan ni del dinero. Se palpó el costado: sangraba.

Siempre pragmático, se puso en marcha. Debía evitar desangrarse y escapar de la ciudad, aunque mucho se temía que no iba a tener tiempo para conseguir las dos cosas.

19

Joseph Klausmann fue el menos sorprendido cuando se anunció que la penitenciaría, igual que la ciudad entera, debía ser evacuada. Maldijo a su hermano por su terquedad y por la barbaridad que había maquinado. Consciente de la gravedad de la amenaza, obedeció sin rechistar y bajó al patio central, donde los guardias de la cárcel organizaban a los alborotados presos para evacuarlos en autobuses.

Cuando todavía no le habían asignado plaza, fue testigo de una revuelta protagonizada por un grupo de convictos, los cuales se hicieron con el control de un autobús e intentaron fugarse. La intentona, tan espectacular como desesperada, provocó la anarquía. El conato de huida, no obstante, fue inútil, ya que el autobús se estrelló de lleno contra un muro. Los guardias, apurados, decretaron el retorno de todos a sus celdas.

De regreso a la suya, Joseph escuchó el enardecido relato de un supuesto testigo de la frustrada huida. Este aseguraba que el ideólogo de la evasión era Goran Zerbe, un mafioso de renombre que acababa de llegar. Algunos contaban que Zerbe, al volante del autobús, se había matado en el siniestro. Había arriesgado en exceso.

Joseph se alejó de aquel grupo de cronistas. Había tenido una idea y pensaba llevarla a cabo, con la suerte de su mano. Se dispuso a aprovechar el caos reinante para perpetrar su propia fuga. Llevaba consigo cierta arma que escondía dentro de su colchón, de la que hacía días que no se separaba por si se topaba con problemas.

Y se topó. Ocurrió en mitad de un pasillo de las cocinas, desierto en esos momentos. Él pretendía llegar a un minúsculo patio trasero. De súbito, alguien le chistó por la espalda. Él se giró de un respingo. Se acongojó al encontrarse con Alonso Yazpik. Sus ojos se clavaron en el pincho que el delincuente sostenía en una mano.

—¿Adónde vas con tanta prisa? —preguntó Alonso, con una sonrisilla insidiosa. Daba pena por el mal aspecto que tenía. Ese tipo apenas se sostenía en pie.

—¿Qué haces aquí? —contestó Joseph. Debía mantener la calma.

—Me he despertado en una enfermería, después de que intentases matarme…

—Eso no fue lo que pasó —interrumpió Joseph—. Me ocultaste tu estado de salud.

—¡Calla! ¡Quisiste matarme para librarte de mí! Pero soy mil veces más duro que tú. Y la suerte, esa que tanto crees que tienes, ha hecho que te viera escapar y te haya seguido.

—Ya, la suerte —dijo Joseph, con desprecio. Estaba harto de ese personaje. No dudaba que en su día fuese un criminal muy temido, pero hoy era escoria humana. Él siempre había evitado mancharse las manos. Dejaba el trabajo sucio a otros. Pese a ello, hoy no malgastaría la suerte que había recobrado. Con un poco de esa suerte que él sí poseía y Yazpik no, le vencería. Disimulado, buscó su arma, que llevaba en un bolsillo del pantalón—. La suerte, sí. Ella es la que te ha traído hasta aquí, a un pasillo donde nadie sabrá nunca qué te pasó.

Ese comentario, cargado de una valentía impropia de Joseph, cabreó a Yazpik, que se abalanzó sobre él, a pesar de su paso renqueante y sus movimientos tardos. Joseph, que en la vida se había peleado, no tuvo problemas para esquivar su pincho, darle un empujón y desestabilizarle. Yazpik cayó al suelo boca abajo y perdió el pincho por el camino. Joseph se sentó a horcajadas sobre él y le clavó su arma, la aguja de una jeringa, en el cuello, cerca de esa descolorida A tatuada. A toda velocidad, le inyectó el contenido de la jeringa.

—Sospecho que la condición que no me contaste es una hepatitis vírica —comentó Joseph, sosegado, mientras sentía cómo la atonía se apoderaba de Yazpik—. La habrás pillado haciendo algo que no debías. El hígado es el laboratorio del organismo: lo procesa todo. La suerte que te trasfundí con la sangre de aquel tío debió provocarte algo similar a la reacción hemolítica. Cuando supe que seguías vivo, di por hecho que vendrías a por mí, así que fui a aquella enfermería y cogí este medicamento. Es un sedante que a veces se usa como anestesia. Si tienes hepatitis, te provocará un fallo mortal. De todos modos, como comprenderás, debo cerciorarme de que no me molestarás más, así que te pido perdón, porque este fármaco, aunque sede, no es analgésico. Nunca he hecho esto. Procuraré darme prisa.

Joseph cogió el pincho de Yazpik, lo empuñó con fuerza, respiró hondo, obvió sus remilgos y apuñaló varias veces al paralizado desdichado hasta que dejó de respirar.

Cuando aquel asqueroso trance terminó, contuvo las arcadas, se guardó el pincho y la jeringa, y retomó su fuga. Debía alejarse cuanto antes de la antena que su hermano había colocado allí mismo. Nada iba a privarle de gozar de la suerte que había recobrado.

20

Casandra Varone no se veía a sí misma como consorte, igual que nunca se vio como esposa. Por el contrario, siempre se vio como madre. Por desgracia, ya no tenía hija.

La suerte se la había quitado. Había perdido a su niña, su única hija, su mejor obra. Y no fue culpa de su propia suerte ni la de su niña, ni siquiera de la suerte maldita de Alexander Berkel. La culpa de la muerte de Lara fue solo de la ingente y virulenta suerte de Ricardo. Casandra no lo dudaba. Nadie la convencería nunca de lo contrario. La vileza, el egoísmo y el autoritarismo de ese hombre contaminaron su destino y el de quienes le rodeaban. Las corruptelas, revanchas y malas artes del populista alcalde de Ciudad Fortuna se llevaron a su hija por delante. Ella jamás culpó a Berkel de la tragedia. De hecho, se alegraba de que, antes de fallecer, su hija conociera el amor.

De joven, Casandra se enamoró de la idea de ser madre. En el fondo, no comprendía la razón de ese anhelo. Algunos lo atribuirían a una carencia, pero ella opinaba que se debía a un exceso; un exceso de cariño y amor por dar sin esperar nada a cambio. En su día, pretendientes no le faltaron. Ya no recordaba qué la atrajo de un joven Ricardo. Sería un rasgo perdido con los años o alguna fullería que la embaucó. Ella, agraciada y talentosa, le escogió a él, no como esposo, sino como padre. La estima del principio duró unos años. Después, aprendieron a ignorarse y ella se volcó en Lara.

Ahora, era una madre sin hija. Ya ni se acordaba de su vida anterior a la maternidad. ¿Quién era? ¿Qué era? ¿Por qué motivo tuvo una sola hija? Se arrepentía de haber aceptado la postura de Ricardo, quien pensaba que atenderían y educarían mejor a un único vástago. ¡Menuda bobada! ¡Qué bobada casarse con él!

Desde que Lara murió, seguir casada con Ricardo no tenía sentido aparente, pero ella no había querido divorciarse. Continuar a su lado era su obligación, pues Casandra cada vez tenía más claro que ella era la única capaz de detener a su marido. Este había rebasado todo límite imaginable y maquinaba planes que horrorizarían y avergonzarían a su propia hija.

Ese miércoles, al mediodía, en Ciudad Jano, Casandra se dejaba mimar por Nizza. La perrita percibía su turbación y correteaba a su alrededor, en torno a la cama de la habitación del hotel. Casandra se había sentado en bata, sin vestir ni maquillar, a pesar de que la hora de la celebración de la victoria electoral se acercaba. No tardarían en llamarla para que interpretara su papel de consorte del futuro primer ministro. A Casandra le repelía semejante situación. Nizza intentaba animarla con sus simpáticos movimientos. Lara pervivía dentro de ella. Su madre estaba convencida de ello.

El rol en el que Ricardo la había colocado, sin consultarla ni pedir su permiso, entrañaba un futuro nada atrayente. Ser la esposa del alcalde de Ciudad Fortuna le había agradado, quizás por lo fácil que resultaba encandilarse con esa urbe que ahora añoraba. En cambio, no se imaginaba como consorte del primer ministro o, algo mucho peor, primera dama del país, aquello en lo que la convertiría el plan secreto de su marido, que ella le había sonsacado al pobre Carlo Ferrara. ¡La inmoralidad de Ricardo no conocía límite! Estaba segura de que hasta la propia Lara perdonaría lo que ella iba a hacer. A sus cincuenta y seis años, Casandra no pensaba desperdiciar ni un segundo más haciendo cosas que no le apetecían.

Nizza se irguió sobre sus dos patitas traseras y puso las delanteras en sus rodillas. Ella le prestó la atención que la boloñesa reclamaba, la alzó en sus brazos y la besó. De pronto, se emocionó al hacerlo. Amaba a esa perra y amaba a su hija. La añoraba cada día. Le dolía sobremanera rememorar la última vez que la vio, cuando la chica, rechazada por su padre, se marchó de casa para vivir su amor con Alexander Berkel.

Repuesta de su fugaz llanto, le regaló otro achuchón a Nizza, la puso en el suelo y fue a vestirse y maquillarse. Había disipado sus dudas. Había reunido el coraje. En las semanas previas, había participado con fingido entusiasmo en la campaña. Cuando Ricardo cuestionaba su entrega, ella le repetía que deseaba verle triunfar. Era cierto: deseaba verle triunfar, llegar a lo más alto, por Lara. Porque cuanto más alto llegase, peor sería la caída.

21

Ricardo Varone pensaba que todos sus esfuerzos llevaban a ese día, en Ciudad Jano. La "doble elección" había terminado con una doble victoria para la Unión Nacional: Sebastian Brenner arrebataba la presidencia a Martina Leone y cedía el cargo de primer ministro a Ricardo. Para festejarlo, en breve, los dos vencedores saldrían a una plataforma, montada en la fachada principal del hotel que había albergado su cuartel general, para saludar a todos los simpatizantes que ya colapsaban la calle. Más tarde, habría una fiesta con el equipo de la campaña. A partir de ahí, gestionarían la transición hasta primeros de enero.

Al menos, eso era lo que todos excepto Ricardo pensaban que pasaría. En realidad, el día iba a adquirir un cariz muy diferente. Carlo Ferrara le había confirmado que todo estaba listo. Resultaba pasmosa la facilidad con la que podía ejecutarse un magnicidio. Una cadena de contactos y pagos, tan intrincada y subrepticia que no podría rastrearse jamás, posibilitaba que, ese mediodía, cuando Sebastian y Ricardo estuviesen en esa plataforma tan expuesta, desde algún lado, un tirador, al que no identificarían ni encontrarían nunca, dispararía al presidente electo. El suceso generaría un trauma y desataría el pánico en los días siguientes. Ricardo sabría navegar por esa marejada y se adueñaría de la presidencia.

Una noticia del todo imprevista, a la que los medios comenzaban a prestar más atención que al resultado de los comicios, mosqueaba a Ricardo: la sorprendente orden de evacuar Ciudad Fortuna debido a un supuesto riesgo radiactivo. Ricardo había ordenado que le mantuvieran al tanto del asunto. No le gustaba haberse enterado por el ministerio de seguridad y defensa. No conseguía contactar con Isaac Wagner.

Poco antes de la celebración, Sebastian y Ricardo se reunieron en una sala del hotel, ocupada por gente del partido. Un reducido equipo de gente monitorizaba el imprevisto de Ciudad Fortuna. Brenner se había acercado a él, acompañado de un hombre de cuarenta y muchos años, de figura esbelta y buena apariencia.

—Ricardo, quiero presentarte a Erik Dammer. Es de mi máxima confianza. Vigilará lo de Ciudad Fortuna y contendrá a los medios —anunció Brenner.

Ricardo y Erik estrecharon sus manos con cordialidad.

—Encantado de conocerte —añadió Ricardo.

—Lo mismo digo, señor.

—Es casi la hora —intervino Sebastian—. Erik, dejamos este tema en tus manos. Ricardo, será mejor que nos preparemos. Te veo en diez minutos.

Dispuesto a que nada más interfiriese en esa jornada tan señalada, Ricardo subió a su *suite*. Se vistió con el traje que su personal había seleccionado para la ocasión. Se ajustó bien la camisa, se apretó el cinturón, se peinó y anudó su corbata. Usó un espejo de mano para repasar su aspecto. En ese momento, su asesora, la chica, la que procedía del Ayuntamiento, entró en la habitación y se dirigió a él con unos folios.

—Es la versión final del discurso, señor —explicó.

—Sujeta —ordenó Ricardo, tendiéndole el espejo.

Ricardo extendió la mano libre para alcanzar los papeles, a la vez que ofrecía el espejo a la joven. Esta, que nunca soltaba su teléfono, se hizo un lío por no dejar caer el aparato y, al tratar de recoger el espejo, provocó que este se precipitara al suelo.

La caída fue lentísima. Transcurrió a cámara lenta. Ricardo contuvo la respiración. Lo presenció como quien asistía a una catástrofe de dimensiones apocalípticas sin ser capaz de evitarla. Al final, el espejo se estrelló contra el suelo y se quebró en pedazos.

Aterrado, como pocas veces en su vida, Ricardo observó el espejo roto, inmóvil. Dio un par de pasos renuentes hacia el objeto. Vio su rostro reflejado en los pedazos. Esa imagen le espeluznó. Entonces, reaccionó. Miró a su asesora con la cara encendida.

—¡Idiota! ¡Estúpida! ¡Miserable! ¡Sal de aquí! ¡Sal de aquí y no vuelvas!

Sentía que escupía fuego por la boca. La joven, atemorizada, rompió a llorar y echó a correr. Ricardo procuró sosegarse. Hiperventilaba. Le dolía el pecho.

—Tranquilo. Ya pasó —susurró una preciosa voz femenina.

Sorprendido, Ricardo se giró y descubrió a Casandra a su lado. No se había percatado de su llegada, pero daba igual. Lo importante era que su mujer estaba allí. Ella le sonrió con una dulzura que hacía décadas que él no advertía en su faz. Le acarició la mano con un mimo que él ya había olvidado. De repente, ahí estaba la buena esposa de la que él había pasado. Ella le tranquilizó cual bebé asustado.

—Ya está. Ya pasó —anotó ella—. Ven conmigo.

La voz de Casandra era milagrosa. Él la siguió. Cogidos de la mano, callados, fueron hasta el balcón del hotel desde donde Sebastian y él saldrían a la plataforma.

El ambiente era enloquecedor. Se oían los vítores de la calle. Debía haber centenares de electores, ansiosos por ver a sus nuevos líderes. Junto a la puerta del balcón, cargos del partido y la campaña cortejaban a Sebastian y Ricardo, quienes, con sus respectivas esposas, estaban a punto de salir.

Una voz ensordecedora, amplificada por altavoces, presentó al nuevo presidente y el nuevo primer ministro de la República de Boaria. La marabunta les aclamó.

Ricardo, todavía turbado por la calamidad del espejo, se quedó paralizado por un instante. De nuevo, Casandra apretó su mano, que no había soltado, y le animó:

—Vamos.

Así, Sebastian, su esposa, Ricardo y Casandra salieron a la plataforma. Saludaron con entusiasmo a todas las personas presentes en la plaza. Fue espectacular.

Siempre de la mano de Casandra, Ricardo avanzó hasta ubicarse en el centro y casi en el linde de la plataforma. Intentó realizar un gesto de victoria con ambas manos. Se percató de que su mujer no le soltaba. De hecho, ella le sujetaba para que no se moviera de su posición. No lo comprendía. Allí pasaba algo. ¿Qué era?

—¿Qué haces? —inquirió, asustadizo. Algo pasaba.

Miró a Casandra. Miró su sonrisa. ¿Qué era?

Ricardo oteó el lado opuesto de la plaza, allá donde, en alguna parte, un desconocido, un hombre al que nadie identificaría ni encontraría jamás, apuntaba con su arma, dispuesto a perpetrar un magnicidio. Supo qué sucedía.

Atisbó un destello lejano. Se le abrió la cabeza. Y la negra, negra oscuridad le engulló.

22

Ayudar a Miranda, su niña y su gata fue más sencillo de lo que se temió en principio. Alexander tranquilizó a la joven y la convenció de que lo más práctico era dar su coche por perdido. Debían buscar otro modo de salir de la ciudad. Se desplazaron a pie hasta la avenida Abundo. Miranda, más calmada, andaba con la niña en brazos. Entretanto, Alexander cargaba con el trasportín de la gata y una bolsa de viaje. Tanto Trece, dentro de su mochila, como la gata del trasportín se comportaban con inquietud y se maullaban entre sí.

Llegaron a Abundo, donde la fluidez del tráfico alentaba el optimismo. Las autoridades habían ordenado que todos los carriles de la calzada discurriesen hacia el norte, hacia la salida de la urbe. Vieron un autobús a corta distancia, por lo que echaron a correr. Alexander se adelantó, llamó la atención de la conductora y logró que se detuviera.

–¿Hay sitio? –preguntó, casi sin aliento, cuando alcanzó el vehículo.

–Unos pocos, en la zona central. Suban. No podemos retrasarnos.

–¡Menos mal! –exclamó Miranda, que acababa de llegar–. ¡Muchas gracias!

–De nada –añadió la conductora, que se presumía de ánimo afable.

–Ten –rogó Miranda, mientras le daba la niña a Alexander y agarraba la bolsa de viaje y el trasportín para subir al autobús y buscar los asientos.

Alexander cogió a la cría con torpeza y algo de apuro, poco acostumbrado a los niños pequeños. La contempló. Esta demostraba una placidez envidiable y clavó sus bonitos ojos en él. Lo hizo con una fijación impropia de su cortísima edad. Balbució unos sonidos que él deseó poder descifrar. La criatura estiró un bracito y tocó su pecho, donde él, bajo la ropa, llevaba su amuleto, su trébol de madera. Fascinado, Alexander no pudo evitar besar la frente de esa niñita tan adorable.

Miranda regresó del interior, tomó a la cría en brazos y se dispuso a entrar de nuevo. Al darse cuenta de que Alexander no la seguía, se extrañó, y dijo:

—Pero ¿tú no vienes?

—No —contestó él.

—Señor —intervino la conductora—, nadie puede quedarse.

—Tranquilas, no me quedaré. Tengo mi propio vehículo.

Era mentira. La moto se había quedado en la calle Mayor.

—¡En fin! —suspiró Miranda—. Muchas gracias, Alexander.

—Id con cuidado —se despidió él. Le dedicó una sonrisa a la niña. Justo antes de que la puerta del autobús se cerrara, preguntó—: ¿Cómo se llama ella?

—¡Sira! —gritó Miranda.

La puerta se cerró. El vehículo arrancó. Alexander deseó que esa madre y esa hija escapasen sin más problemas. Le sorprendió sentirse nostálgico al imaginar que no volvería a verlas, salvo que, algún día, la ventura así lo quisiera.

Un inaudito silencio comenzó a adueñarse de la ciudad. La evacuación parecía resolverse con éxito, pero Alexander seguía en Ciudad Fortuna. ¿Qué iba a hacer?

Su móvil vibró. Él deseó que fuera Irene, pero se trataba de un mensaje de Charlotte. La mujer había oído lo de la evacuación en las noticias y se preocupaba por él. Alexander le respondió que no se preocupara. Añadió que la echaba de menos y que tenía ganas de verla. Debían hablar acerca de sus madres, Rebecca e Ingrid.

Llamó a su hermana por última vez sin éxito. Su móvil se quedó sin batería. Abatido, pensó y pensó, pero no se le ocurrió dónde más buscarla.

Unas palabras emergieron de su memoria: "Ahora contigo, pero ¡tanto se perderá! Se hundirá en el centro de la oscuridad". Ese fue otro de los siete vaticinios de Betina Sikorski. ¿Era posible que hablase de Irene? Y si era así, ¿qué entrañaba?

—Perdóname —susurró.

Se lo dijo a su hermana, pero también a su padre adoptivo. No sabía dónde estaba la joven. No tenía ni idea de dónde se había perdido. Pero sí entendía, ahora que revisitaba las premonitorias frases de Betina, que Irene estaba a punto de hundirse en la oscuridad que se cernía sobre la ciudad.

—Perdóname —repitió.

Solo le quedaba escapar. Había fracasado. Compungido, metió la mano en la mochila y acarició a Trece, en un intento de apaciguar al animal y obtener su afecto. Rendido, echó a correr en dirección al norte.

23

Ser poderoso era lo más. La gente poderosa podía conseguir lo que se propusiera. No existían normas ni barreras para ellos. Hoy, Irene era poderosa. No importaba que pareciera una yonqui o una mendiga. Daba igual que ya no supiese si estaba colocada o con el peor mono de su vida. Poseía la llave de una de las bóvedas del Banco Fortuna y ninguna de las excusas de la empleada del lugar, muchas absurdas, la podían desviar de su camino.

Ese banco había elevado el concepto de caja fuerte al máximo exponente. Permitía a sus clientes más selectos alquilar una sala acorazada donde depositar lo que quisiesen. Irene acababa de encerrarse en la número veintisiete. Dentro, encima de unos soportes circulares y entre un embrollo de cables, se hallaba el artefacto que operaba el sistema de Adolph. La estructura consistía en siete consolas, dispuestas en círculo en torno a un ordenador central, ubicado en medio de la sala, y conectadas al mismo por diversos cables.

Irene había recibido instrucciones acerca de cómo activar el sistema para propagar la primera oleada de radiación. Se trataría de una emisión baja, a modo de prueba, para que, a continuación, el sistema, estudiando los diversos datos de la gente cedidos a *eFortuna Global*, analizase los efectos en los grados de suerte de las personas irradiadas. La mayoría ni percibiría esa primera emisión, si bien Irene sentía que, con ese acto, estaba a punto de desencadenar el advenimiento de un nuevo mundo, uno mejor: un mundo sin suerte.

—Ojalá pudieras estar aquí —musitó, extasiada. Pensaba en Héctor.

Irene tenía el dado de cristal azul. Adolph había guardado los seis restantes allí. Uno a uno, ella los insertó en las ranuras que, como cerraduras, accionaban el funcionamiento de las siete consolas periféricas: rojo, naranja, amarillo, verde, azul, añil y violeta.

24

La tensión podía cortarse con un cuchillo. Yan Lien se había sentado tras el escritorio de Selena. Buscaba datos relativos a Adolph Klausmann en los archivos de la Organización. Uno de los hombres que llegaron con ella la ayudaba. El otro se había marchado. Frustrada y confusa, Selena intentó intervenir para reivindicar su inocencia, pero solo recibió contestaciones cortantes por parte de Lien. Al final, después de una breve conversación telefónica, la mujer se puso en pie, y decretó:

—La ciudad está casi evacuada. Tenemos que irnos.

Yan Lien emanaba autoridad y resolución con cada acto que realizaba. No se la podía contradecir, por lo que Selena y el hombre la siguieron hasta la azotea de la sede de Heptágono. El helicóptero continuaba en el helipuerto, listo para despegar cuando correspondiese. Con la cabeza gacha, los tres se aproximaron al aparato y se montaron en la parte posterior de la cabina. La presidenta le hizo una seña al piloto.

Selena jamás había subido en helicóptero ni había tenido ganas de probarlo. Nerviosa, chequeó que llevaba el cinturón bien abrochado. Consultó su móvil. Un mensaje la apaciguó: Miranda, Sira y Sibylle habían escapado de la ciudad gracias a un buen samaritano.

Yan Lien se había sentado delante de ella. El hombre que había llegado con la presidenta ocupó el asiento contiguo a Selena. Ella, en un inusitado arranque de sociabilidad, tal vez desesperada por sosegar su inquietud, se dirigió a él:

—¿De qué dirección eres? —preguntó. Alzó la voz para imponerse al ruido del rotor.

—No trabajo en esta sede, señora —respondió él—. He venido como personal de apoyo por la sesión extraordinaria.

—¿Cómo te llamas?

—Albert Nissen.

El helicóptero se elevó sin previo aviso. Selena notó un vacío en el estómago. Oteó el panorama por la ventanilla y admiró la vista de toda la ciudad.

Entonces, algo captó la atención de todos, anuló cualquier otro estímulo y corroboró que, en efecto, algo tan temible como indescriptible estaba a punto de suceder.

Un sonido inundó la ciudad. Se trataba de un zumbido. Surgía de la periferia y se extendía hacia el interior. Sonaba grave y vibrante, como si una poderosa maquinaria se pusiese en marcha y concentrase mucha energía, lenta pero imparable.

Yan Lien, siempre tan recta y comedida, abrió los ojos como platos, y gritó al piloto:

—¡Eleve este puto trasto ahora mismo!

25

Un sonido lejano llegaba a sus oídos. ¿Era real o imaginario? Irene no lo sabía. Le parecía un zumbido, un cántico grave y oscilante. Tal vez, solo existiera en su mente y fuese la melodía que anunciaba el comienzo del nuevo mundo por el que ella clamaba; un mundo donde ya no añorase ni penase, y ni ella ni nadie volviesen a sentirse desdichados.

Había colocado los siete dados en sus respectivas ranuras. Las siete consolas periféricas habían desbloqueado el mecanismo de las siete centrales operativas. La primera oleada de radiación se emitiría en cuestión de segundos. Solo quedaba dar la orden desde el ordenador central. Un paso más y la suerte se reiniciaría partiendo de la equidad.

Irene se aproximó al puesto central. Miró los datos que se mostraban en pantalla. Algo llamó la atención de la parte racional de su cerebro, esa que había quedado sepultada por el rencor, la adicción, el delirio y la culpabilidad. Un susurro de esa parte intentó alertar a la demencia que ahora la regía: aquello no era lo planeado. No se trataba de una primera oleada de baja radiación, sino de una emisión de magnitudes colosales.

No tuvo tiempo de dudar ni recapacitar. Aunque hubiese querido abortar el proceso, no hubiese podido, pues los siete dados habían activado un programa automático que desencadenó todo sin más dilación. Una brevísima cuenta atrás, de tan solo siete segundos, se reprodujo en la pantalla. Irene asistió a ella pasmada.

Vio llegar el contador a cero. Y una oscuridad, proveniente de todos los rincones del universo, llegó para hundirla en sus profundidades.

26

El helicóptero se elevó aún más. La vibración se intensificó. En su punto culminante, resultó estentórea. De repente, se extinguió, acompañada de un ruido muy similar al de una explosión sónica. En la cabina, Selena y los demás, incluso el piloto, miraron hacia la ciudad y presenciaron algo que jamás lograrían describir con palabras.

De los siete puntos más extremos de la ciudad, los términos de sus siete grandes avenidas, surgieron siete fuertes centelleos de una luz extraña, mortecina. Precedieron la propagación irrefrenable de una radiación insólita, visible pero a la vez oscura, que se extendió, desde la periferia hacia el centro, hasta cubrir la ciudad con su negrura durante unos segundos aterradores, en los que pareció capaz de alcanzar hasta el helicóptero.

La radiación cesó de improviso. La oscuridad se disipó de inmediato. A su paso, dejó un silencio sepulcral, el perteneciente a todo aquello que ya no se podría recuperar.

27

Alguien con su mala suerte bien podría haber perdido la apuesta. Podría haber tropezado en el camino. Podría haber escapado tarde. Podría haber muerto en el lance. Pero, por algún motivo que tal vez nunca comprendiera, la fortuna estuvo con Alexander. Se salvó.

Corrió sin descanso, como si la vida le fuese en ello, pues ciertamente le iba, hasta el final de Abundo. Adelantó coches atascados y personas extraviadas. No se detuvo ni para recobrar el aliento. Dejó atrás el túnel que conducía a la salida norte. Escaló el monte.

En lo alto de uno de los siete cerros que formaban el valle, a la altura suficiente para resguardarse de lo que enseguida acaeció, escuchó ese zumbido que precedió la irradiación. Se giró. Contempló la ciudad a sus pies. El zumbido terminó con un sonido brusco. Luego, siete centelleos, uno muy próximo a él, se convirtieron en la luz oscura que cubrió todo. En el seno de esa oscuridad maldita, creyó advertir destellos. De pronto, el fenómeno finalizó. El silencio fue absoluto. Alexander observó el valle.

Aunque aparentase no haber cambiado, después de esa mañana del año quince, aquella urbe ya no volvería a ser la misma Ciudad Fortuna.

EPÍLOGO

1987

La vieja carretera trazaba una línea recta. Parecía una cicatriz que le hubiera salido a la tierra. A izquierda y derecha, el coche dejaba atrás los terrenos de la comarca, que, vistos a la pálida luz de la Luna, con la escasísima luz artificial del entorno, resultaban tan similares que se confundían, igual que el horizonte de esa noche que ojalá pronto olvidaran.

Al volante, el conductor redujo la velocidad. Circulaban despacio porque, en el asiento del copiloto, Gerda acunaba en su regazo a una pasajera muy delicada. La respiración de la criatura impresionaba. A sus sesenta años, Gerda nunca había sostenido a un recién nacido. No fue madre ni quiso serlo, aunque había criado hijos no alumbrados por su vientre. Conocía el significado del desvelo, el tesón, el orgullo, el sacrificio y la decepción.

El conductor aminoró la marcha al vislumbrar el ruinoso edificio donde se produciría el encuentro. El lugar, en tiempos pasados, fue una concurrida estación de servicio, dotada de surtidores, talleres, tienda e incluso una pequeña cafetería. Hoy día, estaba que se caía. Se ubicaba en un cruce poco frecuentado. Las contadas farolas de la desértica zona bañaban el sitio con su débil luz. El coche paró junto a la antigua estación. Levantó polvo.

Con el bebé en brazos, Gerda se apeó. Se alegró de llevar su abrigo. No era mujer de sangre caliente y, fuera la época que fuese, su escuálida figura siempre percibía frío. La brisa movía su abundante cabello cobrizo. Aguardó bajo una farola. Admiró a la criatura dormida. Envidió su perfecta piel. La suya, en cambio, se veía surcada de arrugas.

Esperaron. Un rumor, procedente de algún punto de la opacidad circundante, precedió la llegada de otro coche, uno más viejo y pequeño, que aparcó a pocos metros. Alguien bajó de él y se dirigió hacia la farola.

A medida que lo hacía, cierto amuleto que colgaba de su cuello reflejó la tenue luz del lugar y despidió destellos en la oscuridad.

Héctor Berkel se detuvo frente a Gerda. Clavó unos ojos llorosos en la criatura. Tragó saliva. Ella se preguntó qué pensaría y sentiría el tipo en ese preciso momento. Ese gafe tendría poco más de treinta años. De cuerpo férreo, pelo recio, atractivo inusual y faz marcada por cicatrices, respiraba con intensidad. Esa noche, su vida cambiaba para siempre.

–Enhorabuena –saludó Gerda, para romper el dramático silencio–. Es una niña fuerte, sana y, por encima de todo, sin rastro de maldición.

Con cuidado de tocar al tarado lo menos posible, puso la cría en sus novatos brazos. Héctor miró a la criatura pasmado. Una lágrima cayó por su mejilla. Se mordió el labio. Tal vez, se esforzase por no ponerse a llorar allí mismo. Su instinto paternal habría surgido de repente. El cambio obrado en su interior sería irreversible.

–¿Y la madre? –interrogó, sin dejar de mirar a la cría.

Gerda no respondió. Héctor alzó la vista. La gravedad advertida en el semblante de la mujer ensombreció su rostro. El gafe debió temerse la tragedia. Ella rebuscó en un bolsillo de su abrigo. Sacó una fina cadena de bisutería, de la que pendía una sencilla alianza amarilla, con toda seguridad no de oro, ahora manchada con sangre seca.

–No superó el mal fario –desveló Gerda–. Antes de morir, ella me contó que prometió devolvértela, que dijo que sería para la niña. Por eso, la he traído.

–¿Cómo ha sido? –inquirió Héctor, afligido. Su dolor era palmario.

–Sufrió una grave hemorragia. Fue imposible detenerla. Lo lamento.

El hombre de la herradura de latón al cuello cerró los ojos. Contrajo la cara. Más lágrimas se derramaron por sus pómulos. Temblaba. Cogió la cadena con la particular alianza que Gerda le tendía. La niña, entretanto, continuaba dormida y tranquila en sus brazos.

–Lo lamento –repitió ella. Prefería no contar más detalles, así que intentó animarle de algún modo, actitud a la que no era asidua–. Ahora, céntrese en su hija –añadió–. Es padre, Héctor. Piense eso. Es una suerte, sin duda. Cuide a su hija. Ámela. ¿Cómo la llamará?

Aquel diálogo tan inusitado no se prolongó. Los destinos de sus interlocutores divergían, igual que sus suertes. El encuentro se dio por finalizado en cuestión de minutos.

Más tarde, Gerda regresó al asiento del copiloto. Solicitó al conductor que arrancara y se alejara de esa antigua estación. Durante el camino, el hombre al volante preguntó:

—¿Sabe cómo la llamará?

—Sí. Irene.

Ricardo Varone asintió con la cabeza, asió el volante con más fuerza, y suspiró:

—Bien.

NOTA DEL AUTOR

Estimado lector:

Aquí finaliza *Destellos de oscuridad*, el tercer volumen de *Ciudad Fortuna*.

Este ha sido difícil. El anterior dejó la intriga en alto y las incógnitas a flor de piel. Me propuse compensarlo aquí, de modo que espero haberte saciado de respuestas. Reconozco que, a pesar de las dificultades, múltiples y nada baladíes, la complejidad ha convertido este volumen en el más satisfactorio, pues verme capaz de sortear tantos obstáculos, como si de un gafe en un mundo regido por la suerte se tratara, ha resultado muy gratificante. Mi concepto del suspense no está basado en dilatar un conjunto de enigmas que nunca encuentran su respuesta. Por eso, aquí se han resuelto asuntos principales de los tres primeros volúmenes de la serie, con importantes desenlaces. Aun así, la historia no termina.

La serie continúa, en efecto. En cualquier historia que se extiende a lo largo de varios libros, siempre quedan aspectos abiertos (el paradero de Ingrid, la madre de Alexander; las consecuencias del fenómeno para algunos personajes; o el significado del encuentro relatado en el epílogo). Trabajo en estos aspectos y en más aventuras y desventuras, si bien ya no dispongo del mismo tiempo para escribir que antes. He escrito los tres primeros volúmenes en cinco años. Ha sido intenso. Y espero que entiendas que necesito reconsiderar mi ritmo de escritura. Aunque no me guste dar plazos, pues nunca sabemos qué nos depara la ventura, unos tres años desde la publicación de este libro parecen una idea realista.

Escribir es mi estilo de vida, la esencia de mi identidad. Supone mi salvamento en los momentos difíciles y mi fuente inagotable de alegrías. Editar y publicar son otras historias. En cualquier caso, debo dar las gracias a muchas personas. Ante todo, estaré siempre agradecido a lectores y seguidores, aquellos que visitan Ciudad Fortuna e interactúan conmigo. Son mi energía. Debo mencionar a Ángel, por sus incansables correcciones y comentarios; a Pilar, por su labor en portadas y cubiertas; y a todos los que participan y colaboran en las presentaciones y la difusión de las novelas. En especial, este volumen se lo dedico a Teresa Rodríguez, amiga y maestra en infinidad de materias, a quien imagino siempre en el barrio de Saberes, y con quien la ventura ha querido, por suerte, enlazar mi destino.

Ciudad Fortuna estimula mi imaginación. No la abandono. En el cuarto volumen, titulado provisionalmente *Herradura de latón*, que empieza dos o tres años después de este, conoceremos mucho mejor la nueva ciudad, la capital, Ciudad Jano. Entretanto, Ciudad Fortuna se recuperará de las heridas sufridas y el misterio resurgirá en ella. Alexander volverá a ser un hombre en apariencia libre, al que ya no perseguirá la justicia, pero sí, como siempre, el mal fario de su infortunio. Se desvelará qué fue de su madre, Ingrid. El juego del tiempo nos reencontrará con su padre adoptivo, Héctor, cuyo pasado exploraremos. Y, finalmente, realizaremos un descubrimiento insospechado.

¿Continuarás conmigo este viaje?

David F. Cañaveral
Aranjuez, 2016-2017

ÍNDICE

www.ingramcontent.com/pod-product-compliance
Lightning Source LLC
Chambersburg PA
CBHW030134060726
47499CB00014B/264